U0529966

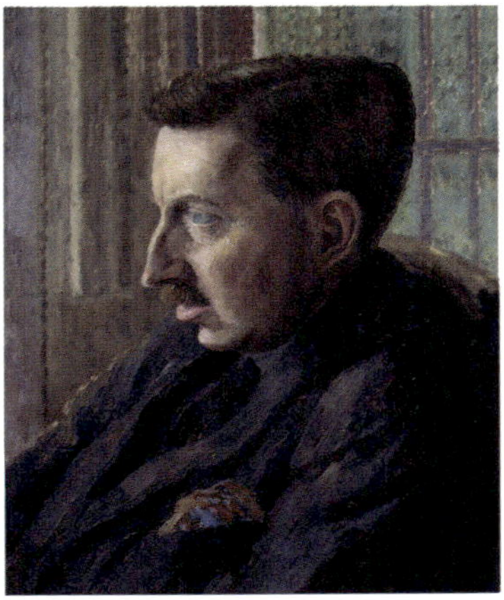

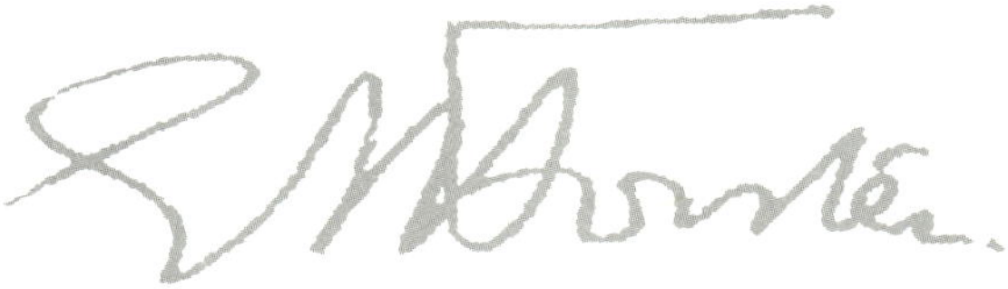

E·M·福斯特文集

最漫長的旅程
The Longest Journey

〔英〕E·M·福斯特 著 苏福忠 译

上海译文出版社

图书在版编目(CIP)数据

最漫长的旅程/(英)福斯特(Forster, E. M.)著;苏福忠译.
—上海:上海译文出版社,2016.7
(E·M·福斯特文集)
书名原文:The Longest Journey
ISBN 978 - 7 - 5327 - 7212 - 4

Ⅰ.①最… Ⅱ.①福… ②苏… Ⅲ.①长篇小说—英
国—现代 Ⅳ.①I561.45
中国版本图书馆 CIP 数据核字(2016)第 025446 号

E. M. Forster
THE LONGEST JOURNEY
Copyright © The Provost and Scholars of King's College, Cambridge, 1907, 1984
Simplified Chinese edition copyright © 2016 SHANGHAI TRANSLATION
PUBLISHING HOUSE (STPH)
This edition arranged with THE SOCIETY OF AUTHORS Through BIG APPLE
AGENCY, LABUAN, MALAYSIA.
All rights reserved.

图字:09 - 2014 - 092 号

最漫长的旅程
〔英〕E·M·福斯特/著 苏福忠/译
责任编辑/宋玲 装帧设计/张志全工作室 书名题签/黄福海

上海世纪出版股份有限公司
译文出版社出版
网址:www.yiwen.com.cn
上海世纪出版股份有限公司发行中心发行
200001 上海福建中路 193 号 www.ewen.co
山东鸿杰印务集团有限公司印刷

开本 890×1240 1/32 印张 12.75 插页 6 字数 215,000
2016 年 7 月第 1 版 2016 年 7 月第 1 次印刷
印数:0,001—5,000 册

ISBN 978 - 7 - 5327 - 7212 - 4/I·4384
定价:65.00 元

本书中文简体字专有出版权归本社独家所有,非经本社同意不得转载、摘编或复制
如有质量问题,请与承印厂质量科联系。T:0533 - 8510898

前言

一　书名的来历

不管怎么说,《最漫长的旅程》都是一个比较少用的书名,读者需要把这部小说阅读到五分之二的样子,才知道这个书名的出处。在本书第十三章,主人公里基拜访埃米莉姑妈,顺便凭吊古迹"圆环阵地",休息时从口袋里掏出雪莱的诗集,读到雪莱的长诗《心之灵》里的这些诗句:

> 我从未属于那个庞大的一族
> 它的教条是每个人应该挑选
> 这世界的一个情人或一位朋友
> 其余所有的人虽然公平或聪慧
> 却埋于无情的忘却——尽管它隶属
> 现代道德的准则,那条走出来的路
> 那些可怜的奴隶在上面步履蹒跚
> 在死人堆里缓缓走向他们的家园
> 借助这世界宽阔的大路——走啊走
> 与一个伤感的朋友,抑或提防的对头,
> 开始那最沉闷最漫长的旅程。

故事到这里，里基和女主人公阿格尼丝正在热恋中，带情人儿来见这世上唯一的近亲，埃米莉姑妈。他们是坐火车来的，几十公里的旅程，不算远。再说了，整个英格兰也没有多大，横贯东西不过二百来公里，从南端到北端也就是六七百公里。显然，最漫长的旅程，不是指这次走亲戚的活动。

里基二十三四岁，父亲和母亲去世早，几乎像一个孤儿一样长大了。埃米莉姑妈为人刻薄，喜怒无常，姑侄关系并不亲密，但是他在这个世界上唯一的最亲近的人。这次探访，完全是因为里基谈恋爱了，有心爱的姑娘了，出于人之常情，带来让姑妈看看。此前的十二章，基本是写男主人公里基在剑桥大学的生活以及假期中到几个亲戚朋友家里小住，其中包括女主人公阿格尼丝的家。在那里，阿格尼丝的情人杰拉尔德在踢足球时突然死亡。这对阿格尼丝的打击很大，因为杰拉尔德是一个运动员，体格健康，潇洒英俊。在这次打击中，里基用他在大学里学到的知识，给了阿格尼丝很大安慰，他们似乎顺理成章地发生了恋爱。他的恋爱遭到了朋友安塞尔的坚决反对，并且在信中明确提出了反对的理由："你根本不是一个应该结婚的人。你的身体有残疾；我们曾经几次讨论过。""你从未属于那个庞大的一族。""男人和女人要求截然不同的东西。男人想爱人类；女人只想爱一个男人。""我个人反对彭布罗克小姐的理由如下：（1）她不严肃。（2）她不诚实。"

故事读到这里，我们真应该为主人公里基庆幸，因为正如上述诗中所言：每个人应该挑选这世界的一个情人或一位朋友，而里基二者都占了。他似乎应该"开始那最沉闷最漫长的旅程"了。然而，就在他刚刚把雪莱的诗集装进口袋不久，他的姑妈告诉他，他有一个私生子弟弟，就是陪她生活了二十年的斯蒂芬·旺哈姆。里基听到这个消息，毫不犹豫地认为这又是他一贯怨恨的父亲作的孽，如雷轰顶，晕了过去。他不敢面对这个私生子弟弟，在阿格尼丝世故而老到的周旋下，这场危机总算对付了过去。里基一心向往文学，但是写的短篇小说不成功，生活还得继续下去，他应阿格尼丝的哥哥彭布罗克先生之邀，到一所二流私立学校——索斯顿公学，教书去了。

邓伍德大厦的新生活并不如意，私立学校的生活不仅唤起了里基对不幸的童年的记忆，还因为许多观念上的不同，令他对阿格尼丝的成见越来越深，里基的婚姻出现了无法补救的裂痕。他们的女儿出生了，却像里基一样，是个瘸子。因为照顾不好，很快便夭折了。埃米莉姑妈那边也麻烦不断。斯蒂芬长大成人，不服姑妈的管教，富有心计的阿格尼丝从中使了手段，埃米莉姑妈决心把斯蒂芬送到殖民地去。斯蒂芬不干，带了姑妈给他的关于身世的遗嘱，来找兄长里基。仗义的安塞尔到索斯顿公学来拯救里基，和斯蒂芬戏剧性地相识，对里基家庭的过去更加清楚了。安塞尔不顾众人阻拦，当着全体师生的面，直言相告斯蒂芬是里基母亲的私生子，而不是父亲的孽障；里基听了，又一次晕倒在地。

里基终于明白，他不能结婚，应该面对私生子弟弟，承担起一个男人的责任。他决心用真情把毛病多而性情真的弟弟带上一条正常的生活之道。他渐渐地看清了妻子阿格尼丝的浅薄和自私，一个图谋遗产的女人，终于逃离婚姻的牢笼，和弟弟去找埃米莉姑妈，协商解决斯蒂芬的财产继承问题。斯蒂芬嗜酒如命，不顾向里基许下的戒酒承诺，再次喝醉，卧倒在铁轨上。里基找到他时，看见火车开来，他以一个男人的责任感，拼力把他拖下铁轨，自己却被火车齐膝盖碾断双腿，不久死掉。斯蒂芬活了下来，结婚成家，有了女儿，并决心把女儿带向大自然的怀抱。

恋爱——结婚——当老师——死去，里基的这段生活仅仅持续了两年多，却似乎就是书名所指的"最漫长的旅程"了。

二　奶牛在那里

"奶牛在那里"是本书开篇的第一句话。一群剑桥大学生正在讨论客观物质是否存在的问题。客观物体只有人看见时才存在呢，还是它们本身就是一种真实的存在？七嘴八舌，非常有意思，可是争论清楚却很困难。学校的周围到处可见奶牛在草地上吃草，以奶牛为例，似乎可以把事情简单化了。但是，奶牛在那里还是不在那里？能否辨明，还是取决于客观性和主观性。客观性说：奶牛在那里。主观性说：我看不见奶牛，奶牛就不在那里；我看见奶牛了，但不是我认定的奶牛，我仍然可以视而不见，说奶牛不在那里。这是哲学问题，而主人公里基对哲学问题很头疼，对文学着迷，觉得奶牛应该在那里，否则他就没法写作了。另一方面，他对朋友安塞尔的观点也信服：你说奶牛在哪里就在哪里，全看奶牛是否符合你心目中的奶牛标准。也正是凭着这样的模棱两可的哲学观点，里基走上了最漫长的旅程，试图靠近"庞大的一族"的生活：结婚——工作——繁衍后代。

然而，对他而言，"奶牛在那里"，不仅仅指他自己的客观存在，更进一步指向了他的残缺身体——他是个瘸子。用我们惯用的话说，里基算得上"身残志不残"。否则，他也不可能进入剑桥大学这样门槛儿很高的学府。他广交朋友，广开思路，广开眼界，对大自然一往情深，对底层人充满同情，把校园认作自己的家园，像一块海绵一样吸收这个世界。然而这一切，都改变不了他是个瘸子这一客观事实。他可以掩饰，可以弥补，但在别人看来，"奶牛在那里"，无法改变。阿格尼丝·彭布罗克第一次来剑桥拜访，首先看见的就是里基一双双畸形的鞋子；赫伯特·彭布罗克始终担心的是"瘸腿里基"这一辈子能干什么，怎么生存下去，尽管他在剑桥读书而且有小笔遗产继承，不缺钱花。

"奶牛在那里"的严酷，不仅指外在的审视观，也在于内在的连续性——他生养的孩子，一个女儿，也是瘸子。这样恶性循环永无尽头，只要生生不息的话。这样的打击只是他个人的倒也罢了，他承受得了，因为他的残疾是与生俱来的，已经与他相伴二十多年，他有了抵抗力。但是，一个残疾的孩子，涉及的面要广得多。残疾的孩子一出生，他的大舅哥赫伯特说话都语无伦次，连接生婆都慌慌张张地躲开了。至于他的妻子，残疾孩子一出生，他们的裂痕发生了质的转变。因此，里基终于认识到，有的男人和女人，来到这个世界上，就是为了对方而生，他们会互相搀扶，走完最漫长的旅程。永恒的结合，永恒的拥有——这些正是普通人的诱饵。他不是这样的男人，阿格尼丝也不是这样的女人。他们没有永恒的结合，没有永恒的拥有。正因如此，孩子不幸夭折，倒让他如释重负，更容易分手。

"奶牛在那里"的严酷，在于他的"半个弟弟"——斯蒂芬·旺哈姆，他一直认为是他的父亲，作为最后的侮辱，给这个世界带来一个与他们所有的人都不同的人。在世人眼里，斯蒂芬生就了粗糙的仁慈，庄稼人的力气，一个愤世嫉俗的农家孩子。他头脑简单，一身蛮力，简直就是一个坏蛋、土匪，动不动就用武力解决问题。但是，正是这样一个人，阿格尼丝见到后，一下子想到了她过去的情人杰拉尔德，她朝他转过身来，好像要扑向他，有那么一个可怕的时刻，她渴望他把自己紧紧地揽入他的怀抱。

"奶牛在那里"的严酷，在于斯蒂芬是他母亲浪漫的结果，而他母亲浪漫的果子是圆溜溜的，非常健康的，又是因为斯蒂芬的父亲是个非常健康的庄稼汉。相比之下，倒好像他同样瘸腿的父亲生了他，是给这个世界带来了残缺。如果他结婚娶妻生孩子，作为父亲，还是只能给这个世界带来残缺。

"奶牛在那里"，是这部小说最成功的象征写作手法，而主人公里基的肢体残缺，则是这种象征最深刻的一笔。

三　适者生存

这个汉语成语的英文是：Survival of the fittest. 懂些英语的人都知道，fittest 是 fit 的最高级形式，照字面的意思，survival of the fittest 应该翻译成"最适合者活下去"。这是真理。作者年轻时所处的年代，这样的真理的争论，刚刚尘埃落定。用小说探讨这个问题，很时兴。

小说中，一共死了四个人：杰拉尔德，运动员，身强体壮，突然死亡；小孩子家贪玩，被火车撞死；里基与火车争夺弟弟，被火车碾断双腿，失血过多而死；里基的小女儿在襁褓中，不禁风寒而死。死亡的时间，应该是襁褓中的婴儿拖延的时间最长。其次是里基被火车碾断双腿，也撑了一定的时间。其他两个，都是在活蹦乱跳中，突然就死去了。从四个死者的死因看，好像肉体越强壮,越容易死掉。

小说用艺术形式传达了这样的信息:适者,不一定是强者;最适合者,不一定是最强者。

四 学校是缩小的世界

学校,是指英国的公学和私立学校,大约等于小学和中学的阶段。有的私立学校,专门为进入大学作准备,又等于高中阶段。小说写的,很明白,是指英国的寄宿和走读混合的学校。里基在私立学校的生活不堪回首,最难挨的是以大欺小、恃强凌弱的现象。

读过《简·爱》的人都知道,书中女主人公简·爱寄宿的那所私立学校,老师惩罚学生毫不留情,女孩子们的自然卷头发都要剪掉!学生们中间以大凌小的现象,最严重的是大女生从弱小的女孩子的盘碟里夺食。这种现象在男孩子中间,要可怕得多。但是,真正写进小说中的并不很多。这大概与男人的尊严有关系,因为男人之所以为男人,多数都不愿意把小时候受气的经历展示给别人。那是在示弱。因此,《最漫长的旅程》中关于英国学校里的霸道描写,显得格外珍贵:

苹果馅饼床都不足挂齿;拧指、踢蹬、扇耳光、拧胳膊、揪头发、夜里装神弄鬼、往书上洒墨水儿、涂抹照片,这些恶作剧本身都是区区小事,算不得什么。不过,听任这些荒唐的事情沉瀣一气,继续下去,那你就会活在一个成年撒旦都不能设计出来的地狱里。

里基见到杰拉尔德时，首先想到的就是这些。他们都长大了，里基是阿格尼丝的发小，而杰拉尔德是阿格尼丝的情人。但是，阿格尼丝不知道，有一道阴影把他们两个男人的生活遮挡在暗地里。杰拉尔德那时是恶少，而里基那时是牺牲品，岁月的流逝、个人的成长，却永远不能够把他们最初的不平等的交往清洗干净。他们在俱乐部和乡间住宅相遇时，也许会你拍拍我的背，我拍拍你的背，然而学校里的那段生活，是念念不忘的。在里基眼里，杰拉尔德虽然从男孩儿变成了男人，但是依然表现得无礼、粗鲁和冷漠：

他还是那个学校恶少，动不动就拧小男孩子的胳膊，在礼拜堂里往小男孩身上别别针，等他们在单杠上摆动时别针就会刺进他们的肚皮。

里基做了老师，到索斯顿任教，始终站在弱者一边，不惜和妻子、大舅哥在许多问题上意见相左，但是个人和体制对抗，总是防不胜防。学生滋生出来的那种"人之初性本恶"，在毫无预兆的情况下，都会表现得令人骇然：

级长们都借故离开了，大一些的孩子站成了圈儿，小一些的孩子受托成为中坚力量，把瓦尔登摔倒在地上，在课桌下面踩躏他的脸，乱揪他的耳朵……受害者瓦尔登疼痛难忍，大喊大叫，第二天医生来了，说需要动手术……这孩子没有死掉，但是他离开了索斯顿，再也没有回来。

男孩子的成长不需要太娇气，但是他们更不需要这种不折不扣的野蛮行为。里基上学的时候受过这样的欺负，知道这样的阴影很难抹去，他亲自去和受害者瓦尔登交谈，但是发现，仇恨的种子已经种下，再难根除，只能寄希望于受害者的修炼和宽容。至于修炼和宽容到一种什么程度，作者E·M·福斯特在这本书中使用的一些创作手法和他本人的生活经历，可以从一个侧面给我们一些求证。

五　福斯特的最爱

> 我的确喜欢阅读我自己的作品，而且经常阅读。我对自己认为写得差劲的部分总是轻手轻脚地走过去。

上世纪六十年代初，E·M·福斯特接受《巴黎评论》杂志的专访，坦率地谈论了他的写作和他的作品。上述两句话，是他在接受这次专访中所说的话。生于一八七九年元旦的福斯特，这时已近八十岁的高龄，到了说话随心所欲的地步。距离他写出最后一部小说《印度之行》，已经过去了半个多世纪，他如此喜欢阅读自己早年的作品，不是敝帚自珍的心理，也不是怀旧的心理。我们不能忘记，他是一个很有建树的文学批评家。他的文学批评理论著作《小说面面观》早已是文学批评的经典。阅读自己的作品，是知己；阅读别人的作品，是知彼。知己知彼，才能立论准确，才能比较和鉴别。以自己为标杆，可说是福斯特文学批评的一个特色。

在本书的《作者前言》里，福斯特坦承：

《最漫长的旅程》是我的五部长篇小说中最不流行的一部，却是我最欣然命笔写出来的一部。因为，在这部小说中，我力图比在其他写作中更接近我的心智所在——或者换句话说，更接近心智和心境的结合点，即创造的冲动迸发火星的地方。

　　由此可以推论，《最漫长的旅程》是福斯特阅读最多的一部。毫无疑问，这部小说也确实是最耐读的一部小说。主要理由是：

　　A 这部小说是福斯特自传成分最多的。

　　B 这部小说的情节散漫却细腻，值得玩味的地方很多。

　　C 如以上引言所说，心与灵的结合点多，思考性的描写多，耐琢磨。

　　D 福斯特动手创作这部小说时刚刚二十五岁，还处在一个诗意的年龄，因此书中许多地方都写得很抒情。

　　E 与小说中的主人公里基一样，E·M·福斯特腿有残疾，因为这样的身体残疾，会怎样影响他的写作？　这里想多说几句。

　　我母亲爱说一句话：身残心残。母亲说这句话的语境，我至今记忆犹新。那是个夏天，一个盲人带着自己的小女儿到我们村里来说书。小山村，这点热闹也算点热闹了，几乎能到场的村里人都来看了。记不清那个瘦弱的小女孩儿犯了什么滔天大错，那个盲男人笑嘻嘻地叫小女儿往他跟前走。想必那个瘦弱的小姑娘知道大难临头，挪着步子往他爹的身边走去。说时迟那时快，盲人手里的棍子斜刺里打出来，把那个小姑娘拦腰横扫在地，只见她岔了气儿似的，蚊子似的哭着，半天从地上爬不起来。

从我对人的几十年观察，这句话是很有道理的。身残，即身体有残疾的人；心残，即心里有残疾的人。这句话可以从两个方面诠释。一个方面是正面的：知道自己是残疾人，敢于面对，因此活人活得认真，做事做得认真，在力所能及的范围内，能付出常人几倍甚至几十倍的努力和辛苦。对别人的疾苦有更深层的体会，随着阅历丰富，会变得格外仁慈。用一句总结性的话说，就是：身残志不残。另一个方面是负面的：因为自己的残疾，导致心理失衡，不能面对，对同类人更加蔑视，对正常人更加忌恨。

作为英国二十世纪重要的现代派作家，尽管算不上多产，但是他的作品最主要的成就是对英国以外的文化的接纳和宽容。这不仅表现在两种文化比较中没有贬与褒，还在于他对笔下的人物的缺点和错误（在常人看来），一概采取了包容的态度。里基作为残疾人，能做一部小说的主人公，这样的写法本身就是一种突破。里基总的形象是"身残志不残"：在学业上孜孜以求，对待朋友以诚相待，对待孩子充满厚爱，对待亲人无比宽容。随着小说的发展，他最终接纳了同母异父的私生子弟弟，斯蒂芬·旺哈姆。按照福斯特写小说的时代，私生子还是很难不受歧视的。像书中在众人眼中无异于一个恶棍的斯蒂芬，更被社会视为残渣余孽。埃米莉姑妈决意把斯蒂芬送往殖民地，表面的原因是她控制不了他，背后的原因其实是斯蒂芬这样身世的人很难被社会接受。但是作者不仅让主人公最终认下了斯蒂芬，还为这样一个人献出了自己的生命。斯蒂芬不仅活了下来，还成了这个家族血脉的唯一传承人。

书中的埃米莉姑妈，是一个比私生子斯蒂芬更难让人接受的刻薄老女人。她对自己的丈夫薄情寡义，但是当已故丈夫为人记起时，她又迫不及待地为丈夫的《随笔》写回忆性前言。她依仗丈夫留下的家产，从来不把村里人放在眼里，连上教堂去作弥撒，都是一副傲慢的态度。她对所有的人都极尽嘲弄和耻笑。就在里基为了营救弟弟斯蒂芬不幸死掉后，她还在给人的信中，说他是"一个所有应该承担的事情都没有承担起来的人；是成千上万从泥土中来又回到泥土中的一个，一无所成，枉来人世一趟"。仅此一点，作者笔下的主人公里基，始终能认下这样的姑妈，就是一种宽宏大量的态度。

另一方面，作家福斯特，和书中的主人公里基一样，是一个腿有残疾的人。在创作里基这个人物方面，很可以看出作者"心残"的另一面。在女主人阿格尼丝的家，里基见到了阿格尼丝的情人杰拉尔德。一个是瘦弱而残疾的知识分子，一个是爱动而雄健的运动员，阿格尼丝又站在英俊的情人一边。作者在处理这样的关系时，实在有点不堪重负，尤其他自己也是残疾人，于是乎，他快刀斩乱麻，咔嚓一声，让杰拉尔德突然毙命，给读者很大的冲击感觉。意味深长的是，福斯特没有让他的男主人公活下去，而让他突然死掉。更意味深长的是，作者让里基死掉，是因为火车把里基的腿从膝盖处齐刷刷碾断，让他失血过多而死，从此处不难看出年轻的福斯特当时对自己的残躯和瘸腿，是多么耿耿于怀。当然，这部小说的许多力度也是从这方面爆发出来的，这也算福斯特的优势了。

福斯特的最大优势，还是在于他的优秀头脑，对自己的人生认识得很早、很清楚，没有费尽苦难经营自己的残缺的生活，而是果敢地采取减法，终身远离婚姻生活，用里基的莫逆之交安塞尔的话说："你从未属于那个庞大的一族。"而属于"男人想爱人类"一族：书中对现代社会人际关系的思考、对大英帝国的思考、对英国教育的思考、对大自然的欢呼和拥抱以及诗意的描写，都为这本书增添了厚重的、辩证的、诗意的、现代的成就，为读者的阅读准备了丰盛的快意。

不过，以笔者的俗眼看，《最漫长的旅程》对E·M·福斯特来说，可谓一语成谶：一八七九年出生的他，一九七〇年谢世，整整活了九十一岁，可谓漫长的一程。对一个思考者来说，这样的寿数是非常必要的条件。

作者前言

《最漫长的旅程》是我的五部长篇小说中最不流行的一部，却是我最欣然命笔写出来的一部。因为，在这部小说中，我力图比在其他写作中更接近我的心智所在——或者换句话说，更接近心智和心境的结合点，即创造的冲动迸发火星的地方。倘若思想和感情不是总在合作，那么它们总是会发生碰撞的。我记得写作这部小说时，我是如何兴奋，如何全神贯注，有时又如何故意写入歧途，仿佛反文学的精神轻轻地把我的胳膊肘推了一下。尽管这部小说缺点多多，但是它是我几本书中唯一一本在我没有意识到的情况下突发念头的。在别的写作中，我不得不窥视一番我过去的杂物间，找到那些一定用得上的素材；即使我找到了它们，可它们却找不到我，那被窥视的奇异的感觉，甚至重访的感觉，是没有的。

因此，"世界经典文库"的编辑要把这本书收入这个系列，并要我提笔写一篇前言，我欣然受命。

我的笔在哪里？

在一篇旧日记中，日期为一九〇四年七月八日，有如下记录："另一部长篇小说的念头——一个男人发现他有一个私生的弟弟——上星期六以来一直萦绕在心头。"

这部小说就是这样产生的——多么平淡无奇啊！然而，它于一九〇七年出版了，在酝酿和出版的间隔中，一些别的念头冒出来干扰或者混淆或者丰富原来的主题。比如关于"现实"的形而上学的观念("奶牛在那里");比如现实必须面对的伦理观念(里基不能面对斯蒂芬);比如英国私立学校的观念或者理想;比如书的名字,借用雪莱的话劝导我们别仅仅爱一个人;又比如剑桥啦,威尔特郡啦,等等。我没有有意识地把上述念头一一写下来,但是我写作时,它们在我的脑海里转来转去,也许大大削弱了我的方向感。

让我试着单把威尔特郡写一写。

一九〇四年的日记这样记录九月十二日:"我又去菲格斯伯里圆环阵地散步。"这个条目后面藏有很多内容。它激起我一阵情感上的兴奋,我趁兴挥笔疾书。菲格斯伯里圆环阵地距离索尔兹伯里约五英里,火车驶向索尔兹伯里市,从火车上看得见那圆环阵地。作为一处古迹,圆环并不引人注目。外圈堤岸里面有一内圈堤岸,中央是一棵小树。堤岸上绿草如茵,其余的地方都种了一圈套一圈的庄稼。我那时二十五岁,开始对威尔特郡丘陵草原另眼相看,可我迄今为止一直谴责它裸露而荒凉。我在意大利已经产生了同样的经历,并且因此写出了我的一个短篇小说。这一次的经历,不仅仅是看看风景,而是呼吸空气,闻一闻田野的气息,从这里观望的牧羊人在这里垒起了一些人为的加固物。他们和我没有什么可交谈的——只有一个我喜欢的话题;我给了一枚六便士的小费,被谢绝了,而我被让了一袋烟,我不得已也谢绝了。整个经历本身小事一桩,但是对这部小说来说却至关重要,因为这一经历丰富了我构思那半个兄弟的贫瘠概念,给斯蒂芬·旺哈姆,那个私生子,找到了一个家。菲格斯伯里圆环阵地变成了卡德伯里圆环阵地。圆环阵地下面的文特伯恩峡谷变成了卡德峡谷,一个平面交叉的变化,而《最漫长的旅程》这一部分便成型了。它还以不可思议的方式分娩了。也就是得到了酬答——比如我在马修·阿诺德的诗作《学者吉卜赛人》看出了端倪。我察觉,我创造,我复兴,在许多年中,这幕威尔特郡风景,令我的虚构的幽灵一直盘桓不去。有一次,我甚至和利顿·斯特拉奇来检验这一魔力,一块儿在圆环阵地不远的地方住下来——一位礼貌的、待人周到的主人,却对各种虚构的描述不赞成。他失败了。圆环阵地还是圆环阵地,那棵树,那棵树依然在那里,如同它对马修·阿诺德的影响,尽管它绝不是他笔下的那棵树。

剑桥是里基的家,他是兄长,嫡出,剑桥是他唯一真正的家:G·E·穆尔[①]的、我从本世纪开始了解的剑桥:无所畏惧的不受影响的剑桥,寻求真实,关心真理。安塞尔是那个当地神龛的大学本科的领军人物,阿格尼丝·彭布罗克是揭穿这个神龛的死对头。里基被阿格尼丝所俘虏,被索斯顿所迷惑,结果搞得焦头烂额,当安塞尔和斯蒂芬联手前来营救,都无济于事。剑桥的那些章节依然充满浪漫色彩,对我来说至关重要,而我仍然对安塞尔关于大世界的那番痛斥表示赞同。

"根本没有什么大世界,不过一个区区小地球,和小小的太阳系其他支系隔离开了。这小小的地球到处都是小小的社会,剑桥只是一个小社会而已。所有的小社会都是小胡同,只不过有些好,有些坏——正如同一所房子里边很美

[①] G·E·穆尔(1873—1958),英国哲学家、伦理学家、实在论者,曾任剑桥大学哲学教授(1925—1939),主要作品有《伦理学原理》、《反驳唯心主义》、《哲学研究》等。

丽，另一所房子里边却很难看。请注意房子这一比喻吧：我又回到了原来的话题。好的社会说：'我告诉你干这个，是因为我是剑桥。'坏的社会说：'我告诉你干那个，是因为我是大世界'——不是因为我是'佩卡姆路'，或者'比林盖特街'，或者'帕克巷'而是'因为我是大世界'。他们在撒谎。像你这样的傻子就爱听他们的，真以为他们是一件现在不存在、永远不存在的东西，和'大'混淆起来，而'大'无论怎么样都没有意义，和'好'不搭界，而'好'才意味着拯救。看看这个大花圈：明天它就干死了。看看那朵好花儿：明年还会再次绽放。下面不妨再打一个比方。拿这世界和剑桥相比，好比是拿房子的外墙和房子的内墙相比。这用不着动多大的脑子，也得不到什么精神结果。你只是不得已说：'啊，真是不一样！啊，真是不一样！'然后再进到屋子里，展示一番你开阔的心胸。"

索斯顿以那个大世界的姿势出现，不需要把我们留住。它是赫伯特·彭布罗克和阿格尼丝·彭布罗克永远的家，有一些我自己住过的私立学校的影子。我在私立学校不是很幸福，也算不上多么不幸福——瓦尔登的耳朵从来没有挨过揪。我离开学校后，我的生命的最好时光才开始，因此当上年纪的人回忆他们各自的私立学校那么激动，而且把它们比作仿佛艺术作品时，我总是感到迷惑不解：听他们的口气，仿佛离开那里以后就只有无聊的时光了。

在书的写作进程中，出现了一些变化，如同一部如此散漫构思的作品常会有的自然而然的现象。斯蒂芬有一段时间曾经叫哈罗德，又有一段时间叫西格弗里德，曾用一个很长的幻想的章节来写他，可我把这章删掉了，现在把它的大概内容交代一下。他到索尔兹伯里骑马出游半途而归，一个人骑马返回了卡德夫。他来到了一个快活的地方，河上横跨一座铁路桥，他下了马，在河里洗澡。一列火车头在桥上转轨，停了下来，火车司机探出头来，用不堪入耳的污言秽语大骂他没有穿衣服。同样的事情曾经发生在赫里福德郡我的朋友洛斯·迪肯森身上。迪肯森没有以牙还牙。斯蒂芬却绝不饶人。跑上路堤，他袭击了火车头，挥起他的拳头一通乱打。司炉工瘫倒在地上，火车头继续前行。在一场混乱的搏斗中，他被扔到车外的铁轨上。他没有伤着，但是离开他的衣服和马匹很远，他以为他知道一条穿过树林回家的近道，结果迷了路，一路上吓坏了一伙张皇失措的人，自己却被一群羊吓坏了，落荒而逃，在一棵山毛榉树上撞破了头。当他稳住了神儿时，他不再是他自己，半傻半疯的样子，成了树林的一部分，动物们倒把他认出来了。离开那些树林，他回到了过去的生活中，看见了卡德伯里圆环阵地和急匆匆向他走来的里基，只见他胳膊上撂起了高高的体面的服装。（里基是怎么知道他需要衣服，我忘记了。）

只有那群羊从这一幻想的章节里保留下来。羊群的作用尽量省用，只是让那个男孩儿在卡德夫的屋顶上睡着了，风在吹，太阳落在他的身上，他在睡梦中喃喃道："好啊，好啊……"可他不能读懂一则关于和大自然接触的短篇故事。

《最漫长的旅程》具有强烈的时代烙印。因为，斯蒂芬认为美好无比、似乎注定继承下来的那个英格兰，已经一去不复返了。人口在增长，科学在应用，这两者把它折腾得面目全非。在那些日子里，空气清新，户外就是荒地，当今的一代人是想象不到了。我很高兴我对我们的乡村了如指掌，后来，我们的乡村道路才危险得不能走路，河流才肮脏得不能沐浴，蝴蝶和野花儿才被砷化合物喷雾剂所摧残，莎士比亚的埃文河才飘满了洗涤剂沫儿，鱼儿才在剑桥翻起了肚皮。

说几句评论。评论是鼓舞人心的。有一位评论家——我认为他就是韦尔·贝弗里奇——令人愉快地计算了突然死亡的百分比（不包括婴儿的夭折），成年人口达到了百分之四十四。然而，这本书没有卖出去。我的一位表叔，一个生来喜欢取笑的人，把剩余的书按每本六便士买下了若干，把它们分送给了我亲戚中那些容易被惹恼的人。还是这位表叔，尽管时时处处地表现出一种男子汉风范，描写菲林太太的性格时却给了我许多点化，而且他在诺森伯兰的家，为卡德夫提供了那所建筑和气氛。

E·M·福斯特

兄　弟[1]

① 原文为拉丁语。

第一部 剑桥

第一章

"奶牛在那里[①],"安塞尔说,划着一根火柴,捏着伸出去,悬在地毯上面。没有人搭话,他等待火柴烧完,掉了下去。接着他又说:"它就在那里,那头奶牛。现在就在那里。"

"你无法证明这点,"一个声音说。

"我证明给我自己看了。"

"我自己却证明,奶牛不在那里,"那个声音说,"奶牛不在那里。"安塞尔皱起眉头,又点着了一根火柴。

这是哲学。他们在讨论客观物体的存在问题。客观物体只有人看见时才存在呢,还是它们本身就是一种真实的存在?争论起来非常有意思,可是争论清楚却很困难。以奶牛为例。奶牛似乎把事情简单化了。奶牛很熟悉,很实在,以它为例子证明是否真实,肯定会真相大白,结果也会是很熟悉的,很实在的。奶牛在那里还是不在那里?能否辨明,还是取决于客观性和主观性。好比在牛津,此时此刻,一个人正在问:"我们的房间在假期看上去会是什么样子呢?"

"听我说,安塞尔,我在那里——在那草场上——奶牛在那里。你在那里——奶牛在那里。这样说你同意吗?"

"啊嗯?"

"哦,如果你走了,奶牛留下来了;可是如果我走了,奶牛也走了。那么,如果你留下来而我走了,那又会是什么情形呢?

好几个人叫喊起来，说这是在诡辩。

"我知道这是诡辩，"讲话的人痛快地承认说，大伙儿一时又安静下来，都在很认真地思考，解答这个问题。

里基——火柴一根接一根掉落在他屋子的地毯上——不喜欢参加这种讨论。对他来说，这样的讨论太难了。他连诡辩都不会。倘若他开口讲话，他只会表现得像一个傻瓜。他宁愿听别人争辩，看着烟叶青烟缕缕，从窗台边袅袅升起，飘入安静的十月的空气里。他也能看见庭院，看见学院的猫儿在逗弄学院的乌龟，看见厨子们头上顶着超大个儿的盘子。热食够一个人的——那个人一定是地理学监，他从来不到食堂用餐；冷食够三个人的，一个人头上顶着足足半克朗的食物，给谁送去，他不清楚；热食，一份菜单——显而易见是为了在隔壁楼梯上转悠的女士们准备的；冷食送给两个人，两先令的量——朝安塞尔的房间来了，是他自己和安塞尔的，借着灯光，他看见食物上面又是蛋白酥皮卷儿。然后，宿舍清洁工②开始到来，彼此说说笑笑，他能听见安塞尔屋子里的清洁工说："哦，讨厌！"因为她发现她还得把安塞尔的桌布铺上，连喘口气的工夫都没有。那些大榆树一动不动，好像还待在仲夏万物欣欣向荣的环境里，暗色隐藏在树叶那

---

① 按照黑格尔关于"绝对"的抽象概念，客观物体的客观存在，与人看得见看不见没有关系。书中的争论就是从这种概念开始的。不过，剑桥大学国王学院有个传统，就是以奶牛为例子展开争论。福斯特的描写是建立在真实争论和真实奶牛基础上的。剑河旁边的草场上，一直有奶牛在走动，从福斯特住的宿舍可以看清楚。自从福斯特在《最漫长的旅程》里使用了"奶牛在那里"，它就成了一个形象的哲学概念。在美国，有诗人把这句话写进诗歌，便有了著名的"奶牛在那里吗？"的发问。这个句子可以翻译成"奶牛存在"，但因为福斯特写作的特别背景，翻译成"奶牛在那里"，也许更加形象。

② 英文 bedder，是英国大学专门收拾床铺的女工，实际上也打扫卫生。

些黄斑里，树冠的轮廓依然阔大丰满，映衬在温馨的天空下。那些大榆树好比林中女仙，至少里基是这样相信或者假称的，不过是真信还是假称，二者之间的界限很微妙，远非我们说得清楚。不管怎样，它们都是淑女树，由于它们在青年人你来我往的地方充当庇护物，便一代又一代地让院校的规章制度形同虚设。

然而，奶牛怎么样了？他又想到奶牛问题上，不禁惊诧，因为这种情况从来没有发生过。他也尽力把这个问题想出结果。奶牛在不在那里呢？奶牛。在那里还是不在那里。他睁大两眼，望着夜空。

在那里还是不在那里，想起来都让人兴趣盎然。如果奶牛在那里，别的奶牛也都在那里。欧洲的夜幕到处都有它们的存在，在遥远的东方，它们的肋侧在冉冉升起的太阳下闪闪发光。大群大群的奶牛站在牧场上吃草，没有人照看，也无需人照看，或者站在无法蹚过的河边的齐膝深的水里扑通扑通踩水。不过，这只是安塞尔的观点。而蒂利亚德的观点另有一套说法。你不妨听一听蒂利亚德的那套，认定奶牛不在那里，除非你亲眼看见。那么，一个没有奶牛的世界便展现在你眼前，团团把你围了起来。然而，你只要向田野窥视，咔哒一声！眼前豁然开朗，满眼都是奶牛的身影。

突然，他认识到这又是万万行不通的。一如往常，他忽略了整个论点，丢西瓜捡芝麻，在哲学上堆积了粗糙的、毫无意义的细节。因为，如果奶牛不在那里，那么世界和田野也不在那里。安塞尔关心的阳光下的奶牛肋侧或者无法蹚过的河流，又怎么会存在呢？里基把自己可怜巴巴的灵魂斥责一通，眼睛从夜色里转出来，因为正是夜色引导他得出这样荒唐的结论。

火苗在忽忽跳动，安塞尔站在火炉边，影子赫然，好像把小小的房间笼罩起来了。他还在喋喋不休，或者猛地划一下，点燃了一根又一根火柴，再把烧尽的火柴棍丢在地毯上。时不时，他会用脚踢蹬一下，仿佛他会急速倒退几步跑上楼梯，然后踩在火炉栏的沿儿上，把火炉边的铁具统统踩飞，炉边的黄油面包碟子因此互相碰撞，打个粉碎。其他哲学家斜里歪垮地坐在沙发、桌子和椅子上，其中一个有点不耐烦了，悄悄地蹭到了钢琴旁，膝盖跪在柔软的钢琴踏板上，手指小心翼翼地敲击琴键，演奏《莱茵的黄金》序曲①。空气里充满浓浓的烟叶青烟，还有暖融融的清香的茶味儿，而里基越来越有睡意，白天发生的事情似乎在自己迷迷瞪瞪的眼睛前，一件接一件地飘逝了。早上起来，他读了忒奥克里托斯②的诗歌，他认定忒奥克里托斯是希腊诗人中的泰斗；他和一个快活的学监一起用午餐，品尝了脆拜客③点心；然后他和自己喜欢的人散步，走了相当长的距离；现在呢，他的屋子坐满了他喜欢的另一类人，等他们离开，他还要和安塞尔一起去吃晚餐，而安塞尔也是他十分喜欢的人。一年前，他对这些快活的事情一无所知。那时候，他还在一所鼎鼎大名的私立学校孜孜求学，寒冷、无知、没有朋友，为一次寂静的孤独的旅程做准备，祈求他要是单单落下，形单影只，倒算烧高香了。剑桥没有让他的

---

① 瓦格纳（1813—1883），德国作曲家，毕生致力于歌剧的改革与创新，作品有《漂泊的荷兰人》、《纽伦堡名歌手》和歌剧四联剧《尼伯龙根的指环》。这里所指，即《尼伯龙根的指环》中第一部《莱茵的黄金》。

② 忒奥克里托斯（前310？—前250？），古希腊诗人，创始田园诗，以《泰尔西斯》最著名，其诗对古罗马诗人维吉尔以及后来的田园文学产生很大影响。

③ Zweiback的音译，一个德语词儿，一种反复烤制的面包片儿，具有脆酥的特色，也叫面包干。

祈祷得逞。剑桥录取了他,抚慰了他,温暖了他,冲他呵呵发笑,说他暂时还一定不能活得太有悲剧色彩,因为他的童年只是一条落满灰尘的走廊,通向青年时期的广阔的厅堂呢。一年来,他已经结交了许多朋友,学到很多东西,如果他心无旁骛,盯紧那头奶牛,他还会学到更多的东西。

火焰已经熄灭了,在沉闷的气氛中,钢琴旁的那个人贸然问道:如果客观的奶牛,生下了一头主观的牛犊,那会是什么情景。安塞尔气哼哼地叹息一声,这时候,门边传来敲门声。

"请进!"里基喊道。

门开了。一个高个子年轻女子站在门边,挡住了过道落下的光亮。

"女士啊!"在场的人都大感意外,悄声叫道。

"是吗?"他紧张地说,深一脚浅一脚地走向门边(他腿瘸,一跛一拐的。)"是吗?请进吧。我能效点什么劳——"

"倒霉的孩子!"年轻的女士嚷嚷说,戴手套的手指直通通地戳进了屋子。"倒霉的,倒霉透顶的孩子!"

他用两只手紧紧夹住了自己的头。

"阿格尼丝!啊,天哪,糟糕透了!"

"倒霉的,可恶的孩子!"她把电灯开关打开了。哲学家们一下子暴露在灯光下,颇感不快。"我的老天爷,茶话会啊!哦,真的,里基,你坏透了!我还要说:倒霉的、烦人的、讨厌的孩子!我非狠狠抽你一顿不可。请大伙儿听我诉诉苦——"她朝聚会的人们转过身来,见他们都站起身来——"请大伙儿听我说,他请我和哥哥来过周末。我们接受了。到了火车站,却不见里基的影子。我们坐马车直奔他原来的住处,叫什么来着——特朗普里路还是什么名字——可他不在那里住了。我的火气不打一处来,我没来得及拦住哥哥,他已付钱把出租马车打发走了,这下我们没辙了。我只好步行了——一下子走了好几英里。你们给我评评理,我该怎么教训里基一顿?"

"他就结结实实挨一顿抽吧。"蒂利亚德说,幸灾乐祸的样子。然后,他匆匆逃向门边。

"蒂利亚德——别溜啊——我来介绍一下彭布罗克小姐——大伙儿别都走掉啊!"这时,他的朋友们纷纷逃离他的客人,像太阳下的雾气一样散了。"哦,阿格尼丝,实在对不起;我无话可说。我完全忘了你们要来,忘得干干净净。"

"多谢,多谢啦!你多会儿才能想到问问赫伯特在哪里呢?"

"是呀,他在哪里呢?"

"我才不告诉你呢。"

"可是,他没有和你一起走吗?"

"我就不告诉你,里基。这是对你的惩罚。你只是嘴上说说对不起,心里没事儿一样。我以后还要惩罚你。"

她完全说对了。里基内心并没有深感自责。他忘了接人,感到对不起,不过他把原因推诿到了他的客人们头上,是他们让他抽不出身来。年轻男子对年轻女士失礼是大跌份子的事儿,可他并不觉得多么丢人。倘若他对宿舍清洁工或者校工失礼,他现在的心情也不过如此,这不能说明他是个不懂礼节的人。

"我得先去弄些吃的。坐下歇一歇吧。哦,我来介绍一下——"

安塞尔现在是来参加讨论的人中唯一留下的。他还在壁炉前,手里捏着一根烧完的火柴棍。彭布罗克小姐的突然到来,丝毫没有打扰他。

"我来介绍一下安塞尔先生——彭布罗克小姐。"

接下来是一个非常难堪的时刻——此时此刻,他恨不得从来不曾结交一个聪明的朋友。安塞尔爱搭不理的,没有伸出手来,也没有点头示意。这样的表现实属罕见,彭布罗克小姐一下子蒙了,不知道发生了什么,自己的手伸出去等了很久,让一个少女不堪忍受。

"来用晚餐吗?"安塞尔问道,声音低沉而煞有介事。

"我想去不了了,"里基无可奈何地说。

安塞尔转身离去,一句话没有多说。

"别为我们费心,"彭布罗克小姐心平气和地说。"你为什么不和你的朋友一起去呢?赫伯特在找住的地方——为此他没有到这里来——店主们一定能让我们吃上饭的。你住的房间真热闹啊!"

"哦,不——一点也不好。哎,我对不起。我真的对不起。我简直无地自容。"

"为什么?"

"安塞尔——"接着他忍不住讲了下去。"安塞尔不是绅士。他父亲是一个棉布商。他的叔叔大爷们都是农夫。他能来这里上学,完全因为他聪明绝顶——完全由于他的脑子好使。来来,快坐下吧。他根本不是一个绅士。"他急匆匆离开,忙晚餐去了。

"这孩子怎么变得这么势利眼了!"阿格尼丝心想,一副超然世外的心境。她一点不认为,里基说的那些话是什么宽心的话儿——里基对于他不喜欢的人,从来不会讲出这样的话儿。她也不会认为,安塞尔寒碜的出身就是他表现无礼的根源。她很乐意看到生活到处都有琐碎小事儿。六个月以前,她没准儿会在意的;可是现在——男人对待她什么态度,她是不会往心里去的,因为她找了自己出类拔萃的情人,他一出手,一准能把这些文弱书生打得落花流水。她不敢把所发生的事情告诉杰拉尔德,他要是听说了,不管身在何地,都会赶来把安塞尔捶个半死。她也决心不把实情告诉自己的兄长,因为她心地仁慈,她喜欢让事情过去就过去了。

她先把手套脱了,然后摘下耳环,开始端详起来。这些耳环是她的癖好——她唯一的癖好。她一直惦记着耳环,杰拉尔德向她求婚那天,她赶到商店,给耳朵打了眼儿。出于说不清道不明的理由,她知道这样做是对的。杰拉尔德送给了她耳环——纤小的金镏子,珠宝商告诉她,是仿造史前的宝物铸造的——她亲吻了手绢儿上的血迹。赫伯特见了,一如往常,大吃一惊。

"我情不自禁啊,"她大声嚷道,一下子站了起来。"我和别的姑娘不一样。"她开始在里基的屋子里走来走去,她很不喜欢安安静静地待着。屋子里没有什么东西好看的。画儿一点儿不吸引人,也吸引不了她——学院派群像,瓦茨①的《帕尔齐法尔爵士②》,还有一幅画里一只狗在追逐一只兔子,另一幅画里一个男人追逐一个少女,再有一幅廉价的圣母画像,装在一个廉价的绿色画框里——一句话,一组收藏画儿,一幅平庸的画儿比另一幅平庸的画儿还平庸。门口那边挂了一幅满城水路的城市的长条照片,阿格尼丝从来没有去过威尼斯,以为照片上是威尼斯,然而

---

① 瓦茨(1817—1904),英国著名画家,主要以贵族肖像出名,向国家美术馆捐献过150余幅画作。他生前却以道德寓意画著称。
② 帕尔齐法尔,英国亚瑟王传奇中的一个著名骑士,是他最后找到了圣杯。

到过斯德哥尔摩的人,都知道那是斯德哥尔摩。里基的母亲面相非常慈祥,站在壁炉上方。还有一些画儿是刚刚从画框匠那里取来的,面壁而立,她也不屑伸手把它们翻过来看看。桌子上摆满脏兮兮的茶杯,一块扁平的巧克力饼,奥玛·卡扬的《鲁拜集》,书页上放了一块大红香蜂草①饼干。一个花瓶里装了一些红艳艳的秋天红叶。这让她会心一笑。

然后,她看见了房间主人的鞋子:他把鞋子放在了沙发上。里基有点瘸,穿的鞋子尺寸不一样,一只鞋子钉了厚跟儿,让他走起路来两脚平稳些,不那么七瘸八跛的。"啊呸!"她发泄一下,把那双鞋子小心翼翼地取下沙发,放到了卧室里。她看见卧室里还有别的鞋子、靴子和便鞋,整整码了一排,都有一只钉了厚跟儿。"啊呸!可怜的孩子!真是太糟糕了。他为什么生得和别人不一样呢?这种生来的缺陷真是害死人。"她长叹一口气,把卧室的门关上了。随后,她回想起杰拉尔德完美无缺的身子,走起路来像运动员,肩膀沉稳有力,两只胳膊伸出来迎接她。渐渐地,她感到释然了。

"打扰了,请问摆上几个茶杯?"宿舍清洁工,阿伯丁太太,问道。

"我看摆三个吧,"阿格尼丝说,和气地微笑起来。"埃里奥特先生一会儿就回来。他出去叫晚餐了。"

"谢谢你,小姐。"

"一天要洗多少茶杯啊!"

"不过茶杯洗起来还算容易,尤其是埃里奥特先生的。"

---

① 产于北美的一种植物,可以当茶叶饮用。

"为什么他的茶杯洗起来更容易呢？"

"因为他用过的茶杯边角没有脏东西。安德森先生——他就住楼下——尽使用一些有纹路的八角杯，那洗起来就是另一回事儿了。是我想到给埃里奥特先生拿这些茶杯的。他的一个想法就是减少别人的麻烦。我还从来没有见过这样为人着想的先生呢。我说啊，这世界会让他活得更好的。"她把茶杯拾掇进了洗涮间，返身出来时带了桌布，找补一句说："只要他不死掉的话。"

"恐怕他身子骨不结实，"阿格尼丝说。

"哦，小姐，他的鼻子！我不知道，他要是知道我提起他的鼻子，会说些什么，可是我一定要和什么人说说，他既没有父亲，又没有母亲。他的鼻子啊！在漫长的暑假里，要哗哗地流两次血呢。"

"真的？"

"这件事情，应该有人知道。你听我说没错，这间小屋子啊！……不管怎么说，埃里奥特先生都是一个绅士，这小屋子无论如何都不能失去。还好，他的朋友都活蹦乱跳的；我总是说，他们相处得比兄弟还亲密。"

"那对他是好事儿。他没有亲兄弟。"

"呃，霍恩布洛尔先生，那是个快活的先生，蒂利亚德先生也爱热闹！埃里奥特先生自己呢，通常就像一个顽皮的大孩子。哎呀，这栋楼里就数这个楼层热闹！昨天晚上，W门的宿舍清洁工对我说：'你对我的绅士干了些什么？安塞尔先生从外边回来，领子弄得乱七八糟。'我说：'那才好呢。'有些宿舍清洁工就是那样看管她们的先生的；不过听我说没错，小姐，这世界该怎么样就怎么样，你能笑得越长，就活得越快活。"

宿舍清洁工不得不表现得神神道道,说话加油添醋的。她们就应该这样表现。在大学生活中,这就是她们的角色。因此,我们要是碰上一张贵妇的脸,遭遇了各种一个贵妇可以引以为傲的情绪,我们还是成全了吧。

"是吗?"彭布罗克小姐说,这时候她们的交谈被打断了,因为他的哥哥来了。

"糟糕透了!"他嚷嚷说。"真是糟糕透了。"

"喂,伯蒂[①]伙计,伯蒂伙计!我可见不得人动不动就犯脾气啊!"

"我没有犯脾气,阿格尼丝,可是我完全有权利发发脾气。你说说,他为什么不去接我们呢?为什么他不给我们找下住房?你再说说,为什么你让我去干这种找房子的事情?我知道的出租房子都住满了客人,我们的宿舍跟马厩一个样。我的气不打一处来,不发脾气不行。还有——快看看吧!真的是太糟糕了。"他像一只受伤的狗儿,把一只脚抬起来。那只脚在往下滴水。

"啊呀!难怪你犯了脾气。快把鞋脱下来吧。你弄不好又要来一次感冒了。"

"我真的认为我好多了。"他坐在了壁炉旁,斯斯文文地往下脱靴子。"我注意到,大学的气氛今非昔比了。我可不记得,我上大学那会儿,三个学生会并排在马路上大摇大摆地走路,把好好走路的客人挤到水沟里去。有一个学生,还系了一条伊顿公学的领带。不过别的学生,看样子,只要是来自其他学校的,都是一些奇奇怪怪的学校。"

---

① 赫伯特的昵称。

彭布罗克先生比他的妹妹要大差不多二十岁，长相压根儿说不上潇洒英俊。然而，他怎么也不是一个让人挤到水沟里去的人啊，尽管他不是牧师队伍里的，但是他那副长相站在牧师堆儿里也难分彼此。只要他在场，谈话就会变得纯粹，没有倾向，字斟句酌，而且——就仿佛他是一个真的牧师——不论大人还是孩子，都一定不会忘记他在场。他很早看出了这点，让他喜不自胜。他是教书的，只要职业需要，他可以理直气壮地走进教堂谋职。

"这世上没有什么水沟能让你湿成这样啊，"阿格尼丝说，通过余光瞄见他的兄长脱下了袜子，挂在火钳上，在余烬上烤干。

"你一定知道特朗普里路边上那股流水吧？有时候，那股流水会拐弯冲走那些残渣余孽——一种很原始的观念。当初兴之所至，我们拿它取笑，把它叫'彭'。"

"你就把自己往高抬吧！"

"你这傻姑娘——当然不是按我的姓氏叫的。我们叫它'彭'，是因为它距离彭布罗克学院很近。我记得——"他咧嘴一笑，把自己的脚拇指捏了捏。随后，他想起了宿舍清洁工，说："我的袜子现在烤干了。我的袜子，请递给我。"

"你的袜子湿透了。不行，你不能穿啊！"她从他手里夺走火钳。阿伯丁太太什么也没有说，便取来了里基的一双袜子和里基的一双鞋。

"谢谢你；啊，谢谢你。我想埃里奥特先生会允许的。"然后，他用法语和妹妹说，"压根儿就没有看见弗雷德里克[①]的影

[①] 弗雷德里克的昵称为里基。

最漫长的旅程

子吗？"

"喂，叫他里基，用英语讲话。我在这里见到他了。他把我们忘记了，感到很对不起。现在他去弄晚餐了，我想他早该回来了呀。"

阿伯丁太太离去了。

"他想彻底把腿瘸的毛病根绝了呀。处心积虑，没有一样东西是原样儿的。原样儿的东西都不知哪儿去了。真的，下层阶级和我们就是不一样。可是，我怎么能穿上这样畸形的玩意儿呢？"因为他一直在努着劲儿，把右脚往左脚鞋子里硬蹬呢。

"别穿了！"阿格尼丝急惶惶地说。"别乱动这可怜人儿的东西。"看见那粗糙的树皮似的独一无二的皮制品，她感到晕眩。她认识里基很多年了，可是里基转眼成了大人，这好像很可怕，换了一个人似的。这是她第一次猛然触碰了她那反常的未知的神经末梢，对这样的感觉一下子抵触起来。她听见里基踩在楼梯上深一下浅一下的脚步声，眉头不由得皱起来。

"阿格尼丝——趁他还没有到来说你几句——你怎么都不应该丢下我，一个人到他的屋子里来。这可是一种最要不得的闯入。想一想吧，要是你看见他和他的朋友们在一起，那是多么难堪啊。如果杰拉尔德——"

里基这时已经陷入一种不知所措的状态。在厨房里，他手足无措，不知道干什么好，等到他理出一些头绪后——他不得不等待——他屈尊俯就，让位于那些背后的东西，说他没有什么架子放不下的。他买香蕉就花去了许多宝贵的时间，尽管他知道彭布罗克兄妹对水果没有特别要求。在丢三落四的款待中，晚餐终于吃起来了。勺子和叉子只能有什么用什么，因为阿伯丁太太拾掇得干净利落,却什么都不容易找到。鱼儿好像从来就不曾是活生生的,肉吃起来一点不带劲儿,学校的红葡萄酒的软木塞儿一声不响地就拔出来了,仿佛为酒瓶里的酒感到难为情似的。阿格尼丝特别开心。但是,他的兄长却还没有缓过劲儿来。他对他们兄妹惨兮兮地到来还耿耿于怀,还能感觉到彭布罗克那股流水正在啃咬他的脚背面呢。

"里基,"彭布罗克小姐叫道,"你可知道你还没有对我订婚表示祝贺吗?"

里基神经兮兮地大笑起来,说:"怎么能不祝贺呢!我就是不知道说什么更好啊。"

"那就说几句好听的话。"

"我愿意你今后幸福美满,"他含糊不清地说。"可是,我对婚姻什么都不知道。"

"哦,你这个要命的孩子!赫伯特,他还是那个老样子吧?不过,你对杰拉尔德总是了解一点的吧,别这么冷冰冰的,吞吞吐吐。看看那些成群结队地来这里的人,我早看出来,你们在学校里一定待在一起的。你没有经常碰见他吗?"

"很少,"他回答说,听上去怯生生的。他连忙站起来,开始鼓捣咖啡。

"可是,他住在同一个宿舍里。一个宿舍住一大群人,没错吧?"

"他是一个全活儿,样样拿得起。"他按简单的方式冲咖啡。一个棕色的咖啡壶,把开水倒进去。刚刚够一个人喝的,加入一点点凉水,为的是让沉渣落到壶底。

"难道他不像一个运动员那么棒吗?他一出手难道不能把什

么男孩和老师统统打倒在地吗?"

"是的。"

"如果他想干的话,"彭布罗克先生说,这么久他一直没有讲话。

"如果他想干的话,"里基附和说。"我打心眼儿里,阿格尼丝,希望你今后生活得无比幸福。我对军队什么都不了解,可是,我想军队一定是最令人向往的地方。"

彭布罗克先生笑得快晕过去了。

"没错,里基。当兵就是最令人向往的职业——那可是威灵顿①、马尔博罗②和罗伯茨爵士③的职业;你瞧瞧,一种最令人向往的职业吧。这职业,让许多男人去死——宁愿死,也不能苟且偷生。"

"真不简单,"里基说,这话是说给自己听的。"三百六十行,行行都是为了苟且偷生,谁也不愿意轻易死掉。军队却完全不一样。如果一个士兵胡来一气,开枪打碎了自己的脑袋,人们会认为他杀身成仁了,不是吗?在别的行当看来,这可就是懦夫的行为了。"

"我没有资格说这种话,"彭布罗克先生说,对这种书生调子的冷嘲热讽很不习惯。"我只知道,当兵是世界上最好的职业。这话倒是提醒了我,里基——你对你的职业想过没有?"

---

① 威灵顿(1769—1852),英国陆军元帅、首相(1828—1830),在滑铁卢战役中坐镇帐中,指挥英军打败拿破仑,有铁公爵之称。
② 马尔博罗(1650—1722),在西班牙王位继承战中打败法国军队。
③ 罗伯茨(1832—1914),于1907年在印度、阿富汗和南非波尔战役中战功卓著。

"没有。"

"一点都没有吗?"

"没有。"

"喂,赫伯特,别难为他了。再来一个蛋白酥皮卷儿吧。"

"可是,里基,我亲爱的孩子,你都二十了。是你想一想的时候了。荣誉学位考试,只是生活的开端,不是结束。不过两年时间,你就会获得你的文学士。有这么个学位,你去干什么呢?"

"不知道。"

"你就是文学士,不是吗?"阿格尼丝问道,可是他的哥哥没有回答,接着往下说——

"我见过许许多多很有前途的优秀后生,都因为不计前程而碌碌无为——都是没有未雨绸缪啊。我亲爱的孩子,你一定要想一想。可能的话,看看你的兴趣所在——不过要多想想。你没有多少时间可以晃荡了。像你父亲一样,律师这行行吗?"

"呃,我一点兴趣都没有。"

"宗教也未尝不值得一试。"

"嗬,里基,去做一个教士啊!"彭布罗克小姐说。"你头戴着毡帽①就让人把头砍掉了。"

他灰心丧气地看着他的客人。他们用心良善,做人正派,让他无地自容。"我要是像他们和我讲话一样,能同他们侃侃而谈,那该多好,"他心里想。"我跟自己说话,都会尽冒傻气。比方说,我竟然不明白,我对奶牛想了又想,全都是胡思乱想。"随

---

① 原文 wide-awake,一种低檐儿宽边软毡帽,只有教职人员才戴这样的帽子;这个词的字面意思又有"清楚明白"的意思。这里是双关语。

后他大声说:"我有时候对写作有点走火入魔。"

"写作?"彭布罗克先生说,那口气宛若一个人对一切都追查到底的样子。"唔,关于什么写作?什么样子的写作?"

"我就是想,"——他把嗓子眼儿里的干巴巴的东西强咽了下去——"我就是想试一试,写点短篇小说。"

"哎呀,我满以为你要写诗呢!"阿格尼丝说。"你这孩子生来就是写诗的料。"

"我过去不知道你写东西了。你能让我看看写出来的东西吗?看过以后,我会做出判断的。"

这位作家摇了摇头。"我不会拿给任何人看的。习作,什么都不是。我只是试试手,因为写作让我着迷。"

"关于哪方面呢?"

"都是废话,冒傻气。"

"你以后也不让任何人看吗?"

"我想不会吧。"

彭布罗克先生一直没有作答,首先是因为他正在吃蛋白酥皮卷儿,毕竟是里基买来的;其次呢,因为蛋白酥皮卷儿黏乎乎的,把他的嘴唇粘在了一起。阿格尼丝看出来,写作真是个很好的主意:对啦,里基的姑妈——她能逼一逼他。

"埃米莉姑妈从来没有逼过谁;她说,倒是别人老是为难她,催逼她。"

"我只荣幸地见到过你姑妈一次。我认为,她是一个难不倒、逼不垮的人。她肯定能帮帮你。"

"我才不会让她看什么东西呢。她看了一准言过其实,说得一塌糊涂。"

"总是把自己说得一文不值!这哪里是艺术家在讲话!"

"我不是在谦虚,"他急于表白地说。"我很清楚写出来的东西很不像样子。"

彭布罗克先生的牙齿终于把蛋白酥皮卷儿嚼完了,再也不能不说几句了。"我亲爱的里基,你的父亲和母亲都过世了,你经常说你的姑妈对你爱搭不理的。因此呢,你的生活就全看你自己怎么过了。好好想一想吧,不过一定有个定准儿,一旦有了定准儿,就坚持下去。如果你认为写作行得通,依靠写作能生活下去——也就是说,到了谈婚论嫁的时候,你还能养活得起一个媳妇儿——那就义无反顾地写下去。但是,你必须工作。工作,一砖一瓦地干活儿。从梯子底下干起,一步一步往上垒。"

里基的头低垂了下来。任何比喻的说法都会让他无言以对。他无论如何都不会想到回答说:艺术不是一架梯子——像教会一样,教区牧师在第一级,教区长在第二级,主教在梯子顶上,离天堂更近一些。他怎么也不会回答说,艺术家不是码砖的匠人,而是骑手,骑手的营生是尽快套住珀加索斯神马①,他不要骑上驯顺的小公马悠然自得地溜达。写作很苦,遭罪,一般说来出力不讨好,可是写作不是码砖的苦活儿。码砖那种苦活儿不是艺术,码一辈子砖也熬不成艺术家。

"当然,我不会真的考虑以写作为生的,"他说,一边把凉水倒进了咖啡里。"即便我写出来的东西拿得出去,我也认为杂

---

① 希腊神话中的宝马(Pegasus),诗神缪斯的飞马,其足踏过之处,立即有泉水涌出,诗人吟咏后便来灵感,来诗兴。

志不会发表它们,而杂志不发表就没有我的出路。我在什么地方看见过,玛丽·克雷里①是唯一一个靠文学谋生的人。我很清楚,文学不会给我开工资的。"

"我可一直没有提到'开工资'的事儿啊,"彭布罗克先生不安地说。"你一定不要总想钱的事儿。还有理想问题呢。"

"我没有理想。"

"里基!"阿格尼丝叫出声来。"口无遮拦的孩子!"

"没有啊,阿格尼丝,我真的没有什么理想。"随后,他的脸变得通红,因为这话是他在拾安塞尔的牙慧,他想不起来接下来该说些什么了。

"没有理想的人,"阿格尼丝说,"是让人可怜的人啊。"

"我也这样认为,"彭布罗克先生说,喝了一小口咖啡。"生活没有理想,好比天空没有太阳。"

里基向夜空望去,夜空这时繁星点点,灿烂耀眼——神灵、英雄、处女、新娘,古希腊人一一给它们取了美丽的名字。

"生活没有理想——"彭布罗克先生重复说,说了半句便说不下去了,因为他的嘴里满是咖啡渣儿。阿格尼丝也在遭受同样的折磨。他们开心地说笑了一会儿,便离开住店去了,里基把他们送到了门房的小屋旁,便急匆匆往回赶,边走边唱,径直来到安塞尔的屋子,一下子把门推开,说:"喂喂喂!你那副德行究竟是什么意思啊?"

"什么德行?"安塞尔独自一人坐在那里,面前摆放了一张

---

① 玛丽·克雷里(1855—1924),因为写了《撒旦的苦闷》、《塞里西亚的谋杀》等通俗小说,名利双收。

纸。纸上画了一个图——一个正方形里有一个圆圈儿,圆圈儿里又是一个正方形。

"表现得那么粗俗。你不是绅士,我告诉她你不是绅士。"他用沙发垫找准安塞尔的脑门儿打了过去。"我深信不疑的是,一个人应该懂礼貌,就是对无可救药的人('无可救药的人'是当时他们对他们不喜欢或者了解不深入的人的统称)也应该以礼相待。我从来没有见过谁像她一样总是那么和气、善良。自从我认识了她,她就一直对我很好。要是你听见她在试图阻止她的哥哥说话就好了,那样你肯定就醒过神儿来了。然而还不仅仅因为她表现得很有涵养,而是她本来就很有涵养。我认为,她天仙下凡似的走进了屋子。你要知道——哦,当然,你看不起音乐——不过安德森正在弹奏瓦格纳,正好演奏到了演员们合唱的部分:

　　　　莱茵的黄金!
　　　　莱茵的黄金!

太阳这时照进水里,音乐呢,这时往往就是降 E 大调——"

"进入升 D 大调了。我一句话也听不懂,部分因为你说话好像嘴里装满了糖果,部分因为我不知你在说些什么。"

"彭布罗克小姐——你看见的那个。"

"我没有看见什么人。"

"谁走进了屋子?"

"没有人走进来。"

"你这傻子!"里基尖叫起来。"她走进了屋子。你看见她走进来了。她和她的哥哥来吃晚餐了。"

"那只是你的臆想。他们没有真的在那里。"

"可是,他们要待到星期一才离开。"

"那只是你认为他们留下来了。"

"可是——啊,喂喂,闭上嘴巴!那姑娘像一个女皇——"

"我没有看见什么女皇,没有看见什么姑娘,你也没有看见他们。"

"安塞尔,别废话了。"

"埃里奥特,我根本没有废话,你知道我没有废话。她没有真的在那里。"

瞬间安静下来。随后,里基大声说:"我可逮住你了。你说——要么是蒂利亚德说过?——不,是你说的,奶牛在那里。喂——那么,他们兄妹两个就在那里。这下逮住你了,咦咦,看你还有什么可说!"

"难道你从来不知道,现象可以分两种吗?一种,就是真正存在的那些,比如奶牛;另一种,就是病态想象力的主观产物,我们把这种东西连同现实的外观,强加于我们破坏的东西。如果你过去连这个都不懂,那现在就算给你上了一堂课,让你铭记在心了。"

里基又理论一通,但是没有得到回应。他在这间昏暗的屋子里走来走去。然后,他坐在了桌沿儿上,观看他那聪明的朋友在那个正方形里画了一个圆圈儿,在圆圈儿里又画了一个正方形,正方形里又画一个圆圈儿,圆圈儿里又画了一个正方形。

"你为什么画这个?"

没有回答。

"它们是真实的吗?"

"里边的一个是真实的——万物中心的那个,再没有余地往里面画东西了。"

第二章

马丁莱河岸这侧①过去一点，位于主路的左边，有一个幽静的小山谷，绿草如茵，杉树间种其间。二十多年前，这里还不值得人们游玩，因为当时这里只是一片白垩露岩，不过当今也还是不值得人们游玩，杉树生长得太密集，把这块地方挤压得很不透亮。然而，里基上这里来的时候，这里正好是浪漫色彩纷呈的短暂季节，一个季节对于一个白垩坑如同对一个人一样短暂——正是少年的质朴无华与成年的世故持重之间那段神圣的间隔期。里基在第二个学期发现了这个去处，正值一月雪已经融化，山谷底坑坑洼洼，积满了大大小小的水池，清澈见底。这地方看上去像瑞士或者挪威一般大小——当然是一时间的感觉——他来的时候正赶上他的生命也开始跃跃欲试。如此这般，这个小山谷便成了他的另一种教堂———一种教堂，你进去喜欢干什么就干什么，只是不管你干了什么，都会变得渐渐神圣起来。如同古希腊人，他能在他的神圣之地哈哈大笑，却一点也不影响其神圣性。他很开心地谈论这个地方，谈论这地方激起他的许多愉快的思想；他带来他的朋友；也带来他不喜欢的人们。"Procul este, profani!"一个审美主义者被领到这里后，心旷神怡，不由得喊了出来。但是，这样的感受永远不会成为里基的态度。他不喜欢那种世俗的群体，不过他知道，如果他不带世俗群体来这里，那他就更加俗不可耐了，他获得小山谷的亲密的精神，不必表现得矫揉造作。

倘若他和那个审美主义者所见略同,那他不可能把他带到这里来。倘若小山谷将要悬挂什么题词,他希望那句话是"通向天堂之路",并且写在路边的牌子上,不过他只是在许多年之后,才意识到前来一睹为快的游客人数,在这里明显地增多了。

彭布罗克兄妹离去的那个愉快的星期一,他和三个朋友溜达到了这里。那日,天空看上去格外辽阔。一片云彩,硕大无比,如同一块大陆,飘向太阳附近,而别的云彩却好像牢牢扎在了地平线上,懒懒地,乐呵呵的,一动不动。天空湛蓝湛蓝的,天地相接的地方,渐次变成了白色;大地一片褐色,湿漉漉的,泥土气息浓郁,在蓝天下进行一年一度的腐化,恪尽职守。里基敞开胸怀,迎接秋天的万千气象;他觉得无比渺小——无比渺小而又无比重要;也许,渺小和重要的结合,如同存在的万物一样公平合理。他希望,他整整一生都不会动辄发怒,为人不善。

"埃里奥特现在快没治了,"安塞尔说。他们来到小山谷,静静地站了一些时候,每个人都倚树而立。地上湿漉漉的,没法坐下。

"这话怎么讲?"里基问道,因为究竟处于什么状态,连他自己也不知道。他把济慈诗集合上,不再装模作样地阅读,装进了他的外衣口袋。他很少有不带书的时候。

"他在努力喜欢人呢。"

"一努力就没救了,"威德林顿说。"他死定了。"

"他在努力喜欢霍恩布洛尔呢。"

大家一起尖叫起来,声音刺耳。

---

① 即剑桥河岸。

"他想把学院捆绑在一起。他想把我们大伙儿联结成一串儿牛排帮①。"

"我本来就喜欢霍恩布洛尔,"他纠正说。"我不是在努力。"

"霍恩布洛尔在努力喜欢你。"

"那就无关紧要了。"

"他真的是在努力喜欢你。他在努力不蔑视你。这不过是一种最常见的热衷公益的表现而已。"

"都是蒂利亚德带的头,"威德林顿说。"蒂利亚德认为,学院四分五裂的局面,很令人心疼。"

"哦,蒂利亚德!"安塞尔说,情绪激昂。"一个人能始终保持正襟危坐的样子,你还能指望他什么呢?前天晚上,我们讨论了老半天,突然灯亮了。大家伙儿洋相百出,一个比一个没有样子。可是,只有蒂利亚德处惊不乱地坐在一张小椅子上,宛若一尊尺寸不足的神,胸挺腰直,一丝儿不乱。我看,他以后应该进外交部。"

"我们大伙儿为什么都出了丑呢?"里基大笑道。

"这正好表明我们需要拯救了——也正好表明学院处于分裂状态。"

"学院没有分裂,"里基叫嚷说,一涉及这个话题,他就激动起来,毫不含糊。"学院现在完整,一直完整,将来永远完整。你们所谓的牛排帮,根本就算不上什么帮派。他们只不过是些划船人,很自然,他们彼此间就会多些照应;可是,他们对我总

---

① 原文 beefy set, 有头脑简单、不管不顾之意;因后文还会提及,这里用一种西方食品译出,似乎更凸显一些。

是礼貌周到，大家也都客客气气。当然，他们认为我们都是傻瓜，不过那是一种很好玩的表达而已。"

"这就是我坚决反对的原因。"安塞尔说。"他们有什么权利用一种好玩的方式，认为我们都是傻子？他们为什么不憎恨我们？霍恩布洛尔有什么权利在我对他表示不恭的时候，在我的背上打了一下？"

"喔，你有什么权利对他表示不恭呢？"

"因为不憎恨他。你认为，对谁都不憎恨，是了不起的行为。可我告诉你，这是犯罪。你想热爱所有的人，平等相待，这不可能，甚至更糟糕——这是错误的。你声讨帮派，就是不折不扣地试图破坏友谊。"

"我主张，"里基说——这是他坚持使用的一个动词，希望大家听出一种稳定力量，跟着说下去——"我主张，人能按自己的意图喜欢更多的人。"

"可我主张，你憎恨更多的人，不过假装喜欢别人。"

"我不憎恨任何人，"他嚷嚷起来，情绪异常激烈，连小山谷都发出阵阵回音。

"我们权且相信你了，"威德林顿说着，浅浅一笑。"我们相信你，可是感到很遗憾。"

"连你父亲也不算吗？"安塞尔追问道。

里基没有回答。

"连你父亲也不算吗？"

天空那片云彩伸出一个巨大的岬角，横跨太阳。它只能在那里待一会儿，可是就一会儿便会招来大地上隐而不见的寒气。

"他憎恨他的父亲吗？"威德林顿不知就里，问道。"啊，天哪!"

"可是,他父亲去世了。他会说,憎恨不憎恨没有实际意义。"

"不过,还是有区别的。你憎恨你的父亲吗?"

安塞尔没有回答。里基说:"喂喂,我说咱们应该这样谈论吗?"

"憎恨死去的人吗?"

"是啊——"

"你憎恨你的母亲吗?"威德林顿问道。

里基一下子脸红了。

"我看霍恩布洛尔不是一个无可救药的无赖,"在场的另一个人说,他名叫詹姆斯。

"詹姆斯,你很会打圆场啊,"安塞尔说。"你是想打破这种尴尬的时刻吧。悉听尊便。"

威德林顿也脸红了。他一心想活跃气氛,使用字眼儿也顾不上考虑词语的真正含义。突然间,他意识到"父亲"和"母亲"就只有父亲和母亲的意思——他自己家里父母都健在呢。他顿时感到很不舒服,并且认为里基过去表现得相当我行我素。他也试图把话题转向霍恩布洛尔,但是安塞尔没有成全他。太阳从云端出来了,照在小山谷那白色的壁垒上。里基直愣愣地看着太阳的光芒。然后,他直冲冲地说——

"我觉得有一肚子的话想说一说。"

"我觉得你也是,"安塞尔怂恿说。

"如果我上完剑桥还不一吐为快,那我还不憋成个傻子?常言道,机不可失,时不再来。人生在世,谁都难免一死。我觉得,关于我的出身、父母和教育，有什么都和你们说说，没有什么不应该的。"

"那就说说吧。如果你让我们听烦了，那我们看书好了。"

有了这样的鼓励，里基开始讲述他的身世。读者手头没有书，那就只好将就着听下去了。

* * *

有的人在近郊住宅区生活，并没有什么万不得已的理由。里基过去的命运就是这样的。他初睁两眼，看见天空灰蒙蒙一片，刚刚学步便走在柏油路上。一排排山墙连在一起的住房，便是他看见的文明，而社会的样子，就是其中的人连隔壁的邻居都不认识。城市周遭那种千篇一律的灰色，他本人就是组成部分。这一切都不是必不可少的——这一切只是为了就合他父亲的方便而已。

埃里奥特先生是一个律师。论长相，他和儿子是一个模子刻出来的，瘦弱，跛脚，瘪陷的腮帮，宽阔的大脑门儿，硬刷刷干巴巴的头发。他的声音，他不大呼小叫，非常平和，冷嘲热讽的调子运用自如。他只需稍稍改变一下声音，就会把人们吓得一阵哆嗦，尤其他们要是头脑简单或者家境贫寒的话。他也不让他的眼睛骨碌碌乱转。他眼睛的非同一般的逼视，仿佛灵魂穿透肮脏的窗玻璃，眼光中的刻薄、怯懦以及惧怕，一旦流露，便不再让这个世界乱嚷嚷一片。

他娶了一个声音甜润中听的姑娘。她的声音听来虽然没有爱抚，但凡是听见的人却都会得到安慰，仿佛这个世界本来就有出人意料的福音。一天夜里,她隔了很难看清楚的水域吆喝她的狗儿,而他身为路人走在桥上,心想"这声音不同一般,听了受用"。他又及时发现她的身段、脸蛋儿和思想也不同一般,很是受用,由于她不可能拒绝交往,他就娶她为妻了。"我只管一头扎进去了,"他和自己的家人说。他的家人呢,一开始拒不接受,他把这个女人领来与他们相认,他们居然一言不发;他姐姐则声称,这一头是从对岸不管不顾扎进去的。

事情只是暂时进展顺利。尽管里里外外都很美丽,但是埃里奥特太太没有本领把她的家操持得很美丽;一天,她购置了一块地毯,铺在丁丁当当作响的餐厅地上,他见了有节制地笑话一番,说他"真的受不了",于是拍屁股走人了。也许,"拍屁股走人"的说法听来强烈了些。经埃里奥特太太之口说出,变成了"我丈夫身不由己,只好多在城里睡觉了"。他经常从城里来看望他们,十回有九回来去无定准,而他们只是偶尔去看望他。"父亲的住地,"一如里基的说法,只有三间屋子,然而这些屋子全都摆满了书籍、画儿和花朵;这些花朵呢,不像在妈妈的屋子里,统统塞进了花瓶,却从铅质框架里婀娜多姿地生长起来,在底部盘根错节,如同海蛇不得已潜伏一样,盘绕在海底世界。有一次,他得到允许,把一个铅质框架举起来端详——就只这一次,因为他在一块印花布上溅了一些水。"我想他就要有些眼力了,"埃里奥特先生慢吞吞地说。"根本不可能,"他妻子回答道。她还没有把帽子和手套脱下来,就是脸上的纱巾也没有解开。埃里奥特先生笑起来,此后不久,另一个女子走了进来,他们便起身走了。

"为什么父亲总是呵呵发笑呢?"晚间,里基和母亲坐在育儿室，问道。

"你父亲就这样子。"

"为什么他总是冲着我笑？我很可笑吗？"接下来停顿一会儿。"你没有幽默感，是吧，妈妈？"

埃里奥特太太把一根棉线送到了嘴唇边，惊讶得把棉线举在半空。

"你今天下午和他这样讲的。可是，我看见你笑了。"他居高临下地点了点头。"我看见你笑的时候太多了。有一天，你在香豌豆里一个人待着，都在发笑。"

"是吗？"

"是呀。当时你在笑我吗？"

"我当时没有想到你。棉线，快拿来——一卷50号白棉线，在我橱柜的抽屉里。左边抽屉。喂，哪边是你的左手？"

"我口袋这边是左手。"

"要是你没有口袋呢？"

"我坏脚这边啊。"

"我是想让你说，'我心脏的这边'，"埃里奥特太太说，在他们之间举起了一把掸子。"我们多数人——我实际是说我们所有的人——都能感觉到一侧有一只小表，从来没有停止嘀嗒的响声。所以呢，就是你没有坏脚，你也应该知道哪边是你的左侧。50号白棉线，快拿来。算了；还是我自己来取吧。"因为，她想起来黑黢黢的过道会把他吓着了。

这些都是轮廓。里基在轮廓里添上了一个孩子的迟缓却精确的描述。他从来没有听说过什么，但是却发现他的父亲和母亲彼此并不相爱，而他的母亲是可爱的。他还发现，埃里奥特先生给他取名"里基",是因为他身材"离奇"①,名字里暗含了他儿子的残疾,他感到有几分开心,巴不得比他自己的毛病还厉害一些。埃里奥特先生不具备一丁点儿天才。他收集画儿、书籍以及花架子,是为收集而收集,而不是爱的驱使。他被人看作有教养的人,是因为他知道如何挑选;他被人当作不落俗套的人,则是因为他完全像别人一样不挑选。在现实中,他对一件毫无美感或者毫无价值的东西,不做、不说也不想。到了一定时候,里基也发现了这点。

这男孩儿在无比孤独中长大了。他对母亲崇拜有加,母亲则对他宠爱有加,不过母亲很有母亲的样子,轻易不说话,像喋喋不休的那种心肝宝贝的话,对她来说十分恶心。她害怕腻腻歪歪的亲近行为,害怕亲近多了就会无话不说,泪水涟涟,因此她一辈子都和自己的儿子保持着小小的距离。她善良、无私,为此在所不惜,不过如果他试图表现得受宠若惊,对她表示感谢,那她便会告诫他别充当小傻瓜。这样一来,他到头来完全了解的唯一一个人,就是他自己。他会和自己玩哈尔玛跳棋②。他会进行自我谈话,一经开始,他的一半提出问题,而另一半则回答问题。这是一种玩起来非常投入的游戏,玩过之后总会说:"再见。谢谢。我很高兴和你相会。希望不久我们再来神聊一次。"随后,也许,他就会偷偷躲在一边哭泣,因为他到头来会看见真实的人们——真实的兄弟,真实的朋友——在暖融融的生活里干出那些他曾经自己跟自己做过的事情。"我这辈子还能有个朋友吗?"他在十

---

① 原文为 rickety,意为佝偻病、蹒跚、摇晃等等;这个词儿的发音和主人公名字的发音相近。
② 一种三四个人下的棋,棋盘上有两百多颗子儿。

二岁上奢求道。"我不知道如何交个朋友。他们走路太快了。我这辈子不会有个兄弟了。"

("不是什么损失，"威德林顿插话说。

"可是我这辈子不会有一个了，就是想有一个，现在也想啊。")

我十三岁上，埃里奥特先生生起病来。城里的那些可爱的房子不适合病人居住，于是，他返回他的老家来住。他这一回来，麻烦多多，结果里基就被送到了一所学校。埃里奥特太太竭尽全力挽救局面，可是对丈夫的所作所为又无能为力。

"这孩子让我着急，"他公然说。"他是一块笑料，我都笑不起来了。"

"不能把他送到一个私人辅导老师那儿吗？"

"不能，"埃里奥特先生说，所有的钱他都抓在手心儿里。"还很娇嫩。"

"我同意，男孩子应该磨练磨练；但是，一个男孩子脚瘸了，本来敏感，离开家去学习，本身就是磨练。里基不能玩游戏。他没有交到朋友。他又不出类拔萃。权衡了又权衡，我觉得就这种情况，我们无论如何不能让他接受一般的教育。也许，你能再好好权衡一下。"

"不用了。"

"我很清楚，对他来说，事情最好该怎么样就怎么样。走读学校让他吃尽了苦头。他很不喜欢，不过那对他有好处。可是学校对他没有好处。学校的日子很难熬。别锻炼不成男人，锻炼不出狠劲儿，反倒会——"

"我头疼，别说了。"

里基离开家去上学,陷入一种迷惑的痛苦状态,这种迷惑的痛苦再也没有变得更加明朗。

每次过假期,他都发现他父亲更爱生气,更加虚弱。埃里奥特太太在加速衰老。她不得不对付那些仆人,不得不赶走邻居的孩子,不得不回复来信,不得不给房间反复贴壁纸——这一切完全是为了一个她不喜欢的男人,而这个男人也毫不掩饰对她的不喜欢。一天,她看见里基哭鼻子抹泪,很恼怒地问道:"嘿,这到底是怎么啦?"

他回答说:"哦,妈妈,我看见你皱纹多了——你头发白了——我很难过。"

一下子,慈爱之心让她不堪承受,忍不住大声说:"我的宝贝儿,这有什么关系?到了这步,多些皱纹多些白发有什么关系呢?"

他长这么大没见过母亲这般大动感情。他倒是更记得另一次大吵大闹。听见父亲房间里传出来嚷叫声,他赶紧上楼,希望他上楼的响动能够制止那种嚷叫。埃里奥特太太猛然推开了门,看见了他,大声嚷道:"我的儿呀,你可知道,他打我了。"母亲力图把这件事儿以笑掩饰过去,然而,几个小时过后,他看见母亲的手上青一块紫一块,那是那个病人拿棍子打出来的。

只有上帝知道,我们掌控我们的肉体有多么遥不可及。只有上帝能够判断,埃里奥特先生冷酷无情,根本不是打算减轻罪过的不得已而为之的结果。但是,埃里奥特太太能够判断他冷酷无情到什么地步。

最终,他死了。里基这时十五岁,离开学校整整一个星期参加葬礼。他母亲的表现令人匪夷所思。她表现得比平时高兴,看上去也年轻多了,她的哀悼不过尔尔,与人之常情不大合辙。这一切,里基早在意料之中。然而,她好像在看他的眼色行事,他对任何事情的看法,她都巴不得心中有数——尤其关于他父亲的看法。为什么呢?最后,他看出来,她是努力在他们母子之间建立信任。可是,信任又不是在眨眼之间建立起来的。他们母子都怕羞。多年来养成的习惯就在他们母子身上,他们母子心照不宣,把埃里奥特先生的死看作无可挽回的损失。

"这下,你爸爸去了,事情以后大不一样了。"

"我们会越来越穷吗,妈妈?"

"不会。"

"哦,那好!"

"可是,很自然,事情今后会大不一样的。"

"是的,自然的。"

"比如说,你可怜的爸爸喜欢住得离伦敦近一些,可是我恰恰认为,我们可以搬走。你喜欢搬走吗?"

"当然,妈妈。"他看着地上。他不习惯别人找他商量事情,这让他不知所措。

"也许,你更喜欢一种完全不同的生活?"

他吃吃地笑起来。

"这对我来说有点难,"埃里奥特太太说,在屋子里走来走去,脚下很有活力,她那身黑色的衣服似乎越来越像在逢场作戏。"一方面,跟你商量是应该的:所有的钱都留给你了,想必你也听说了这样那样的风声。但是,另一方面,你终归还是个孩子。我该怎么办好呢?"

"我不知道,"他回答说,那样子看起来很无奈,而且比他实际的样子更不知道怎样应对好。

"比如说,你想要完全按我所喜欢的方式安排事情吗?"

"哦,好啊!"他叫起来,认为这是一个再明智不过的建议。"非常棒,再棒不过的事情。"他找补了一句,一半卖弄词句,一半喜不自胜。"我今后就是你手中的一块蜡①了,妈妈。"

她微笑起来。"好啊,好啊,亲爱的。我会捧在手里的。"她深情地按了按他,仿佛她会把他捏成一些美丽的东西。

接下来的几天,各种重大的准备活动迟迟未见付诸行动。她去走访他父亲的妹妹,那位有才干、有活力的埃米莉姑妈。他们打算住到乡下去——不管哪里都是真正的乡下,门前长了野草和树木,鸟儿到处歌唱,请一位私人教师。因为,他不回学校学习了。真是难以置信!他再也不回学校学习了,学校校长写信说,他为这步棋感到遗憾,可是这步棋可能是明智之策。

天气十分阴冷,埃里奥特太太不断地打量他,柔情似水。那番慈母样子,仿佛她实在无能为力护住他,把他揽在怀里。

"快把大衣穿上,亲爱的,"她对他说。

"我知道冷热,用不着穿,"里基回答道,想到他现在已经十五岁了。

"风很刺骨。你应该穿上大衣。"

"可是,那件大衣穿在身上太沉了。"

"快去穿上吧,亲爱的。"

他很少表现得不耐烦,很少说话不知轻重,可是他回答说:

---

① 原文有"任人摆布、任人捏弄"的意思;考虑到母子的关系,按字面意思翻译,似更传神,更有人情味儿。

"哦,我不会感冒的。求求你了,你不要没完没了地打扰我了。"

他倒是没有感冒,但是外出的时候,他的母亲死了。她只比她的丈夫多活了十一天,他们的墓碑上记录下了这个巧合的数字。

* * *

大体上,这就是里基向他的朋友们讲述的故事,他们一起站在小山谷的屏障里聆听。小山谷入口处绿色的斜坡与大路衔接,通向这个世界,眼下,如同春季,他们满眼都是雪白的城墙和冷杉的青枝绿叶。时不时,一片桦树叶子会从上边的树林里哗啦啦飘落下来,一叶知秋,一年光阴过去大半了,太阳的温暖和光线遇上飘过的云彩,便黯然失色了。

关于那件大衣,他没有和朋友们讲,因为他一说起大衣,泪水便会禁不住往下流淌。

第三章

安塞尔先生,一个外省的布商,家境殷实,当然不应该和奶牛列为一类,只是具有那些不真正存在的现象而已。不过,他的儿子,出于可以原谅的背反逻辑,认为他应该和奶牛列为一类。他从来没有怀疑,他的父亲可能是病态想象力的主观产物。他在很早很早的年月,就把他想当然了,不过是一个不可否认而又可爱的事实而已。生下来是一码事儿,成长又是一码事儿——安塞尔已经把本是一码事儿分成两码事儿了,却不曾削扯断他和家里捆绑在一起的哪怕一根纽带。布店上边的屋子照样温暖舒适,布店后面的花园照样婀娜多姿,和十五年前似乎没有变化,他还可以坐在阿普尔布洛瑟姆小姐中央宝座的后边,而她呢,一如某个寓言人物,把零钱和收条装进一个黄杨木做的小球里,骨碌碌地从自己身前滚给顾客。一开始,这个年轻人把这些愉快的关系归功于他自己的机敏。但是,他很快看出来,机敏完全在他父亲那边;安塞尔先生不仅是一个受过一些教育的人;他还具备教育所不能带来的东西——那就是甄别重要与不重要的力量。如同许多做父亲的一样,他对自己的孩子不惜花费——他当初借钱让他上学,把他送进了一所昂贵、时髦的私立学校;他还把他送到私人教师手下调教;他最后把他送到了剑桥。然而,他知道,所有这一切都不是重要的事情。重要的事情是自由。这孩子必须在做出选择时用得上他所受的教育,而且如果他回报他父亲的话,那当然不应该以其人之道还治其人之身。所以,当斯图尔特询问说:"在剑桥,我能攻读道德科学荣誉学位吗?"安塞尔先生听了只是回答说:"这是哲学——你说,任何事情背后是不是都有哲学问题?"

"是的,我认为是的。哲学就是要发现什么是善,什么是真。"

"那么,我的伙计,你最好攻读哲学,能读多深读多深。"

一年之后:"我倒是愿意认真地从事哲学,可是我觉得不合算。"

"为什么不合算?"

"因为,哲学不能带来回报。我认为我是了不起的哲学家,但是话说回来,所有的哲学家都认为自己是了不起的哲学家,虽然他们不敢明目张胆地这样说。然而,不管我多么了不起,我挣不来钱呀。也许,我永远不能够养活自己。我连一个像样的社会地位都混不上。你只是说了一个词儿,可我要为行政机构干活儿。我条件相当好,能飞黄腾达。"

安塞尔先生喜欢钱,喜欢社会地位。但是,他知道还有更重要的东西,便回答说:"我认为你必须从事哲学,认真从事哲学。"

"还有一件事情——家里有姑娘们呢。"

"家里还有足够的钱,能让玛丽和莫德找到与她们般配的丈夫。"玛丽和莫德也持有同样的观点。

就是在这样一个平民家庭,里基度过了圣诞节假期的一些日子。他自己的家,没有什么值得留恋的,和希尔特一家在一起,他父亲的几位穷表兄弟,难免不同程度上待人接客限制多多,还有公寓的那些诸多不便。他在剑桥之外享受到这样的快乐,都是在他朋友的家里,而拜访安塞尔别有一种欢乐和荣幸,因为尽管安塞尔像我们大多数人一贯设法表现的一样,尽量避免社会势利眼的行为,但是要把谁带到自家的布店的前面风光风光,他还是很有选择性的。

"我喜欢我们家那些新刻字,"他若有所思地说。"斯图尔特·安塞尔"的字样,沿主街反反复复地出现——弯弯曲曲的金色字母,似乎像耀眼的巧克力铁盒子上面那般浮现出来。

"那还用说!"里基说。不过,他暗自怀疑,让安塞尔一家联合起来的纽带之一,未必就是他们完全缺乏鉴赏力——一种远比家庭一致性更牢靠的纽带。他面对一长排蜡笔画儿坐下吃茶点时,他再次有了这样的疑惑——婴儿时的斯图尔特,大脚丫小孩儿时的斯图尔特,小脚丫大孩子时的斯图尔特,玛丽在读一本书,书本厚得像鸭绒垫子。他夜间被一口气憋醒时看见紧邻的墙壁上挂了一个夜光漆竖琴,冲他一跳一跳,一闪一闪,他再次有了这种疑惑。竖琴上写着"守夜并祈祷",这一告诫挥之不去,里基不得已把一块毛巾挂在上面才算了事儿。

这是一次非常快乐的拜访。阿普尔布洛瑟姆小姐——眼下扮演主妇角色——在她永远难忘的剑桥之行期间,和他见过面,她现在对大学生活的仰慕之情,和当时一样,依然心潮澎湃,发自内心。两个姑娘一开始有点别别扭扭的,因为他刚刚到来,浑身疲乏,莫德认为他在拿架子,还说他看不起她们。然而,这一切过去了。她们没有和他发生爱情,他也没有和她们产生恋情,不过一天早上他们在后花园里滚雪球,玩得很开心。安塞尔和在剑桥的样子截然不同,不过对里基来说一样令他着迷。布店里闹闹哄哄,别有一种奇怪的诱惑力,碰上赶集的日子,如果有人把隔板门打开,布店一下便人声鼎沸了。

"听从你的钱!"里基说。"我希望我能听从我的钱。我希望我的钱是活生生的。"

"我不明白。"

"我的钱是死钱。是从六个死人那里来到我这里的——一声不响地就来了。"

"因为一笔又一笔遗产税,每次得到的都少一点点,每次都受到一点点尊敬。"

"当时需要受到尊敬。"

"为什么?你家的人也曾经营过商店吗?"

"哦,倒还没有辛苦到那个地步!他们巧取豪夺。大约一百年前,有个埃里奥特干了一件说不出口的事儿,为我们家奠定了家业。"

"我从来没有见过哪个人对自己的祖宗这么无情的。你对活人张口就奉承,这是在折衷吧。"

"如果你像我一样听到希尔特一家谈论说:'家产嘛,也许很小,可是职业很干净啊!'你也会无情的。当然,埃米莉姑妈另当别论。哦,天哪!我把我的姑妈忘记了。她住得不是很远。我应该去看望她一趟。"

因此,他写信给菲林太太,说他应该去看望她一次。他把安塞尔家的情况告诉了菲林太太,然后拐弯抹角告诉她,她出于礼节可以给他的朋友发来邀请。

菲林太太回信说,她一直在期盼和他说说心里话儿。

"你务必不要坐火车绕路去,"安塞尔先生说。"坐火车,在索尔兹伯里还要倒一次。走公路没有多远。斯图尔特开车把你送过索尔兹伯里平原,再把你接回来。"

"大雪把路封住了,"安塞尔说。

"要不姑娘们用雪橇把你送过去。"

"我来送,"莫德说,去见识一下卡德夫的内地,是她的心愿。然而,里基还是坐火车绕路走了。

"我们大家都想你了,"他回来后,安塞尔对他说。"大家都觉得你不是讨厌之人,收假之前,你还是留下来的好。"

可是,他不能留下来。他必须去希尔特家过圣诞节——"做个真正的客人",希尔特太太写信来说,还在"真正"二字下面画了两横。圣诞节过后,他又必须去看望彭布罗克一家。

"这些都不是原因。做一件事情唯一真正的原因,是你想做。我认为,拿'约定'来说事儿,是搪塞人的。"

"我认为也许就是的,"里基说。然而,他还是走了。火鸡从来不会活蹦乱跳,葡萄干布丁也从来不会在布包里捆得很紧。他还知道,这两样令人开心的象征物,是要花钱买的,等到希尔特先生说出一番话来,他全都听到心里去了。希尔特先生说:"你可曾想过你到底想成为什么人吗?没有吗?哦,你为什么没有呢?你不需要成为什么人。"吃甜点时他又说:"我纳闷儿谁会到卡德夫去呢?我只期望钱会生钱。钱也确实能生钱。"他最后离开去看望彭布罗克一家,感到一种愧疚的轻松。

彭布罗克一家住在相距不远的郊区住宅区,或者更确切地说,住在"郊区的郊区"——那地界叫索斯顿,以索斯顿的学校而闻名。但是,他们的生活方式却不特别与郊区相同。他们的住宅不大,取名为谢尔索普,但是房子别有一种格调,看上去既有一定身价，又有一定品位。在客厅里，墙上挂了一些很养眼的水彩画儿。几幅公认有价值的圣母像挂在楼梯上。普拉可西泰勒斯的赫耳墨斯①的复制雕像——当然只是半身像——摆放在过厅，雕像的身后有一棵活生生的棕榈树。阿格尼丝风风火火的，是一个好主妇，把那些小摆设保持得纤尘不染。正是她，非坚持拦起一道棕色亚麻布，从前门一直斜对角拉到赫伯特的书房门边，因为男孩子的脏脚丫，不应该踩在她的印度方地毯上。正是她，一有工夫就清理画框，清洗雕像和棕榈树叶子。长话短说，如果一座房子能够讲话——有时候它讲出话来要比住在里边的人讲的更清晰可闻呢——彭布罗克家的住宅一准会说："我和别的房子尽管很不一样，可是我舒服到家了。我这里有艺术品，有显微镜，还有很多书。不过，我可不是为这些东西活着的，也不允许它们喧宾夺主。我为自己活着，为我身后那些更高尚的房子活着。然而，在我这里，钱的喊叫或者为钱而喊叫的声音，是永远听不见的。"

彭布罗克先生到火车站来迎候。他做主人比做客人更到位，迎接这位年轻人他表现出真诚的友谊。

"我们本来都要来的，可是杰拉尔德把脚腕扭伤了，不要紧，可是他想养一养，因为下星期他要参加一场比赛。那么，不用多说，我妹妹也是因为这个没有来。"

"杰拉尔德·道斯吗？"

"是啊；他和我们在一起。你们能再次相见，我很高兴。"

---

① 希腊神话中人物，为众神传信并掌管商业和道路的神。普拉可西泰勒斯的赫耳墨斯石像，于1877年在奥林匹亚山发掘出来。这是一尊年轻英俊的雕像，左臂抱着小狄俄尼索斯，正在打量这个未来的酒神。

"彼此彼此,"里基说,一副不知所措的样子,简直不知道如何是好。"他还记得我吗?"

"记得清清楚楚。"

里基也记得他清清楚楚。

"一个很棒的家伙,"彭布罗克先生说。

"阿格尼丝一定很好。"

"谢谢你,是很好;她真的很好。我看你的样子,倒是比别人更好啊。"

"我和一个朋友度过了一段很好的时光。"

"那还用说。这才好呢。那位朋友是谁?"

里基毕竟是个年轻人,一时没有回答。他泛泛地讲起"一位朋友"、"一个熟人"以及"一个我去过的地方"。生活的这本书一经打开,我们的阅读便是秘密所在了,我们不愿意把具体的章节和诗句讲出来。彭布罗克先生一下子把生活这本书翻到了一半,把前边的书页跳过去了,或者忘掉了,因此对里基的迟疑未答不大理解,也不明白里基说出"安塞尔"这样一点不生僻的字眼儿,为什么那么笨口拙舌。

"安塞尔?就是那个请我吃午饭的快活人儿吗?"

"不是。那是安德森,住在楼下。你没有看见安塞尔。来用早餐的两位,一个是蒂利亚德,一个是霍恩布洛尔。"

"是这样。后来你和希尔特一家在一起。他们怎么样?"

"很好,谢谢你。他们要我替他们问你好呢。"

彭布罗克家过去住在埃里奥特家附近,里基的父母亲去世后,彭布罗克家对里基一度关怀备至。他们因此成为家庭朋友,便顺理成章了。

"你写信时,请记住代我们问好。"彭布罗克先生补充说,口气近乎恶作剧。"希尔特那家人还是蛮和善的。话说回来,就是有一点点儿——乏味,我们过去都这样看,不过我们认为你也许喜欢换一换环境。我们当然很高兴你另外还有地方走走。这是不用多说的。"

"你们真是太好了,"里基说,他之所以接受邀请,是因为他觉得是应该的。

"过奖了。你千万别以为你来了,我们就不能安安静静过节日了。你知道,家里有那么一个图书室,你还会发现杰拉尔德是一个很棒的家伙。"

"他们很快就会结婚吗?"

"呃,不!"彭布罗克先生小声说,闭上了眼睛,仿佛里基做了什么特别出格的事情。"这将是一次漫长的订婚。他必须先混出个名堂来。那些婚前没有混出名堂来的人,我见得多了,婚后都过得一塌糊涂。"

"是啊。是这么回事儿。"里基垂头丧气地说,想起了希尔特一家。

"这是一个可悲的难以下咽的真理,"彭布罗克先生说,以为里基垂头丧气的口气,是由于个人的原因。"可是你还必须接受这个真理。我的妹妹和杰拉尔德,谢天谢地,已经接受它了,当然啦,这是一颗苦涩的药丸。"

他们的马车在他说话的当儿已经转过了街角,两个在家养伤的人儿出现在眼前。阿格尼丝倚靠在涂了杂酚油的花园门上,在她身后站了一个年轻男子,一副希腊运动员的身材,一张英国人的脸。他肤色白净,头脸刮得很干净,一头淡色的头发剪得很短。太阳照在他的眼睛上,那双眼睛,如同他的嘴唇一样,好像在他那健康的皮肤上划出了几条裂缝。衣服开始出现的地方,正是他开始英姿勃发的地方。绕着他脖子的是一个起伏不平的领子和一条紫色和金色相间的领带,他的四肢穿在一身灰色的西服便装里,把袖子和裤筒撑得满满的。

"多精神!多精神!"阿格尼丝叫喊起来,一边拍打着花园门。"你的火车一定准时到达的吧。"

"你好!"那个运动员一样的人儿说,喷出了一团迎候的烟叶青烟。那口烟在他嘴里一定含了一会儿了,因为烟斗没有放在嘴里。

"你好!"里基回应道,哈哈哈大笑起来。他们握了握手。

"你这是要去哪里啊,里基?"阿格尼丝问道。"你不是一副邋里邋遢的样子呀。你为什么不留下来?杰拉尔德,快把那把柳条椅子搬来。赫伯特有信要看,我们可以坐在这里等午餐。这天像春天来了。"

谢尔索普花园几乎全部位于住宅的前面——这样的格局不多见,却很合理舒适。前门和仆人出入的门都开在旁边,园丁在剩余的地方巧妙地开辟出一块小小的草地,人坐这里可以避开围栏旁边的大路,隔了围栏围起来的邻居,隔了树旁边的房子,还隔了灌木丛旁边的小径。

"这是情人幽会的凉亭,"阿格尼丝说,在板凳上坐了下来。里基站在她身边,等椅子搬来。

"午饭前你吸烟吗?"道斯先生问道。

"不吸,谢谢。我几乎没有怎么吸过烟。"

"没有不良习惯。你现在不是还在剑桥吗?"

第三章　049

"是的。"

"你在什么学院?"

里基告诉了他。

"你认识卡拉瑟斯吗?"

"何止认识!"

"我是说Ａ·Ｐ·卡拉瑟斯,他进了学校足球队了。"

"认识认识!他是学院音乐社团的秘书。"

"Ａ·Ｐ·卡拉瑟斯吗?"

"是啊。"

道斯先生好像受到了冒犯。他轻轻敲了敲他的牙齿,说天气不干正事儿,大冬天这么暖和。

"不过,圣诞节前天气可是把人害苦了。"阿格尼丝说。

他皱起眉头,问道:"你认识一个叫格里什的人吗?"

"不认识。"

"啊。"

"你认识詹姆斯吗?"

"从来没有听说过。"

"他也是我那年的学生。他在第二个学期就进了学校曲棍球队了。"

"我对'高校'知道得很少。"

里基听见"高校"这样的时髦叫法不由得一哆嗦。当时,标准的叫法是"大学"。

"我没有多余的时间,"道斯先生解释说。

"那是,那是,"里基赶紧附和道。

"我自己有机会做一个大学生,可是,谢天谢地,我没有争取！"

"为什么？"阿格尼丝问道，因为谈话出现了间隔。

"努力干好你的职业。在参军前，谁到大学去混，后来起步就毫无希望。证券交易所和绘画的情况也一样。我认识在这两个行当混事儿的人，他们在'高校'失去的时间，再也没有补回来——当然，除非你改行做牧师。"

"我热爱剑桥，"阿格尼丝说。"瞧瞧那些不同凡响的建筑物，瞧瞧所有人都兴冲冲的，整天互相串门儿，跑来跑去的。"

"那种生活可以让大学生高兴，可是我特此奉告，那种生活让我不快活。我不能费上四年时间，为的只是被人称为'能和王公大臣交往的高校人'。"

里基早有准备领教他的老学友说话颠倒，态度傲慢，但却没有准备领教他脾气暴躁。他以为，运动员都是头脑简单、直来直去的人，你也可以说他们生性冷酷，为人粗鲁，然而永远不会小心眼儿。他们把你打翻在地，拳打脚踢，然后扬长而去，得意洋洋。这方面，里基心想，还是有话可说的：他已经不会犯傻，担当蔑视身强体壮的人的罪名了——这样的罪孽，是身弱体瘦的人必须警惕的。然而，道斯在这点上翻来覆去，喋喋不休谈论大学这个话题，谁都看得见话中的妒忌和小肚鸡肠的恶毒，唠叨、唠叨、唠叨，如同一个没有得到邀请参加茶会的未婚小女子一样。里基心下寻思，安塞尔和那些极端主义者最终也许是正确的，肉体美和一身蛮力也许就是灵魂毁灭的信号。

他觑了一眼阿格尼丝。她正在一张纸上为零售商开列订单。她那张俊俏的脸专心于她正在干的活儿。她和杰拉尔德坐的那条板凳没有靠背，但是她坐得像标枪一般挺直。他，尽管身强体壮,可以坐得挺直,却不屑那么做。

"他们为什么互相不说话呢?"里基心想。

"杰拉尔德,把这张纸送给厨娘。"

"我把纸条递给另外那个女工,不行吗?"

"她还要打扮一番呢。"

"哎,还有赫伯特呢。"

"他忙。哦,你知道厨房在哪里吧。快把纸条给厨娘送去。"

他不急不忙地离去,消失在那棵树的后边。

"你看他怎么样?"她马上询问道。

里基礼貌地嗫嚅几句。

"从他孩童时代起,有变化吗?"

"变还是变了。"

"跟我好好说说他。你为什么不开口?"

她本应该看见一丝恐惧掠过里基的脸上。但恐惧转瞬即逝,因为,谢天谢地,他现在是大人了,待人接物的礼数保护了他。但是,我们这出正剧还没有开始之前,他和杰拉尔德似乎是在布景后面相遇,这个年长的男孩子在幕后对他做了一些事情——荒唐的事情,都不值得单独逐一记下的陈年旧账。苹果馅饼床①都不足挂齿;拧掐、踢蹬、扇耳光、拧胳膊、揪头发、夜里装神弄鬼、往书上洒墨水儿、涂抹照片,这些恶作剧本身都是区区小事,算不得什么。不过,听任这些荒唐的事情沆瀣一气,继续下去,那你就会活在一个成年撒旦都不能设计出来的地狱里。里基和杰拉尔德之间,有一道把生活遮挡在暗地里的阴影,往往是我们料想

---

① 学生恶作剧的一种,故意把被褥整成让人睡下伸不直腿脚的床铺。

不到的。恶少和他的牺牲品永远都不会把他们最初的交往忘记干净。他们在俱乐部和乡间住宅相遇，你拍拍我的背，我还几下，；然而，在两个人的脑海里，他们还是孩子时，念念不忘的是一种关系更加紧张的日子。

他很想说："他是那种乖巧的孩子，而我是那种有毛病的孩子。"然而，剑桥的教育不准许他通过糟践自己把局面抹平了。倘若他是一个有毛病的孩子，那么杰拉尔德则是一个毛病多多的孩子。他嘟哝说："我们两个不一样，截然不同。"彭布罗克小姐或许听出了什么弦外之音，不再提问了。然而，她还接着谈论道斯先生的话题，不无诙谐地挖苦她的情人，大不恭敬地对他说长道短。里基听了哈哈大笑，却感觉不是个滋味儿。两个人既然订婚了，他觉得，他们就应该避免横挑鼻子竖挑眼。然而，话说至此，他却在说长道短了。他不得已而为之。他被拖了进来。

"但愿他的脚腕好多了吧。"

"从来就没有坏过。他总是在一些事情上大惊小怪。"

"我想是赫伯特说的，他下星期要参加一场比赛。"

"我想是吧。"

"我们也去吗？"

"如果你喜欢，那就去吧。我是要待在家里的。我的脚挨冻可挨够了。"

这话说得很没有色彩，听来怪怪的。

杰拉尔德返回来，说："我受不了你的厨娘。她问这问那的，到底想要我干什么？我受不了跟仆人唠叨。我说：'如果我主动跟你讲话，那还好说'——要是她长得俊俏，那倒也另当别论了。"

"呃,我只求我们的丑厨娘一会儿就把午餐做好了。"阿格尼丝说。"我们今天上午没法子了,什么事儿都误事儿,我都不敢开口说什么了,因为昨天就这样子,如果我再抱怨几句,那她们也许就拍屁股走人了。可怜的里基就只好饿肚子了。"

"哪里,希尔特家给了我一大堆三明治,我怎么都吃不完。他们总是把我塞得饱饱的。"

"这里要是塞不饱你,"道斯先生说,"你会认为你感觉就更好吗?"

彭布罗克小姐在某些方面治家节俭,看样子颇为不快。

彭布罗克先生的声音这时从房子里传出来。"弗雷德里克!弗雷德里克!我亲爱的孩子,原谅我啊。这是一封关于教会抗辩学会①的信,很重要,要不然——进来吧,来看看你的房间。"

他很高兴从这块小小的草坪撤退。在这里,他已经了解到了太多的内容。有些让人不寒而栗:他们彼此并不相爱。与他父亲和母亲的情况相比,更让人不寒而栗,因为他们在结婚前,相处得还是很融洽的。然而,这个男子已经表现得无礼、粗鲁和冷漠:他还是那个学校恶少,动不动就拧小男孩子的胳膊,在礼拜堂里往小男孩身上别别针,等他们在单杠上摆动时别针就会刺进他们的肚皮。可怜的阿格尼丝啊;她为什么相中这样的婚姻?是否有人应该干预一下呢?

他忘了他的三明治,返身去取它们。

杰拉尔德和阿格尼丝胳膊挽在一起,靠得紧紧的。

他只看了几眼,但是那景象在脑子里火烧火燎。这个男人把

---

① 成立于十九世纪晚期,为了保护英国教会,和不信国教的人进行周旋。

胳膊挽得比女人更有力。他把这个女人已经拉到了他的膝盖部位，正在往下压她，使出全身的力气往他跟前硬拉。她的两只手已经挣脱出来，小声说："别闹——你弄疼我了——"她的脸上没有表情。她的面孔盯着这个蛮汉，却视而不见。然后，她的情人亲吻她的脸，她的脸立即闪射出神秘的美，如同一颗星星在闪烁。

里基深一脚浅一脚走开，没有拿走那些三明治，脸色发红，心下惧怕。他想："这样的事情真的就发生了吗？"他似乎在俯视色彩斑斓的峡谷。峡谷闪闪发光，更加明亮，后来纯粹火焰的神灵在峡谷里诞生，然后他看见了洁白的雪的尖端。彭布罗克先生说话的当儿，美丽的形象闹闹哄哄，越来越多。它们侵入他的肉体，在确切无疑的神龛儿点亮了灯盏。它们的管弦乐队在这所郊区住宅开始演奏①，他只得站在一边，让女佣把午餐端进来。乐曲从他身边飘过，如同一条河流。他在创造性演出的泉水旁，聆听那原始的单音。随后，一种含混不清的乐器奏出了一个短短的乐句。河流继续流淌，一如既往。乐句重复，听众也许听得出来，它是混合曲调的调子的片断。华美的乐器接受片断，号角保护片断，铜管乐器促进片断，片断于是浮上表面，和小提琴的如泣如诉交织起来。丰满的同音便是爱神的诞生，火焰的火焰，照亮了他身下那条黑黢黢的河流以及上面的洁白的雪峰。他的翅膀无限，他的青春永恒；他在这世界的祝福中经过太阳时，太阳是他手指上的一枚宝石。创造性华章响起，不再是单调的单音，为他喝彩，奏出了越来越宽的旋律，越来越嘹亮的辉煌。爱情就是一

---

① 阿格尼丝的爱情一出现，里基的耳边就会出现音乐，这是一种暗示。

股烈火吗？爱情就是一股洪流吗？他比烈火与洪流更伟大——男人在女人身上的触摸吗？

这只是微不足道的小事一桩，里基没有因此而厌恶。不过，他弄不懂这事儿。

彭布罗克先生喊叫这两个大闲人来用午餐时，感觉一只手按住了他的胳膊，一个声音悄声说："别喊叫——他们也许是幸福的。"

他瞪了瞪眼睛，敲响了小锣。听到锣响，他们终于露面，一个祭司，一个高级女祭司。

"里基，我可以把这些三明治送给那个擦靴子的男孩吗？"一位说。"他喜爱三明治。"

"敲锣了！快点儿！敲锣了！"

"你午饭前吸烟吗？"另一位问道。

但是，他们已经进入天堂，没有什么东西能够让他们走出天堂。别人也许会认为他们不顾场合或者让人厌烦。他知道怎么回事儿。他会记住他们讲的每句话。他会珍藏他们俩的每一个动作，每一个眼神儿，有朝一日，等到天堂的大门关闭了，一缕微弱的光亮，一声智慧的回响，也许会伴在天堂之外的他的身旁。

实际上，在他客住期间，他很少看见他们。他管束自己，因为他不配打扰别人。他有什么权利打探他们的幸福，哪怕是精神上的？在那片草坪上看看他们的行为，这算不上什么罪过。但是再次前去打探，那就会是罪过了。他尽量让自己回避，尽量打消各种念头，不是因为他是禁欲主义者，而是因为他们一旦知道了，会反感他的行为。他的这种表现是他们求之不得的。一旦他们弄出什么无伤大雅的小动作——任何他的同情心想得到容得下的小动作——他们都认为是机会所赐，是彼此心心相印。

　　这样，这对恋人儿避人耳目。他们和遥远的日出相伴相随，只有山峦和他们交谈。于是，置身于我们特别适合居住的世界的没有点燃的峡谷里，里基与彭布罗克先生进行谈话。

第四章

　　索斯顿学校是一位商人于十七世纪建立起来的。当时，它只是很小的镇子上一所很小的语法学校①，管理这所学校的伦敦市商会，每年一次的例行造访，不得不坐马车走半天，在森林里和石楠荒野上奔波。到了二十世纪，他们还得坐车奔波，不过只是从火车站出发；他们不在一个很小的镇子上落脚，也不在一个大镇子上落脚，而是置身于数不清的住宅群里，独立式的和半独立式的房舍，里三层外三层地分布在学校周围。因为创建人的意图已经改变，或者不论怎样拓宽了，不再教育"我家乡的穷人"，它现在教育英格兰的上层阶级了。发生这种变化，说起来也不是很久远的事儿。直到十九世纪，这座语法学校仍然由周遭做日班的学者组成。后来，两件事情发生了。第一件，学校的财产升值了，学校富裕了。第二件，说不清究竟什么原因，学校一下子出了大批主教。这些主教，好像燃放的焰火筒的星花儿，个个色彩斑斓，向四面八方飞溅，有些飞得很高，有些飞得很低，有些飞到遥远的殖民地，有一个竟然飞入了罗马教会。然而，许多做父亲的都在报纸上探寻他们的成才之路；许多做母亲的心想，自己的儿子如果点燃得恰到好处，也许不至于引火烧身，一闪即逝；许多家庭都搬到这个生活和教育非常便宜的地方，走读学生在这里不会被人小看，正统的和时尚的东西据说结合在一起。学校的人员翻了一倍。学校修建了教室、实验室和体育馆。"语法"两个限定词儿取消了。学校把当地商人的儿子甜言蜜语地招收进来，奠定了新的基础，取名"商业学校"，在几英里远的地方修建校舍。新校舍没有沿袭伊顿公学或者温彻斯特公学那种典雅的古代建筑，也没有反其道而行之，采取像兰辛、威灵顿以及其他纯现代建设的超前意识之策。只要传统的东西可用，学校便紧抓不放。一旦新的方案出现需求，学校立即制定。学校的目的就是出产平均标准的英国人，而且，在很大程度上，学校取得了成功。

彭布罗克先生在这里度过了他幸福而勤劳的生命。他的技术身份是近代科学部分下设的一个机构的老师。不过他的工作却在别的方面。他成立机构。如果某个机构不存在，他就创立一个。如果一个机构存在了，那他就改造它。"一个机构，"他喜欢说。"本身到什么时候都没个头。它一定会对一个运动做出贡献。"一个好惯例看起来可能败坏学校，那他就随时提供另一个惯例；他相信，没有数不清的惯例，就没有安全可言，对男孩和男人都一样。也许他是对的，以后也永远是对的。也许，如果在短短一个小时里我们认为怎么合适就怎么行动，而且企图享有完美的自由，那么我们每个人都会走向毁灭。校帽，具有深意的象征主义，是他的发明，表明一个男孩儿能游多远的五颜六色的游泳裤，是他的发明；运动衫和运动衣的等级分类，是他的发明。正是他，创立了跳跃、裁决以及两种学术辩论的报纸，还有三种鞭刑和《索斯顿人》————一种双学期杂志。他那肥滚滚的手指无

---

① 十六世纪以前以教授拉丁文为主，后来变成了中学，教授语言、历史和自然科学。这里虽是虚构学校，但作者显然是指早期成立的这类学校，渐渐演变成了一些著名的贵族学校，例如伊顿公学。

所不指①。他头颅的天灵盖温和而扎眼,每逢老师们开会就大放光辉。人们一般都认为他是前途看好的人。

他的最后一项成果是把走读男孩们组织起来。他们过去受管束很少,太由着他们自己了,集体精神很差;他们动不动就想家,而不是学校,认为家庭是他们生活中最重要的东西。另一方面,他们却摆脱了家长们的管束;他们做预习很随意,有时做得马马虎虎。他们看比赛尖叫不已,不管什么时辰都会外出,乱吃他们不应该吃的东西,吸烟,在柏油马路飙自行车。现在,这一切都成为过去了。如同寄宿生,他们在晚上七点十五分要进学校,没有家长和监护人写来的许可证明,一律不允许离校;他们晚上在规定时辰里和早餐前七点至八点之间必须预习功课。比赛活动是强制性的。他们在学习期间必须去参加各种聚会。他们必须遵守规矩。当然,这项改革还不完备。控制饮食还不可能做到,虽然按照一份印制的通知,校方请求走读生家长们提供简单的饭菜。校方还相信,一些做母亲的对有关预习的规定置若罔闻,允许自己的儿子通宵把作业做完,早上睡懒觉。然而,走读生和寄宿生之间的鸿沟弥合到了相当程度,而且在走读生也被组织起来,住入由舍监管理的、有学生自己特色的宿舍后,这一鸿沟越来越窄了。"通过宿舍生活,"彭布罗克先生说,"学生将学会爱校如家,正如同通过上学,学生学会热爱祖国一样。所以,我们唯一的方针就是组织走读生,住入宿舍。"校长一如既往,同意了这一方针,新的集体形成了。彭布罗克先生为了避免说三

---

① 英文为 His plump finger was in every pie,显然套用了英文成语 to have a finger in the pie,意为"干预"、"插手"等,译文稍加改造似更传神。

道四，拒绝亲自担任舍监这一职务，对执教六年级的杰克逊先生说："你在幕后默默无闻干得太久了。这次是你走向前台的一个良机。"然而，这一安排失败了。杰克逊先生，又是学者又是大学生，自己没有热情，也没有传递出什么热情，面对自己管理的宿舍，只是说："呃，我并不清楚我们大家都待在这里究竟为什么。现在呢，我认为你们还是回家待在你们的母亲身边为好。"他又返回了他的幕后，到了下一个学期，彭布罗克先生不得已亲自挂帅了。

正是这样一些话题，使彭布罗克先生对着里基毕恭毕敬的耳朵，喋喋不休。他带领着里基去参观学校、图书馆以及走读生可以存放衣服和帽子的地下过道，赶上节庆日，他们还可以在这里用晚餐。他把里基带往杰克逊先生优美的住宅，悄悄地说："如果这房子不是因为他的杰出才智，那么也就是一个急行军的箱子！"他带着里基参观幸运地竣工的板球场和不幸地急需资金的小教堂。里基留下了深刻印象，不过当时他对什么都印象深刻。当然，见识过阿格尼丝和杰拉尔德的热恋，走读生的宿舍似乎留下一点阴影，但是他把一些现实情况也算在了他们热恋的账上。

"板球场，"彭布罗克先生说，"最令人满意。我们根本没有指望今年办起来。可是在复活节假期之前，每个学生都会收到一张捐款卡，让他们明白每个人必须募集到三十个先令。你也许很难相信我，可是学生们差不多都会响应的。上个学期在这所了不起的学校里举行了一次大餐，所有募集到不止三十个先令，甚至多达一镑钱的学生，都被邀请来吃大餐——很自然，学生看重的不是几个先令，积极响应才是真正有价值的事情。实际上，整所学校的学生都来用大餐了。"

"他们一定对球场钟爱有加，非常喜欢。"

"啊，这场地使用得并不很多。板球活动，我想你也清楚，是一项很昂贵的比赛。只有家境比较富裕的孩子玩得起——可是我很遗憾地说，往往我们感到无比骄傲的学生，并不是比较富裕的孩子。不过，关键在于，学校只有配备了板球场才可以称为一流学校。学校无论好坏，都在修建板球场呢。"

"现在你一定把小教堂也修起来了吧？"

"现在我们必须把小教堂修起来。"他肃然起敬地停了停，又说："这里就是原来建筑物的残留。"

里基心头立即涌起一阵共鸣。他也肃然起敬，看着那座詹姆斯一世时代的砖结构建筑物的残留，在现代机械取方的石头修建的半圆拱顶建筑物中，红彤彤的别具美感。两个男人尽管很少有共同的东西，却不约而同地因为爱国精神而心潮澎湃。他们的国家伟大、高贵、古老，他们为此而异常欣喜。

"感谢上帝，我是英格兰人，"里基突然说。

"的确，感谢上帝，"彭布罗克先生说，将一只手放在了里基的背上。

"我相信，我们和古希腊人几乎一样伟大。我敢说，我们要比意大利人更加伟大，哪怕他们曾经更加接近美丽。比起法国人也更加伟大，哪怕我们的确采纳了他们所有的理念。我不由得想到，英格兰地大物博。英格兰的文学当然也丰富多彩。"

彭布罗克先生把手放下来了。他发觉这样的爱国精神有点儿底气不足。真正的爱国精神只能发自内心。爱国精神和理性毫不搭界。英格兰的女士们在海外会宣称伦敦没有大雾，而彭布罗克先生，尽管不屑玩出这种小把戏，却也只会因为谁都发现伦敦的确有雾而闭口不谈。鉴于此他特别指出，古希腊人缺乏精神上的顿悟，只有一种女人的低级见解。

"说到女人——啊！她们糟糕透了，"里基把手扶在小教堂的墙壁上。"我越来越认识到这点了。但是，至于精神上的顿悟，我不怎么喜欢多说；我觉得柏拉图很难懂，不过我认识一些不觉得柏拉图难懂的人，恐怕他们也许不会同意你的说法。"

"我可不是贬低柏拉图啊。就哲学而言，总的来说我对柏拉图崇拜得五体投地。可是，他的哲学是一个人的教育的桂冠，而不是教育的基础。我本人呢，我读柏拉图获益匪浅，但是我知道那些没有进入角色就马上阅读柏拉图的学生，会有没完没了的麻烦结果。"

"可是，如果那些学生先死掉了，"里基叫喊道，情绪一下子激烈起来。"该知道的却不知道——"

"不该知道的却知道了！"彭布罗克先生不无讽刺地说。

"不该知道的知道了。一点没错。正是这样的。"

"我亲爱的里基，你这话是什么意思？如果一个老朋友可以坦白相告的话，你是在说废话，满口废话。"他只引用了寥寥几个来历不凡的套语，就支持了这个年轻人的正统观念。这些支点还是很需要的。里基有他自己的支点。指责十五六岁男孩子的复兴精神，以及四五年之后遭遇的怀疑主义，都不能让他摆脱对教堂的忠诚，因为他就出生在教堂里。然而，他的支点是个人的，其中的秘诀对别人没有用处。他主张，每个人都应该找到自己的支点。

"哲学干什么用的？"在旁边充当支点的人接着说。"哲学能让人在生活中更加幸福吗？哲学能让人死得更加平静吗？我觉得从长远来看,赫伯特·斯宾塞①不见得会比我们大家高明多少。啊,里基!我希望你能在中小学生中活动活动,看看他们对所有他们不能触及的东西根本不放在眼里!"他把话说到这里扯得太远了,只得补充说:"他们的精神容量,当然,是另一回事儿。"这时候,他记起了古希腊人的话题,赶紧说:"这正好证明了我最初的声明。"

顺从的面色,如同一个人得到支持一样,出现在里基的脸上。彭布罗克先生随后问起他那些不觉得柏拉图难懂的人。然而,在这点上,里基没有回答,只是轻轻地拍了拍学校小教堂的墙壁,很快这场谈话转向了他们俩都更为驾轻就熟的话题。

"阿格尼丝对学校很有兴趣吗?"

"不像过去那么有兴趣了。这是她订婚的结果。如果我们那位淘气的勇士没有把她诱拐去,那她一准会成为一个理想的老师的妻子。我经常拿这事儿和那位勇士开玩笑,因为他有点儿看不起知识分子的职业。自然的,再自然不过了。一个面对死亡的人,怎么能够像我们学习 mensa 或者 tupto② 所感受到的?"

"这话完全真实。绝对真实。"

彭布罗克先生自言自语说,弗雷德里克正在进步。

"如果一个男人行得端,做得正,说话算数;如果他的心不歪;如果他生就了基督徒的本性,生就了一个绅士的本性——那

---

① 斯宾塞(1820—1903),英国哲学家、社会学家,认为哲学是各科学原理的总和,将进化论引入社会学,提出"适者生存"说,著有《综合哲学》、《生物学原理》、《社会学研究》等。
② 两个拉丁词,学习拉丁语语法时常用的例子:mensa,名词,"桌子"、"餐桌"的意思;tupto,动词,"我打"、"我揍"的意思。

么我,无论如何,给我妹妹找不到更般配的丈夫了。"

"你怎么找得到更般配的呢?"里基大声说,"你记得《云》①里的东西吗?"他尽自己所能背诵 Dikaios Logos② 一节里的邀请词儿,对诗中那个年轻的雅典人进行描述,肉体完美,精神平静,忘记了他在法庭里的工作,整天都在树林和牧场上徜徉,头戴花冠,有朋友作陪;新鲜树叶的清新气息向他们袭来;他们沉醉在春天的萌动之中;他们头上的梧桐树在和榆树喁喁私语——也许那就是有史以来向无忧无虑的生活发出的最辉煌的邀请词儿了。

"是啊,是啊,"彭布罗克说,心里并不想要阿里斯托芬笔下的什么人做妹夫。不过他也没有这样的妹夫,因为道斯先生懒得往头上戴花冠,也不会理会春天的到来,只会埋怨身边的朋友走得太快或者太慢。

"至于她呢——!"可是里基一下子想不起什么古典诗句适合阿格尼丝。她在两种女人类型里头吃空份儿。一个是善良的美狄亚③,一个是具有责任感的克里奥佩特拉④——这两个女人身上都有她一点点影子。阿格尼丝没有出生在古希腊,只是跨海越洋去过希腊——一个肤色黝黑、头脑聪慧的公主。她出类拔萃,还有潜在的非凡素质——一块更古老、更富饶、更神秘的土地养育

---

① 阿里斯托芬(前450?—前385?),古希腊诗人、喜剧作家,素有"喜剧之父"之称,据考证写过四十多部喜剧,现存有《阿卡奈人》、《骑士》、《蛙》等八部。
② 古希腊语,"辩"、"辩答"之意。
③ 希腊神话中的人物,科尔喀斯国王的女儿,以巫术著称,曾经帮助伊阿宋取得金羊毛。
④ 古埃及女王(前69—前30),绝代美人;这里指她在一次战争中没有背叛罗马大将安东尼。

出来的潜在素质。想到"不在那里"的哲学理念,里基不由得发笑了。安塞尔尽管聪明过人,却犯了一个绝大的错误。在这个世界上,她比任何女人都更具有"在那里"的现实感。

彭布罗克先生看样子对这种孩子气的热情很欣赏。他喜欢自己的妹妹,尽管他知道她一身毛病。"是啊,我很羡慕她,"他说。"我认为,她找到了一个终身伴侣。虽然他们要煎熬一个漫长的订婚过程,但是这是因祸得福的好事儿。他们维系更亲密的纽带之前,可以互相了解得更加彻底。"

里基没有表示同意。这样漫长的订婚过程,对他来说似乎是不可言说的残忍。两个人情投意合,却因为没有该死的钱,就在很多年里不能结婚。赫伯特就是身怀绝技,也不能缔造这样的幸福。偏偏老天不公,希尔特家"富得流油";想到这里,他感到了从来未有的羞耻。几星期之后,他便到了法定年龄,就可以支配自己的钱了。世上的事情安排得如此不公道,真是遗憾。他不需要钱,或者无论怎样不需要那么多的钱。

"假定,"他开始盘算,因为他对这桩婚事越来越不安——"假定我将来一年比我应得的钱少要一百镑就行了。哦,少得一百镑我的钱也足够花了。我除了吃、住、穿、隔三差五坐火车,别的没有什么花销。我没有什么嗜好。我不搞收藏,没有什么娱乐活动。买些书是正事儿,可是毕竟有穆迪①收藏的书呢,即便非买书不可,不是也有免费图书馆嘛。哦,还有我的职业!我忘了我还有职业。唔,有职业,就能腾出更多的钱。"他假想自己躲得远

---

① 查尔斯·爱德华·穆迪于1842年成立预约借书图书馆,发送的图书遍及英格兰,曾红火一时,直到1937年。该图书馆位于新牛津街,大英博物馆附近,拥有图书数十万册,当时的预约费为七先令。

远的,和这个世界没有接触,只和世界允许的范围打交道,还是犯下了一个不可原谅的罪过。

他客住就要结束时,这种情况就发生了——又一个温和的一月天里的无风的日子。道斯先生正在和一帮强壮人打比赛,一早起来就得到场地上去做些准备。里基说好也到现场去。

到目前为止,他一直没有遭人讨厌。"你会感到很烦的,"阿格尼丝说,瞅见了她情人脸上的不快神色。"再说,杰拉尔德走路像疯子一样。"

"今天早上我想起了博物馆,"彭布罗克先生说。"那里的燧石箭头很有看头。"

"啊,这是你的强项,里基。我很羡慕你和赫伯特对历史乐此不疲的样子。"

"我想好了,只要道斯愿意要我,我和他一起去运动。我去运动场走个来回,还是能走得很快的。燧石箭头很美妙,不过我还不能真正欣赏它们,尽管我希望有朝一日能够入门儿。"

彭布罗克先生大失所望,可是里基不为所动。

过了一刻钟,他一个人返回了住宅,几乎要哭喊的样子。

"呃,那个倒霉蛋走得太快吗?"彭布罗克小姐从卧室的窗户喊叫道。

"我走得太快,他跟不上。"他气哼哼地说,他还来不及说对不起,其实没有发生什么,那面窗户早关上了。

"他们吵架了,"阿格尼丝想。"为什么吵架呢?"

她很快就听说怎么回事儿了。杰拉尔德回来了,强压着一股怒气。里基竟然提出来送钱给他。

"我亲爱的小哥哥,别生气了。那孩子疯了。"

"要真是那样，我倒原谅了。可是，我受不了那种病态的样子。"

"看看，杰拉尔德，这就是我不喜欢你的地方。你不知道弱者有多么可怜。"

"娘们儿的事儿。那么说，你希望我一年从他那里得到一百镑钱了。你可听到过这样讨厌的冒失话吗？用一百镑钱将我们拴在一起——他、你和我，每年一百镑——他呢，当然，借机刺探我们干过的一切，我们呢，对他磕头拜谢，有苦说不出来。如果他里基蒂·埃里奥特[①]先生认为勇士和英国人就这样子，那可不是我，还不如给我一根马鞭呢。"

阿格尼丝爆笑不止。"你们两个长不大的孩子，一对儿碰一起了，你又是最坏的那个。为什么你不让那个小傻瓜消一消气儿呢？他在我的窗户下气鼓鼓的，鼻子都气歪了，我还以为你侮辱他了呢。你为什么不接受下来呢？"

"接受？"他喊声震天。

"接受了，他那些废话也就不再啰嗦了。哎，他都是从书本里学来的。"

"那他就更愚蠢。"

"是了，就别跟一个傻瓜生气了。他没有伤害你的意思。他整天都在与诗歌和古老的死人打交道，然后就想把那套带回现实生活里。那套一说出来就成笑话了。"

杰拉尔德又说，他受不了那种病态的样子。

"我不认为那就是真正的病态行为。"

---

① 里基的全名。

"我认为就是。为什么他让钱担当了更坏的名声。"

"你这话什么意思?"

杰拉尔德显得有些难为情。"我本不想告诉你的。这话不大适合女士听。"像多数四肢发达的男人一样,他在智力上就显得过分拘谨了。"他说他这辈子结不成婚了,因为他的脚有毛病。结婚对后人不公道。他的祖父有残疾,他的父亲也有残疾,他也一样糟糕。他认为,这是遗传的结果,到了下一代后果更糟糕。他和别的大学生讨论了很多次。他们一定是一伙很聪明的人。他不能冒险生养孩子。这就是一百英镑的来历。"

阿格尼丝不再笑了。"啊,小坏蛋,他怎么说出这样一大套话来!"

他受到鼓励,接着往下说。目前为止,他还没有交代过他们在学校的事情。现在,他向她把学校里的一切都抖搂出来了——他称之为"硬棒麻花糖"①的恶作剧,在小教堂里扎别针,还有一天下午,他把里基头朝下捆绑在一个树桩上,然后跑掉——当然只是一会儿的事儿。

阿格尼丝听了狠狠地责备了他。但是,她想到一个羸弱的孩子被一个蛮横的孩子揉来搓去的,心头另有一番好玩的刺激。

---

① 把两臂强拧到身后的动作,根据硬棒麻花糖而得名。在英国过去的学校里,恃强凌弱的现象很厉害,受害者都是小学生或者有缺陷的学生。福斯特的脚有点儿跛,这样的事情在他上学时经常发生,给他造成了终生阴影,这也是他特别喜欢这部自传性小说的原因之一。

第五章

　　杰拉尔德在那个下午死了。他在一场足球比赛中被踢翻了。事件发生时里基和彭布罗克先生就在场边。用车把他拉到医院，一路颠簸，没有好处，他只是被抬到了更衣房里，放在了地上。一个医生来了，一个牧师也来了，不过看样子最好是让他和阿格尼丝待在一起度过最后几分钟，因阿格尼丝是骑自行车赶来的。

　　那是一次罕见的伤心断肠的会见。这姑娘过去是那么习惯活蹦乱跳的人，一时间竟然不明白怎么回事儿。看见他只身躺在尘土里，身上盖了一块地毯，膝盖团到嘴巴下边，想必是在闹着玩儿的。他的胳膊和她所熟悉的一样，上面令人羡慕的肌肉圪塔在运动衫下边清清楚楚。那张脸，尽管有点儿发红，却没有受伤：一定是一次特别好玩的玩笑吧。

　　"杰拉尔德，你这是在干什么呢？"

　　他回答说："我看不见你。黑乎乎一片。"

　　"哦，我很快就不让你黑乎乎了，"她说，口气一如既往地活泼。她把更衣房的门打开了。站在更衣房周围的人躲到了一旁。她看见一个空无一人的草场，潮气湿重，灰蒙蒙的，草场那边是石板屋顶的单栋小楼，一排挨一排，在一座形状不明的小山上顺势而上。远望伦敦，天空黄色弥漫。"好啦。这下好多了。"她又坐在了他的身边，把他的手拉进自己的手里。"这下我们就好了，不是吗？"

"你在哪里呢?"

这次她无法回答了。

"到底怎么回事儿?我这是在哪里?"

"教区长不是来过这里吗?"她沉默一会儿,说。

"他说了一些天堂的事儿,以为我——可是——我不能跟一个牧师分辩啊;不过我好像对天堂里那些事情没有什么用处的。"

"我们都是基督徒,"阿格尼丝怯生生地说。"亲爱的情人儿,我们别谈论这些事情了,可是我们相信这些事情。我想你会好起来,还像过去一样身强体壮;不过,话说回来,精神生命是存在的,我们知道有朝一日,你和我——"

"我成了精神是干不了什么的,"他打断她的话,遗憾地叹口气。"我就是我这个人,才想要你,这是无可奈何的。教区长不得已那样说。我想——我不想多说话。我看不见你。把门关上吧。"

她按吩咐把门关上,偎偎进了他的怀里。只有这一次,她的搂抱比他的更有力量。随着他的心越跳越微弱,她的心越跳越响亮。他哭泣起来,像一个吓坏了的孩子,她的嘴唇被他的泪水浸湿了。"勇敢起来吧,"她对他说。

"我做不到啊,"他小声说。"那样做是不合常理的。我看不见你,"他睁着眼睛,哆哆嗦嗦从她身上扫了过去。

阿格尼丝骑了自行车回家,把其他人甩在后面。有些女人不知道发生了什么事情,见她走过纷纷点头和微笑,而她也一一还礼。

"啊,小姐,是真的吗?"厨娘哭诉道,满脸泪水。

阿格尼丝点了点头。大概就是这么回事儿。信件刚刚到达：有一封是杰拉尔德的母亲写给他的。生活没有事先告诫他们，这时似乎也无话可说。这起事故是非自然的，必然会像一场梦一样成为过去。她觉得有几分恼火，女仆们流露的悲哀让她受不了。

她们都在抽泣。"啊，看看哪儿都有他的痕迹！唉，他总是满不在乎——满不在乎！"在前门旁边那条棕色的窗帘细布上，一只沉重的足球鞋留下了印子。她们都不喜欢杰拉尔德，但是他是个男人，她们是女人，他已经死去了。她们的女主人命令她们离开，让她安静安静。

她坐在楼梯脚下，待了很久，擦眼抹泪。一种莫名的精神危机在酝酿之中。她应该像女仆们一样睡觉吗？还是应该咬紧牙关坚持下去，让时间来抚平伤痛？一个人的死亡真的就那么可怕吗？她正想让自己变得冷漠起来时，门前的小道上传来了脚步声，里基·埃里奥特闯了进来。他溅了一身泥水，气喘吁吁，头发散乱地遮挡在他那瘦弱的脸上。她心想："活下来的就是这样一些人啊！"她从心底里憎恨他。

"我来看看你在干什么，"他大声说。

"在休息。"

他跪在她身边，而她却说："劳驾你走开好吗？"

"是的，亲爱的阿格尼丝，当然要走；可是，我必须先来看看你是否很在意。"

她的呼吸忍住了。她的眼睛向那些脚印看去，然后向外面看去，那么坚毅，那么义无反顾。

他气喘吁吁地说："这是你一生中发生的最坏的事情，你很在意这件事儿——你很在意这件事儿。人们都爱说：'咬紧牙关挺过去——相信时间。'不对,不对;他们说的不对。应该在意这事儿。"

尽管她悲痛欲绝,但是她知道这个男孩更加了不起,超出人们的看法。他站起身来,用强烈的坚信的口气说:"我知道——我理解。这是他的死亡,也是你的死亡。他去了,阿格尼丝,他的怀抱再也不会拥抱你啦。老天在上,在意这样的事情吧,别坐在这里禁锢你的灵魂。你是什么样还是什么样,别就此打住;你不再是你了,那他永远都不会原谅你的。"

她吞吞吐吐地说:"谁——谁原谅?"

"杰拉尔德。"

听到他的名字,她一发不可收拾了,所有她硬撑的样子一下子全没有了。她承认,生活的意义已经消失了。她弯下腰,亲吻那个脚印。"他怎么能原谅我呢?"她抽噎道。"他去哪里了?你做梦也想不到会发生这样的事情。他看不见我了,虽然我把门打开——开得大大的——让大量的光线进来;随后,他记不得那些能安慰我的事情了。他不是一个——一直不是一个很喜欢读书的人,记不住很多事情。教区长尽力了,可他记不起事情——我赶来了,我不能——"她流泪不止,讲不下去了。里基没有阻止她。他放任她责备她自己,责备命运,责备赫伯特,因为赫伯特推延了他们的婚事儿。她本来可以当六个月的妻子;但是,赫伯特说到人要有自制力,讲到了他们面前的生活。他放任她亲吻那些脚印,亲了又亲,亲掉了印迹,剩下了她嘴唇的印子。"他去了——他在哪里呢?"接下来他平静地回答说:"他在天堂。"

她祈求他不要安慰她;她受不了这样的安慰。

"我不是来安慰你的。我是来看看你是否很在意。他在天堂,阿格尼丝。最了不起的东西①结束了。"

她的憎恨缓和多了。她喃喃道:"亲爱的里基!"并且把手伸给了他。透过泪水,里基瘦弱的脸看起来像一个讲解真理的天使,不允许她和灵魂兜圈子。"亲爱的里基——可是,我剩下的生命,可怎么对付啊?"

"怎么都能对付过去——如果你记住最了不起的东西已经结束的话。"

"我不认识你了,"她说,声音在哆嗦。"你一眨眼就长大了。你从来没有和我们交谈过,可是你什么都懂得。再告诉我一遍——我只信任你——他在哪里。"

"他在天堂。"

"你敢肯定吗?"

让她感到迷惑的是,里基,几乎要啰嗦半天才能把时间跟你说明白的人,却对灵魂不灭那么心中有数。

---

① 这里显然是指生命,是福斯特作品的主要特点,需要读者细读。

第六章

他没有留下来参加葬礼。彭布罗克先生认为他对阿格尼丝影响不好,妨碍她本来可以做到的那样尽快默认这场悲剧。如同他所说的,"一个人千万不要招惹悲痛",他暗示这位年轻人,他们兄妹俩需要独处。里基于是回到希尔特家。

他在希尔特家只住了几天。刚刚开学,他便回到了剑桥,那是他眼巴巴渴望回去的地方。那里的旅程现在对他来说很熟悉,每一处界标①都让他感到快活。特温水域的清爽峡谷、火车横穿白垩地带的希特钦路堑、波尔多克教堂、罗伊斯顿一望无际的丘陵草地,这些界标本身虽然没有什么,但是在他向平静港湾朝圣的一路上,却像驿站一样亲切。在站台上,他遇上了朋友们。他们都过了一个开心的假期:这是一个幸福的世界。气氛改变了。

剑桥按照自个儿的习惯,用敞开的排水系统欢迎她的儿子们到来。佩蒂·克里街挖开了,三一街挖开了,挖河道的工人们在国王街区若隐若现。这里是煤气灯,那里是电灯,到处都有东西,总是有一种异常气味。就在这一天,车轱辘从车站接送电车上掉下来,里基正好就是车内乘客,和别的乘客一路同行,他们"没有受到伤害,只有震惊,事后对突如其来的灾难大伙儿一起扎堆儿大笑"。

蒂利亚德跑进了一辆轻便马车,直骂自己非要干那种占便宜的事儿。霍恩布洛尔也飞奔过去,大呼小叫的,把行李干脆撂在了头顶上。"我们出去走走吧,"安塞尔悄悄地说。但是,里基正在安抚一个受了惊吓的妇女——阿伯丁太太。"哦,阿伯丁太太,我一直没有看见你;看见你很高兴——我真是太高兴了。"阿伯丁太太反应冷淡。她不喜欢在校园外边碰上人讲话,而且也正对着她的篮子不知所措。直到这时,有教养的目光都还不曾朝篮子里张望,但是在这次碰撞中,篮子的白布罩掉落下去,篮子彻底暴露出来了——里面什么都没有。篮子是空的,而且也从来没有装过什么乱七八糟的东西。她还处在不知所措的惊慌中,因而只是对里基虚应故事说:"我想我们以后会见面的,先生。"

"看看阿伯丁太太过着什么样的生活?"他大声说,与安塞尔相随走在火车站路上。"这些宿舍清洁工来把我们伺候得舒舒服服。我们欠下她们很多很多,她们的工资少得荒唐,我们对她们一点也不了解。她们下班就回巴恩威尔,然后她们的生活就鲜为人知了。我只知道阿伯丁太太嫁了丈夫,此外就什么都不知道了。她从来没有谈起过丈夫。现在我真的很想深入地介入她的生活。我只看见了她的生活的一半。那另一半是什么呢?她也许有一个真正快活的家庭,有品位,有个小小的花园,有书,有画儿。或者,恰恰相反,她没有这样一个家庭。不过,不管怎么样,我们都应该了解一下。我知道,她不喜欢别人打探,可是她不应该不喜欢啊。毕竟,目前这种乱糟糟的局面,宿舍清洁工免不了受到责怪,如同有教养的人会受到怪罪一样。她应该想让我去。她应该把我引见给她的丈夫。"

---

① 这里的界标指伦敦国王十字街火车站到剑桥一路上的铁道界标。特温水域位于威尔文花园城的北边。福斯特对剑桥地理的描写,十分准确。

他们两个来到了希尔思路的拐角。安塞尔第一次开口讲话了。他说:"呸呸呸!"

"排水系统吗?"

"是啊。精神上的化粪池。"

里基大笑起来。

"我在你的信中领教过这点了。"

"你没有回复的那封信吗?"

"你的信我都没有回复。你现在表现得太灰心丧气了。你会走向没落的。但是,我可不会陪着你堕落。我决不相信,人类只是一个活动的奇迹,具有至上的趣味、悲剧和美——刚才说到的那封信讲的就是这点。你会看到许多人都相信这点。在那些闲得难受、什么都不想的人中,这可是非常流行的观点;这让他们很省心,用不着从丑中发觉美,从无趣中发觉有趣,从传奇剧中发觉悲剧。你刚刚从索斯顿来,显然被彭布罗克小姐有胳膊有腿完完整整一个人这一事实搞得晕头转向。"

里基无话可说。他已经跟他的朋友讲过他有什么感受,可是实际所发生的情况事与愿违。安塞尔可以对爱情和死亡侃侃而谈,但是在某种程度上他不理解相爱的男女或者一个垂死的人,在那封信里对这些具体的事实只有苍白的暗示。剑桥能对这些具体的事实加以理解吗?他观察过一些导师,对着一件出土文物细细端详,把双手抛向天空,做出幽默的绝望动作。这些人下星期就要做系列讲座: 喀提林①的阴谋、路德②、进化论

---

① 喀提林(前108?—前62),罗马共和国的贵族,因竞选执政官失败而策动武装政变,遭到执政官西塞罗的镇压,因此以擅长政治阴谋而名垂青史。
② 路德(1483—1546),德国宗教改革家。

以及卡图卢斯①。他们纸上谈兵太多,实际经历又太少。他有可能把剑桥想得过于狭窄了吗?在他短暂的生命中,他已然经历了两起突然死亡,这足以让他对这个世界重新调整平静的人生观。他一成不变地认定,我们都是汹涌澎湃的大海上的泡沫。在这个大海上,人类看起来好像形成了一些小小的碎浪——科学知识啦,文明的管束啦——因此那些泡沫不会动不动就破灭,不会转眼之间就破灭。但是,大海没有改变,而他、安塞尔、蒂利亚德以及阿伯丁太太没有在那辆电车里死于车祸,不过是唯一侥幸的事情。

他们在罗马天主教教堂旁等待另一辆电车,电车那花哨的躯壳儿在日暮中已经模糊起来。罗马天主教教堂是新来的游客最先能看得见的大型建筑物。"哦,一座座学院就在眼前!"那位新教徒母亲叫道,然后了解到这座教堂是一个靠制作眼睛骨碌碌转动的洋娃娃发家的罗马天主教徒修建起来的。"依靠的是洋娃娃活动的眼睛,保护的是一尊尊不动的偶像"——这事儿口口相传,最终成了传说和笑话。这座教堂俯瞰着这座叛教的城市,比城里的任何一座建筑都高出许多码,不管多么高高在上,它都在告诉世人:这里是永恒的、稳定的,在风平浪静的大海上,泡沫不会破裂。

一阵叮当作响的赞美诗般的钟声,告诉人们五点钟了,而在远处,圣玛丽教堂更加可爱的钟声也清晰可闻,叮叮当当从这座城市的中心响彻四方。然后,电车到达了——缓慢憋闷的电车每隔二十分钟便在无名地带和市场之间往返一趟——载了他们路过

---

① 卡图卢斯(前84?—前54?),罗马抒情诗人,尤以爱情诗歌而闻名,诗作对文艺复兴和以后的欧洲抒情诗的发展影响很大。

唐宁街乱糟糟的庭院,路过如同被一条环形水域包围着的威尼斯式大厦的阿登布鲁克医院,路过像罗马庙宇式大片基础建筑物衬托下的菲茨威廉宫,终于来到了自己学院的大门口,看上去在这世界上独一无二的样子。门房们见到他们很高兴,不过还以为他们会坐一辆轻便马车到来。"我们的行李,"里基解释说,"用一辆旅馆马车拉来了,你们要是做好事儿,为我的行李付一个先令好了。"安塞尔扭头向几扇明亮的大窗户望去,那是一所热情的导师的寓所,从别的窗户里飘溢出来熟悉的声音和贝多芬奏鸣曲中熟悉的错误曲调。这所学院虽然说很小,却很文明,而且以其文明为骄傲。在这里做一名校体育队选手不足以炫耀,喝得酩酊大醉也算不上格外荣耀。许多未婚女子从书本上看到剑桥人是些不可救药的家伙,实际迎接她们的却是那种有条不紊的生活,她们见了都不免吃惊,也许还有点失望。阿普尔布洛瑟姆小姐尤其感到特别惊讶。年轻小伙子们泡茶喝水的情景,令她怀疑这里到底是不是剑桥学院。"确实是这样子,"后来她嚷嚷说。"和我说的情形一模一样;更要命的是,我也接受不了别的样子。斯图尔特说,融入学校如同赶潮流一样轻而易举,还一点不用花什么大钱。"潮流的方向是受这地方的思潮一点左右——因为凡是地方都有一种思潮,尽管我们对思潮谈论得越少越好——不过影响更多的是导师和住校研究生,他们对学校每年生产出来的产品很少会灵活对待。他们会让那种自以为是的孩子明白他没有什么了不起,而又会让那种自惭形秽的孩子明白,他也许会成就一番事业。他们甚至欢迎那些既不自惭形秽也不自以为是、就是很古怪的孩子——他们从来没有上过什么学校,这样的孩子在别的地方往往不受欢迎。他们干任何事情都从容不迫——你几乎可以说他

第六章　079

们漫不经心——这样一来,学生们往往在他们一生中第一次心无旁骛,一心接受教育。

但是,里基没有去找这些朋友,因为他当时正对自己的屋子钟爱有加,心里没别人。他住的那些屋子真的是他时时惦记的世界,是他可以称为自己唯一的领地的地方。屋门上有他的名字,透过好像灰色的幽灵的油漆层,他还能看见他的前任的名字。一阵喜悦涌上心头,他走进了那间他拥有两年的临时的家。屋子里有一个美丽的壁炉,水壶一会儿就烧开了。他在壁炉地毯上冲茶,吃了一些阿伯丁太太从安德森那里为他取来的饼干。"先生们,"她说,"必须学会该给的给,该要的要。"她叹了一口气又一口气,好像一个人刚刚躲过了一次危险。他的头靠在壁炉围栏上,四肢全部放松下来,他觉得安全到家了,几乎和他母亲把过道里的鬼打死,把他抱在怀抱里通过过道一样。现在没有鬼了;他却被现实生活吓得要命;他看见这个世界既辉煌又恐惧,吓得要命。

一封来自彭布罗克小姐的信放在桌子上。他没有着急打开它,因为她和他所做的一切,都气势逼人。她像西比尔[1]一样写信;她悲戚的面孔在群星上边移动,把繁星的和谐搅和得七零八落;昨天夜里,他看见她生出了一双布莱克[2]的眼睛,宛若一面贞洁的窗户,高高的,悬垂着窗帘,凛然神圣的样子,将双手伸展开阻挡一直劲吹的风。她为什么要写信呢?她的信不是写给他这样的人的,也不是在他这样的房间里看的。

---

[1] 古罗马一个很有名的巫婆。
[2] 布莱克(1757—1827),英国著名的诗人和画家。这里指里基理想化的阿格尼丝具有布莱克诗歌的幻想气质,并非具体的布莱克本人。

"我们不会离开索斯顿，"她写道。"我看出来，我不管不顾地毁掉了赫伯特的生涯是多么自私。我要入乡随俗，到哪里习惯哪里。既然他去了，其他一切都无关紧要了。大家都关心备至，而你给我的安慰最大，尽管你不是有意为之。我真想不出来你是怎么做到的，也一下子理解不透。我仍然以为你还是一个瘸腿的小男孩儿——我知道你会允许我这样讲的——可是到了关键的时候，你却比那些一辈子都和忧愁与死亡打交道的人更通达人情世故。"

里基把信烧了，可他不应该烧掉，因为这是彭布罗克小姐一封极其少有的让人发挥想象力的信。然而，他觉得这封信不属于他：信文用字过分真挚，只应该属于杰拉尔德。烧信的烟气儿直冲烟囱，他脑海里一下子浮现出一幅幻象。他看见烟气儿飘到外面的空气里，直冲低垂的云团层去了。云团黑压压卷来，对一股烟气儿来说强大无比；但是，云团里出现了一条裂缝，一颗星星闪现出来，那烟气儿从缝隙里蹿出去，融进了浩瀚无际的繁星的光亮里。然后——可是然后幻象消失了，科学的声音悄悄地说：所有的烟气儿都变成了煤烟，滞留在地球上，这对阿伯丁太太来说是怎么也想不通的。

"我真滑稽，竟然不切实际了，"他思忖道。"真实的事物都这么不可思议，幻象的要义又是什么呢？在一个存在阿格尼丝和杰拉尔德的世界里，谁想要什么幻象？"他把电灯打开，抽出一个桌子抽屉。这里放了调羹、软木塞和绳子，他在其中找到了一则小小的短篇小说的片断，是他上个学期写出来的。小说的名字叫《十五个小岛的海湾》，情节发生在圣约翰节前夕西西里海岸边。一部分游客在一个小岛上登陆。突然，船夫们变得不安起

第六章　　081

来，说这个岛屿通常并不在那里。那是一个冒出来的岛屿，他们还是在平常见到的岛屿上喝茶吧。"哇，火山要爆发了吧！"领头的游客说，女士们纷纷响应说，那该多有意思啊。那个冒出来的岛屿开始摇晃，游客们的脑子也摇晃起来。他们惊吓，争吵，叽叽喳喳个不停。手指从沙子里戳出来——海洋魔鬼们的黑色手指。那个岛屿倾斜了。游客们乱作一团，群龙无首。然而，灾难一触即发之际，一个人，integer vitae scelerisque purus①，看出了真相。这里没有什么魔鬼。别的力量，别的脑子，在把这个海岛推往自己的家。洋洋大水巨墙一般一波未息一波又起，他并未看见狰狞的面孔，没有看见阴森恐怖的中世纪的肢体，然而——纯粹是胡说八道！真实的事物如此不可思议，自作多情究竟又为哪般呢？

于是，里基把自己的热情转向了别处。直到目前，他没有和诸神开玩笑，没有和英雄儿戏，没有玩弄无限也没有强求可能，更没有把道德、美和力量不当回事儿。现在，这些东西绽放出了更加恒定的光芒，把一个死去的男人和一个活着的女人罩在了光环里。

---

① 拉丁文，出自罗马诗人贺拉斯，意为"未受生活损害并无邪恶"之意。

第七章

　　爱情，循规蹈矩的人们说，可以归纳为两种方式：（1）通过欲望表现；（2）通过想象力表现。如果循规蹈矩的人是英国人，他们还会增加东西，那就是第一项是低等的方式，是南方的显著特征。这确实是低等的。然而，追求这种方式的人，不管怎样还知道他到底想要什么；他们自己不犯迷糊，在别人看来也不可笑；他们不会插上早上的翅膀，在没有走到户籍登记处之前，便展翅飞往大海最遥远的地方；他们不能酿出一出悲剧，全然像里基一样。

　　他，当然，是一个行为可笑的青年——还不到二十一岁——他在打如意算盘，到了二十三岁就结婚。他不懂人情世故；比方说，他认为如果不需要钱了，那你就把钱送给需要钱的朋友。他相信博爱，因为他结交了十来个体面风光的朋友。他相信女人，因为他爱自己的母亲。他的朋友都很年轻，像他一样不谙世事。他们满身都是生活的烈酒。但是，他们并没有品尝一杯——我们不妨称之为茶杯——品尝一杯阅历之酒，像彭布罗克先生那种人一样，阅历造就了他们。啊，那一茶杯的量足矣！祈祷时品尝，交朋友时品尝，谈情说爱时品尝，品尝得我们通达人情世故，八面玲珑，阅历丰富，上帝用不着教导你，世人也用不着教训你。我们必须喝酒，要不然我们就死定了。然而，我们不需要总是喝酒。这是我们的麻烦所在，也是我们的拯救所在。该来迟早要来——上帝知道什么时候——时刻一到,我们便可以说:"我不会再寻找阅历了。我要创造了。我都要充当阅历了。"但是,我们要走上这一步,那我们必须精明过人,必须神勇异常。做到这一步谈何容易,那要喝够六茶杯酒,把第七杯酒扔到女主人的脸上。对里基来说,这个时刻还没有到来,至少目前还没有到来。

安塞尔,第三个年头,在精神科学荣誉学位考试中获得第一。作为一个学者,他在学院保留了自己的房间,并且立即着手攻读研究生学位。里基在古典文学第一部分荣誉学位考试中获得第二,差强人意,搬到了米尔巷那些灰黄色的寓所里居住,带走的只是文学学士的学位,还有一笔小小不言的奖学金,和他的学业名副其实。古典文学第二部分,他攻读古希腊的古物学,也获得第二。这一切表明,安塞尔的脑子远比里基的好使得多。至于那头奶牛,仍然是争论激烈的问题,尽管随着岁月流逝,物是人非,争论的内容有点学院派味道了。

"我们必然会走进小胡同,"里基叹息道。他和他的朋友躺在草地上,打发最后一个夏季学期。他爱花朵爱得不可救药,他把毛茛和荷兰芹编成了两个花环,透过其中的一个正好看见了安塞尔消瘦的脸。"剑桥确实不同凡响,可是——可是就是太窄小了。你没有想到——至少,我认为你没有想到——这个大世界如何审视这个小地方。"

"我在报纸上看到那些信了。"

"那是一种不屑一顾的审视啊。"

"怎么讲?"

"剑桥和时代脱节了。"

"剑桥什么时候想过和时代接轨吗?"

"剑桥无法满足各种职业、各个公学，"里基神秘兮兮地说，"也无法满足男男女女的大部分思想。大家普遍感觉，剑桥的好时代过去了，所以自然而然地你会感到大失所望了。"

"你还在写作短篇小说吗？"

"什么意思？"

"因为你的英语见鬼去了。你想事儿说话都是低级新闻的调子。请把'大部分思想'究竟什么意思说一说。"

里基翻身坐起来，把花冠整理了一下。

"请把'普遍感觉'评估一下。"

默然无声。

"还有，那个大世界在哪儿？"

"哦，这个嘛——！"

"是的。这个嘛，"安塞尔大声嚷嚷说，情绪激昂，本来躺着，一下子坐了起来。"它在哪里呢？你如何着手找到它？要走多长的路才能找到它？它在想什么？它在做什么？它想要什么？请用艺术和文学的实际例子说给我听听。"默然无声。"只要你举不出实际例子，我的观点就只能是这样的：根本没有什么大世界，不过一个区区小地球，和小小的太阳系其他支系隔离开了。这小小的地球到处都是小小的社会，剑桥只是一个小社会而已。所有的小社会都是小胡同，只不过有些好，有些坏——正如同一所房子里边很美丽，另一所房子里边却很难看。请注意房子这一比喻吧：我又回到了原来的话题。好的社会说：'我告诉你干这个，是因为我是剑桥。'坏的社会说：'我告诉你干那个，是因为我是大世界'——不是因为我是'佩卡姆路'，或者'比林盖特街'，或者'帕克巷'，而是'因为我是大世界'。他们在撒谎。

第七章　085

像你这样的傻子就爱听他们的,真以为他们是一件现在不存在、永远不存在的东西,和'大'混淆起来,而'大'无论怎么样都没有意义,和'好'不搭界,而'好'才意味着拯救。看看这个大花圈:明天它就干死了。看看那朵好花儿:明年还会再次绽放。下面不妨再打一个比方。拿这世界和剑桥相比,好比是拿房子的外墙和房子的内墙相比。这用不着动多大的脑子,也得不到什么精神结果。你只是不得已说:'啊,真是不一样!啊,真是不一样!'然后再进到屋子里,展示一番你开阔的心胸。"

"我再也进不了门里边了,"里基说。"全部症结就在这里。"他的声音开始颤抖。"对那些很快就要得到研究员地位的人来说,当然怎么都好办,可是几星期之后,我就要离校了。过几年之后再看,我仿佛就从来没有上过学。这世界是什么样子,对我来说非常重要。我对这个世界不能回答你的问题;对你来说没有什么损失,可是对我来说会越来越糟糕。以后,你会弄到一座房子——不是打比喻的房子,而是和父亲姐妹一起住的房子。我弄不到房子,永远也弄不到了。对我来说,再不会有一个像剑桥一样的家了。我只能看看家的外面。按照你的比喻,我将会生活在大街上,而我在大街上所找到的东西,对我来说是非常重要的。"

"你会住在另一座房子里,正常生活,"安塞尔说,一下子不安起来。"你只要注意挑选一所像样的房子,我看不出来你怎么就会这么无助,随波逐流,真就成了一小片海藻了。今后四年,你会像大家一样,把脚跟站稳的。"

"在哪里站稳?"

"要我说,你是朋友中一直很幸运的。"

"啊——提这个！"但是他不会冷嘲热讽——至少从非常温和的角度讲，他不会冷嘲热讽。他想到了牢不可破的友谊，牢固得像铁，可说破碎就破碎。我们飞到了一块儿，好像漩涡里的草叶子，飘到了开阔的溪流上，就各奔东西了。造化对我们来说没有用处，它把我们削砍成了截然不同的东西。孝顺的儿子，疼人的丈夫，尽责的父亲——这些才是造化所想要的，如果我们是朋友，那必须在我们的业余时间里才做得到。亚伯兰和撒莱①都很悲伤，可是他们的种子却成了大海的沙子，这个时刻把欧洲的政治分化了。然而，只要几行诗句，大卫和约拿单②就存活下来了。

"我希望我们都贴上标签儿，"里基说。他希望所有在像剑桥这样的地方养育的信任和相互的理解，都能够组织有序。人们进入这个世界，说："我们互相认识，互相喜欢；我们不会忘记。"然而，人们就是忘记了，因为人生来就不能记忆很久，除非做了记号；他希望有一个社会，存在一种友谊办事处，心心相印的婚姻能在这里登记。

"什么样子的标记？"

"可以在此互相认识的标记。"

"我把你教育成了了不起的悲观主义者。"他看了看自己的手表。

"几点了？"

"不到十二点。"

里基站起来。

---

① 《圣经》中的夫妻，亚伯兰和撒莱年老无子，亚伯兰祈求上帝赐予子嗣。上帝便叫亚伯兰与撒莱的使女同房，后生下一子。
② 《圣经》中，大卫和约拿单是好朋友。

"为什么走?"他伸出手来,一把拽住了里基的脖子。

"我说好要请彭布罗克小姐吃午饭——就是那个你说永远不存在的姑娘。"

"那么,你为什么要走?整整一个星期,你都在找托词,说彭布罗克小姐在等你。星期三——彭布罗克小姐吃午餐。星期四——彭布罗克小姐喝茶。现在又来了——可你根本就没有邀请她。"

"没有邀请他们来剑桥。可是那个给他们提供住宿的舍监,事情多得脱不开身,她和她的朋友因此不能经常来看我,信不信由你。我不记得我曾经说过多少这方面的事情,可是两年以前,她就要与之谈婚论嫁的那个男人在踢足球时突然死掉了。她痛苦得差一点活不下去。这次来剑桥走一走,差不多是她主动采取的第一次散心活动。啊,他们明天就要回去了!明天早上请我吃早餐。"

"得了吧。"

"不过今天晚上我就来见你。我来拜读你写的叔本华①的论文,快放我走吧。"

"别走,"他不紧不慢地说。"你和我在一起说话比干什么都好。"

"让我走吧,斯图尔特。"

"你这么不堪一击,真是有趣得很。你——就是——走不——了。我早该想到欺负你就好了。"

里基笑起来,突然东倒西歪地倒在了草地上。安塞尔一反常

---

① 叔本华(1788—1860),德国哲学家。

态，玩兴甚浓，把他的俘虏抓得紧紧的。他们躺在那里过了几分钟，东一句西一句地扯闲篇。随后，里基瞅准机会，深一脚浅一脚地逃走了。

"走吧，走吧！"另一位嚷叫起来。但是，他还是有点恼怒，因为他这个年轻人精力过人，喜欢找乐子，这天早上和他朋友在一起令他开心。想到两个老夫人等待午餐，这并不能让他释然；愚蠢的女人，为什么要等待用午餐呢？为什么她们偏偏搅和了他们的好事儿呢？他的耳朵贴在草地上，他能听见里基渐渐远去的脚步，于是就想："他不断与人应酬，浪费了大把时间。他为什么心甘情愿干傻事儿呢？"然后他又想："为什么他变得这么不高兴呢？看起来他并不是哲学家的料子，也不会努力破解母牛是否存在的哑谜。他就是有几个自己的臭钱而已。"他这么想着，睡了过去。

这工夫，里基急匆匆地从他身边离开，放缓步子，站住，又急匆匆离去了。他应该在十分钟内赶到学生俱乐部去，可是他却能拖就拖，畏葸不前。他害怕与彭布罗克小姐相见：他爱上她了。

魔鬼一定早早安排好了。他们一开始结识就不同凡响；她一直是他欢乐和忧愁的女神。她目前依然是他的女神。然而，他已经把那尊男神废黜了，尽管他曾经同样把他看得光彩夺目。慢慢地，慢慢地，杰拉尔德的形象消失了。这是第一步。里基曾经想："不要紧。他会再次耀眼的。只不过现在，所有的光辉碰巧都归到她身上去了。"他早把自己的两只眼睛盯在她身上。他很清醒地想到了她。他乐意在梦中与她一往情深。他在诗中，在音乐里，在夕阳里，都能找到她。她把他锤炼得既和善又强壮。她把

第七章　089

他打磨得聪明了。正是有了她,他才能把剑桥摆在合适的位置,生活得像一个大世界的市民。然而,一天夜里,他梦见她躺进了他的怀抱。这让他很不开心。他下决心转而想一想杰拉尔德。随后,这一构造物倾覆了。

就这样去见魔鬼,确实让里基感到难堪。他不是对手啊,因为比较来说他是讲究文明的,知道谈情说爱没有什么难为情的。然而,爱上了这个女人!如果换成另一个女人该多好啊!作为回报的爱情——他不敢指望别人的回报——却是丑陋不堪、毫无情趣的。然而,他奉献的爱情到时候却不会是恶俗的。彭布罗克小姐被奉为神圣,是他早已把她奉为神圣的,可她仍然看得见杰拉尔德,而且也许永远看得见他,对她的侮辱会一直笼罩在他那永久的宝座上——这就是来自魔鬼的罪过,没有什么忏悔能够清洗干净。她什么都不知道。她永远也不会知道。然而,这笔罪过记在天堂的账簿上了。

他过去一直忍不住想和安塞尔吐露心思。可是,为了什么目的呢?他会说:"我爱上了彭布罗克小姐,"而斯图尔特会说:"你这傻蛋。"随后他会说:"他今生今世都不会告诉她的。"他还会说:"你这傻蛋。"毕竟,这不是一个实际经历的问题;阿格尼丝永远也不会听到他的堕落。如果他的朋友,正如他所说的,已经"贴上标签";如果他已经做了父亲,或者仍然最好做了哥哥,那么有人也许会告诉他那种有损名誉的情感。然而,为什么他毫无缘由地恼火起来?"我总是变换角度表示同情;我必须阻止自己。"他这么想着心思,急匆匆向学生俱乐部赶去。

他看见他的客人们走上了楼梯中间,正在看公共马车上关于长假的广告。他听见卢因太太说:"我不知道他到头来会怎样。"

他有点做张做致的样子,言不由衷地对自己晚到表示歉意。

"总是老样子,"阿格尼丝叫嚷说。"上一次他干脆忘记我要来。"她穿了一件印花的平纹细布衣服——透出一些难以描述的流感与凉意。这让他想起那些湍急的冲撞的河流,说蓝不蓝说绿不绿,从白云石山脉①奔泻出来。她面孔爽朗,颜面棕色,宛然一副登山者的面相;她的头发非常厚实,好像重重叠叠地耸了起来;她的小无檐帽子尽管和她的衣服的格调十分相配,却近乎滑稽可笑,端端正正地戴在头上,别有一番自然的美观。她一走动,太阳光便在她的耳环上闪射出光点儿。

他把她们带领到了午餐厅。到了这个时候,他才意识到他当主人的种种局限,再也不打算在他的出租房间里招待女士了。再说了,这学生俱乐部好像也少了一些亲密感。这里有一些伦敦俱乐部的味道;这让人看出大学生和那个大世界的最近的距离。置身俱乐部的侍者和餐巾中间,你会感觉个人的消失,能把各种私密的情感隐藏起来。里基觉得,如果彭布罗克小姐了解他的一件事情,那么就会对所有的事情了如指掌。在这次拜访期间,他没有带她去那些他一往情深的地方,一处也没有去。

"请坐,女士们。开始用餐吧。我很抱歉。我和一个要命的朋友户外走了走,到科屯那边待了会儿。"

卢因太太把她的纱巾撩了起来。她是一个典型的五朔节庆祝活动的年长女伴,多会儿都快活,多会儿都饥饿,多会儿都疲乏。年复一年,她身穿紧绷绷的缎子服装到剑桥来,年复一年都被这身服装折磨得要死要活。她的脚丫夹坏了,胳膊腿儿憋屈在

---

① 位于意大利东北部的一条山脉。

一件窄绷绷的女装里,因为吃了过多的蛋黄酱眼前黑斑点儿乱跳。然而,她还是乐此不疲地要来,不是当母亲便是当姨妈,要是不当姨妈便是作为朋友了。她依然走上国王学院的最高点,依然历数克莱尔学院的狂欢会,依然对五月的各种比赛望眼欲穿。

"你那个朋友是谁呢?"她问道。

"他叫安塞尔。"

"呃,是了,我两年前见过他——演出一个宿舍清洁工,在舞台脚光前他们搞出了什么洋相,是吧?啊,我都笑爆了。"

"你在舞台脚光前没有看见过安塞尔,"阿格尼丝说,微微一笑。

"你怎么知道的?"里基问道。

"安塞尔很少参与那么琐碎的活动。"

"你还记得看见他的情形吗?"

"刚刚想起来。"

她真好记性啊!这工夫,她表现得恰如其分,真了不起!

"他不是聪明过人吗?"

"我认为是的。"

"啊,把聪明人领给我见识见识!"卢因太太叫喊道。"他们在这大饭堂都很和善,可是我向你们保证,我觉得有时很压抑。你不能一遍又一遍谈论热闹的划船比赛。"

"我从来没有听说过他的情况,里基;不过他真的是你的莫逆之交吗?"

"我不搞什么莫逆之交。"

"这么说,你喜欢我们,一视同仁吗?"

"区别总是有的,我喜欢你们诸位。"

"啊,你好矫情!"卢因太太说。"埃里奥特先生要把一碗水端平呢。"

阿格尼丝大笑起来,她的胳膊肘支撑在餐桌上,从她的指缝里观看大伙儿——这是她的一个习惯。然后,她说:"我们不能见一见这位了不起的安塞尔吗?"

"哦,我们见见吧。莫非他会把我吓着不成?"

"他真会吓着你的,"里基说。"他是个有点脾气的怪人。"

"我的好里基呢,你应该知道索斯顿那地儿索然无味——人人都在正儿八经的时候讲些正儿八经的话,我这么正儿八经,赫伯特那么正儿八经!哎呀,怪人正是我求之不得的东西!快安排见一见吧。"

"恐怕没有机会了。安塞尔今天下午要去参加大型的自行车比赛;今天晚上你们在学生宿舍离不开;明天呢,你们就要走了。"

"可是,还有明天的早饭时间呢,"阿格尼丝说。"这样好了,里基,把安塞尔先生带到博尔餐馆和我们一起用早餐。"

卢因太太马上接着赞同这一安排。

"运气又不好啊,"里基直截了当地说,"我早已把早餐订好了。我会把你们良好的用意告诉他的。"

"我们和他单独见面好了,"阿格尼丝嘟哝说。

"我亲爱的姑娘,我钻到地下死了算了!哦,还是早餐时间好一些。我很清楚,我们今天晚上会受到那个在三一学院有不错房间的害羞的男人的邀请。"

"哦,好吧好吧。你在哪里吃早餐,里基?"

他迟疑了。"对安塞尔来说,那样——"听他口气好像他就要应承下来了。他生来十分内向,他觉得两个女人交换了眼色。莫非阿格尼丝已经摸透了他那个不属于她的部分吗?莫非暴露那个部分的另一个机会到来了吗?他突然问她们,午餐完了她们想干什么?

"什么都行,"卢因太太说——"真的什么事情都行。"

散步?划船?取乐?兜风?每一项都遭到了一些反对。"说真的,"她终于说。"我确实感到有一点累了,我想这样安排好了。你和阿格尼丝把我留在这里,别再多操心了。我在这些舒坦的客厅椅子上打打瞌睡,是再惬意不过的事情。你们该干什么干什么,然后来这里叫上我就行了。"

"哎呀,这是违反规矩的,"里基说。"学生俱乐部对女性来访者单独待在室内是不放心的。"

"可是,谁知道我是一个人待着的?这客厅里有的是男士,有谁知道我就没有别的男士相陪?"

"这下可让里基为难了,"阿格尼丝说着笑起来。"他是遵守规矩的模范。"

"不,我算不上,"里基说,心下想到他近来在早餐上的随机应变。

"那就和我一起散个步吧。我想活动活动。我们活动的一些联络站,就是过去马丁莱的教区长。我可以走出去,到教堂看看。"

卢因太太于是便留在学生俱乐部里了。

"走一走真开心!"阿格尼丝嚷嚷说,大步走在通往剑桥观象台的那条有点压抑的路上。"我走得是不是太快了?"

"没有,谢谢你的关照。我一年比一年结实了。如果不是因为总看见这点毛病,那我应该感到相当幸福。"

"不过,你不要太在意,盯着那点毛病不放。只有那些无知的人才太在意的,真的。"

"也许是吧。我在意。我喜欢那些生来完美的人,美丽的人。他们在这个世界上有用处。我理解他们为什么存在。我不理解为什么那些丑陋和残疾的人存在,不管他们的内心多么健康。你知道,透纳①把一个如同枕垫的人放在画面的显著位置,把他的画作都破坏了吗?嗯,在实际生活中,每一幅风景画儿都被形体丑陋的人破坏了。"

"你应该像一个枕垫,填充得鼓鼓的。"他们一起大笑起来。她总是像这样把他的杂念一口气吹掉,一口幽默的大山吹来的气。此时此刻——他依恋于她的关系是多种多样的——她让他想到了梅瑞迪斯②笔下的一个女主角——不过是一个在书的尾声出现的女主人公。一切关于她的描写都有了。她占据了很重的戏份儿,知道戏该结束了。只有他一个人感到不满意,每天为她写一个不足道的不可能的续篇。

上一次,他们还在谈论杰拉尔德。不过,那是六个月以前的事儿了,感觉一些事情容易开口谈论了。今天,杰拉尔德已经变成了影影绰绰的模糊点儿。幸亏那次谈话转而谈起了彭布罗克先生和教育问题。女人不懂希腊语,真的会失去很多吗?"一大

---

① 透纳(1775—1851),英国画家,擅长风景画,兼具油画和水彩技巧特点,追求光与色的效果,主要作品有《运输船的遇难》和《雨、蒸汽和速度》等。
② 梅瑞迪斯(1828—1909),英国小说家、诗人,擅长心理描写和内心独白,是意识流写作的先导之一;主要作品有长篇小说《利己主义者》等。作者这里所指的是《利己主义者》中女主角克拉拉·米德尔顿。

堆,"里基粗略地说。但是,不懂各种现代语言又怎样呢?由此,他们谈起了他和安塞尔去年复活节游览过的德国;因此,他们谈起了那位德国皇帝以及他都干了些什么乱糟糟的事儿;他又谈到了我们自己的国王①(还是威尔士王储),因他曾在马丁莱学院做过学生。物是人非哪。他始终在想:"这是难为她。她没有必要和我一起散步。如果她知道在干什么,那她会恶心死的。她被人爱上,实在是难为她呢。"

他们看了看学院,走进了那座精致小巧的教堂。柱子上悬挂了一些阿伦德尔学会②的印制品,阿格尼丝发表观点说:一个礼拜仪式所在的地方悬挂画儿有些遗憾。里基不同意这种看法。他再次强调说:只要是美的东西,就没有什么可遗憾的。

"你追求美走火入魔了,"她小声嘟哝说——他们还在教堂里。"赶紧写点东西吧。"

"写点美的东西吗?"

"我相信你能写出来。我回家的一路上都要认真地给你上课。当心啊,你别浪费你的生命。"

他们继续在户外进行这场谈话。"可是,我开始厌恶我的写作了。我相信,多数人都会发展到这个阶段——不过不会太早的。我所写的东西都很愚蠢。所写的东西不会发生。比如说,一个愚蠢的庸俗男人和一个可爱的年轻女子订了婚。他想生活在城镇,可是她牵挂的却是树林。她方方面面都让他震动,然而渐渐地他却驯服了她,差不多把她搞得像他一样枯燥无味。有一天,

---

① 指爱德华三世,曾在剑桥上过大学;作者写本小说时,爱德华没有登位,还是威尔士王储。
② 成立于1849年,主要印制一些欧洲的著名画作,为普及教育提供方便。

她终于爆发了——受不了那些俗不可耐的结婚礼物——从客厅的窗户跳出来,大声嚷叫道:'自由和真理!'房子附近有一个长满杉树的小山谷,她便跑进去了。他随后及时赶到了小山谷。然而,她不见了踪影。"

"太精彩了。哪里去了?"

"啊,天哪,她是一个林中仙子!"里基嚷叫道,感到非常厌恶。"她变成一棵树了。"

"里基,东西写得非常好,真的。这种东西总是有些内在的东西。你毫无疑问是从希腊文和拉丁文作品里领会到的。那个男子看见那个姑娘变成了树,一定难过死了。"

"他没有看见她。他永远猜不出来。这样的男人永远都看不见林中仙子。"

"这么说,你写了那个男子赶来之前,姑娘如何变成仙女吗?"

"没有。我根本就没有讲明她变成仙女了。我连'林中仙子'这个词儿都没有使用。"

"我认为你应该把这部分写明白。要不然,就那样一个有头无尾的故事,人们读了会不知所云。你没有寄出去碰碰运气吗?"

"杂志吗?我没有试过。我知道那东西价值几何。你知道,一两年前,我曾经雄心勃勃,要和大自然接触,就像古希腊人融入大自然那样;看看英格兰多么美丽,我过去满意于英格兰的树木、灌木丛和遍地都是欧芹的田野,处处充满生机。现在看来只是好玩儿,可当时却不是好玩儿,因为我当时进入截然不同的状态,我相信,我真的相信,半人半兽诸神就生活在戈格玛戈格斯山附近的一片双排树篱里边，有一天晚上我走了一英里，一个人差不多穿过去了。"

"天哪！"她把手放在了他的肩上。

他走向马路的另一边。"现在都很正常了。我把那些愚蠢念头换成了别的念头。可是，正是有那些傻念头我开始了写作，到现在还在不停地写作，只是我更清醒了。我写出来一大摞短篇小说，全都和这种融入大自然的傻念头息息相关。"

"但愿你别谦虚过头。作为念头，这念头很了不起。可是——跟我讲一讲那位就要结婚的林中仙子吧。她长了一副什么样子？"

"我可以带你去看看那个年轻仙子消失的小山谷。过不了多一会儿，我们就走到小山谷的右边了。"

"看样子有点美中不足，因为你没有发挥你的天分。只写些短篇小说，永远也不发表，好像是一种很大的浪费。你有足够的能力写一本书。在我们的时代，生活忙得很，短篇小说就成了应景的东西，读短篇小说的人从来没有接触过长篇小说。比如说，在我们的多卡斯，我们都努着劲儿阅读亨利·詹姆斯的长篇小说——赫伯特在《泰晤士报》上看到的文章。不用说，小说写得很好，可是读者很难记得上个星期和下个星期发生的情节。所以，现在呢，我们的目的就是抓住一些东西，持续一个小时就行。我是认真跟你谈的，里基，这也是我为什么格外令人不快的原因。你过分谦虚了。人们认定自己能干的事情，往往能把事情干成。我劝你一头扎进去，干起来。"

这番话像一声响亮的喇叭，让他备受刺激。她把他当回事儿。除了对她神圣的友好态度表示感谢，还能怎样！可是，话就在嗓子眼儿里粘着说不出来,更要命的是,别的话还很想说出来。他的呼吸加快了,因为他很少谈到他的写作,没有人,甚至安塞尔也没有,敦促他一头扎进去干起来。

"不过,你真的认为我可以从事文学写作吗?"

"为什么不成?你可以努力呀。就算你失败了,你也努力过呀。不用说,我们都认为你聪明过人;吃茶点的时候,我见到了你的一位导师,他说你的学位根本说明不了一丁点儿你的能力:他说,在各种考试中你都发挥失常,穷于应对。啊!"——她的脸颊红扑扑的——"我要是个男人多好。整个世界都供他们施展才能。他们想干什么就干什么。他们不用和女佣啰嗦个没完,惦记茶点,净说些废话。可是,那个林中仙子消失的小山谷在哪儿呢?"

"我们走过去了。"他本来就打算走过去的。小山谷太美丽了。他所阅读到的,他所希望的一切,好像都在小山谷那富有魅力的空气中颤动。那是个危险的去处。他不敢带领这样一个女子走进小山谷。

"走过去多久了?"她转过身来。"我不想错过那个小山谷。它一定就在这里,"她过了几分钟又说,随后三步并作两步走上那道把进入小山谷的入口隐蔽住的绿莹莹的坡堤。"啊,多么宜人的地方!"

"你要是想进去看看,走进去好了,"里基说,没有打算主动陪她一起去。他站了一会儿观看风景,因为再走几步就能看见剑桥郡的又一处风景了。风儿把她的衣服吹得贴在身上。然后,如同一股湍急的奔流,她带着清纯和凉意,闪身进入了小山谷。

这个年轻人不再思考她的种种情感了。他的心脏急速跳动,越跳越响亮,好像要把他震动成碎片儿。

"里基!"

她在小山谷里喊叫起来。不仅不回应,他索性在溅满尘土的路边原地坐下来。魔鬼已经捣乱得够多了,但是他不能把魔鬼带到她身边。

"里基!"——声音传过来,如同天使在声声呼唤。他把指头塞进耳朵眼儿里,祈求杰拉尔德的名字来帮帮他。然而,什么迹象都没有,空气里没有愤怒的动静,也没有一月份的雾气出现。六月——六月的田野,六月的天空,六月的歌声。他身下是六月的野草,他曾经认为难以泯灭的悲剧之上生长出了六月的绿草。一只小鸟从小山谷呼叫道:"里基!"

一只小鸟飞进了小山谷。

* * *

"你把我当成林中仙子了吗?"她问道。她坐在地上,把他的头揽在自己的怀里。他躺在那里享受片刻,然后死掉也甘心,可她没有让他死掉。

"多希望你不是一个女人啊,"他喃喃道。

"亲爱的,我就是一个女人。我没有消失在树林和树木中。我还以为你永远不会到我身边来呢。"

"你盼望我——?"

"我满怀希望。我满怀希望呼唤来着。"

小山谷里,既不是六月,也不是一月。白垩墙把季节挡在了外边,杉树似乎没有感觉到他们走过来了。一阵又一阵,夏日的芳香从树间悄没声儿地从上方飘下来，给这个盈满的年岁带来甜言蜜语。她弯下身子，用嘴唇亲吻了他。

他吓了一跳，兴奋万分地叫喊道："千万别忘记，你最重大的事情做过了。我忘记了：我太软弱。你千万别忘记啊。我当时跟你所说的话，可比现在跟你所说的更重大。他当时所给你的东西，比起你以后从我这里得到的更重大。"

她吓住了。她又一次感觉到一些不正常的东西。然后她说："这样胡说八道究竟什么意思？"她把他紧紧地搂进了怀里。

第八章

安塞尔站在那里审视早餐桌子,上面摆放的早餐不是两个人的,而是四个人的。他的宿舍清洁工同样气急败坏,解释餐桌上为什么出现了四个人的早餐。昨天晚上,凌晨一点钟的样子,门房被叫醒带一个便条去厨房,埃里奥特先生在便条上说,所有这些食物都送到安塞尔先生的房间。

"那些傻瓜还送来了最初订下的早餐。这份柠檬板鱼是两个人吃的。我不能走开去吃早餐。"

"那张便条写得不清楚,厨房认为最好还是全部送过来。"宿舍清洁工为厨房开脱,既表示尊敬也表示可怜,那口气仿佛有人讲到了议会。

"谁为这顿早餐买单呢?"他向新送来的碟子瞄了几眼。煎鸡蛋裹腰子,肉汁汪汪的热烤鸡,还有亮晶晶却了无生气的馅饼儿。

"谁来收拾清洗这一摊儿呢?"宿舍清洁工对门外的帮手说。

安塞尔昨天夜里辩论叔本华的哲学,有点心烦,也有点疲惫。他三步两步赶往住在对过的蒂利亚德那里。蒂利亚德正在吃醋栗果酱。

"埃里奥特邀请你和我用早餐了吗?"

"没有,"蒂利亚德温和地说。

"呃,你来好了,把你认识的人带来都行。"

于是,蒂利亚德来了,还把自己收拾得正式一点,因为他和自己的邻居不是十分亲近。通过窗户,他们喊威德林顿来用早餐。但是,威德林顿把手放在肚子上,表示他已经用过餐了。

"谁为早餐买单?"安塞尔又问道,因为他看见一个男子用明亮的锡盘,从饮食处端来了咖啡。

"学院咖啡!真是太好了!"蒂利亚德赞叹说,一边把那个馅饼儿切开。"不过学期结束前你一定要来用一用我的新咖啡机。我姐姐送我的。咖啡机顶上有一个球形盖,水开了——"

"他也许弄反了前面的订单,又叫那份柠檬板鱼。里基就是这个样子。节俭得一塌糊涂,后来把脑子搞乱了,一切都搞得一团糟。"

"趁着还热,送给宿舍清洁工算了。"柠檬板鱼就这样处理掉了。宿舍清洁工一声不响地接受下来,一副不懂营养的人惯有的样子。蒂利亚德继续描述他姐姐的咖啡机。

"这是什么声音?"他们听见楼梯上传来喘息声和飒飒的响动。

"听起来像是一个老夫人,"蒂利亚德有点担心地说。他把一块馅饼儿切滑了。馅饼块儿一下子竖起来,像一块砖头。

"是这里吗?我找对了吗?是这里吗?"门推开了,卢因太太走进来。"哦,老天爷!我走错门儿了。"

"没走错,没走错,"安塞尔尴尬地说。

"我找埃里奥特先生。他们去哪里了?"

"我们也正在等待埃里奥特先生呢,"蒂利亚德说。

"不用说我也找对门了,"卢因太太惊叫起来。"你就是那位吓人的安塞尔先生吧。"一副如释重负的样子,她热情地一把握住了蒂利亚德的手。

"我是安塞尔,"安塞尔说,一副笨拙而冷峻的样子。

"我太愚蠢了,连人都分不清楚,"她倒吸一口凉气,一下子不知道下一步怎么办好,不过这时门又开了。里基进来了。

"这是彭布罗克小姐,"他说。"我就要和她结婚了。"

全场一下子鸦雀无声。

"我们不应该这样安排事情,"阿格尼丝说,一边向卢因太太转过身来。"我们不应该让安塞尔先生猝不及防。这是里基的错儿。他固执死了。他非要把我们带到这里来。他应该挨鞭子。"

"他确实应该挨抽,"蒂利亚德乐滋滋地说,急忙脱身离去。直到走到他的屋子,他才意识到他不如平常随意自如。安塞尔呢,他说的第一件事情是:"你为什么弄反订单,又订了柠檬板鱼?"

在这样一种场合,卢因太太发挥不了什么大作用。她向餐桌走了过去,说:"我完全同意彭布罗克小姐的话。我很不喜欢让人猝不及防。我看见刀童[①]往关着鸽子的笼子上刷漆,吓得我胆战心惊,一辈子都忘不了。刀童那样干是突然袭击。可怜的鸽子帕尔斯瓦尔差一点吓死。它的羽毛都吓得绿莹莹的!"

"喂,把柠檬板鱼给我吧,"里基说。"我喜欢吃柠檬板鱼。"

"宿舍清洁工拿去了。"

"啊呀,看看你干的好事儿!这气儿跟谁生去?"

---

① 擦洗餐刀的仆人。

"鸽子笼子晾干的时候,我们把鸽子放进了矮脚鸡群里。这下,矮脚鸡结成了牢不可破的联盟。不过,我看它们是把鸽子当成鹦鹉或者鹰了,要么就是当成了矮脚鸡不喜欢的什么东西;就在鸽子笼子晾干的当儿,它们啄它的羽毛,一根一根地啄它的羽毛,一根一根地啄它的羽毛,直到把它啄得光秃秃的。'雨果,快看呀,'我说。帕尔斯瓦尔这下完了。我想受惊吓都再不会有了。雨果一下子泪流满面。"

卢因太太就这样创造了一种气氛。一开始,氛围好像不真实,但是渐渐地他们都习惯起来,在用餐期间大家几乎没有呼吸到别的什么空气。在这样一种氛围里,每样事情好像都只有很小很平等的价值,而里基和阿格尼丝的订婚,如同鸽子帕尔斯瓦尔的羽毛一样,轻轻地飘落到了地面上。安塞尔总的说来静默下来。他不是两个聪明的女人的对手。只有一次出现了停顿。

他们一直在兴致勃勃地谈论订婚的事情,安塞尔突然插话说:"什么时候举行婚礼?"

"安塞尔先生,"阿格尼丝说,脸红起来。"但愿你没有问及这事儿。到了那一步让人害怕。就我们能看得到的,多年之内不会结婚。"

但是,里基没有看那么远。他根本还没有和阿格尼丝谈到这个问题。昨天夜里,他们只谈论爱情。他大声说:"啊,阿格尼丝——别这样说!"卢因太太不怀好意地大笑起来。

"为什么迟迟不结婚呢?"安塞尔问道。

阿格尼丝看了一眼里基,里基回答说:"运气不佳,我必须弄到钱。"

"我原以为你有钱了。"

里基犹豫一下，随后说："那么，我必须在梯子上站稳脚跟①。"

安塞尔又开始问道："在什么梯子上？"然而，卢因太太利用女性的优势，大声说道："别再说了。如果有什么事情让我厌烦，那就是计划。我的头一下子旋转起来了。"实际上她真正厌烦的，是一个又一个的问题，她看出来安塞尔变得严肃起来。为了稳住安塞尔，她灵机一动，问起他的德国之行。德国给他留下了什么印象？我们击退入侵真的完全不合时宜吗？德国的学问是不是估计过高了？安塞尔回答得很不礼貌，不过他一一作答了；如果卢因太太阻止得了他的思想，那她的胜利就是全面的了。

他们都起身走时，阿格尼丝握住安塞尔的手呆了片刻。

"再见，"她说。"我们这么闯进来，没有按照常规办事儿，不过我不认为我们都是固守老套的人。"

安塞尔只是回答说："再见。"两位女士先离去了。里基滞后一步，悄声说："我只得这样安排一下。我只得让你出面一起把事情摆摆平。我还不能谈论——我暗恋她许多年了——我没想到她为爱情所做的一切。我要写作短篇小说。我今天下午就开始写。她说我身上也许有一些潜质。"

里基刚刚离去，蒂利亚德就冲了进来，激动得脸色发白，嚷叫道："你看见我犯下可怕的过失吗——一松口竟然说出了马鞭？我可怎么办呢？我一定得拜访埃里奥特了。要不，我写几句话更好？"

---

① 英文短语：get one's foot on the ladder，约等于汉语的"着手"和"开始"之意；这里根据上下文，基本上按字面意思译出。

"彭布罗克小姐不会在意的，"安塞尔一本正经地说。"她不是个喜欢俗套的人。"他跪在了扶手椅子上，脸冲着椅背。

"这就像一颗炸弹，"蒂利亚德说。

"要的就是炸弹的效果。"

"我觉得当了一回傻瓜。她到底会怎么想呢？"

"你就别往心里去了，蒂利亚德。你当傻瓜远没有我当傻瓜个儿大。说到底，你就是告诉她，里基应该挨鞭子抽而已。"

蒂利亚德哼了一声。他很不喜欢让人讨厌的东西，偏偏安塞尔就有让人讨厌的时候。"你和她讲什么了？"他问道。

"什么都没有问。"

"你对这件事儿怎么看？"

"我看啊，这些女人都该死。"

"哈，没错儿。看见朋友订了婚，心里就是愤愤不已吧。这会让你觉得自己也年纪不小了。我认为这就是原因之一。我的小哥哥近来结婚了，我的妹妹对此耿耿于怀，尽管这件事情方方面面都无可挑剔。"

"那么说，那些女人都该死，"安塞尔说，在椅子上不停跳跃。"这些特殊的女人真该死。"

"他们看起来像淑女，讲话也像淑女。"

"一点没错儿。她们的花招很有女人味儿。她们的谎言也很有女人味儿。她们使出最有淑女味儿的手段，让埃里奥特就范了。我们处于自然状态的那一刻，我完全看清楚了。一般说来，我们都会对结婚的人喋喋不休，因为已婚的人——像个傻瓜——我确实把他们当傻瓜看的。然而，有那么一刻，我们是自然的，可就在那个时刻，彭布罗克小姐撒了个谎，还让里基相信那样的

第八章　107

谎话就是实情。"

"她说什么了？"

"她说'就我们看得到的'，而没有说'就我看得到的'。"

蒂利亚德忍不住大笑起来。这位嫉妒心很重的年轻哲学家，对生活抱有怪念头，真让他受不了。

"她说'就我们看得到的'，"安塞尔又说，"而不说'就我看得到的'，她让里基相信这样的谎话是实情。她把他俘虏了，却让他相信是他俘虏了她。她来看我，却让他认为那是他的主意。我说她是个淑女，言下之意就是这个意思。"

"对我来说，你简直是明察秋毫。我这双钝眼，只能看见两个幸福的人儿。"

"我从来没有说过他们不幸福。"

"那么，我亲爱的安塞尔，你为什么这么嘴下无情呢？朋友要结婚，的确很讨厌——我也承认他年纪还不大——可是我应该说，这对他来说是最好的事情。一个体面的女人——你找不出一件对她不利的事情——一个体面的女人以后会让他力争上游，阻止他甘居人后。她会让他承担起责任，像个男子汉，因为尽管我很喜欢里基，可是总以为他有点儿女人气。再说了，真的"——他说话的声音越来越严厉了，因为他看见安塞尔自以为是的样子，感到很生气——"再说了，真的，你说话的口气，好像你要向这桩情事儿插一杠子。他们到你的房间进行一次礼貌拜访，你别的没有看见，却看见了战争的暗中阴谋和挑衅。"

"战争！"安塞尔喊起来，把两只拳头紧紧地攥在一起。"说得好，这就是战争啊！"

"哦，多么不着边际的鬼话，"蒂利亚德说。"难道男人和女人不能订婚吗？我亲爱的伙计——请原谅我这样讲话——我们到底怎么办好呢？我们是他的朋友，而且我希望我们永远是朋友，可是我们不应该通过战斗保持他的友谊。我们注定会落入老套。妻子第一，朋友怎么也排在后边。你可以对这样的排序不满，但是这是大自然注定的。"

"要紧的不是大自然注定了什么，或者什么别的傻瓜干了什么，而是什么才是正确的。"

"你这样不求实际，没救了，"蒂利亚德说，转过身去。"我来提醒你一下吧：你已经承认他们是幸福的，这等于你出尔反尔了。"

"她是幸福的，因为她征服了；他是幸福的，因为他终于把全世界的美悬挂在了独独的一根木橛子上。他一直试图在干这样的事儿。他过去把那个木橛子称为人性。两种这样的幸福都会持续下去吗？他的幸福不会持续下去。她的幸福只会持续一段时间。我和这种女人战斗，不仅仅因为她在和我战斗，而是因为我火眼金睛，看出了这种最可怕的灾难。她想嫁给里基，部分原因是想让他取代另一个她两年前失去的男人，部分原因是要从他那里弄出些东西来。他要动手写作了。到时候，她会对他的写作嗤之以鼻的。他不会名声远播。她只会看出来他是多么瘦，多么瘸。她会渴望一个更加快活的丈夫，我对她的渴望无话可说。而且，把他折腾得痛苦不堪、一蹶不振之后，她会溜之大吉——如果她能像一个淑女那样表现的话。"

这些就是斯图尔特·安塞尔的见解。

第九章

六月份来往的七封信。

亲爱的里基,

　　我当然要写信,而且当你听我说这封信是一份工整的誊抄稿时,你便猜得出这是一封什么样的信了。我整整一上午都在写草稿。我谈论时很容易生气,有时候也很想表现得聪明一点——这两个原因,正是我对人家给予的关照忽略的结果。这是一封考虑再三才写的信。如果这封信促使你解除了婚约,那么它就完成使命了。你根本不是一个应该结婚的人。你的身体有残疾:我们曾经几次讨论过。你在灵魂上也不健全:你想喜欢许多人,需要喜欢许多人,而这样一个人是不应该结婚的。"你从未属于那个庞大的一族,"①那样的人能够仅仅喜欢一个人,而如果你进入那一大族,那么你到头来会一败涂地的。我在书里读到——我不敢造次,睥睨书籍,它们是我安身立命的一切——男人和女人要求截然不同的东西。男人想爱人类;女人只想爱一个男人。她得到了他,她的活儿就完成了。她是造化的使者,造化的嘱托已经完成了。然而,男人对造化毫不在乎——或者至多在乎那么一小点点而已。男人关心造化之外的一百种事情,他接受文明越多,他越会关心另外一百种事情,不仅仅要求得到妻子和孩子,而且要求得到朋友、工作,还有精神自由。

我相信你会受到超乎一般的文明的熏陶。

你的莫逆之交
斯·安
于剑桥

亲爱的安塞尔,

可是我陷入了爱河——一个你忘记的细节。我不能听命于英国的杂文。倒霉的阿格尼丝也许是一个"造化的使者",可是当我读到这样的话,我只会咧嘴一笑。我也许会接受超乎寻常的文明的熏陶,可是我对此没有感觉;我陷入了爱河,我发现了一个爱我的女人,而且我也打算关心另外一百种事情。她想要我关心另外一百种事情——朋友、工作,以及精神自由,一切的一切。你和你的书籍忽略了这点,因为你的书籍太幽静了。读一读诗歌吧——不仅仅读雪莱。理解一下比阿特里丝②、克拉拉·米德尔顿③和《诸神的黄昏》第一场里的布伦希尔德④吧。理解一下歌德,听听他说"不朽的女性带领我们向前"吧,别再写一篇

---

① 引自雪莱的《心之灵》(*Epipsychidion*),本书第十三章中还有一段引文。
② 意大利著名诗人但丁《神曲》里的引领仙子,也是实际生活中激励但丁写出《新生》(*La Vita Nuova*)的女子。
③ 梅瑞迪斯笔下的一个女主角,见前注。
④ 此处指《尼伯龙根的指环》中的第四部《诸神的黄昏》,布伦希尔德是北欧神话中的女武神。

英国杂文来了。

你永远友情至深的，
里·埃
于谢尔索普索斯顿公园路九号
索斯顿

亲爱的里基，

我说什么好呢？"理解一下赞西佩①和本内特先生②还有《罗恩格林》有关控诉那一幕中的埃尔莎③"吧？"理解一下欧里庇得斯，听听他说不朽的女性带领我们尽情跳舞"吧？我对这一类东西无话可说。本篇英国杂文中的种种暗示不带文学色彩。我个人反对彭布罗克小姐的理由如下：

(1) 她不严肃。

(2) 她不诚实。

于剑桥

我亲爱的斯图尔特，

你不能够知道。我暂时也不知道。不过，你这封信是我

---

① 古希腊哲学家苏格拉底的妻子，以凶悍闻名。
② 英国著名作家简·奥斯丁的《傲慢与偏见》里的一个人物，深为愚钝的妻子所折磨。
③ 德国著名作曲家瓦格纳的浪漫歌剧《罗恩格林》里的女主角，以反复无常闻名。

目前为止遇到的最精彩的东西——要比阿格尼丝答应嫁给我的那一刻都精彩（我没有夸大其词）。我一直知道你喜欢我，但是直到看了这封信，我才知道你多么喜欢我。直到现在，我们太像书里的那些强壮的主人公，感受太多，说出来的太少，而且因为说得太少而感受更多。这下过去这个坎儿了，我们再也不做那样的傻瓜了。我们击中——歪打正着——了某种永久的东西。你给我写信说"我憎恨那个将要和你结婚的女人"，而我给你回信说"憎恨她吧。难道我不能同时爱你们两个吗？"她永远不会挡在我们两个中间，斯图尔特（她也不希望那样，不过只是随便一提），因为我们的友谊现在非同一般，别人插不进来。第三者无法破坏这种友谊。我觉得，我们自己也破坏不了。我们可以辩论，争执，直到我们两个死掉一个，然而这件事情已经登记在册了。我谨希望，亲爱的伙伴，你能过得更幸福。对我来说，仿佛一道亮光突然在这个世界的后边闪现了。

里·埃
于谢尔索普索斯顿公园路九号
索斯顿

亲爱的卢因太太，

　　光阴似箭，不过我正在了解我那个极好的男孩儿。我们对他的工作谈了很多。他刚刚完成了一部了不起的作品，名叫《内米号》——关于一艘实际上沉入某个湖里的罗马船只。我想不出来他是怎样描写那些东西的，因为他从来没有看见过它们。如果他明年到意大利去，像我所希望的，他应该酝酿出一些真的美好的东西。与此同时，我们在到处寻找出版商。赫伯特认为，短篇小说集很难发表。毕竟，写出一个长篇更好啊。

不过，你千万别以为我们只是谈论书。我们关于别的话题所说的话，复述起来太不容易了！哦，卢因太太，他是个可爱的人，因为我们把他请到索斯顿来，他就更亲近可爱了。赫伯特不声不响，已经向他那些剑桥的朋友打听过了。什么事情都不妨碍他们，不过他们似乎表现得很反常。他们中没有一个人擅长体育运动，都把业余时间用来思索和讨论。他们讨论一个人知道什么，一个人永远不会知道什么，一个人最好不必知道什么。赫伯特说这是因为他们没有足够的事情可做。

你感恩挚爱的好朋友
阿格尼丝·彭布罗克
于谢尔索普索斯顿公园路九号
索斯顿

亲爱的希尔特，

谢谢你送来的祝贺，我已经交给了兴致很好的里基。很抱歉，你听到了流言，我于心不安。只要能保证我妹妹的幸福的事情，我听了都会高兴，我认识你的表弟几乎像你一样早。这将会是一种非常漫长的订婚，因为他必须先铺好自己的路。这个可亲的男孩儿不像人们以为的那样家境富裕；没有什么嗜好,也就几乎没有什么开销,他开口说话的样子,仿佛他是一个百万富翁。他必须把他的收入翻一倍,他们才能梦想更亲近的关系。这是一粒苦药丸,不过我很高兴地说,他们勇敢地接受它了。

愿你和希尔特太太在马盖特过星期获益多多。

你永远忠诚的,谨上
赫伯特·彭布罗克
于谢尔索普索斯顿公园路九号
索斯顿

亲爱的 { 彭布罗克小姐,
阿格尼丝,

我听说,你要嫁给我的侄子了。我对他到底怎样并不很清楚,不知道你能不能带他来,我弄个究竟。九月份不就是一个不错的月份吗?你也许不得不到巨石阵①一趟,不过此外就不会有什么打扰了。我很希望你设法来一趟。我们在卢因太太家见过一次面,我对你记忆犹新。

相信我,

你忠诚的
埃米莉·菲林
于卡德夫,威尔特郡

---

① 英格兰南部索尔兹伯里附近的一处巨石群,系史前石头建筑的标志。

第十章

雨从西南方向潲了过来。大部分雨悄悄地从灰蒙蒙的云层往下落,只是雨潲得越来越斜,雨滴潲在墙上,打在树上,淋在牧羊人身上,浇在别的在趔趄一生中毅然挺立的物体上,成了一种路过这片乡土的记号。时不时,云彩低垂下来,看上去把大地团团抱住,其实只是向大地送来了种种音讯;大地本身也蒸腾出团团云块儿——养育得更加洁白的云块儿——它们在浅浅的峡谷形成,跟随河流的航道缓缓而去。那好像是生活的初始①。上帝又命令:"我们还要不要把水域从大地上分开?苍天的劳作和光荣还不够多吗?"说到底,那就是田园生活的开始,躲在这种生活的后面,想象力寸步难行。

不过,复杂的人们都挨了雨淋——不仅仅是牧羊人。比如说,琴师就淋得湿漉漉的。牧师的妻子也淋得湿漉漉的。坐在巴特尔斯顿马车里②的上校和任性的姑娘们也淋得湿漉漉的。仗义、行善,还有艺术,都在施展各种使命,不惜汗水,不怕泥水,而在外面的坡路上,远处站了那个亘古的人和亘古的狗,守护着亘古的羊群,等待这个世界素食蔚然成风。

一座凉亭——坐西朝东,避开了恶劣的天气——里面坐了一位复杂的人儿,周身干爽。她观望着这个湿淋淋的世界,一脸喜色,见了一块云彩飘落在村子上空便会面露笑容,或者见了大雨比平常更嘈杂地冲刷她那结实的凉亭也会喜上眉梢。墨水、纸夹和大纸簿，摆在她面前的桌子上，雨伞、雨衣、拐杖以及电铃，她伸手可得。她上了年纪，却还不老，她的额头布满纹路，透出一种无关痛痒却挥之不去的疼痛神情。不过，她嘴边的纹路却分明看得出，她这辈子笑得很多，正如她眼角周围的皮肤又光又紧，表明她过去不经常哭泣一样。她穿了一身棕色的绸子。一条棕色的披巾系在她那美丽的头发上，真是相得益彰。

想了许久，她在自己面前的纸上写起来："这部传记的主人公于一八四二年五月十四日，第一个看到了沃尔弗汉普顿的光线。"她把钢笔放下，说了声"呸！"一只知更鸟蹦蹦跳跳地进来了，她欢迎鸟儿的到来。一只麻雀跟了进来，她把脚跺了一下。她看见一股白色的水，如同一条蛇，顺着铺石小路的阴沟缓缓流下。白色水流刚刚出现。这水流一定是从一条空谷后边的白垩中渗出来的。大地再也无法吸收掉了。这位老夫人没有想那么深远，因为她对"哪里来"与"为什么"之类的问题，一向很不喜欢，而且大地（"我们无趣的继母"）的一贯作风令她说不出来的厌烦。然而，那股水，逼真的蛇形水流，实在是趣味盎然，她把自个儿的套鞋扔了过去，把水流挡了起来。然后，她热烈地写道："这部传记的主人公在午夜时分第一个看见了光亮。那是十一点差二十分的样子。他的爸爸是个教区牧师，不过他不是他爸爸的儿子，永远也进不了天堂。"火车鸣笛的声音传来了，转眼之间，白蒙蒙的烟团出现了，在沉甸甸的空气中不辞辛苦地冒了又冒。

---

① 这里借喻了《圣经·创世记》里的描述，写上帝创造天地，让水和地分开，从此有了生长植物的可能。作者认为这样的描述，就是指农耕生活，即田园生活的开始。
② 英格兰巴特尔斯顿一带生产的双轮马车。

这烟雾把她的思绪分散了，大约一刻钟的样子，她一动不动地坐在那里，什么也没有做。最后，她把写了字的纸张推向一边，拿了一张新的，又开始写作："一八四二年五月十四日，"这当儿，铺石小路上传来嘎吱嘎吱的响声，一个气汹汹的声音说："我为弗里·汤普森感到遗憾。"

"我怕我也为他感到遗憾呢，"这位老夫人说：她的声音懒洋洋的，倒也好听。"他是谁？"

"弗里是个谎话精，下次碰见他，他就充当足球吧。"一件湿透的呢子大衣脱了下来。他气呼呼地把呢子大衣挂在一个楔子上：凉亭备有几个楔子。

"可是他是谁呢？为什么他叫了那个大祸临头的名字？"

"弗里吗？弗里恩斯①。汤普森那家人全都从莎士比亚的作品里起名字。他啃吃那些围栏。"

"啊，我明白了。一只心爱的羊羔。"

"羊羔！牧羊人！"

"我的一个牧羊人吗？"

"我赶他的羊群是最后一次了。但是，他看见我可不是最后一次。我为他感到遗憾。他今天把我涮了一回。"

"你的意思是说"——她一下子变得活跃起来——"你在雨天里外出，是为弗里·汤普森放羊去了吗？"

"我不去不行。"他吹了吹手指头，把帽子取下来。雨水从他那胡子拉碴的脸颊往下淌。他的头发精湿精湿的，好像铸成了

---

① 莎士比亚著名悲剧《麦克白》中苏格兰军中大将班柯的儿子。弗里是弗里恩斯的简称。作者用这样的名字，不仅具有文学性，也指出背景是苏格兰。

铜盖子，扣在他的天灵盖上。

"一边去，癞皮狗！"老夫人尖叫起来，因为他猛地抖了抖，把雨水溅到了她的衣服上。他是一个二十来岁的虎背熊腰的小伙子，一身令人羡慕的肌肉，只是与身高相比，身体过分宽厚了。人们在没有受到劝阻之前，一直叫他"胖墩儿"。后来，人们称呼他"斯蒂芬"或者"旺哈姆先生"。再往后，他说："你们要是喜欢，就叫我胖墩儿好了。"

"你说这弗里——！"他怒不可遏地开始发泄。他坐在她身边，粗气大喘着，把一腔苦水倒了出来——"弗里在文特斯布里奇交下一个女孩儿，他要去会会她，我只好替他去放羊。两个小时。我们达成了协议。半个小时去，一个小时亲吻她的女孩儿，半个小时回来——他骑我的自行车去了。四个小时了！我在牧场圈苦守了四个小时零七分钟，一只傻狗陪在身边，只有羊群明事理，埋头啃吃大头菜。"

"我的农场对我来说是个秘密，"老夫人说，捋了捋自己的手指头。"挑个日子，你一定要带我去看看。农场一定像一出吉尔伯特和萨利文的歌剧①，拥有一个情绪激昂的雇主们组成的合唱队。我怎么就和农场摆脱了干系了呢？我为什么从来没有被叫去给奶牛挤奶？或者轰一轰猪？要么往牧场赶一赶牛犊？"

他打量着她，两只蓝眼睛惊诧万分——这两只眼睛是他身上唯一干爽的东西了。他看不透她：就是再年老再机灵的男人，她

---

① 吉尔伯特和萨利文歌剧团系当时一个广受欢迎的剧团，不过其合唱团是雇员组成，而非雇主。这里是戏说，表明这位老夫人的处世态度。

第十章　119

也能说得人家晕头转向。他也许没有把她看透。

"你不是一件美丽的东西了。不过,有时候,我看你永远都是一个乐趣。"

"请说明白一些好吧?"

"呃,你完全听懂了,"她不耐烦地嚷嚷说,随后莞尔一笑,因为他摆出自高自大的样子,不喜欢听人说他不是一件美丽的东西。"又大又稳的脚丫,"她接着说,"有了这个不利条件——你能打倒一个男人,却永远打不倒一个女子。"

"我不知道你在说什么。我不喜欢——"

"呃,可别当真——千万别当真。我在逗着玩的。我收回。快跟我说说羊群的事儿。为什么你和羊群一起出去了?"

"我告诉过你了。我不得已。"

"可为什么呢?"

"他非要去看望他的姑娘。"

"可为什么呢?"

他的眼睛再次审视她。事情明摆着,那个人非要去看望他的姑娘啊。来回两个小时——而不是四个小时零七分钟。

"你吃过午饭了吗?"

"我没法按时按点吃饭。"

"你带书了吗?"

"我在野地里没法带书。上了岁数的人都不读书。"

"你内省了吗?莫不是你连内省都无法进行?"

"主啊,别盘问我了!"

"你让我感到郁闷。你把田园生活绵绵不去的浪漫情调抢去了。难道英格兰没有诗歌和思想吗?在所有那些丘陵草原上,难道没有一个人思想殷切①,吟唱多利安人的歌曲吗?"

"有时候,小伙子们自己哼哼些曲儿,如果你是指这个的话。"

"我梦想我的阿卡狄亚②:我睁开我的两眼:威尔特郡。还有女牧羊人:弗里·汤普森的姑娘。还有那个落落寡欢的牧羊人,把身上的雨披都弄得抑郁寡欢:你穿了呢子大衣。你不为我感到遗憾吗?"

"我可以点上一袋烟吗?"

"一定点上一袋烟。不过你得告诉我,四个小时零七分钟里,你都在想什么来着?"

他难为情地笑起来。"你怎么好问男人这样的问题呢。"

"难道你就是在浪费时间吗?"

"没准儿就是呢。"

"我原以为,罗伯特·英格索尔上校③说你一定是吃苦耐劳的。"

听到这个名字时,他轻轻地打开一小橱柜,声称道:"我可没有闲工夫,"随后取出一摞《号角报》④和别的重印小册子,封面上装饰了秃头的或者留胡子的慈爱使徒。他挑选了一本秃头使徒封面的册子,立即开始阅读,偶尔大声喊一句:"这下全弄明

---

① 这里套用了英国著名诗人约翰·弥尔顿名篇《利西达斯》的诗句:怀着急切的思想,吟唱多利安的歌曲。
② 古希腊一山地牧区,以境内居民生活宁静、淳朴而著名,后人誉为世外桃源。
③ 英格索尔(1833—1899),美国著名律师和政治家,一生捍卫达尔文的进化论。
④ 伦敦 1895—1934 年出版的一份社会主义者与人道主义者报纸。

第十章　121

白了", "这下把《创世记》那一套戳穿了", 伴随着渴望的心境呐喊出相似的惊叹。她瞅了一眼那摞小册子。勒南①, 毫无风格。达尔文, 毫无谦逊。《约伯记》的连环画版, 宾夕法尼亚匹兹堡刨花活字社出版。《创世记》, 绘画插图版。《是天使还是猿?》, 朱丽亚·P·丘克太太著②。她看得饶有兴趣, 悠然自得地纳闷儿, 他那狭窄却不乏令人感兴趣的脑袋里在打什么转转。他真的以为他要"找到"什么吗? 她自己曾经尝试过, 但是早已经随波逐流, 轻轻快快地纳入正统了。他为什么不阅读诗歌, 偏要阅读这些小册子, 在这样的乡村生活, 就这样浪费他的时间呢?

云团消散了, 光线越来越亮, 她抬头望去。峡谷那边, 她看见一道庄重的阴沉的草原丘陵, 丘陵侧畔有一个小小的棕色活动体——她的羊群, 还有她的牧羊人, 弗里恩斯·汤普森, 终于回来履行他的职责了。一点水从凉亭的房顶落下来。她惊叫起来。

"好了好了,"她的陪伴儿说, 把她的椅子挪了挪, 但是依然一门心思用在书里。

她把水滴从草稿纸上抹掉。然后她写道: "安东尼·尤斯塔斯·菲林, 这部回忆录的主人公, 出生在沃尔弗汉普顿。"不过, 她还是写不下去。她心烦意乱。房顶上又落下一滴雨水。恰似一个火夹子③。她后悔她刚才不该那么玩心太甚, 把自己的套鞋扔到了小径上。小伙子正在推翻宗教, 一边阅读一边发出重重的喘

---

① 勒南(1823—1892), 法国哲学家和历史学家, 用历史的观点研究宗教, 主要著作有《基督教起源史》。
② 此人无考, 系作者虚构。
③ 一般称为蠷螋, 北京地区叫火夹子。体长, 头部有须, 软体, 头至尾部渐粗, 尾部的两根尖刺为其特色。

息。又一个火夹子。她按响了电铃。

"我进屋了,"她说。"到处都是水淋淋的。"乌云再次消散,她见了又说:"你对弗里是不是过分心软了?"然而,他深深陷进了书里。他像一个穷苦人一样读书,嘴唇张开,一根指头沿了铅字挪动。时不时,他会挠挠耳朵,或者用舌头舔一舔一撇凌乱的黄胡子。

他的脸总的说来具有一种美:面色怎么看都有帝王相——红光从喉咙到额头层层递进,一层红似一层:自从他出生以来,日头和风每天都在他身上下功夫。"一张强壮男人的脸啊,"老夫人心想。"他应该感谢他的星座,没有让他成为一个闷葫芦似的强壮男人,要不然我会把他赶进阴沟里。"突然间,她忽发奇想,觉得他像一只爱尔兰长毛犬。他对无限孜孜以求,仿佛那是一根骨头。他试图使用暴力驾驭永恒的种种微妙。作为一个男人,他经常让她受不了,因为他总是说同样的话,做同样的事儿。然而,作为哲学家,他真的永远是一个乐子,一个不知疲倦的丑角。她拿起钢笔,开始把他画成漫画儿。她先画了一个兔子乐园,兔子们在里面到处玩耍。她还没有把主要角色画上去,便被男仆打断了。他从房子里赶出来,看看铃响有什么事情。男仆看见她,惊叫起来却不失尊敬。

"太太!你在这里吗?我感到很抱歉。我到处找你。埃里奥特先生和彭布罗克小姐来了快一个小时了。"

"啊,天哪!啊天哪!"菲林太太咋呼起来。"拿走这些纸吧。雨伞在哪里?斯蒂芬先生会给我打伞的。你快赶回去,表示歉意。他们高兴吗?"

"彭布罗克小姐问起了你,太太。"

第十章　123

"他们喝上茶了吗?"

"喝了,太太。"

"莱顿!"

"在,先生。"

"我相信你知道她什么时候都在这里。你是不想把你那身漂亮的皮弄湿了吧。"

"你在下人面前不许称我'她',"他们一起离开时,菲林太太说;她拄了拐杖,走路一瘸一拐,他则在一旁举着一把大雨伞。"我不愿意被这样称呼。"然后她兴致好了许多。"可别跟他说他爱撒谎。我们都撒谎。我很清楚,他们是坐四点六分的火车来的。我看见火车过去了。"

"这倒提醒我了。又有一个小孩在罗马十字路口乱跑。嗖嗖跑——砰一下——死了。"

"哦,我的脚!哦,我的脚!"菲林太太叫起来,停住连连吸冷气。

"要命吗?"他不为所动地问。

莱顿领首礼让,拿着那摞稿纸从他们身边过去,消失在月桂树丛中。一阵来得轻缓的剧痛过去,他们接着前行,走下一条绿莹莹的不透风的通道,顶头就是那条铺石马车道。

"说来真是不可思议,"菲林太太说,"希腊人竟然对月桂树乐此不疲——只要有人可能变成这样一种可怕的植物,阿波罗就会穷追不舍。你对里基怎么看?"

"啊,我不知道。"

"要我把他的短篇小说借给你看看吗?"

他没有作答。

"斯蒂芬，难道你不认为，你这样身份不明不白的人，应该对我的亲戚礼貌周到吗？"

"对不起，菲林太太。我很想表现得礼貌周到。我只是没有什么可说。"

她笑起来。"我有时候纳闷儿，你是一个可亲的孩子呢，还是一个可恶的东西？"

他没有什么话说了。然后，她笑得更加恶作剧，又说——

"你既然是个哲学家，怎么能两种人集于一身？你会痛痛快快地告诉我——我一心想弄清楚——人们死后会发生什么吗？"

"别问我。"根据以往的痛苦经历，他知道她在寻他开心。

"喂，我可在问你话呢。你的那些报纸书和时代很合拍啊。比如说，你说在铁路被撞死的那个孩子，死后会怎么样呢？"

雨下大了。雨点儿啪啪砸在树叶上，这条通道外面，男人和女人不管多么愚蠢，都在因为生活琐事苦苦挣扎。通道里面呢，他们则在打嘴仗。她寻这个男孩子开心，对他的各种理论极尽取笑，不过是要证明，一个男人只要有幽默感，就不会成为不可知论者的。突然，她停下来，不是因为他使了什么高招，而是因为她记起了拜伦的一些词句："真正的无神论者，是自己的双手被神圣的东西所麻木的人。"她想起了自己遥远的青春。那时候，这个世界还没有那么多幽默，不过倒是更为重要。一时间，她对自己的陪伴产生了尊重，决意不再为难他了。

他们走出月桂树的保护，跨过那条宽宽的马车道，最后来到了那所房子里。她身上淋湿了很多地方，因为天气看见她玩弄简单的生活，自然不会放过她。他呢，看样子简直成了一块湿透的皮囊了。

"喂,"她叫起来,因为他急匆匆地赶往他的阁子间去。"别刮胡子啊!"

他很高兴得到了特许。

"我看出来,彭布罗克小姐这种人,表面上不凡脱俗,实际上俗不可耐。我想看看她如何演戏。别刮胡子。"

在客厅里,她能听见客人们在压低嗓门儿交谈,语调是没有受到欢迎的人的那种。把衣服换过,睃了几眼弥尔顿的诗歌,她这才去见他们,举手表示抱歉和失礼。

"不过我一定要吃茶点,"客人们已经向她表示他们理解时,她声言说。"要不然,我一开口就会发脾气。阿格尼丝,快堵上我的嘴。把茶给我。"

阿格尼丝喜不自胜的样子,走到桌子前,伺候她的主人。里基紧跟其后,端了顶尖一盘三明治和小点心。

"我感觉年轻了二十七岁。里基,你太像你的父亲了。我感觉回到了二十七年前,那时他带了你的母亲第一次来见我。真是不可思议——简直有些可怕——历史它就是会重复自己呢。"

这话讲得很没有分寸。

"那次拜访我记得很清楚,"她若有所思,继续说下去。"我觉得那是一次难得一遇的拜访,尽管当时我们两个都没有认识到。我们俩都和你妈发生了爱恋。我希望她也会和我们产生爱恋。她忍受不了我,是吗?"

"我从来没有听她这样说过,埃米莉姑妈。"

"那是;她不会说的。不过,我保证你的父亲说过这样的话。我亲爱的孩子,别做出那么吃惊的样子。你父亲不喜欢我,我也不喜欢你的父亲。我这样说过,他也这样说过。这下我们开口说话就嘴甜了——就要一块椰子点心——阿格尼丝，你不认为什么时候把话讲出来都是最好的方式吗？"

"哦，当然，菲林太太。不过我这人就是一个直筒子。"

"我也是，"老妇人说。"我喜欢把事情弄个水落石出——喂！拖鞋呢？客厅里有拖鞋吗？"

一个年轻人不声不响地走进来了。阿格尼丝从旁观察，心下遗憾这个年轻人没有刮胡子。里基，迟疑少许，才记起来他是谁，上前和他握了握手。

"上次见到你以来，你长成人了。"

他咧嘴露出牙齿，很可爱的样子。

"这样生活有多久了？"菲林太太问。

"三年了，不是吗？离开安塞尔们——朋友们——算起。"

"多么不像话，里基！你为什么不多来看我几次？"

他不能直言不讳地说，她从来没有邀请过他。

"阿格尼丝今后会催促你来的。哦，让我来介绍一下——旺哈姆先生——彭布罗克小姐。"

"我是代理女主人，"阿格尼丝说。"我来给你倒杯茶好吗？"

"谢谢你，不过我喝过一点啤酒了。"

"这是牧羊人中的一个，"菲林太太说，声音放得很低。阿格尼丝笑得有些忘形。卢因太太事先叮嘱过她，卡德夫是一个非同寻常的地方，见了什么都要表现得见怪不怪。牧羊人竟然待在客厅里！倒也没有什么害处。只是你应该弄清楚，你见到的到底是不是一个牧羊人。不管怎样，他穿戴了一身绅士的衣服。她非常担心一开始就铸成大错，因此没有贸然和这个年轻人说话，只

第十章　127

是从旁察看里基的举动,从而断定年轻人的身份。

"我打保票,菲林太太,你用不着说什么'催促'人们来卡德夫。我敢说,这是没有困难的。"

"谢谢你,我亲爱的。你知道谁曾经跟我说过这样的话吗?"

"谁?"

"里基的母亲。"

"她真的说过吗?"

"我的兄嫂是个可爱的人呢。你今后会听见里基大加赞扬的,不过现在你一定要听听我的。我从来没有见过一个女人那么无私忘我,却有万般能力应付生活。"

"人们一般都是互相排斥的吗?"里基问道。

"无私的人,通常说来,都是索然无味的。他们没有色彩。他们想到别的人,那是因为想到别人只是转个念头而已。他们施舍钱财,因为他们太愚蠢,太悠闲,连往自己身上花钱都不会。这就是你母亲身上的美丽——她给予,可是她也为自己劳神,或者努力那么做。"

客厅的光线渐渐暗起来,尽管是九月份,也只有六点半。阿格尼丝坐在矮椅子上,能够看见马车道旁边的树木,在傍晚黑乎乎的天空映衬下,黑乎乎一片。那条马车道约半英里长,她正赞扬马车道的表面铺上了石砾,里基一下子把嗓子提高了:"我说,我们的火车是什么时候到达的?"

"四点六分。"

"我也说是这个时间。"

"按时刻表,它是四点六分到达的。"旺哈姆先生说。"我想知道它什么时候进车站的?"

"我跟你再说一遍,它是准时到达的。我跟你说,我当时看了我的手表。我能做的都做到了。"

阿格尼丝深感吃惊。里基脑子进水了吗?一分钟前,他们还在没完没了地谈论各种狗呢。到底发生什么事儿了?

"喂,行了!又吵起来了?"菲林太太责问说。男仆端来一盏灯,照见了两张气呼呼的脸。

"他说——"

"他说——"

"他说我们碾死了一个孩子。"

"你们就是碾死了嘛。按我的手表,你们在六点七分时在村子里碾死了那个孩子。你们的火车晚点了。你们到达火车站,应该是六点十分。"

"我不相信。我们穿过村子时六点七分。阿格尼丝,我们穿过村子了吧?撞死那个孩子的一定是一列特快。"

"怎么可能呢,"——他拿现实世界加以说明——"铁路公司发出一列停站的火车,三分钟后又发一列特快紧随其后,怎么可能呢?"

"一个孩子——"里基说。"我不相信这趟火车碾死一个孩子。"他想起了他们的旅行。他们两个独占了一个车厢。火车放慢速度时,他在瞬间把她揽入自己的怀里。雨打在窗户上,但是他们进了天堂。

"你不相信也不行,"另一个说,偏偏要"哪壶不开提哪壶"。他那健壮、激动的脸,靠近了里基的脸。"两个孩子在罗马十字街上又踢又叫。你们的火车,晚点了,撞上了他们。其中一个被人拉下了铁轨,但是另一个却被碾住了。对此你还有什么说的？"

"对此你还有什么说的？"菲林太太叫嚷起来，不让他再争吵下去。"现在那孩子在哪里？他的灵魂怎么样了？你一定要知道，阿格尼丝，这个年轻人是个哲学家。"

"啊，快别提了，"旺哈姆先生说，突然间就没了劲头。

"别提了？搁哪儿？搁在我这漂亮的地毯上吗？"

"我很不喜欢哲学，"阿格尼丝说，试图转移一下话题，因为她看出来，里基不高兴了。

"我也很不喜欢。不过我不能当着斯蒂芬的面说这样的话。他看不起女人。"

"不，我没有，"被冤枉的人说，这时他已经退到了窗户台前，在那里摇来晃去。

"没错，他看不起。他根本不屑回答我们的问题。斯蒂芬！胖墩儿！回答我。那个孩子的灵魂怎么了？"

他把窗户一把推开，躲开他们，向暮色探出身子。他们听见他嘟哝了一些关于桥梁的话。

"我跟你们说什么来着？他不回答我们的问题。"等那孩子一发火儿，好玩的时刻就到来了：她看见他的脚后跟在抖动，知道一触即发。

"缺少一座桥啊，"他突然大声说。"修建一座桥，取代这条老破路和平交道口。修建一座桥，穷不死人的。那时候，那个孩子的灵魂，正像你说的——嗯，那孩子根本就不会出事儿。"

一阵夜气飘进来，雨点也趁便往里洒。花瓶里的花儿飒飒作响，灯盏的火苗向上蹿去，把玻璃罩熏黑了。有点恼火，菲林太太命令他把窗户关上。

第十一章

卡德夫算不上一所大房子。但是，就这个故事所涉及的内容来看，它却是最大的房子，而且想到它时还总是要带上一定的尊敬。它是一八〇〇年修建的，参照了古罗马的建筑风格——主要使用了五根细长的壁柱，从房顶贯穿地上。在壁柱之间，是玻璃前门，右边是客厅窗户，左边是餐厅窗户，上方是一个三角区域，上等仆人知道那是"三角墙"，正中央有一个小圆洞，是参照了帕拉迪奥①的风格。这种古典风格还体现在八个灰色台阶上，从房子逐级而下，一直到那条马车道，在相邻的草地上打算建起一个正式花园。草地尽头是一道哈哈暗墙②（哈！哈！谁会注意一堵暗墙呢？），从这里，一片裸露的土地一溜下坡通向村子。你站在房子的正面时，主花园（护墙环绕）位于左边，右边是那条月桂通道，一直通向菲林太太的凉亭。

这座房子很舒适，却不怎么吸引人，而且，对某种心境来说，这里的氛围也不吸引人。从远处看，这座房子看上去像一个灰色的箱子，龟缩在常绿植物之中。房子周围也没有神秘的气氛。几英里之外你就能一目了然。它所在的山头没有德文郡那种独特的浪漫，也没有肯特郡营造一所小别墅的那些精细的线条，却毫不留情地突出了房子的负担，如同悬挂在一枚巨大的光秃的棕榈叶上。"那就是卡德夫，"来访者会说。"看上去还那么小。我们应该赶不上午饭了。"窗户展望的视野，尽管广阔，却不会为皇家艺术院所认可。一条峡谷，容纳了一条河流，一条公路，一条铁路；峡谷的远处，是大麦和甜菜的田地，没有被蜿蜒的树篱分隔开，一直伸向一片广袤而无状的丘陵草原——这就是远景，一年四季都显得苍凉，在云块铺满的天空下，简直一片阴森之气。那片丘陵草原被人叫做"卡德伯里圆环阵地"（倘若你年轻又有趣，不妨叫做"可可粉方阵"），因为位于峡谷的远处——你不能说"位于顶上"，威尔特郡几乎没有可以称为"顶"的东西——因为位于峡谷的远处，两个重叠状的堑壕历历在目。一道草坡围起来一圈儿甘蓝，甘蓝地又围起来第二道草坡，而在这一图案的中央，生长了一棵小树。不列颠的？罗马的？撒克逊的？丹麦的？无所不知的读者自己决定吧。汤普森家族知道这宅第远比法兰西日耳曼战争更远古。它是政府的财产。它装满了金子和与城堡围场的大兵作战且战死沙场的阵亡的士兵。前往朗迪尼厄姆的公路，涉过河水，横跨峡谷的公路和铁路，通向这两道堑壕。前往伦敦的公路，则位于这些堑壕右侧半英里的地方。

要把这一景色交代完整了，你还必须提及那条河流对岸卡德福德的那所教堂和农场。教堂和农场二者合力，统治了村子，一个占有了劳动者的灵魂，一个占有了他们的肉体。如果一个人要求别的宗教，或者别的职业，那他只有离去。教堂位于铁路旁边，农场在水泽草地的下游。教区牧师是一个温文尔雅、乐善好施的人，很少认识到他的权力，而且从来也没有滥用过权力。威尔布拉厄姆先生，政府事务官，算得上另一种性格的人。他知道

---

① 意大利十六世纪建筑家。
② 原文 ha-ha，暗墙，隐墙；作者利用这个怪名字玩了一个幽默。

自己的位置，并且让别人也各就其位：整个社会好像一张地图一样铺展在他的面前。郡区与本地的界限，劳动者和工匠的界限——他都了如指掌，不费吹灰之力便加以强化。他经管的任何事情都分成了等级——精心分成等级对待他的上级的礼仪客套，以及精心分成等级对待他的下级的礼仪客套。所以——因为他是一个有思想的人——也只有他可以公然宣称，各种事情都是可以和谐相处的。

也许现在把太多的东西都归于一身的喜剧缪斯[①]，已经把这种遗产留给了菲林先生。菲林先生是多部关于社会主义的颇有建树的书的作者——这也是他的妻子嫁给他的原因——他在卡德夫施政二十五年，竭力把他的种种理论付诸实际。他相信，只要强调种种相同的东西，各种事情便能够和谐相处。"我们大家相同之处，远比我们承认的多。"这是他十分投入的演讲题目之一。作为一种演讲，听起来非常受用，他的妻子鼓掌祝贺；但是，演讲付诸实际，结果是拼命工作，天天晚上在书房里熬夜，混杂的社交聚会，与枯燥的人们进行没完没了的谦逊的谈话，她开始受不了了。她用自己那张刀子嘴，宣布她以后不爱自己的丈夫了，而且说到做到。他默默地接受下来，不过他的杰出才能有增无减。他的身体每况愈下，他知道他死后没有人能把他的工作进行下去。还有，他觉得他做得非常少。尽管他埋头苦干，但是他没有一个讲求实际的头脑，而且从来没有摈弃威尔布拉厄姆先生。他处世圆通，动不动就会伸出那只兄弟般的手，或者在这只手有

[①] 英国作家梅瑞迪斯的代表作《利己主义者》里，把古希腊诗歌之神缪斯，变成添加了作者的想法而使用的一个素材。

人会拉住之际却收了回来。多数人都误解了他，或者只是在他死后才理解了他。在后来的岁月里，他的施政进入黄金时代；然而，他生前却没有几个追随者，只有寥寥几个年轻劳工和承租农夫指天发誓地说，他真的不是一个傻瓜。这点，他跟自己说，是他完全配得上的。

他的遗孀继承了卡德夫。她一心想卖掉它；她一心想租出去；但是她要求太多，可这房子既不是一个温馨的地方，也不是沃土，最终还是留在了她的手中。唉长气短也好，长叹短呼也罢，她还是安定下来过起了流放生活。威尔特郡的居民，她公然宣称，是英格兰最愚蠢的。她当着他们的面直言相告，这让他们感觉更加灰暗。他们的郡与他们相配，一方水土养一方人：一郡之内没有差别——没有类别——只有土地。

然而，她的怨气过去了，要么只是留下了无伤大雅的烦躁。她把房子收拾得舒舒服服，把农场白送给了威尔布拉厄姆先生。刻意留心一番，她挑选了一个熟人小圈子，夏天的月份挽留他们住下。冬季，她会到镇上去，经常出入文学的沙龙。随着她的腿瘸得越来越厉害，她活动得越来越少了，及至她的侄儿来访，她已经很少离开这个已然强加给她的家了。目前她很忙。一位前途看好的政治家重新发现了她的丈夫。年轻一代在发问："这位菲林先生是何许人？"而出版家们写信来说："现在出书，机不可失。"她正在收集一些随笔，撰写一篇介绍性的回忆录。

里基钦佩他的姑妈，但是并不把她放在心上。一看见她，就会让他想起他父亲的是非。和父亲一样，她折磨人，心地不善，谈起生活就取笑——仿佛生活只是一粒药丸。他觉得，她过去不把他当回事儿。因此他不会要求什么；至于"种种前程"，它们从来没有进入他的脑子；然而，她是他唯一的近亲，在那些孤独的岁月，一点点善意和款待，都会产生极大的差异。眼下他倍加幸福，能够把阿格尼丝带来，她立即邀请他来小住。第二天照样升起的太阳，告诉他一种新的生活到来了。他在这个世界，终于也有了用处，有了价值。他俯身探出窗户，注视着冲洗干净的大地，聆听从清新的空气中远远传过来的农场的嘈杂。

然而，那天除了天气晴朗，没有什么东西留住神圣。他的姑妈出于她自个儿的种种原因，武断地说他应该和那个叫旺哈姆的男孩，一起骑马出游。他们先去看一看古老萨拉姆，从那里再到索尔兹伯里，吃午餐，走马观花，拜访某个教团会员吃下午茶，傍晚返回卡德夫。这样的安排不适合任何人。他不想骑马出游，只想和阿格尼丝待在一起；阿格尼丝也不想和他分开，斯蒂芬也不想和他一起出去。然而，菲林太太的客人们越把自己的愿望说得明白，她便越硬起心肠，不把大家的愿望当回事儿。她把每种困难一一化解，把每种反对说法都转化成理由，九点半钟命令仆人备好了马匹。

"一件烦人的事儿，"他坐在他们两人使用的小小起居室时，他抱怨说，因他在缠绕马夫绑腿时把指甲弄断了。"我不会骑马。我会从马上掉下来的。我们在这里应该感到更加幸福才是。这就是埃米莉姑妈的为人。你不难想象，事后她一准会说：'情人们荒唐可笑。我就是要把他们拆开看看会怎样。'大家听说了，都会哈哈取笑。"

浅浅地品尝到未来的滋味，阿格尼丝在他面前跪下，把绑腿缠绕上去。"随便问一问，这个旺哈姆先生是谁呀？"

"我不知道。菲林先生的什么亲戚吧，我想是的。"

第十一章　135

"他在这里生活吗？"

"他过去上学还是干什么的。他似乎长成了一个令人讨厌的人了。"

"我猜测，菲林太太收养他了。"

"我看也是。我相信她变得更有人情味儿了。我真希望她今天上午对你和蔼一些。我很不喜欢把你留给她。"

"为什么，她说她喜欢我的。"

"是的，可是那并不能防止——你知道，只要能让她自己开心，她根本不在乎自己说什么，重复什么。如果她认为确实好玩，比如说，拆散我们的婚约，那她会试一试的。"

"亲爱的情郎，这样说也太耸人听闻了！不过，看看她怎么拆散，倒是更有意思。她能使出什么手段呢？"

他吻了一下那双仍然在忙着缠绕绑腿的手。"没有什么手段好使的。我看不出有什么高招。我们坦诚相待，你我没有什么把柄。我们俩没有新的阴暗角落，她可以揭穿老底儿。只是，一来到这所房子，我就感到没有一点安全了。"

"为什么？"

"如果有人干傻事儿，一准在这里。家长里短的谣言，都是从这里传出去的。有目的和无目的的丑闻，这里就是聚焦的老窝。你知道，我父亲和母亲发生他们特别的争吵，我姑妈总会插一杠子——我一直弄不懂究竟怎么回事儿——可是你千万别指望她会息事宁人，除非她发现事情平息下来更快活。"

"里基！里基！"老夫人在花园里喊叫起来。"你的马术教练等不得了。"

"我们在这里真不应该这样谈论她，"阿格尼丝小声说。

"这是一种可怕的习惯。"

"乡下就这样的习惯,阿格尼丝。唉,这就是嚼舌头啊!"突然,他张开两臂把她拢住。"亲爱的——亲爱的——权当我不明就里——也许什么都不知道。"

"喂,麻利点儿吧!"急脾气的斯蒂芬吆喝道。"我应该把哪边的马镫缩短些——是左边还是右边?①"

"左边!"阿格尼丝大声回答说。

"要短几个眼儿才行?"

他们匆匆赶下来。在路上,她说:"很高兴你的告诫。这下我有准备了。你的姑妈不会从我口里得到什么。"

她的未婚夫按照他不可更改的习惯,使劲用有残疾的脚上马。她也不得不捡起来他的马鞭。最后,他们上路了,那男孩从头至尾在炫耀自己,转眼就剩下她和自己的女主人了。

"狄多②就是一只羔羊,"菲林太太说,"斯蒂芬却是一个好样的守场员。谢天谢地,总算把男人们都打发出去了。这个可爱的早晨,你和我干点什么好呢?"

"我干什么都行。"

"你们把行装都打开了吗?"

"打开了。"

"有信要写吗?"

"没有。"

---

① 这里指里基的腿一条长一条短,马镫不能一样,从此看出斯蒂芬粗中有细,为后边的情节作铺垫。
② 传说中古国迦太基的女王和建国者。古罗马诗人维吉尔的《伊尼亚德》写到狄多,作者对《伊尼亚德》多有评论。这里是一匹马的名字。

"那么我们就到我的凉亭去吧。不行，我们去不得。那里正好迎着上午的太阳，今天又会很热的。"她已经后悔把男人们都打发出去了。在这样一个上午，她喜欢坐马车出去兜风，可是她的第三匹马腿瘸了。她也担心，彭布罗克小姐会渐渐地厌烦她。不过，她们还是去了凉亭。她说话有气无力的样子，把各种重要的场景指给她看。

"这就是卡德河，流进别的什么河，又一起流进了埃文河。与卡德伯里放牧圈相对，卡德教堂位于最左边：你看不见它。你们昨天夜里去过那里。教堂因为那个醉醺醺的牧师和火车站而出名。然后是卡德当齐。然后是卡德福德，河流的那一边，和卡德夫连接起来，就这所房子。看一看威尔特郡思想的丰富吧。"

"一大串'卡德'，够吓人的，"阿格尼丝轻快地说。

菲林太太把她的客人划分成两种，一种能开这种玩笑，另一种则不能。后者的范围是非常小的。

"卡德福德的教区牧师——不是那个可爱的酒徒——宣称真正的名字是'查德福德'，他一直惦记这事儿，后来我在我们的教堂为圣卡德①开了一面窗户才作罢。他的妻子把它叫成了'海亚德福德'。我把他们两个都收拾服帖了。你觉得胖墩儿怎么样？啊！你跳动来了；我是说你要跳起来了。你觉得胖墩儿·旺哈姆怎么样？"

"很好呀，"阿格尼丝说，笑了起来。

"很好！他是个英雄。"

接下来是一阵很长的无语沉默。两个女人都在瞭望眼前的景

---

① 英格兰古王国莫西亚的主教，死于672年，成为泉水的庇护圣人。

致,却没有多大兴趣。菲林太太对自然的态度是苛刻的审美——一种比对实践苛求更加没有结果的态度。她把对美的检验应用于影子、气味和声音;它们从来没有让她充分得到崇敬和激动;她从来不知道它们是一种三位一体,可以让崇拜者欣喜若狂。如果她喜爱一块耕地,那也只是一块颜色——而不是大地广袤无边的力量的体现。今天,她可以赞赏一块云彩,但是对接踵而来的云彩却排斥在外。至于彭布罗克小姐,她既不赞赏什么,也不反对什么。"一个英雄吗?"沉默过去之后,她问道。她发问的声音很空洞,仿佛她一直在思考别的事情。

"一个英雄吗?没错。你没有注意到他多像英雄吗?"

"恐怕我没有注意到。"

"在晚餐时也没有注意到吗?啊,阿格尼丝,在宴会上什么时候都要注意英雄主义呢。那可是英雄主义的伟大时刻。他们配得上他们衬衫胸前的硬领子。你是说,你一点都没有注意到他当时如何奚落里基吗?"

"哦,是说诗歌啊!"阿格尼丝说着,大笑起来。"里基一点都不会往心里去的。可是,你为什么单把这点认为是英雄行为呢?"

"斥责人!奚落人!对他们出言不逊!让他们感到渺小!这还算不上一个英雄的毕生事业吗?"

"我不该这样说。可实际上,旺哈姆关于诗歌的说法是错误的。我让里基事后查证来着。"

"不过一点没错。一个英雄总是错误的。"

"在我看来,"她坚持己见,却无不婉转。"一个英雄总是强壮的、可惊可叹的人物,他无所畏惧——"

第十一章 139

"啊，等到你成为大龙①的时候才有发言权！我认为我差不多一辈子都在做大龙。一条大龙，什么都不求，只要一个宁静的山洞。到时候，那个强壮、可惊可叹、活蹦乱跳的人物就到来了，把我的老皮刺破，赢得一个公主。不，认真说来，我亲爱的阿格尼丝，一个英雄的主要品质就是全然不顾别人的感情，再有就是根本没有能力理解他们。"

"可是旺哈姆先生一定——"

"是的；我们对这可怜的孩子不是一直不好吗？我们还应该谈下去吗？"

阿格尼丝没有立即回答，记起来里基的告诫，想到她说的任何事情也许会被重复说出去。

"不过即使他在这里，他也未必理解我们在说什么。"

"未必理解吗？"

菲林太太向她的陪伴瞥了一眼。"你把他当作聪明人了吗？"

"我想我没有把他当作任何东西。"她微笑起来。"我一直在想别的事情，想另一个男孩子。"

"不过对斯蒂芬想都不用想的。我来讲一讲他如何把昨天打发掉的。他八点起床。八点到十一点唱歌。那支歌叫《父亲的靴子很快就适合威利穿》。他又一次停下来对马夫说：'她永远做不出她的靴子。她游手好闲。''她'就是说我呢。到了十一点钟，他出去了，站在雨中一直淋到四点钟，不过他有眼福，看见

---

① 这里指严格而凶狠的监护人，尤其指老太婆。因为后文提及山洞，故按字面翻译。

了一个孩子在那个平交道口被火车碾死了。四点半钟,他已经把基督教信仰的老底儿都抖搂出来了。"

阿格尼丝一脸迷惑不解。

"难道你没有得到深刻印象吗?我得到了。我告诉他,他决不会给教区牧师添乱的。打开那个小柜子。那些六便士丛书中有一本,告诉胖墩儿他是由坚硬的小小黑东西做成的,另一本却告诉他是用棕色东西做成的,虎背熊腰。这两种说法好像不一致,不过对一个爱思考的男孩来说,不管他是用什么做成的,都比在伊甸园里做成要好。让我们把诗歌的因素排除在外吧,不管对可能选中的人会付出什么代价。"接下来,有那么一会儿,她说话认真起来。"他都二十岁了,赖以生活的本领什么都不会。我不知道怎么办好了。我看出来这是我的错。可是,我从来没有麻烦过英格兰教会;你呢?"

"我当然一直跟着教会走的,"彭布罗克小姐说,对这种交谈方式很不喜欢。"我不知道怎么办好,真的。我想你应该和一个男人商量一下。"

"里基会帮助我吗?"

"里基只要能做的,都会去做。"而菲林太太听出来她这种半打官腔的口气,是为她的情人儿打掩护。"不过,当然,里基有点儿——复杂。我怀疑旺哈姆先生未必理解他。他需要——他不是吗?——一个有几分武断的人,更容易和男孩子打交道。一个更像我哥哥那样的人。"

"阿格尼丝!"她拉住了她的胳膊。"你估计彭布罗克先生会接受我的胖墩儿吗?"

她摇了摇头。"他的时间占得太满了。他下个学期弄到一所寄宿公寓。另外——反正我不知道赫伯特能干什么。"

"道德。他可以教他道德。三十九条①本身就是结果，不过如果你没有道德，那么你只会得到痛苦。道德是我对赫伯特·彭布罗克先生的所有要求。他就是使用天文地理仪器试教法也会得到原谅。你知道，当然，斯蒂芬是被一家公学开除的吗？他偷东西了。"

那所学校不是一家公学，而且开除学籍或者不如说要求转学生的时候，斯蒂芬只有十四岁。一段极其不诚实的躁动期——比如往往预示孩子转型男人的阶段——死死支配了他。他见东西就偷，尤其那些很难偷到手的东西，并且把偷来的东西藏在过道里的一个活动木板下面。他因为偷到了一些包括火腿的东西而东窗事发。这段经历是他一生中的危机。他的女庇护人当时对他无计可施，很是厌烦。他已经不再是一个可爱的小男孩儿，她很怀疑她还能不能庇护到底。然而，她对学校老师的一封封来信颇感愤怒，而对这不上进的男孩的一封封来信又乐不可支，于是，她把他接回家来，算是给他一个奖品。

"不知道，"阿格尼丝说。"我一直不知道。我当然高兴和赫伯特讲讲，不过，我刚才说了，他的时间到时候会安排得很满的。但是，我知道他认识一些朋友，专门辅导那些软弱的男孩——或者专门辅导不同寻常的男孩子。"

"我亲爱的，我尝试过这种专门辅导了。斯蒂芬就喜欢用脚踢那些软弱的男孩儿，抢夺那些不同寻常的男孩儿的苹果。他又

---

① 指英格兰教会于1571年编写成的三十九条教义。直到1865年，牛津大学学员、剑桥大学学员以及英国国教教职人员，都要订阅它们。它们印在《公祷书》里。

一次被开除了。"

阿格尼丝开始感到菲林太太相当麻烦。不管你踩住了她什么地方，她好像都会从你的脚下溜走。阿格尼丝喜欢弄清楚她处于什么位置，别人又处于什么位置。她说："我哥哥对家庭生活倍加推崇。我琢磨，他会认为旺哈姆先生最好就现在这样子——和你待在一起。你对他呵护有加。你呢"——她停顿一下——"既给他当爹，又给他当娘。"

"我性子太急，"菲林太太回答说。看样子，彭布罗克小姐终于触及到了一个话题，菲林太太一时难以应对。她按响了电铃——只是告诉男仆把旺哈姆先生屋子里的那些小册子拿来——然后对干活儿嘟哝了几句，准备向那所房子走去。

"菲林太太——"阿格尼丝说，因她一点没料到她们的谈话就这样草草结束了。

"叫我埃米莉姑妈好吗，我亲爱的？"

"埃米莉姑妈，你认为里基寄给你的那个短篇小说怎么样？"

"不怎么样，"菲林太太说。"不过，不过，不过呢。"随后她脱身离去，倒是说出了真话，留给身后的人一个令人快乐的印象。

第十二章

  骑马去索尔兹伯里，是一件难办的事情——事实上，里基根本就没有到达那里。他们还没有走出那条马车道，旺哈姆先生便开始表演杂技了。他向里基炫耀，他如何可以在马鞍上一下子转过身来，面向埃涅阿斯①的尾巴。"我明白了，"里基冷冷地说，而且就在表演到这个份儿上时他们来到了房子后面的大门前，里基几乎恼火了，因为他不得不把大门打开，可他又怕从马上掉下来。一般情况下，他正好停在大门的搭扣边，然后不得不驱使狄多转过身来，可狄多像一艘战舰一样长。还好，他松了口气，因为一个仆人走上前来，一边嘟哝着"这个教区最要命的大门"，一边把大门推开，恭恭敬敬地扶住。"谢谢你，"里基大声说，"多谢了。"然而斯蒂芬先是从马鞍转过身来，接着拿足架子说："不，不；这算得了什么。你不需要这样客气。你碰帽檐儿表示谢意只会更糟糕。四小时七分钟啊！你等着再见我吧。"仆人没有敢回答。

  "呃，我要收拾他一顿，"他拉长调子说，一下子把身子转过来。"那家伙就是弗里。呃，他忘记了我的拳头的厉害了；呃，看我收拾他一顿。"

  "为什么？"里基责问道。昨天夜里，抽着香烟，他早已经被弗里的故事折腾得烦透了。这男孩多多少少让他想起了杰拉尔德——过去霸道的杰拉尔德，而不是谈情说爱的杰拉尔德。斯蒂芬性情要温和一些,但是同样霸道动粗,同样动不动就多要人加一磅肉②。

"收拾他一顿,让他长点记性。"

"记住什么?"

"长记性就是长记性嘛,"斯蒂芬回嘴说。他们两个都表现得不很客气。他们互相看不惯,不喜欢,可是他们又都想在别的什么地方表现表现——这正是菲林太太所期望的局面。

"他表现得不好,"里基说,"那是因为他比我们穷,比我们没有知识。教他规矩的钱花得比我们少啊。"

"好啊,我教他不要钱。"

"也许他的拳头比你的还厉害呢!"

"他的拳头不行,我试过。"

这番对话过后,谈话没了兴致。里基回望了一眼卡德夫,想起了他眼前这个乏味的日子。一般说来,他会被生气勃勃的人们所吸引,而斯蒂芬也算得上生气勃勃了:对他来说,他们过去一直是未知世界的象征,他们所做的一切都令人感兴趣。然而,他现在对未知世界不再关心了。他了然于心了。

威尔布拉厄姆先生赶着双轮马车从他们身边走过,把手举到帽檐儿向他的雇主的侄儿致意。他没有理睬斯蒂芬:他看不出他有什么可重要的。

"早上好,"里基说。"多么晴朗的早晨啊!"

---

① 埃涅阿斯和后边的狄多,是作者给两匹马取的名字,均取自古希腊古罗马神话或者诗歌,可见作者对古典文学的热爱。
② 原文 a pound of flesh,语出莎士比亚的《威尼斯商人》,转义为:非法要求。

第十二章　　145

"喂,"斯蒂芬也喊道,"又一个孩子死了!"威尔布拉厄姆先生看样子本来想说说话,却扬鞭驱马,离他们而去。

"走了,越走越远了,"斯蒂芬说;不一会儿,仿佛挑起一个全新的话题——"你不认为弗里·汤普森对待我很不地道吗?"

"我觉得他做得不好。不过我倒觉得这个人值得同情。"他弦外之音没有引起反应,他只好把话说明白。"我自己也会干出同样的事情——答应好离去两个小时,却滞留了四个小时。"

"滞留——啊——啊,我明白了。你正在恋爱中,是这个意思吗?"

他微笑起来,点了点头。

"啊,我不反对弗里谈恋爱。他说他管不住自己,非谈不可。可是,只要我的拳头更厉害,他就得信守界线。"

"信守界线?"

"像这种人,他弄到手一个姑娘,就认为别的东西都扯淡了。他撂下工作不管,说话不算数。威尔布拉厄姆应该把他开了。我向你保证,我弄到一个姑娘时,我会让她信守界线的,如果她表现得让人恶心,我就会换一个。"

里基笑起来,没有再说话。但是,他遗憾地想到,有人竟会信守这样的律条开始生活——更加感到遗憾的是这种律条就在讽刺他自己。他也相信,生活应该有一条界线——一条漫长的界线,上面布满数不清的利益和数不清的形象,全都备受爱戴。然而,女人是不能被迫"信守"这条界线的。她每每会越过这条界线,好像一个凯旋的将军,得寸进尺,步步为营,把这条界线搞得比过去更加令人感兴趣,更加可爱。他爱阿格尼丝,不仅仅为阿格尼丝自己,而且因为她点亮了人类世界。然而,他很难把这点解释给一个全然没有经历的畜生般的男人,也就不白费这个力气了。

很长时间里,他们默然无语,策马前行。卡德夫背后的山地一片丰收景象,两匹马儿在一捆捆麦子中间行走,恋恋不舍的样子。斯蒂芬早已捡起来一片草叶,用它吹出一声声嗯哨声。他吹得非常婉转哀怨,在这个上午,他的灵魂统统投入这样的鸣叫之中。因为他心里憋得难受。他备受感情折磨,因为他不能拍屁股走人,去干——爱干什么干什么,用不着对这个贫血的冬烘先生以礼相待。在雨中淋上四个小时,也比这样陪人好得多:他在雨里没有心急如焚的感觉。可是,现在空气像葡萄酒味儿,麦茬散发出湿气,他头顶上的白云在蓝蓝的广阔天际,旋转得更加缓慢,更加松弛。他还从来没有遇到过这样的上午,闭上眼睛,向早晨呼唤。不管他什么时候呼唤,里基都会紧闭双眼,哆嗦一下。

最后,这个凶强侠气的男孩开口说话了。"我们不用走快,是吧?"他说,并且看了看野草铺满的小径上的另一位。

"我希望你不用让着我,非和我一起走。如果你一个人骑马出来,你会骑马快跑或者什么的。"

"我听了盼咐,必须和你走得一样快慢,"他愁眉苦脸地说。"而且,你也像彭布罗克小姐保证过,不会着急赶路。"

"哦,我不会她说什么我就干什么的。"但是他不能驾驭马匹小跑,甚至尝试一下都差点儿把他闪下马鞍。

"像这样骑才行,"斯蒂芬说。"难道你看不见吗——像这样?"里基向前猛探了一下身子,大拇指甲就在马脖子上弄裂了。指头上流出一点血,不得不包扎一下。

"谢谢你——你心真好——请别绑得太紧了——我把你的这

一天都糟蹋了。"

"我弄不懂，一个男人怎么能忍住不骑马。你只管放手让马儿自己走就行了——驭——驭——就好像你在水里游泳，随水漂浮就行了。"

里基放任狄多走动，狄多立即停下来不走了。

"我说听由马走。"他的声音升高了，有股火气。"我并没有说'死坐'。你死坐着，它当然就停下不走了。首先你骑上它，就仿佛你是桑道①在做健身活动，可你骑在那里像死人。难道你不能让它知道你是个大活人吗？马儿就只想知道这个就行了。"

在努力把这番说教传达出来时，里基把他的马鞭丢掉了。斯蒂芬捡起马鞭，塞进了他自己的诺福克大衣②的腰带里。他还算不上一个紧跟时尚的骑手。他甚至骑不出潇洒的样子。然而，他骑在马上是一个活生生的人，只是里基被弄得心烦意乱，顾不上注意这些。他身上的肌肉没有一块不使劲儿，却也没有一块使劲儿使得紧绷绷的。当他驱马奔跑一阵回来时，他的手脚还是不能满足，他的举手投足还是带着怨气。他不知道他憋得很难受：他对自己一点也不了解。

"就像动物园里的一顶象轿③，"他嘟哝说。"菲林妈妈不得不买头大象来才行。"他在没完没了地责难他的女庇护人。里基对这种骂骂咧咧的行为很不以为然，极力阻止他，转而听到了他对宗教的批评。斯蒂芬推翻了摩西式的宇宙创立说。他指出了

---

① 桑道(1867—1925)，德国塑身大师，主张冷水浴和健身锻炼。
② 英格兰诺福克出产的一种上衣，宽大，带腰带。
③ 公园或者动物园里准备的一种鞍驮，放在象背上或者骆驼背上供游人观光，形状如凉亭。

《福音书》里的种种矛盾说法。他把他的才智对准了世界上最美丽的尖塔①,现在又向上瞄去,对准了南边的天空。在或东或西的批评中,他驱马来回奔跑一阵儿。过了一阵子,里基不再听下去,干脆走自己的路。狄多是一匹无可挑剔的坐骑,埃涅阿斯奔来奔去,它丝毫不受影响,仿佛它在理想乐土闲游散步。他昨天夜里睡觉很不好,强烈的空气令他昏昏欲睡。风儿从平原上吹来。卡德夫和附近那条峡谷消失了,尽管他们没有怎么往高处走,看得也不怎么远,然而眼前仍然是一片一望无际的景象。田地广袤无边,如同欧洲大陆的田野,灿烂的太阳光芒四射,五彩缤纷。甘蓝绿莹莹的,庄稼金灿灿的,新犁过的土地一片褐色,与灰蒙蒙的丘陵草原的小块景色交相辉映。然而,总体效果却显得苍白,或者更像银灰色,因为威尔特郡不是色块深沉的乡间。在这些颜色的映衬下,隐约可见不可征服的白垩,哪里的土地贫瘠,白垩就在哪里出现。长满野草的小径,到处都是山萝卜和猪殃殃,小径的车辙的底部看上去白生生的。一座远山的侧面,一个圆形剧场历历在目,是专门为一些奥林匹斯山的观众开辟出来的。这里那里,不管表层收获了什么庄稼,大地便会呈现出小小的堤埂,小小的沟壑,小小的鼓包:这里不缺乏慰劳诸神的戏剧表演。

在卡德夫,那座险情四伏的房子,阿格尼丝早已和菲林太太分开了。里基的思绪回到了她身上。她,真实的人儿,还安全吗?她的纯真被谎言和自私搅烦了吗?她躲开了那种他含糊地知道曾经造成痛苦的无常脾气了吗?啊,脆弱的幸福!啊,无以数计的无果而去、长满草丛的种种渴望!善良的男人,高贵的女人——

---

① 指索尔兹伯里大教堂,是英格兰最高的教堂。

第十二章 149

他们已经安眠于此地,他们的尘土已经混合,却也不过尘土而已。这些都是病态的思想,可是有谁敢反驳这些思想?世界上有很多好运气,可那毕竟只是运气。我们大家谁都不安全。我们是孩子,在那条界线上玩耍、吵架,我们其中一些人具有里基的脾性,或者他的种种经历,而且认为当然。

他这样沉思,那个躁动的小小斑点,以及所有的土地,好像都在评说他的惧怕和爱情。

他们的小径向上延伸,漫过一处光秃秃的大山包,一半野草,一半残渣。好像每时每刻都会出现靓丽的风景。然而,风景从来没有出现,因为没有一个斜坡陡峭,只是在山包上移动很多分钟,既没有更换一个界标,也没有更改远处的蓝色边缘。索尔兹伯里的尖塔真的改变了,不过非常轻微,如同温度计里的水银柱。改变最多的时候,它也只是隐藏起来一半;改变最小的时候,塔尖儿只是在大地起伏的遮挡物后面露出来。他们路过了两棵接骨木树——一件大事儿。斯蒂芬说,那裸露的斑点是绞刑架留下的。里基点了点头。他已经没有了对事件的一切感觉。在这巨大的孤寂中——比阿比斯山脉任何地区都更孤独——他和阿格尼丝孤独地漂流,永远漂流,忽而在没有形状的大地上,忽而在没有形状的云彩间。一种庞大的寂静好像向他们靠近。一只云雀停下来唱歌,他们见了非常高兴。他们接近了那上帝的宝座。寂静触动了他们;大地和一切危险都消解了,可是他们完全消失之前,里基听见自己在说:"这就是我们真正想要的吗?"

"是的,"一男人的声音说;"这是古老的计划。"他们来到了另一条峡谷。峡谷的两边长满了茂密的树木。峡谷底部,另一条河流和另一条公路顺势而行;这里,也庇护了一长溜村庄。然而，一切都更富饶、更硕大、更美丽——艾姆斯伯里下游埃文河的峡谷。

"我瞌睡过去一会儿！"里基说，话音里充满了恐惧。

"你可真行！"另一位用玩笑的口气说。"美梦吗？"

"也许——我真不好意思一直对你说对不起了。你扶住我扶了多长时间了？"

"大半天了。"他把缰绳还给了他。

"那个圆圆的山包哪里去了？"

"到善良的劳苦人去的地方去了。我想喝几口。"

这就是威尔特郡的大自然的玩笑——它的一个玩笑而已。你在刮风的山坡跋涉，感到非常原始。你离开你的同胞数英里，看哪！一条小峡谷里到处是榆树和村舍。里基还没有走到峡谷跟前，他们却在一个茅草屋顶的酒吧前停下了，斯蒂芬像一个疯子一样叫喊起来，要喝啤酒。

没有必要叫喊。他并不十分渴，酒吧的人们随时准备为他上酒。他也不需要在马鞍上喝酒，做出一副身携重要军令的武士的派头，连下马的时间都没有。一个真正的大兵，为了喝酒急匆匆赶来，骑马来到酒店前，斯蒂芬开始害怕他叫喊的声音太高了，会引起敌意。然而，他们交朋友，彼此以诚相待，与店主说黑话套近乎，和俊俏的女孩子挑逗；而里基呢，每次粗俗的行为都让他不堪忍受，把头往下缩了又缩，恨不得大地把他一口吞下才好。他仅仅习惯剑桥的生活，躲到一个非常小的角落。他和他那里的朋友相信言论自由。不过，他们谈论普遍性问题，畅所欲言。他们崇尚科学和哲学。他们躲开这种饮几杯啤酒所产生的经验性自由。

第十二章　151

他骑马走下一条新的峡谷，身边有两个喋喋不休的伙伴儿，这样的情绪让他百无聊赖。在人类存在的种种原则方面，他比他们懂得多，然而他对各种生活例子不大理会，很不熟悉。一则下流粗俗的乡村丑闻①——比如斯蒂芬讲述过的一个大笑话——是人性中某些缺陷造成的，理论上讲，他是熟悉的。然而，例子就是例子！他听到例子便会脸红，如同一个情窦初开的少女，尽管那个例子与忒奥克里托斯的田园诗具有同等的内涵。经验最终会成为这样一件华丽的事情吗？房子的外墙竟如此美丽吗？

"这事儿够荤的！"那个大兵说。"还有这样的荤故事吗？"

"我有一首诗，"斯蒂芬说，从口袋里掏出来一张纸。峡谷变宽了许多。古老的塞勒姆②耸立在他们面前，丑陋而庄严。

"你自己写的吗？"他问道，咯咯笑起来。

"那还用说，"斯蒂芬说着，低下头在埃涅阿斯耳朵间亲吻了一口。

"可是谁是老埃米莉呢？"里基哆嗦一下，皱起眉头。

"现在你正在问呢。"

  老埃米莉她腿瘸，
   就在——

"我累得不行了，"里基说。他还怎么能支撑得下去呢？他

---

① 这个丑闻也许和忒奥克里托斯第四首田园诗描述的情节相似，其中的牧羊人讲述一个老农夫对一个年轻女子调情。这点以及后面的几首田园诗，都暗示了异性恋和同性恋的因素，为斯蒂芬和那个大兵队长提供了类似的内容。
② 索尔兹伯里教区的古罗马名。

应该回家，回到他热恋的那个女人身边。"我要是放弃去索尔兹伯里，你介意吗？"

"可是我们什么都没有看上啊！"斯蒂芬嚷叫起来。

"我也欣赏不了什么东西了，我累得实在不行了。"

"那就返回吧——奔波了大半天了。"他气哼哼地咬了咬他的胡子。

"老天爷行好了，伙计！——当然我单独回去了。我把你一天的时间都糟蹋了。一想到这事儿，你会怎么看我呢？"

斯蒂芬出声地叹息了一口气。"如果你真想回家，那么拿上你的鞭子。别掉下马来啊。跟菲林妈妈说，是你想回去的，要不然又少不了吵吵闹闹。"

"当然。谢谢你对我的关照。"

　　老埃米莉她腿瘸，
　　就在——

很快，他走出了听力所及的范围。很快，他们走出了视野。很快，他们走出了他的思绪。他忘记了那种粗俗的行为、饮酒以及忘恩负义的态度。几个月前，他是不会这么快就忘在脑后的，他也许还能看出一些别的东西。然而，一个恋人是很教条的。对他来说，世界应该是美丽而纯洁的。世界不是美丽而纯洁的，他便不予理睬了。

"他不是累坏了，"斯蒂芬对那个大兵说；"他思念他的姑娘了。"他们互相朝对方眨了眨眼，对永恒的爱情喜剧说了些笑话。他们彼此发问，他们是否会让一个姑娘破坏一次上午的骑马

第十二章　153

出游。他们都拿出一种不可救药的犬儒主义态度。斯蒂芬用一种非常不稳重的口吻，描述卡德夫的一家人：他敢说，里基回到家会看见彭布罗克小姐正在亲吻那个男仆呢。

"我说那个男仆正在亲吻老埃米莉呢。"

"开心的日子，"斯蒂芬说。他的声音突然有了克制。他还没有肯定，他到底是否喜欢这个大兵，也不清楚他把自己的诗作拿给他看是不是明智。

老埃米莉她腿瘸
　就在——

"行了，托马斯。念一念就够了。"

老埃米莉——

"我希望你住口，像一个好伙伴。你知道吗，这就是那个老妇人的马，无论如何不准再念了。"

"当——然！"

"你难道不明白——当一个人骑在马上时，他是不会放纵另一个人——某种人——难道你不知道吗？"

大兵当然知道。"这话有道理，"他说，表示同意。平静恢复了，如果他们没有多喝啤酒，他们本来很容易到达索尔兹伯里。啤酒让大兵思绪活跃，他又一次讲到老埃米莉，并且还用阿里托芬式变调把那首诗背诵一遍。

"开心的日子啊，"斯蒂芬重复说，眉毛竖起来，迅速瞥了另一位的身体一眼。然后,他警告大兵别糟蹋古人的调子。结果,他反被指责为基督教青年会①的成员。一听这话,他的血液沸腾了。他反驳了这种指责,与大兵第三次成为铁哥们儿。

"不反对《调皮的塔科尔顿先生和太太》?"

"当然不反对。"

大兵唱起《调皮的塔科尔顿先生和太太》。这确实是一支两个声音合作的歌儿,如果一个人独唱,很多活泼调皮的因素就不见了。塔科尔顿太太的名字也不是埃米莉。

"我看这是一首非常烂的歌儿,"斯蒂芬生气地说。"我受不了,唱不下去了。"

"也许你喜欢老歌儿。听着。"

　　风骚的妓女有的是,
　　俏美人要数埃米莉;
　　因为她是我的爱鸡——

"喂,唱错了。"他策马靠近唱歌的大兵。

"没错。"

"错了。"

"这是我妈妈教给我的。"

"我不管谁教的。"

"我妈妈怎么教,我就怎么唱。"

---

① 1844年成立的一个世俗的涉及各种教派的组织,通过提供健康的理智的活动,抵制"坏帮派"。在第三十三章中,斯蒂芬保证不再饮酒时,又提到了这个组织。

斯蒂芬被噎住了。过了一会儿他才说:"你妈怎么给歌儿押韵的?"

"什么?"

"臭了吧。你是个傻瓜,可我不是。诗歌必须押韵。接下来的这行的韵脚是'爱丽①'。"

他说的"爱丽"是——只要喜欢就欢迎来的意思。

"诗歌不押韵不行。你需要'骚丽'。'骚丽'对'爱丽'。'埃米莉'对'爱丽'对不上。"

"'埃米莉'对'俺家里'!"大兵叫喊起来,来了灵感,这在他清醒的时候是不会有的。"我妈妈教给我'俺家里',听着。"

因为她是我的爱鸡
所以她住在俺家里。

"呃,你最好小心一点儿,托马斯,你的老妈也最好小心点儿吧。"

"你老妈也强不到哪里去。"托马斯含糊地说。

"你以为我没有听说过吗?"男孩儿回嘴说。

另一个最后让步说,他现在可以想说什么就说什么了。他可以想说什么说什么——但是埃米莉这名字除外。斯蒂芬对他的女庇护人的名声毫不在乎,但是对他自己的面子还是很在乎的。他

---

① Alley,有小巷、小路之意;Sally,有突击、进发、戏谑之意,也是女子常用名字。不过,作者在这里主要是通过玩文字游戏,写两个粗野男人对男女之事的津津乐道。这里的翻译,尽可能照顾原文的一二。

已经把菲林太太涮了一回。此时此刻，他却愿意为她去死，如同一个骑士为了一只手套而去死那样。他并不亚于一个英雄。

经过了古老的塞勒姆。他们来到了世界上最美丽的尖塔前。"天哪！又一个这种大教堂！"大兵说。对哥特式建筑很不友好，他把双手举到了鼻子边，宣布说，老埃米莉就埋葬在这里。他也躺在泥土里了。他的马嘚嘚跑回了艾姆斯伯里。是斯蒂芬把他从马鞍上揪了下来。

"我把他收拾了！"他叫喊道，尽管没有人在场听他吆喝。他在马镫上站立起来，高兴得乱喊乱叫。他用两臂紧紧抱住了埃涅阿斯的脖子。这匹老马很通人性，又蹦又跳又尥蹶子。它像一匹人头马一样直奔索尔兹伯里，把人们吓得四下逃散。到了马棚，他还是不肯下马。"我把他收拾了！"他对着马夫们——神情冷漠的人们——大声叫喊。伸直身子，他抓住了横梁。埃涅阿斯向前走去，他留下来吊在空中。他的体操动作把人们搅扰得乱糟糟的。他引体向上，在横梁上打转转，把别的顾客都踢着了。最后，他掉在了地上，累得精疲力竭却美滋滋的。他的肉体不再折磨他了。

他像一个三岁小孩子，跑过去买了一顶白色的亚麻帽子。到处都是大兵，他认为帽子可以给他打掩护。然后，他吃了一顿小小的午餐，把啤酒的酒劲儿稳住。这天到头来过得倒是很带劲。应该给里基买吃买喝的钱，都花在他自己身上了。用不着在索尔兹伯里大教堂辛苦奔忙，也不必观看那些昂胸叠肚的企鹅，他尽可以逗留在牛市，把所有的时间打发掉。在这里，他碰见并交下了一些朋友。他从旁观察那些兜售廉价商品的小贩，看出来做出一副信心满怀的样子是多么必要。他自己也信心十足地谈论羔

第十二章　157

羊，人们侧耳静听。他信心十足地谈论猪，人们却一下子哄笑起来。他必须对猪更了解一些。他观看了一出木偶戏演出——还算不上过分空洞无物。"喂，胖墩儿！"一个淘气的小姑娘叫喊道。他试图抓住她，但是没有抓到。她是卡德福德来的孩子中的一个。索尔兹伯里赶集的日子，虽然不是花花绿绿的日子，但是确实是很有代表性的，你在搬运人的马车上能看见威尔特郡一般村庄的名字。在便士法寻街，他看见了文特斯布里奇来的马车。马车几个小时内不会上路，坐车的人总是把它当作碰头的地方，一天中隔三差五地来这里坐坐。眼下，只有三个女人坐在车上，目不转睛地看旗杆。她们中的一个就是弗里·汤普森的姑娘。他很客气地问她，她的情郎儿为什么在大雨中不说话算数。那姑娘一声不吭。他警告她近来要把这笔账算一算。她还是一声不吭，不过另一个女人抱打不平，说一个好绅士不应该威逼一个穷女子。这话有些东西让他很不受用；这事儿不是绅士不绅士贫穷不贫穷的问题——这是两个男人的问题。他决心回到卡德伯里圆环阵地，会一会现在还在那里的那个牧羊人。

他果真去了。不过这部分必须轻描淡写地交代一下。他做出一副圣乔治威风凛凛的样子，骑马来到了那个说话不算数的人跟前，从马鞍上说了一些硬邦邦的话，把马拴在了栏杆上，然后把他的外衣脱下来。"你准备好了吗？"他问道。

"是的，先生，"弗里说，三下五除二便把他放倒在地了。

"这不公道，"他抗议说。

另一位没有搭话，三下五除二把他撂了一个跟斗。

"你是怎么学到这一手的？"

"经常练就练出来了，"弗里说。

斯蒂芬坐在地上，把脑袋上的泥土清理掉。"我原来打算用拳头清算的，"他郁闷地说。

"我知道，先生。"

"不过你手脚真的很厉害，而且——而且我服输，请求你原谅。"他花了很大勇气才说出这句话来，不过他很清楚这样说话是对的。他必须承认更厉害的人。但是多数人，如果挑起一次角斗却被打翻在地了，则会说："你却无法夺走我道义上的胜利。"

接下来显然没有什么事儿可做了。他又骑上了马，心里说不上多么沮丧，但还是觉得这个快活多多的世界一点点都靠不住。他压根儿就没有指望能把那个大兵收拾一顿，也根本没有料到弗里会把他收拾一顿。"一物降一物呢，"他心想，"谁也长不了前后眼。如果大家都有比我估计的大的本事，我应该见怪不怪才是，而另一些人的情况恰恰相反。我在英格索尔没有见识过这般东西，不过眼见为实，不可儿戏。"然后，他的思绪回到了很久以前的一次古怪经历，那次他被"降住"了——他还是一个小男孩儿。他在那些树林里乱闯，在一个狭窄的林中空地上遇上了一群羊。这群羊既没有牧羊犬，也没有牧羊人，却一声不响地向他走来。他对羊习以为常，但是过去从来没有在一片树林里与它们不期而遇，心里有些发怵。他往后退去，一开始慢慢后退，接着加快步伐；羊群呢，拥拥挤挤一大群，在他身后紧紧追赶。他的惧怕越来越厉害。他转过身来，冲着它们长长的白脸大声尖叫；可是，它们还是步步逼近，所有的羊都紧紧依偎在一起，宛如某种可怕的胶块儿。一旦他陷入它们中间，他可就完了！吼叫，尖叫，他不管不顾地冲进矮树丛，浑身上下都刮破了，惊慌失措地跑回家中。菲林太太是他的唯一成年人朋友，很心疼他，却相当愚蠢。"潘神在保护羊群①，"她一边往外拔刺，一边说。"为什么不是呢？""潘神在保护羊群。"斯蒂芬在学校知道了这句话的意思。"一盘做蛋羹的鸡蛋②。"他依然记得，当他等待打下来的鞭杖，从自己的两腿之间偷看别的孩子时，他们脸上的表情有多么惊诧。

就这样，他回来了，心里塞满了愉快的不连接的思绪。他这天度过了少有的快活时光。他喜欢每一个人——甚至那个弱不禁风的可怜的埃里奥特——不过谁都无关紧要。在楼梯平台上，他看见了新来的女仆。他感到害羞却很难抗拒。他应该把胳膊揽在她的腰间吗？也许还是不要轻举妄动得好；她也许会扇他的耳光。他想在晚餐前到屋顶上去吸烟。因此他只是说："劳驾你别让那个男孩把我的棕色靴子弄脏好吗？"女仆连眼睛也没敢抬，回答说："是的，先生；我一定办到。"

他的房间在这座房子的人字墙里。如同渴求宁静的世界里的一切事物那样，古典的建筑物势必会把种种失误安排在无关紧要的地方，而来到斯蒂芬的房间里，看得出卡德夫宅第的失误是多么令人绝望。这间房间留给他一个圆形窗户，要透过窗户往外看，他必须趴下来才行，铅屋顶上开了一个活动天窗，三根铁大梁，三根横梁，六个扶壁，你说有墙壁呢便没有了天花板，你认为有天花板呢便没有了墙壁，在这样不伦不类的东西上给他安装了一个汩汩作响的水箱，提供洗澡的水。他住在这里，无比幸福，丝毫

---

① 原文是拉丁语，出自古罗马诗人维吉尔的《农事诗》；在后面的章节里还会提到这句话。
② 这句话的英文发音和一些词儿，和"潘神在保护羊群"的拉丁文发音有相似之处。斯蒂芬在学校胡说八道，遭到老师鞭打。

没有意识到菲林太太是有意把他安置在这里的,防止他变得不知道天高地厚。在这里,他干活儿,唱歌,练习ocharoon①。在这里,他利用墙缝搭建架子、橱柜和没有用处的小抽屉。他只有一张画儿——尼多斯的得墨忒耳②——这张女神像直接从屋顶上吊下来,好像一大块肉。得墨忒耳女神曾经悬挂在客厅里;可是,菲林太太厌烦她了,便下令把她挪走,发配到了这阁楼里。现在,这女神面向旭日;月亮升起的时候,月光也会落在她身上,银光闪闪,宛如照在大海上的光亮。因为这女神从来没有静止过,一旦过堂风增大,她便在悬挂的绳子上滴溜溜旋转,随后摇摆起来,噼噼啪啪打在椽子上,直到把斯蒂芬吵醒,他便说一些为她着想的话儿。"想要你的鼻子吗?"他会嘟哝道。"难道你还希望得到它吗?"然后,他把被子拉到耳朵上,听凭着女神在他上方的夜风与黑暗中摇来摆去,不知歇息。

今天,他进了房间,踩在那一摞六便士小册子上。莱顿把它们搬上来的。他打量着小册子封面上的画像,开始想到这些人并不是一切。像英格索尔上校那样活着,或者娶了朱丽亚·P·丘克太太为妻,那会是一种什么命运啊!他冲澡的时候,得墨忒耳女神朝他转过来,淋着冷水,他唱道:

她们不美丽,她们不疼人;
我只跟一个古老石头女神——

---

① "ocharoon"根据上下文判断,应该是一种乐器。但在词典中无法查到该词,可能是作者创造的词。
② 古希腊神话中的农事和丰产女神,婚姻和女性的庇护者。

随后他穿透白天的光线,向屋顶跳去。

多年前,一个保姆在为他洗澡,他挣脱了她那双打满肥皂的手,径直窜到这里来了。她苦苦哀求他,要他别忘了他是一个小绅士;但是他忘记了他是小绅士的事实——倘若果真是事实的话——甚至管家都无法把他哄下楼去。菲林先生一个人坐在花园里,病魔缠身,难以读书,听见有人喊道:"我是一个屋脊兽吗?"菲林先生看见一个赤裸裸的孩子直愣愣地站在卡德夫宅第的最高处。"是的,"他回答说,"不过那些屋脊兽却不赶时髦。快进屋吧。"那一景象牢牢记在他的心里,觉得有些特别带劲的东西。他觉得,荒谬和美丽具有各种相近的联系——远比艺术和美丽具有的联系更接近——哪怕他自己的体重和他自己的丑陋已经毁灭,荒谬和美丽依然存在。菲林太太在菲林先生的遗物里发现了一些让她费解的遗笔:"我看见这洋洋大观的宅第。我看见这温馨的文化堡垒。一扇扇门关上了。一面面窗户关上了。可是,在屋脊上,孩子们的舞蹈一直在继续。"

斯蒂芬不再是一个孩子了。他现在再也没有站在人字墙上,除了打赌。他再也没有,或者说几乎没有,从烟囱里往下灌水。他捉住猫儿了,也很少把猫儿悄悄地扔进女管家的卧室里。不过,在天气晴朗时,他仍喜欢冲个澡,爬上人字墙,在太阳下晒晒干。今天,他带了一块毛巾,一根烟袋,还有里基的短篇小说。他抽空必须把里基的短篇小说啃下来,他对那些六便士小册子感到厌烦了。斜坡人字墙暖融融的,他仰身躺在上面,闭上眼睛,享尽了悠闲舒适。椋鸟儿冲他叽叽喳喳,烟灰落在了他干净的身体上,他的上方一片小云彩的边边缘缘镶嵌上了暮色。"好啊!好啊!"他小声感叹说。"好啊,真好啊!"接着,他很不情愿地打开了里基的手稿。

这叫什么作品！这姑娘是谁？她要到哪里去？为什么没完没了地谈论树木？"我敢说，他写这玩艺儿的时候心情很糟糕。"他嘟哝说，手一松那手稿便掉进了下水槽里。手稿掉下去翻了个儿，他在手稿背面看见了彭布罗克小姐手写的一个短小精悍的梗概。"寓意。男人＝现代文明（从坏的意义上讲）。姑娘＝与自然相触。"

与自然相触！那个姑娘就是一棵树啊！他点上烟斗，注视着光辉灿烂的大地。前面的景色已经隐藏起来，然而长满榆树的村子、那条罗马路和卡德伯里圆环阵地历历在目。还有那些树林和小山毛榉矮林，给丘陵草原的荒野戴上了一顶大帽子。更不必说这空气，这太阳，这水。好啊，真好！

与大自然相触！这些书接下来还能写出什么矫情俗语呢？他闭上了眼睛。他睡意蒙眬。好啊，真好！一边吸烟一边叹息，他睡了过去。

第十三章

看见自己的情人赶回来吃午饭,阿格尼丝打心里高兴,同时她也感到相当不安:她知道菲林太太不喜欢她的计划半途而废。她的不安得到了验证。他们的女主人有点不快,问他:斯蒂芬是不是表现得非常令人讨厌。

"当然没有。他始终都在照顾我。"

"听你这话,我敢说他比平常更加令人讨厌了。"

里基不遗余力称赞斯蒂芬。然而,他那老实的本性早把一切暴露无遗了。他姑妈很快看出来,他们俩没有相处融洽。她预料到会是这个结果——差不多是计划到的结果。然而,她还是因为这个结果感到愠怒,便把一腔怨气撒在了里基身上。

这场情绪风暴是慢慢积聚起来的,许多别的事情都在添油加醋,火上浇油。软弱的人,倘若他们不注意分寸,便会你恨我,我恨你,而一旦软弱是与生俱来的,便会变本加厉。埃里奥特家族的人,自家人从来就不会和睦相处。他们谈到了"那个家族",然而他们总是把话题转向把这个世界搅乱的健康和美丽问题。里基的父亲兜了一个大圈子还是回到了他的母亲那里。里基自己正在转向阿格尼丝。菲林太太说到这里气不打一处来,对她这跛脚的侄子毫不客气,指责他既像她那可怕的哥哥又像她本人。她认为他没有骨气,因循守旧。她对侄子的幸福深为妒忌。她不屑劳神理解他的艺术。她只是一心想把他打得粉碎,可是又知道她在粉碎别人的时候，人性的霹雳往往会反弹回来，把闪婆狠狠击打一下，于是她及时把手收了回来。

阿格尼丝从旁观察愈来愈近的乌云。里基已经警告过她了；现在她开始告诫里基。随着这次拜访一日少一日，她劝说里基对姑妈和颜悦色，于是，拜访最后总算取得了成功。

他反问道："为什么非要取得成功呢？"——这是安塞尔惯有的回答方式。

阿格尼丝笑了。"哦，这太像你们男人了——动不动就是理论！你对不憎恨别人又有什么伟大的理论呢？这样的理论刚刚用得上，你就把它扔掉了。"

"我不憎恨埃米莉姑妈。这是心里话。但是，当然，我不想守在她身边，不想多想她。难道你不认为，生命中有两件我们应该争取做到的大事吗？一个是真，一个是善。如果我们做得到，我们都争取做到，但是无论如何要争取做到其中的一个。我的姑妈，仅仅为了好玩，把两种东西都放弃了。"

"还有斯蒂芬·旺哈姆，"阿格尼丝紧追不舍。"还有另一个人你也憎恨——也许不想多想——要是你更愿意这样说的话。"

"事实是，我在改变。我开始看清楚，这个世界上有许多人是无关紧要的。我曾经为他们花费了时间。现在不了。"现在，通向王国的大门，只留下一扇了。

他感到惊讶的是，阿格尼丝说出了这样的话："可是，旺哈姆这孩子显然是你姑妈生活的一部分。她取笑他，可是她又喜欢他。"

"那和喜欢不喜欢又有什么关系呢？"

第十三章　165

"为了讨姑妈高兴，你应该对他也和颜悦色才是。"

"这又是什么道理？"

她脸红了一点。"我是一个守旧的人。一个人应该为自己的女主人考虑，和她的生活保持一致。我们离开后，那就是另一回事儿了。可是，只要我们在享受她的款待，为她着想就是我们的责任。"

她的处世之道获得了胜利。此后，里基尽量和埃米莉姑妈的生活保持一致。埃米莉姑妈看出来他在努力。这场情绪风暴，如同自然风暴经常发生的，在星期日停息了。

星期日上教堂，是卡德夫宅第的一项重大活动，尽管旁人看来很奇怪。豪华的四排座四轮马车在差一刻十一点时来到了宅第前。这时，菲林太太却说："我为什么要这么着急呢？"过了一会儿，她才穿了平常的衣服走下楼梯。她把教堂看作另一种客厅，甚至拒绝戴一顶像样的帽子去那里。全村人都感到震惊，但是同时又感到几分骄傲；村里人会把四排座四轮马车指给陌生人看，对马车里坐着的那个脸色苍白面露微笑的夫人说长道短：总是一个人，总是迟到，她的头发总是乱七八糟地包裹在一条昂贵的披巾里。

这个星期日，尽管像平常一样，姗姗来迟，然而她不是孤零零一个人。彭布罗克小姐，打扮得体面入时，坐在她的身边。里基，看样子貌不惊人却十分虔诚，坐在她的对面。斯蒂芬其实也来了，只是在小声抱怨《万物颂》，他从来受不了这种絮叨。还有《启应祷文》[①]，他听着听着便不知东南西北了，菲林太太见了觉

[①] 《万物颂》和《启应祷文》是两种祈祷文，祈祷形式有所不同。

得很开心。她对这种事情乐此不疲。她看见她的被保护人离开长凳,一脸烦恼,身强体壮,衣装不整,只是一个劲儿地摸索烟袋,心下不由得窃喜。"他去崇拜大自然了,"她小声说。里基没有抬头张望。"你真的不认为他很有魅力吗?"里基没有作答。"有魅力,"阿格尼丝隔着里基的头,说。

在布道期间,菲林太太挨个儿分析她的客人。彭布罗克小姐——平凡无奇,想象力缺乏,可以容忍。里基——不能容忍。"多么迂腐不堪啊!"她思忖。"他身上只有一股大学图书馆的味道。如果他顺了这个路子愚顽下去,也许他会成为一个大学导师呢。"她环顾这小小的教堂:粉刷得雪白的柱子、寒酸的地面、满是洋红圣人的窗户。那位是教区牧师的妻子。那是威尔布拉厄姆先生的圆顶礼帽。啊呸!其余这些会众都是穷女人,一张张死气、绝望的脸——她看见她们一个星期日又一个星期日,却不知道她们叫什么名字——每一排长凳上还星星点点地坐了几个固执的庄稼汉和不学好的小学童。"啊呸!简直是一个黑窟窿!"菲林太太心想,因为她信奉的基督教义准确无误地表达出来就是"大教堂"。"对一个文化女人来说,这就是一个黑窟窿!不过,我倒也不认为这黑窟窿能把我的各种感知磨掉了;我仍然能把这黑窟窿的肮脏看得一清二楚。我的侄儿假装在祷告。呸!伪君子。"她的前方,教区牧师在讲迫不及待、换着花样进行放荡的危险。她对牧师的这番话很器重,便接下去思忖道:"我受不了安逸。安逸就是一种不可饶恕的罪状。新鲜空气!正是新鲜空气,让斯蒂芬·旺哈姆充满活力,容易相处,身强体壮。就是新鲜空气能把人弄死,那我也要让新鲜空气进来。"

第十三章　167

在易卜生主义①的轻薄的面纱下，菲林太太这样思来想去。她想象自己就是一个眼光冷峻的斯堪的纳维亚的女主人公②。没错，她是一个英格兰老夫人，只要不会造成什么损害，她毫不在乎给别人带来一阵寒冷。

阿格尼丝在回家的路上，注意到她的女主人有点急躁。不过，早祷仪式结束后，人早已饥肠辘辘，不是虚汗直流，就是冷汗不断，谁能成为圣人，的确也就在这个时候了。当菲林太太用恶意的口气断言说依靠文学谋生是不可能的之后，她便被客客气气地晾在一边，没人搭理了。烤牛排和佳肴也许还能创造奇迹，阿格尼丝仍然希望一些引见——引见给某些编辑和出版商——她的全部外交手段都用在这方面了。里基不会推介自己。那是他易犯的恶习。他一旦娶到一个妻子，一个可爱的妻子，又知道事业的价值，这对他来说就足够了。

很不凑巧，午餐推迟了十五分钟，在这十五分钟里，姑妈和侄子吵起来了。她一直在辱骂早上的礼拜式，而里基则平静地、沉着地回答道："如果组织有序的宗教算得上什么东西——对我来说是某种东西——那么它是不会被小风琴和无聊的祷告搞砸的。"

菲林太太皱起了眉头。"我真羡慕你。对美没有感觉，是一件了不起的事情。"

"我认为我对美有感觉，如果我不小心，这种感觉就会把我引上歧路呢。"

---

① 在作者青年时期，著名剧作家易卜生在英国知识界很受器重。
② 在二十世纪初，英国文坛对易卜生的作品非常器重，这里所指的女主人公，应该是《海达·加布勒》里的海达·加布勒。

"不过这对我来说倒是如释重负了。我原以为当今的年轻人是不可知论者呢！不可知论不就是剑桥的所有东西吗？"

"剑桥才没有东西是'东西'呢。如果剑桥有几个人是不可知论者，那也是出于一些重大的原因，而不是因为牧师发元音的方式激怒了他们。"

阿格尼丝插话说："哦，我站在埃米莉姑妈一边。我相信仪式。"

"我亲爱的，快别站在我的一边。他只会说你也没有宗教感。"

"对不起，"里基说——也许他也有点儿饿了——"我从来没有提出过这样的事情。我也永远不会提出这样的事情。你为什么不能理解我的看法呢？我差不多感觉出来，你是不会理解我了。"

"我不分日夜地在努力理解你的看法，亲爱的——你的意思是什么，你喜欢什么，你为什么来卡德夫，我在你面前既然这么让你深恶痛绝，为什么你还会住下来不走。"

"午餐备好了，"莱顿说，可是他说得太晚了。他们对牛排和佳肴不再点评了。空气凝重，不祥。就是旺哈姆这男孩都受到了这种气氛的影响，时不时颤抖一下，有一次噎住了，吃过就赶紧回到太阳下面去了。他无法理解聪明人。

阿格尼丝匆匆与里基会面，建议这个惹是生非的人单独散步去。她要靠近一下埃米莉姑妈，为道歉做一些铺垫。

"别太往心里去。没有什么大不了的。"

"我想也没有什么要紧的，亲爱的。不过想一想我们的探望很快就要结束了，好像有点遗憾吧。"

"粗鲁和暴躁都要不得,可是我表现得又粗鲁又暴躁,我已经深感遗憾了,希望她会让我表示歉意。不过从自私的观点看,这根本没有什么大不了的。对我们来说,她还不如旺哈姆这男孩和那个擦靴子的男孩有些用处。"

"你要到哪条路上去散步?"

"我想到那条堑壕去看看什么样子。"他们坐在台阶上。他伸出手指指向卡德伯里圆环阵地,然后把手放在她的肩上待了一会儿。"你在改变我,"他温情地说。"上帝派你降福来了。"

他喜欢散步。卡德夫是一个很有特色的村子,他在磨房旁边的桥上徜徉许久。桥下的河水清澈见底,好像根本就没有水,只有一些看不见的物质,欢快的小鱼儿和野草在其中微微颤动。他又在罗马十字路口停下来,瞬间想起了那个不知名的孩子。铁轨转弯很急: 当然危险多多了。然后,他展眼向丘陵草原望去。堑壕看上去好似茶碟的边缘,越过堑壕窄窄的线条窥得见那棵中央树的树梢。堑壕看上去令人神往。他急匆匆向前赶去,把风儿留在了身后。

圆环阵地不怎么触目,却令人称奇。两边的堤岸都没有超过十二英尺高,上面的草也不像古老的塞勒姆的绿草那般优美,而显得灰蒙蒙一片,铁丝一般坚硬。然而,大自然已经作了这样的安排(如果大自然安排一切的话),无论怎样都会有一番景象。这一带乡村的全部体系展现在里基面前,他很快看出了其中的奥妙,而他在费尽周折的骑马出游中一点也没有获得。他看见所有的流水如何在索尔兹伯里汇集起来;索尔兹伯里如何蜷伏在一片浅滩盆地,土壤在这里截然发生变化。他向北边的大平原望去,卡德河从那里奔泻而下,一个支流突然分离出来,如同那些白垩河流一样：一个村庄围绕河水沿岸而建，树木把村子遮挡起来。他看见了古老的塞勒姆，看见了埃文河谷的边缘，还看见了巨石阵那边的土地。转过身去，他又看见了那片并不特别触目的广袤树林，仿佛丘陵草原也需要剃一剃胡须；通往伦敦的公路钻进了树林，把路边的灌木丛覆盖上了一层白色尘土。白垩造就了白色尘土，白垩造就了清澈的溪水，白垩造就了土地清晰的弯曲轮廓，映衬出了绿草和远处树木的树冠。这里是我们海岛的心脏：奇尔特恩丘陵、北丘陵草原、南丘陵草原，从这里向四方辐射开来。英格兰的一条条筋脉在威尔特郡联合起来，我们五体投地膜拜它，应该在这里树立我们民族的神龛。

人们那个时候在试图思考帝国版图。里基纳闷儿他们是怎么思考的，因为他无法想象出一个比英格兰更大的地方。另一些人在谈论意大利，我们大家的精神家园。也许，意大利确实不同凡响。然而，他目前想象到意大利只是些充满异国情调的东西，受到敬仰，受到尊敬，但是没有这些朴实无华的田野让人爱戴。他掏出来一本书——他高兴的时候自然会想到阅读，大声地朗读——有那么一会儿，他朗朗的读书声打破了这欣欣向荣的下午的宁静。一本雪莱的书，打开书中的段落，是他两年前非常喜爱的诗篇，在书页边上批了"很好"二字。

> 我从未属于那个庞大的一族
> 它的教条是每个人应该挑选
> 这世界的一个情人或一位朋友
> 其余所有的人虽然公平或聪慧

第十三章

却埋于无情的忘却——尽管它隶属
现代道德的准则，那条走出来的路
那些可怜的奴隶在上面步履蹒跚
在死人堆里缓缓走向他们的家园
借助这世界宽阔的大路——走啊走
与一个伤感的朋友，抑或提防的对头，
开始那最沉闷最漫长的旅程。

诗句"很好"——精美的诗篇，而且，在某种程度上，很真实。然而，他惊奇地发现，他曾经那么心潮澎湃地选择了这些诗句。这个下午，它却似乎缺少了一点人性。两英里远的地方，两个情人结伴而行，所有的村民都能看见他们。他们不在乎任何人；他们只感受到了彼此间的触碰，相携前行，默然而忘我，穿过田地。里基感觉到他们比雪莱更接近真实。哪怕他们受苦，吵架，他们也更接近真实。他不知道他们是不是亨利·亚当斯和杰希卡·汤普森，同属这个教区的教民，上午在教堂里第二次问起他们被逐出教门的禁令。为什么他不能依靠每星期十五先令结婚？他望着他们，敬意油然而生，希望他不是一个无事生非的人士。

没多久，他看见了一些不怎么舒心的东西——他姑妈的小马车。马车已经穿过铁路，正向沿路堆了麦秸垛的罗马路走来。他的兴致渐渐暗淡，但是有人在向他挥手。那是阿格尼丝。她不停地挥手，显然是在说："等着我们。"菲林太太自己也举起了马鞭，一副爱搭不理的样子。斯蒂芬·旺哈姆徒步跟在后面，和马车有一段距离。他把雪莱诗集装回自己的口袋，等待他们到来。

马车停在围栏边,他从堤岸走下来,帮扶她们下车。他感觉相当紧张。

他姑妈冲他露出她那惯有的令人不安的微笑,但是却令人相当放心地说:"圆环阵地是不是很不小啊?阿格尼丝和我到这里来,是因为我们想给早上的礼拜仪式送上一剂良方。"

"叮当!"教堂的钟声突然响起来;"叮当!叮当!"钟声听起来小气且滑稽可笑。他们几个都笑起来。里基脸红了,而阿格尼丝使了个眼色示意"道歉",随后三步并作两步赶往堤岸,仿佛难以抑制自己先睹为快的心情。

"小马不会乱走的,"菲林太太说。"让斯蒂芬来把它拴上吧。你愿意陪我向中央那棵树走走吗?哎哟!我累了。快把你的胳膊给我——除非你也累得不行了。"

"我不累。我赶过来就是希望帮扶你的。"

"看你说话多么好听。"她把里基显而易见的无私和斯蒂芬的生硬进行对比。斯蒂芬从来不会赶来帮你一下。但是,如果你抓住了他,他倒是也很可靠。他在关键时刻不会摇摆,不会屈节。她想象中,把里基和那叮当作响的教堂钟声作比较,把"叮当!叮当!"的响声送到了乡村,而斯蒂芬呢,则好比据说躺在地里守候异教徒金块儿的年轻异教徒。

"这地方到处都是幽灵,"她说;"你看见过吗?"

"我一直待在外沿很远的地方,看不见的。"

"小路在这边。"他曾经坐过的那溜青草,一道间隙穿过其间,是轻便四轮马车碾出来的,现在农用马车也从中通过。这条间隙顺着古时候的旧道,直接穿过甘蓝地通向第二圈的一条相似的间隙,如此一圈套一圈,穿过更多的甘蓝地,直到中央的那

第十三章　173

棵树。

"叮当！"他们刚刚来到入口处，教堂的钟声又响起来。

"你不用卸下挽具，"菲林太太吆喝起来，因为斯蒂芬正走向马车。

"是的，我知道。"斯蒂芬回应说。

"你知道，是吗？"菲林太太面露微笑，嘟哝说。"真希望你这弟弟不要这么不知天高地厚。我们往前走吧。教堂钟声没有让你分神吧？"

"钟声传到这里很弱，"里基说。这时身在圆环阵地里钟声听起来就更加弱了，尽管土墙不厚也不高；视野呢，虽然没有遮挡住，却极大地缩小了。他一时间想起来马丁莱附近的那个白垩坑，那里的防御墙把习以为常的世界挡在了外边。阿格尼丝在这里，因为她曾经来过这里。她站在更远的那道土墙上，看见他们穿过了这营地的中心，等待他们的到来。

"眼馋我的甜菜吧。"菲林太太说。"据说，它们长得这么旺盛，是因为那些死去的士兵。这个想法是不是很有味道？我需要和你的弟弟讲讲这事儿吗？"

"旺哈姆吗——？"他反问道。这是第二次她在做小小的试探了。她点了点头，他问她这块罕见的战场上有什么样的幽灵在游荡。

"魔鬼，"她的回答脱口而出。"他靠在中央的那棵树上，尤其在星期日下午，所有他的崇拜者都会从甘蓝中站起来，围着他跳舞。"

"啊，这些人都是体面的人，"他回答说，向下望去——"他们是士兵和牧羊人。没有幽灵。他们崇拜战神或者潘神——也许埃尔达①；反正不是魔鬼。"

"叮当！"教堂的钟声响过，一切安静下来，因为下午礼拜仪式已经开始了。他们走进了第二道堑壕，在高度、宽度和结构上与第一道堑壕相似，把视野阻隔得更多了。他的姑妈接下来还是很友好。阿格尼丝站在一旁观察他。

"士兵在过去也许还算体面吧，"她接着说。"不过要等到他们成为从布尔福德营地来的抢走鸡的英国兵。"

"我不计较布尔福德营地，"里基说，一边在徒劳地寻找雪白的帐篷的迹象。"那边的人是这边的人的儿子，回到故乡来了。战争很可怕，不过人们喜爱一切连续性。没有人会计较一个牧羊人。"

"当然！你兄弟是干什么的？——一个地地道道的牧羊人。看看他把你烦成了什么样子！别太感情用事了。"

"可是——哦，你是说——"

"你的兄弟斯蒂芬。"

他不知所措地看了她一眼。他过去还从来没有发现她如此古怪。也许，这是他不曾捕捉到的某个文学形象吧；然而此刻她的脸上并没有显示文学的迹象。他使用了那种对虚弱的长者说话的恭敬口吻，说："斯蒂芬不是我的兄弟，埃米莉姑妈。"

"我亲爱的，你是那种较真的人。一个人说话总不能每次都说'半个兄弟'②吧。"

---

① 歌剧《尼伯龙根的指环》中的智慧女神。
② 英语 half-brother，一般应翻译为"异父兄弟"或"异母兄弟"。这里因为里基还没有弄清楚是父亲这边的还是母亲那边的，且翻译为"半个兄弟"。

他们来到了那棵中央树的跟前。

"你把我说糊涂了,"他说,放开了她的胳膊,开始大笑起来。"我怎么能有一个'半个兄弟'呢?"

她没有作答。

接着,恐惧一下子朝他扑上来,他把恐惧挡了回去,说:"我不会被吓着的。"中央的那棵树旋转起来,随后便消失了,他看见一间屋子——他父亲在城里曾经住过的屋子。"慢点儿,"他跟自己说,"慢点儿。"

他还在笑,说:"我,有一个兄弟——弟弟——不可能。"恐惧再次袭上来,他大声说:"这是弥天大谎!"

"我亲爱的,我亲爱的!"

"这是弥天大谎!他不是——我担当不起——"

"我亲爱的,你尽可以说些体面的事情,可是别忘了对他来说更糟糕——对你的兄弟来说,对你的半个弟弟来说,对你的弟弟来说,更糟糕啊。"

但是,他接下来没有再听见说话的声音。他注视着历史,他最近曾经称赞过的历史,现在却张开了大口,如同一个亵渎的坟墓。他不管怎么转身,历史都把他团团围起来。它采取了看得见的形式:它就是这圆环阵地的双层堑壕。他的嘴变得冰凉,他知道他要在死者中间晕过去了。他开始奔跑,找不见出口,在那道内土墙上跌跌撞撞,一头扎进了黑暗中——

"把他的头放下,"一个声音说。"让血流回他身上。他就需要这个。把他交给我吧。埃里奥特!"——血回到了他的身上——"埃里奥特,醒醒!"

他醒过来了。他刚才还害怕的土地就在他的眼前,看起来很美丽。他看清了泥土的结构。一只小甲壳虫在一片草叶上打秋千。在他自己的脖子上，一只人手在按摩，引导血液回到他的脑子里。

他发出了一声尖叫，不是因为惧怕，而是因为接受事实。在短暂的瞬间，他全明白了。"斯蒂芬——"他开口叫道，接着他听见有人叫自己的名字："里基！里基！"阿格尼丝从她所在的圆环阵地边上的位置赶过来，仿佛也明白了怎么回事儿，一下子把他揽进了怀里。

斯蒂芬主动来帮助他们往前走，却发现他只能添乱，便站到了一旁，让他走过去，自个儿向里边溜达。整个战场，两层同心圆环阵地，历历在目，宽阔的甘蓝叶子在劲风中哗啦啦作响。彭布罗克小姐和埃里奥特向卡德夫的村口走去。菲林太太则站在对面的堤岸上观看。斯蒂芬不是一个刨根问底的孩子；但是，当他依靠在那棵树上时，他在捉摸到底是怎么回事儿，他是不是还能弄清楚。

第十三章　177

第十四章

在回去的路上——正好是他上行路上曾经停下来的那个平交道口——里基突然停下来,告诉阿格尼丝他晕过去的原因。直到这时候,她询问半天也没有得到回答。他说话没有了调子,严厉而粗鲁地把真实情况告诉了她,她吓得惊叫一声,躲到了一旁。然后,他说话的口气才发生改变,大声问道:"你会在乎吗?你要计较下去吗?"

"当然我在乎,"她小声说。她转过身去躲开他,看见天际有两个人影,一眼看上去非常庞大。

"他们在观察我们呢。他们站在堑壕沿儿上观察我们。这一带乡间非常开阔——你——你不能——他们观看我们到哪里去。当然你在乎了。"

他们听见火车隆隆的响声,她立即振作起来。"来吧,我亲爱的,我们很快会被火车碾着的。我们正在谈论一些没有意义的事情。"不过,回去的路上,他重复道:"他们还能看见我们呢。他们能看见这条路的每一寸地方。他们会一直目送我们的。"他们来到台阶前,毫无疑问,那两个人影还在圆环阵地的外圈注视。

她立即把他打发进他的房间:他几乎到了歇斯底里的边缘。莱顿为她端来一些茶,她坐在那块小平台上把茶喝完。当然她很在乎。她又一次受到了反常局面的威胁。一切看起来好像都很光明，都很简单，都很符合她的想法；接下来，如同一具尸首，这种恐惧就浮到了表面。她看见那两个人影走下圆环阵地，停下来，等着另一个人给小马套上马车；她看见他们赶车下来，知道用不了多久她就要面对他们，面对这个世界。她瞅了一眼她的订婚戒指。

马车走过来的时候，菲林太太下了车，但是没有讲话。倒是斯蒂芬问起里基的情况。她几乎连自己的说话的声音都听不出来，回答说：里基有点累了。

"快去把小马拴起来，"菲林太太厉声说。"阿格尼丝，给我一杯茶喝。"

"茶泡得很浓，"等马车离去，只剩她们两个了，阿格尼丝说。然后，她注意到菲林太太深感不安。她的嘴唇在哆嗦发抖，而她又看见那个男孩子离去时显然松了一口气的样子。

"你知道吗，"她迫不及待地说，仿佛在抢时间说话——"你知道里基为什么心烦意乱了吗？"

"我当然知道。"

"他告诉别的什么人了吗？"

"我相信没有。"

"阿格尼丝——我做了一次傻子吗？"

"你一直非常不和善，"这姑娘说，她的眼睛里充满了泪水。

一时间，菲林太太深感恼火。"不和善吗？我可是一点都没有看出来。我主张当面把事实说清楚。里基到了一定时候必须看见他的幽灵。今天下午怎么就不行呢？"

阿格尼丝毫不妥协地站了起来，然而眼泪还是抢先一步流下来了。"不是那么回事儿。你告诉他是想伤害他。我想不出你这

第十四章　179

样做还会为了什么。我认为午餐后他对你不礼貌，所以你就这样对待他。这是一种下流的软弱的报复。"

"怎么——如果是一个谎言又会怎么样呢？"

"那么，菲林太太，你的行为令人厌恶。没有别的词儿。令人厌恶。我深感遗憾——像我自己这样什么都不是的人——这样跟你讲话。你怎么，啊，你怎么能降低自己的身份呢？哦，就是一个穷人也不——"她的气愤很正当，很真实。可是，她的眼泪不再往下掉了。如果他们不真的是兄弟，没有什么事情能威胁到她。

"这不是一个谎言，我亲爱的；坐下来。我庄重地发誓。这不是一个谎言，不过——"

阿格尼丝等待下去。

"——如果我们愿意，可以称为谎言。"

"我不是一个三岁小孩儿。你把话说出来了，我们大家都必须承受痛苦。你已经得到了你的乐趣。我敢说你这样干，就是为了取乐。你把话收回去也没有用。他——"她用手指向马厩，没有把话说完。

"我不会做两次傻子了。"

阿格尼丝没有听懂。

"我的傻姑娘，难道你没有听明白么？我没有告诉斯蒂芬一个字，无论过去还是现在，都没有。"

接下来是一阵长长的沉默。

的确，菲林太太处在一个尴尬的位置。里基已经让她很不安了，而且，她只管一心想让里基震惊，可她已经威胁了自己的平静。她在山坡上把恐惧一下子全给了里基，当时她曾经感到那么不落俗套，可圈可点。可是现在呢，恐惧正在向她袭来。假设这桩丑闻传出去，斯蒂芬绝对不知道事情的轻重，一准会迫不及待地告诉别人。他不受宗教约束，有什么话都会说出来；他也许还会尽量把话往坏处说呢。不管怎么说，她在街坊邻里眼里是个有身份的人物；她被人们挂在嘴上，受到尊敬，为人仰慕。不管怎么说，她在变老。因此，尽管她对里基、对阿格尼丝、对斯蒂芬、对斯蒂芬的父母亲，都没有真正关心过，甚至对斯蒂芬的父母亲的悲剧还推波助澜，然而，现在她却感觉到，一旦这桩丑闻为人津津乐道，就会打破卡德夫的和谐，因此便努力往回收步。耸人听闻的话，张口就能说出来，可是要与令人震惊的任何事情联系起来就难上加难了。生和死虽然还谈不上，但是舒服与不舒服却是明摆着的。

沙砾路上传来了脚步声，沉默终于打破了。阿格尼丝仓促地说："真的是——他一点都不知情吗？"

"你、里基和我，是知道这件事儿的仅有的三个活着的人。他认识到了他的处境——说到底也就是有时候有所警觉罢了。至于他的身世，他并不知道，也不关心。我估计，等我死了他才会知道。遗嘱已经立下了。"

"埃米莉姑妈，在他到来之前，我一定要对你说，我对你失礼了，很对不起。"

菲林太太对她的勇气表示喜欢。"我亲爱的，你说出来就好。这个星期日，我们大家都失常了。快重新坐到我的身边吧。"

阿格尼丝乖乖坐到了她的身边，两个人一起等待斯蒂芬的到来。她们都是机灵人儿，彼此心照不宣。这件事儿必须销声匿迹。这个女庇护人必须挽回她的坏脾气造成的后果。那姑娘呢，则必须把未来的丈夫家族里的污点藏匿起来。为什么不呢？谁受到伤害了吗？一个成年人认下一个成年兄弟，有什么意思？里基在楼上，这下得救了，他应该对她们感激涕零才是。

"斯蒂芬！"

"是了。"

"我跟你待累了。快去海里洗个澡吧。"

"好吧。"

整个事情总算解决了。她不喜欢大惊小怪，而他也一样。他坐在台阶上，把靴子带子解开。这下他就准备好了。菲林太太把两三个沙弗林①放在他前面的台阶上。阿格尼丝试图进行谈话，眼睛转向他处，说：大海距离不近呢。

"大海一路下坡就走到了。我就知道坡下是大海。"他把钱一把抓过来，喜滋滋地说：在这种事情上，他像一个小孩子家一样，给钱花就行。然后，他上路了，不过走得很慢，因为他打算走到明天早上呢。

"他一去就是好几天呢，"菲林太太说。"这场喜剧收场了。我们进屋吧。"

菲林太太回自己的房间去了。这场风暴是她闹起来的，却砸了她自己的脚面。不过，因为风暴目前平息了，她又拿出那种解放了的老样子，把一场风暴称为一场喜剧了。

至于彭布罗克小姐，她不再装出被解放了的样子。像"斯蒂芬·旺哈姆"这样的人，就是社会响雷，要不惜一切代价或者几乎不惜代价避免才是。她的喜悦发自内心，于是迫不及待地赶上楼去，和里基分享。

---

① 旧时英币单位，约等于一英镑的金币。

"我不认为我们做得对，我们就会得到回报，但是如果我们撒谎，我们会受到惩罚。眼下时兴对诗的公正耻笑，可是我就对诗的公正相信一半。在河流上投放苦面包，许多天后苦面包会回到你跟前①。"这些话是菲林太太说的。这也是斯图尔特·安塞尔的观点，他是一个讲究实际的人。里基正在给安塞尔写信，阿格尼丝带了好消息进来了。

"亲爱的，我们得救了！他不知道，而且是从来都不知道。我真不知道怎样告诉你我有多么高兴。整段时间我们都看见他们两个站在那里，可她没有向他透露一点风声。她过去一直让他置身事外，免得你让事情外露了。啊，我喜欢她！她也许不够明智，但是她很正派。她说过：'我做过一次傻子，可是我不能做两次傻子。'你一定要原谅她，里基。我已经原谅她了，她也原谅我了；因为一开始我非常生她的气。啊，我亲爱的情郎，我太高兴了！"

他在浑身打颤，不能回答。最后，他才说："她为什么还没有告诉他呢？"

"因为她恢复了理智。"

"可是她不会这样对待人。她一定告诉他了。"

"为什么？"

"因为斯蒂芬必须被告知这样一件真实的事情。"

"这样一件真实的事情？"那姑娘重复一遍，把眉头拧得紧紧的。"可是——可是你难道对这个结果并不高兴吗？"

---

① 英文 cast one's bread upon the waters，"不图报答做好事"、"行善"等意；原文把 one's 改为 bitter，意思正好相反，有"忘恩负义"、"作恶"等意。这里按字面意思译出；这句英语出自《旧约·传道书》11 章 1 节。

第十四章

他在埋头写信。"我的天——不是的!可是这是一件真实的事情。她必须告诉他。我自己都差一点告诉他——就在那里——他按着我往地上看,可是你正好阻止了我。"

老天爷竟然也在看护他们啊!

"她不会告诉他的。我对此很有把握。"

"那么,阿格尼丝,亲爱的"——他把她拉到了写字台边——"我们必须一起交谈一会儿。如果她不会说,那么我们应该说。"

"我们告诉他吗?"那姑娘叫喊出来,吓得脸色发白。"一切事情都安排得顺理成章了,现在反倒要告诉他吗?"

"你看看,亲爱的"——他把她的手拉起来握紧——"一个人所必须做的是,把事情想明白,然后正确地解决了。我现在还在浑身打颤,糊里糊涂。我看出来这件事情和别的事情掺和在一起。我想要你帮助我。在我看来,好像在生活中我们在不同的地方遇上了一个人或者事件,具有象征意义。它本身算不得什么,可是暂时它就代表了某些永恒的原则。我们接受了它,不管多大代价,也就是接受了生活。但是,如果我们害怕了,拒绝了它,可以说,暂时对付过去了;象征再也不会呈现了。这是胡说八道吗?一旦一个象征呈现在我面前了——我就应该告诉你怎么回事儿;不过,我已然接受它了,很焦虑,很排斥,但是很珍惜它,而且最终我会得到回报的。这时还不会有回报,我想,从这样一个人——这样一个人的儿子那里是不会得到回报的。可是,我想做正确的事情。"

"因为做事正确本身就是报答,"阿格尼丝急切地说。

"我没有那样想。我还没有见到过几个先例。做事正确就是做事正确。"

"我认为你所说的一切都是无比聪明的；但是因为你在问我，那么我就要说：这是胡说八道，亲爱的里基，绝对胡说八道。"

"谢谢你，"他恭顺地说，开始抚摸她的手。"可是我所有的反感，我对父亲的极度气愤，我的爱为了——"他突然不说了；他不能容忍提起他母亲的名字。"我一心想说的是，我不应该过分顺着这些冲动做事儿。还有别的事情呢。真实。我们准确地了解每个人的责任，不管他是多么卑劣。远离理想。"（这点上她已经赢得了这次战斗）——"把理想放在一边儿，我做不到与他见面并且还保持沉默。那样就不是我了。我应该一口气把它说出来。"

"可是你不会与他见面的！"她叫喊起来。"现在一切都安排好了。我们把他打发到大海那边去了。难道这不是很凑巧吗？他已经走了。我自己的情郎不会异想天开，是吧？"然后她很老到地和异想天开行为斗争。"还有，随便问问，你所谓的'象征性时刻'已经过去了。你在圆环阵地那里看到了象征性时刻。你试图告诉他的。我打断了你。这不是你的错。你尽力了。"

她想出了这一不同凡响的逻辑的理论，发现他看上去情绪阴沉，感到很吃惊。"他就这样到海边去了。目前他会安心待在那里的。埃米莉姑妈说起过他吗？"

"没有。如果你希望知道清楚，你明天可以问问她。好好儿地问她。如果你不会区别朋友，那是很可怕的，而且——"

"这是什么？"

这是斯蒂芬在马车道上喊叫。他已经回来了。阿格尼丝绝望地把手狠狠地抽了出来。

"埃里奥特！"有人喊叫道。

他们面面相觑，不说话，不动弹。然后，里基走向了窗户。那姑娘一下子窜到了他跟前。他心想，他从来没有看见她如此美丽，楚楚动人。她毫不掩饰地挡住他，张开双臂，不让他前去。

"埃里奥特！"

他走过去——为了什么？他跟自己假称说，他要先看见弟弟才回答；先看见了，与他打招呼也更容易些。但是，在他的灵魂背后，他知道这个女人已经占了上风了，他走过去与他打招呼。"如果他再喊我——"他心想。

"埃里奥特！"

"呃，如果他再喊叫一次，我就回答他，不管他多么卑劣。"

斯蒂芬没有再喊叫。

斯蒂芬真的是回来吸烟的，不过走过窗户时他想起了那个被"夹住"（菲林太太说一点也不严重）的可怜家伙，决意向他告别一声。顺着河流走向黑暗中时，他不止一次纳闷儿一个人怎么能瘦弱成那个样子——不能骑马，不能游泳，对什么事情也没有兴趣，就只关心书和姑娘。

他们热烈地拥抱在一起。这一危险把他们俩撮合得更紧密了。他们都需要一个家，对付这个险恶的混乱的世界。多少年的繁忙劳累和苦苦等待，横卧在他们和家庭之间啊！里基紧紧地搂抱着她，说："你进来时我正在给安塞尔写信。"

"你该回他信没有回吗？"

"不是。"他顿了一下。"我写信告诉他这件事情。他会帮助我们的。他总能抓住要害。"

"亲爱的,我不喜欢说什么话了,我知道安塞尔先生会保守秘密的,不过难道我们自己没有抓住要害吗?"

他放开了她,把写好的信撕掉了。

第十五章

纯洁的观念是一种令人迷惑的东西,有时甚至是一种可怕的东西。它看起来高贵无比,然而它在一个人身上却是以道德出现的。不过,这是一种危险的引导,能让我们不仅脱离仁慈的东西,还能让我们远离美好的东西。阿格尼丝陷入这种混乱之中,过去一直盲目地追求纯洁,部分是因为她是个女人,纯洁一直对她很重要,远远超过纯洁对于一个男人的意义;部分是因为虽然危险却显而易见,纯洁不需要理性的判断。她没有感觉到,斯蒂芬享有充分的人权。他是私生的,反常的,比一个有病的人还糟糕。而里基,深知他是谁的儿子,渐渐地便采纳了她的观点。他弟弟已经从他身边过去,没有再打扰,他也转忧为喜了,那个"象征性时刻"已经被否决了。斯蒂芬是罪恶的果实;因此,他就是罪恶的。他,也成了一个性欲的势利小人。

这下,他必须听那些令人倒胃口的细节了。那天晚上,他们坐在围墙的花园里。阿格尼丝,按事先的安排走开了,留下他和姑妈两个人待在一起。他问她话,她却没有按他的问题回答。

"你受到了震动,"她说,声音生硬而嘲弄。"让你震动一下非常不错,我不希望让你进一步忍受痛苦。我们以后不再提这个碴儿了。我们大家该怎么生活,还怎么生活吧。这场喜剧结束了。"

他不能容忍这个。他的神经受到了冲击,他身上一切美好的东西都在反抗。阿格尼丝待在还能听见他们说话的地方,不顾她的恐惧,他回答说:"你过去让我迷惑不解,埃米莉姑妈,不过我总算弄懂你了。你忘记了别人会有什么感受。没完没了的自私导致了这样的做法。我现在看清楚你如何看待这个世界了。'让你震动一下非常不错!'如果走得了,我想明天就走。"

"当然,亲爱的。明天早上的火车最合适。"于是,这次灾难性的拜访结束了。

他往宅第回返的时候,碰上了一个可怜的女人,她的孩子是斯蒂芬在那个平交道口救下来的。这个女人迟疑一会儿,还是决定过来亲口向这位和蔼的绅士说声谢谢。"他有一些野蛮的勇气,"里基想,"他没有把这救人性命的事情到处吹嘘,倒也正派。"然而,他已经给这男孩贴上了"坏"的标签儿,一下子让他转变得品质纯正,难于登天。他更愿意想到斯蒂芬的粗鲁行为,他的下流的忘恩负义,他的宗教反叛。根据这些毛病,他把斯蒂芬构建成了一个令人厌恶的形象,忘记了在过去的一个星期里,他自己的种种感受是多么不开化,他对所有不是爱情的东西的态度是多么教条,是多么不可容忍。

在他打点行李的时候,他不得已上到阁楼寻找那部一直没有还回的林中女神的手稿。莱顿也跟上楼来,他们在蜡烛闪耀的光亮下寻找了一个小时。这阁楼是一个古怪的阴森森的地方,当一幅画儿向里基游过来时,他着实吓了一跳,看见尼多斯的得墨忒耳女神幽光闪闪,一色银灰。莱顿提议到屋顶上找一找:斯蒂芬先生有时会把东西丢到屋顶上。于是,他们从天窗钻了出来——夜静得出奇——接着在山墙里寻找。繁星满天,在头顶闪烁,屋顶横横竖竖都是缝隙,又深又黑。"找不到算了,"里基说,突然间认定他这么折腾到底也是白费劲儿。"啊,我们还是好好找找吧,"莱顿说,一个心地善良为人随和的人,尽管刚才支支吾吾不想上来,但是既然上来了就用心真诚,为他人着想。功夫不负有心人:手稿放在下水槽里,又黑又脏,面目全非。

那年接下来的日子,里基有一半时间躺在床上——他身体莫名其妙地垮掉了——有一半时间在努力为他的那些短篇小说寻找出版家。他写出了八九篇东西,希望合起来出一本书,这本书的名字也许叫做《潘神在唱》。他对这事儿投入了很多精力;他喜欢工作,因为一些不易察觉的青春年华已经从这个世界逝去了,他在人们身上不再能找到如此敏锐的乐趣了。菲林太太过去的出版商,这本书交给了他,但是他回复说,他们自己对书非常感兴趣,但是他们目前还没有办法开价接受。他们非常客气,还专门挑出一篇故事赞扬——《安丹特·帕斯托拉尔》,里基原本认为这篇东西过于情绪化,但是阿格尼丝却极力说服他收了进去。这些短篇故事又寄给了另一家出版商,他们考虑了六个星期,然后退回来了。一块小红布,阿格尼丝夹进了书页里,连地儿都没有挪动一点点。

"你不能试着写一个长一点的东西吗,里基?"她问道。"我相信我们搭错车了。尝试一个百分之百的爱情小说。"

"我现在的打算就是把种种感情转移到边缘地带。"她点了点头,敲了敲桌子要侍者过来。他们在一家伦敦餐馆会面。"我不能飞翔;我只能暗示。正是在可以暗示的地方,音乐家们可以往下演奏,因为音乐是有翅膀的。当她说'特里斯坦'而他说'艾索尔德'[1]时,你马上就激情澎湃了。人们说爱情音乐是矫揉造作

---

[1] 这里是在谈瓦格纳的著名歌剧《特里斯坦》和《艾索尔德》。

时,他们的意思是说什么呢?"

"我知道他们是在说什么,尽管我不能解释得非常清楚。要么,你不能把你的短篇小说写得更明快一些吗?我认为写明快一些没有什么害处。威利表叔茫然不知所措,读不下去。他没有读多少,很快就晕头转向了。我不得已进行解释,这下他才恍然大悟了。当然,写给广大读者看,确实是另一回事儿,挺可怕的。你有某些观点,可你一定要表达出来。难道你就不能把它们表达得更加清楚明了吗?"

"你看啊——"他没法儿深说,只能说"你看啊"。

"灵魂和肉体。灵魂是重要的,"阿格尼丝说,再次敲响桌子要侍者过来。他钦佩地看着她,不过觉得她不是一个十全十美的批评家。也许,她太完美了,反倒成不了批评家。实际的生活也许对她太真实了,她无法把影子和金刚石的结合看出来,而这正是人们叫做诗的东西。他甚至不能进一步说明白,她没有他本人聪明——可他已是一个愚不可及的人哪!她不喜欢讨论任何事情,或者阅读有分量的书,有些女人爱讨论爱读有分量的书,她还挺生气。他很高兴做出了这些让步,因为这些让步没有触及他认为有价值的东西。他环顾一下这座位于索霍①地区的餐馆,认定她是无可比拟的女人。

"两点半钟,我去拜访《霍尔本》杂志的编辑。他要了一篇迷途的短篇故事看看,已经为它写出了评论。"

"哦,里基!里基!你为什么没有穿上一件前胸上浆的衬衫!"

---

① 英国伦敦一地区,多夜总会及外国饭店。

他呵呵一笑,逗她玩耍。"灵魂是重要的。我们文学人士不在乎穿戴。"

"喔,你应该在乎。我相信你是在乎的。你不能换一换吗?"

"来不及了。"他在南肯辛顿有房间。"我忘记我带来名片盒了。给你一张名片。"

她摇了摇头。"淘气,淘气的孩子!你拿这个干什么用?"

"送上我的名字啊,或者当作一张小纸片,往上边记点儿什么。喂喂!蒂利亚德来了!"

蒂利亚德脸红了,部分原因是六月他犯下的那次过失,部分原因是这家餐馆。他解释他如何来到索霍像猪一样生活:这里太方便了,而且也太便宜了①。

"这也正是里基为什么带我来这里的原因吧,"彭布罗克小姐说。

"我估摸你到这里是为了研究生活吧?"蒂利亚德说着,坐了下来。

"我也不清楚,"里基说,环视了一下侍者和顾客。

"一个人为了写作非得见习很多生活吗?索霍就是一种生活——骗子多,快活多。"

阿格尼丝也抓住侍者不放,应把钱付了。她总是为人买单,里基对待自己的钱包一贯糊里糊涂。

"我吃撑了,"蒂利亚德接着说,"很自然,我目前接触人很少。但是,以后我希望多见识见识。"他的脸又红了一点,因为他在谈论里基的教诲。"只有狭窄的或者学究式的世界观,是根本

---

① 原文为法语。

行不通的,你们不认为么?像安塞尔这样的人,从剑桥到家,从家到剑桥,两点一线哪成——有时间一定要找他谈谈。"

"不过安塞尔是个哲学家。"

"一个非常古怪的人,"蒂利亚德不管不顾地说。"不是我观念中的哲学家,他的论文怎么样了?"

"他一直没有给我写回信,"里基回答道。"他永远不会回信了。六月以来,我还没有听说他的任何消息呢。"

"他今年提交论文有点遗憾。今年优秀的人太多了。如果他等一等,会得到一个更好的机会。"

"我也这样说,可是他不想等了。他对那个特别的题目还特别上心。"

"什么题目?"阿格尼丝问道。

"物质是真实的,对不对,蒂利亚德?"

"八九不离十吧。"

"呃,愿他走运!"这姑娘说。"愿你也走运,蒂利亚德!我希望,以后我们还会相见。"

他们道别了。蒂利亚德喜欢她,尽管他没有感觉到她完全置身他的社会阶层①了。他的妹妹,比方说,从来不会被引诱到索霍地区的一家餐馆来——除非为了体验这事儿本身。蒂利亚德的社会阶层允许各种体验。倘若他的心灵没有出来关照穷人和异教徒们,那他现在可以盯住他们不放,爱怎么看就怎么看。因为那样才是观察生活。

阿格尼丝把自己的情人安全地送上了一辆剑桥广场的公共汽

---

① 原文为法语。

第十五章

车。她冲他喊叫,说他的领带从领子里出来了,但是他没有听见她说什么。有那么一会儿,她感觉很难过,非常逼真的想象到他那副样子会给那个编辑大人造成什么印象。那位编辑是一个四十来岁的穿戴整洁的高个子男人,讲话慢悠悠的,灵魂慢悠悠的,属于出类拔萃的那种人。他和里基坐在壁炉旁,他们身后是一张巨大的桌子,上面堆满了等待写评论的书。

"我有些遗憾,"他说,停顿了一下。

里基羸弱地笑了笑。

"你的故事不能令人信服。"他敲了敲手中的那篇东西。"我读过了——兴趣盎然。在一些地方它令人信服,但是整体看来不能令人信服;短篇小说,难道你不认为,应该整体上令人信服吗?"

"当然应该,"里基说,一下子陷入自我贬低的情绪。但是,这位编辑没有让他说下去。

"不——不。请别这样说话好吧。我受不了听别人说那些有碍想象力的话。发挥想象力的方式很多——神秘的、超自然的、所有你试图去做的事情,等等,我希望你都能取得成功。我不反对发挥想象力;恰恰相反,我建议你培养想象力,提升想象力。写出一篇真正的优秀的幽灵的故事,我们马上接受发表。要么"——他建议想象力的另一种选择——"要么你可以深入生命里边去,这是值得一为的。"

"生命?"里基急促地回应道。他打量了一下这间喜气洋洋的房间,仿佛生命可以在这里展翅飞翔,像一只被圈养的鸟儿。然后,他看了看那位编辑;也许,他此时此刻就坐在生命里边呢。

"洞察生活，埃里奥特先生，然后寄给我们另一篇故事，"他把手伸出来。"我很遗憾我不得不说'不，谢谢你'；更高兴说'是，请吧'。"他把手放在这个年轻人的袖子上，补充说："哦，那篇评论不会过分让人惊慌吧，对吗？"

"我不认为我们两个是那种遇事就惊慌的人，"里基应该这样回答却没有当场说出来。这话是他事后在公共汽车上想出来的。他当场只回答了一声"哦喔"，伴随了咯咯的笑声。

他转身向西边走的时候，他的脸拉长了，他的眼睛或左或右迅速地来回转动，仿佛他在乱糟糟却很时尚的街道上探索某种东西——某种鸟儿在展翅飞翔，某种光线构成了拱道，某个神灵的脸从海狸毛帽子下露出来。他爱，他被爱，他已经见识过死亡及别的事情；然而，万物的心灵都隐而不露。通往心灵的口令是存在的，他还没有掌握住那个口令，《霍尔本》杂志那位好心的编辑也无法教授给他。他叹息，接着叹息得更加令人心疼。因为他还不能马上知道那个口令——也许已经知道了却忘到脑后了吗？

然而，就在这关键路口，他的命运与彭布罗克先生的命运紧紧地联系在一起了。

第二部　索斯顿

第十六章

整整三年，彭布罗克先生为把索斯顿学校的走读生团结在一起，干了很多事情。如果学生们不能团结起来，他们无论怎样都要变质，那么他的各种活动就理所当然地付之东流，白劳碌一场。他已经为这所学校效劳了很多年，论年头他也确实应该受托管理一所供膳宿舍了。校长是一个喜欢冲动的人，像一只小鱼儿窜来窜去，给他的老母亲造成了很大麻烦，于是他和彭布罗克先生达成一致，而且也和杰克逊太太达成一致，因为杰克逊太太说杰克逊先生也为学校效劳多年，论年头他应该受托管理一所供膳宿舍了。这样一来，等到邓伍德大厦有了空位时，这位校长才发现自己处在一个进退两难的位置上。

邓伍德大厦是多所供膳宿舍中最大也最能获利的一所。它差不多和学校校舍遥遥相对。一开始，它是一座别墅住宅——一水儿红砖修建的别墅，墙上爬满藤蔓植物，屋顶上安放了陶制龙雕。安尼森先生是大厦的缔造者，一直住在这里，身边有一两个男孩儿一起生活。星移斗转，时代变更。主人们的名声大噪，明亮耀眼，学校渐渐壮大，由一两个男孩儿变成了十几个男孩儿，邓伍德大厦进行扩建，比原有的面积扩大了两倍。一座崭新的建筑，设施十分完善，坐落在邓伍德大厦的右侧。宿舍、小单间、书房、预备室、餐厅、镶木地板、热气管道——该花的钱都花了出去，十二个孩子在里边像王子一样徜徉。每层楼的台面呢门都通向安尼森先生的办公室,而他是个脾气急躁而性情温和的男人,或前或后地来回溜达,新建大厦卫生而壮丽,不免让他感到压抑,他意识到一些亲密感一去不返了。不管怎样,他对孩子们了解至深,他们已经打成一片,如同一家人,代数课本摆满了客厅的椅子。这所大厦满员后,他的兴趣却与日递减。等到他退休——他退休的那个夏季,里基正好离开了剑桥——这所学校已经没有了往日的辉煌,开始衰落。学校的员工们还深感满意,在短暂的时间里,它还可以维持在其往日的声誉上。然而,有关这笔神秘的资产,调子已经低了下来,因此至关重要的是,安尼森先生的继承人应该是一个一流人物。论资排辈第二位的科茨先生没有被考虑在内,有其道理。继承人的选择就在彭布罗克先生和杰克逊先生之间,一位是一个组织者,另一位是一个人道主义者。杰克逊是六年级的老师,而且——除了校长,因为他忙得难以分身传授知识——还是学校唯一才智一流的人。但是,他不能或者根本不能保持秩序。他告诉他的班级,如果他们愿意听他讲课,那就好好儿听下去;如果不愿意,那就不用听。一半学生听课。另一半学生则折叠纸青蛙,或者用他们的铅笔刀在张贴起来的意大利地图上挖窟窿。当铅笔刀发出沙沙的响声时,他就过分严厉的惩罚他们,随后又忘了让他们把所受惩罚当众展示。然而,这种混乱之外,还有两个事实不容忽视。一半学生在大学获得了学位,一些学生——包括那几个折叠纸青蛙的孩子——都和他成了终身朋友。还有,他很富有,有一个能干的妻子。他入主邓伍德大厦的呼声要比另一位候选者强烈。

　　彭布罗克先生的资格已经交代过了。各种资格都具备——但是各种条件却不足。如果事情发展不顺利,那他必须保证辞职。

200　最漫长的旅程

"首先,"校长说,"你把那些走读生管理得有声有色。你对家长的态度无可挑剔。我不知道如何把你从那个位置上换下来。当然,反过来说,寄宿生的家长们——"

"当然,"彭布罗克先生说。

一个寄宿生的家长,如果对学校不满意就只有让自己的孩子退学的话,很自然便会处于一种更加依赖的境地,和那些把一切家具什物带到索斯顿并租用了一座房子的家长,不可同日而语。

"眼下,寄宿生的家长们——这是我强调的第二点——实际上要求舍监具备家室。"

"一种最不讲理的要求,"彭布罗克先生说。

"我个人认为,配备一个活泼的、有母爱的女舍监足够了。可是,这是家长们的要求啊。就因为这个——你明白了吗?——我们不得已把你的任命视为试验阶段。也许彭布罗克小姐能够帮你的忙。或者我不知道是不是还——"他留了半截话没有说完。

两天以后,彭布罗克先生向奥尔太太求婚了。

只要他能结得起婚,他是随时打算结婚的;他曾经恋爱过,爱得非常热烈,但是把这种情感搁置一旁,安慰说等到一个更加便利的季节再说吧。当然,这是干了一件进退有余的事情,谨慎行事会有报酬的。然而,一晃十五年过去了,仿佛他去了他的精神上的食品库,从架子顶层取下了爱情,投身于奥尔太太,连他自己也备感吃惊。有些事情发生过了。也许神灵飞走了;也许他被老鼠咬过了。无论如何,他都不算正常。

彭布罗克先生有良心,讲究浪漫情调,知道没有爱情的婚姻是不可忍受的。另一方面,他不能不承认,爱情已经离他而去了。承认了这点,就等于说他已经屈尊求其次了。反过来看,他知道事实上他在修炼了,一年又一年地修炼了。每年他都变得更道德,更能耐,更博学,更亲切。所以,他怎么能不表现得更有爱情呢?他没有和自己讲下面那些话,因为他从来没有跟自己讲过;可是下面的这些观念进入了他的心坎儿里:"爱情不是青年之火。但是我不能保证我赞成青年之火。瞧瞧我的妹妹吧!第一次她遭受了痛苦,第二次她的表现简直草率之极,把我都置于极其不方便的境地,因为如果她停止和我在一起,那么她就要干家务了。我很怀疑,我躺在奥尔太太的脚下,这是一种更高贵、更成熟的情感。"他在泥沼里没有挣扎很久,也没有花很多时间更改因果关系。在很短的时间里,他便相信他已经煎熬了很多年了,就是等着向这位太太求婚,和他一起分享这桩好运气呢。

奥尔太太安静,聪明,和善,有才能,有趣儿,他们两个是老熟人了。总的说来,他向她求婚,要她成为妻子,一点不惊为奇,而她一口拒绝也一点不惊为奇。然而,她拒绝得异常暴烈,则把他们两个人都惊醒了。他离开了她的家门,宣称他受到了污辱,而等他刚刚离去不久,她就由厌恶情绪转变成了泪水。

他感到很恼火。有一个赫里顿小姐,论身份地位远在奥尔太太之下,倒是可以取代奥尔太太。然而,现在这事儿难办成了。他不能在索斯顿一带把自己倒贴出去。终于和一个又活泼、又有母性声誉的女舍监订婚后,他走进了邓伍德大厦,赶在米迦勒节学期开学了。一切都乱套了。厨娘离去了;男孩子们得了一种名叫玫瑰疹的病;阿格尼丝依然沉醉在她订婚的喜悦之中,一点忙也帮不上,只是一次又一次往伦敦跑,为里基的运气加油鼓劲儿;最终的结果是,这位女舍监活泼有余,母性不足:她总是对小孩子们疏于照顾,却对大孩子们照料过分。她说走就走了,杰克逊太太的嗓子嚷嚷起来,预言灾难是迟早的事儿。

他应该接受圣职避开锋芒吗?家长们没有要求舍监应该是个牧师,可是舍监一旦是牧师,他们一准双倍放心。如果他希望拥有一所自己的学校,那么他迟早不得不接受圣职。他的宗教信仰就在手边儿,可是他花费了几天难挨的日子寻求宗教热情。这可不像他娶奥尔太太求婚的尝试。但是,他的虔诚更加真诚,这次他从来没有触及关键问题。他的体面观念阻止他急惶惶走进他尊重的教堂。另外,他想起了另一个解决办法:阿格尼丝必须在圣诞节假期结婚,他们必须到索斯顿来,而且两个人一起来,阿格尼丝做家庭主妇,里基做助教。那姑娘一旦安定下来,就会成为操持家务的好手;至于里基呢,他在学校里很容易找到合适的位置。他上经典课程还不行,但是给较低的五年级上课一点问题也没有。他不是一个体育健将,不过男孩子们也许可以注意到,他始终是一个完美的绅士,从而在这点上受益。他没有经历,但是他可以获得。他没有决断,不过他可以装模作样。"最主要的是,"彭布罗克先生想,"他这下有正儿八经的事情做了。"当然,这事儿算不上"最主要的"。邓伍德大厦的位置才是最主要的。然而,彭布罗克先生很快转念一想,这事儿就是最主要的,而且相信他是在为里基计划,正如他过去相信他是为奥尔太太计划一样。

阿格尼丝从索霍吃过午餐回来时,听说了这个计划。在没有见到自己的情人之前,她没有发表任何看法。一份电报给他发了过去,第二天早上他就来了。他很容易受天气影响,早上有雾,也许不够走运。他的火车在索斯顿火车站就已经停下来,她在那

第十六章　203

里坐了半个小时,聆听铁路线传来的那些不真实的声音,观看在铁轨上干活儿的那些影影绰绰的人影。大客厅里的煤气灯点上了,他和阿格尼丝在压抑的灯光下互相问候,讨论他们生命的这个巨大无比的问题。他们想结婚:这点是毫无疑问的。他们想结婚,两个人都想得很苦很苦。然而,他们应该因为这些条件而结婚吗?

"我从来没有想到这样的事情,你明白。荣誉学位考试过后,学校各机构给我送来通报,我立即把它们撕了。"

"学校有假期,"阿格尼丝说。"一年里你有三个月属于自己,可以用来干你的写作。"

"可是谁来阅读我写出来的东西呢?"随后他把《霍尔本》杂志编辑的话告诉了她。

她变得极其严肃。在她的内心深处,她过去对那些小故事总是信不过,现在读了它们的人和她不谋而合了。里基,或者别的什么人,怎么能相信,假称希腊诸神还活着或者那些仙女能消失在树林里,借此来谋生呢?一个火花迸溅的社会故事,其中充满了活力和同情,那就是另一种东西了,编辑也许会被这样的故事所打动。

"可是他到底什么意思?"里基追问道。"他这究竟是唱的哪出戏?"

"我知道他到底什么意思,可是我解释不清楚。你应该观察生活,里基。我认为他的用意就在这方面。蒂利亚德先生说人不应该只埋头学问,这话是对的。"

他站在窗户漏进来的昏暗光线里,而她则罩在煤气灯的暗淡光线里。"我不知道安塞尔会说什么。"他小声嘟哝道。

"哦，可怜的安塞尔先生！"

他有几分吃惊。安塞尔为什么可怜？这是第一次"可怜"这个定语用在安塞尔身上。

"不过换一换话题吧，"阿格尼丝说。"如果我们真的结婚，我们可以在复活节去意大利，躲开这可怕的大雾。"

"好的。也许——"也许生活就在那里。他想起了勒南，因他宣称在雅典卫城上，美和智慧作为外部的力量是存在的，真正存在的。他并不渴望美或者智慧，但是他祈祷从那种已经开始让这世界变暗的不真实的阴影中解放出来。因为仿佛某种力量已经宣告和他作对了——仿佛由于某种不经意的行为，他已经冒犯了奥林匹斯的神灵。像许多人一样，他不知道这位神灵是不是可以通过工作得到安慰——刻苦的别扭的工作。也许，他过去工作还不够刻苦，或者从工作中得到的乐趣太多，正因如此，阴影才罩了下来。

"——最主要的是，一个老师有许多做好事的美妙机会；你必须记住这点。"

做好事！我们来到这里还有别的理由吗？那就让我们放弃我们优雅的情感、我们的舒适、我们的艺术，只要我们因此能让别人更幸福，更美好。他热恋的这个女人敦促他做好事！带了一种让她惊讶的狠劲儿，他大声嚷嚷说："我会干的。"

"考虑考虑吧，"她提醒说，其实她已经暗自欣喜万分了。

"不用；我考虑事情太多了。"

客厅变得明亮起来。一个男孩的笑声飘进来，他好像觉得人们像六个月以前那样重要和栩栩如生。当时，他还在剑桥，在那些欧芹草坪上闲逛，用花儿编织容易枯萎的花环。现在，他在索

第十六章

斯顿，准备在一家慈善的机器下工作。人无利益，谁愿早起？里基相信对他来说利益也许会自然增值；他辛苦干活儿也许会抚平他的伤口，他的眼睛又盯住了那只圣杯①。

---

① 指耶稣在最后的晚餐使用的杯子。

第十七章

在各种实际事务上,彭布罗克先生往往是一个慷慨的人。他给里基提供了一份好薪水,还坚持也给阿格尼丝开工资。由于他让他们两个住房不收钱,里基还可以从学校得到一份薪水,钱的问题便迎刃而解了——如果说不是一劳永逸,无论如何眼前无忧了。

"我可以给你搞定了,"他说。"把一切交给我办,今天之后你就能从那位校长那里听到消息。他会给你腾出空缺。一旦占了位置,我们就同舟共济、荣辱共享了。我在这点上主意已定。"

里基不喜欢"搞定了"这种念头,但是他决心不制造麻烦。只要我们不节外生枝,故作优雅和思想崇高是很容易的。但是,一个活跃的有用的人,不能同样做到与众不同。里基的计划涉及价值上的改变以及职业的改变。

"干脆采取一种知识分子的态度,"彭布罗克先生接着说。"目前我不会建议你在体育或者组织方面培养什么兴趣。校长填写时,他也许会问你是不是一个全面发展的人。大胆说不是就好。有时候,大胆说'不是'是最好的回答。你把重点放在经典作品和一般文化上。"

经典作品!在荣誉学位考试里位居第二。一般文化!英国文学上泛泛而谈,法国文学上蜻蜓点水,足以。

"我们开始就这一套。然后,我们给你某个小位置——比如说图书馆管理员之类。就这样对付着,直到你成为必不可少的一个。"

里基哈哈笑起来;校长填写过了,回答很满意,顺理成章,新生活开始了。

索斯顿对他来说早已经熟悉了。但是,他那时熟悉它,只是业余的身份,而且在一种官方的目光注视下,索斯顿本身是重新组成一体的。学校原本是一座平淡的哥特式建筑物,现在却以学问堡垒的面目出现,其外围建筑都是供膳宿舍。那些散布的马路边到处是走读生的家长的房子。一些商店在界限之内,一些商店在界限之外。有多少次,他从邓伍德大厦匆匆走过!有一次,他还把邓伍德大厦和雪松景堂弄混了。现在,他就要生活在这里了——也许会住很多年。在大厦入口处的左边,是一座橘黄色大客厅,里面到处是舒适的角落和肥大的椅子;家长们就是在这里被接待的。入口处的右边,是一个书房,他和赫伯特一起使用:孩子们会在这里接受竹杖的惩罚——他希望这种事情别经常发生。在大厅里,摆放了一个表彰热水管的镶框证书,一尊赫耳墨斯的雕像以及一个举着托盘的雕刻柚木猴子。一些家具来自谢尔索普,一些家具则是从安尼森先生那里购置的,一些家具是新添的。不过,他完全认得出一些硬性决定的安排。这大厅里没有什么东西是附属的,或者仅仅作为一件东西而摆上的。他把这大厅和他在剑桥的房间相比较,那里的东西摆放混杂,要么是他非常喜欢的,要么是他根本不喜欢的。现在,这些东西也搬到邓伍德大厦来了,每件东西好像都各就其位了——《帕尔齐法尔爵士》在客厅里,福尔摩斯的照片在过道里,他的椅子、他的墨水瓶以及他母亲的相片在书房里。然后,他把这大厅又和安塞尔的房子进行比较，相比之下，它们的绝对的坏趣味给人一种整齐划一的感觉。他对房子的内部极其敏感，认为它是表达思想、意识和潜意识、居住人的一种机体。他对各个位置同样敏感。他还把剑桥和索斯顿作比较，又把这两者和第三种类型作比较，因为这第三者没有更合适的名字，他便取名为"威尔特郡"。

人们一定不要认为他在浪费时间。这些对比和比较，一点也没有占用他很长时间，而且一天的正经事情不干完，他从来都不会沉溺于这样的活动。而且，随着时间推移，他再也没有沉溺于这样的活动了。

一月底，学生返校了，这时他才安定下来一个星期。他的健康改善了，但是改善不大，眼看就要面对这座熙熙攘攘的大厦，不免感到紧张。整整一天，一辆辆马车赶来，上面都是戴了晃晃荡荡大圆顶帽子的男孩子；阿格尼丝一直在专心清点那些圆顶帽子的数量，把它们一顶一顶摆放在柜橱里，因为到了学期末，它们就用不上了。每个男孩儿，都有一个或者应该有一个袋子，因此不到第二天也不需要把他的箱子打开。有个孩子只带来一个牛皮纸袋子，还用毛烘烘的绳子捆着，里基听见那坚定而悦耳的声音说："不过下学期你要带个袋子啊，"听命的孩子回答说："是的，埃里奥特太太。"在过道里，他撞上了那个领头男孩儿，那男孩儿惊吓得像一个大学本科学生。他们你看我，我看你，疑心重重的样子，随后各走各的路。两分钟后，他又和另一个男孩儿撞了个满怀，接着又撞了一个，于是他开始纳闷儿他们是不是故意在捣乱，如果是故意的，那他就应该注意一下了。随着这天的时光过去，嘈杂声越来越大——脚步踩踏、东西掉落、欢快的小小尖叫——小房间给分配下去，行李袋打开了，洗澡的安排张贴出

第十七章　209

来了,而赫伯特一直在说:"一切都是临时的——一切都是临时的。我们八点十五分在这大厦里碰面。"

于是,八点十分的时候,里基把他的帽子和大学礼服穿戴上——目前为止它们还是学生身份的象征,这下就要作为职位的象征了——正是这顶帽子和外衣,前不久威德林顿还把它们悬挂在了学院的喷泉上面。赫伯特穿戴得大同小异,正在他们共用的私人餐厅等他,而阿格尼丝也坐在这里,正大口大口地吞嚼炒鸡蛋。"你应该披上你的垂布①啊,"阿格尼丝叫嚷说。赫伯特想了想,说阿格尼丝说得对。他取来他的白绸布,而里基则取来那块标志研究生学位的兔毛布。他们穿戴起来后,走过那扇台面呢门。他们晚到了一点,男孩儿们都被安排在预备室里,大呼小叫得闹成一团。一个孩子忘记了自己的声音能传出多远,嚷叫说:"当心,威尔克来了。"另一个小孬种尖叫道:"威尔克还带一个跟屁虫!"

"你千万别在意,"赫伯特友善地说。"我们当老师的特别注意,万万不可把绰号当回事儿——当然,除非他们公开场合乱叫绰号,一旦他们公开场合乱叫,规定一千条界线都不过分。"里基表示同意,然后他们走进了预备室,级长们刚刚把秩序稳定下来。

赫伯特在一把高腿椅子上坐下来,而里基呢,宛如一个女王的丈夫,在赫伯特身边的一把腿稍微短一点的椅子上坐下来。每把椅子上都安装了一个写字屉,赫伯特把他的写字屉的盖子翻起来,然后环视一下预备室,眉头一皱,仿佛写字屉里面的东西让

---

① 指西方大学以颜色表示学位、系别、校别或职位高低的披肩布。

他深感吃惊。里基见了印象深刻，不由得从侧面窥探，却只看见写字屉里只有一张小小的吸墨纸。随后他注意到，男孩儿们也获得了深刻的印象。他们的交谈停止了。他们开始直耳静听。

屋子里差不多坐满了。级长们不再在后排懒洋洋地走动，不把人放在眼里，而是像地方大员一样围在那个中心宝座周围。这是彭布罗克先生的革新举措。那个领头男孩儿卡拉瑟斯坐在中间，胳膊绕在劳埃德身上。正是这个劳埃德的陪衬，让女舍监红光满面：他的脸上几乎没有什么颜色。这两个孩子都很大了。在他们身边，坐了图森，一个戴眼镜的圣洁的孩子，他升到这样的高位是因为他广博的知识。像另外两个孩子一样，他是学校的级长。宿舍级长低一个档次，坐在更远的地方，在他们身后便是没有任何身份的多数了。所有的脸蛋迄今为止看上去都大同小异——只有一个孩子的脸除外，因他一副要哭的样子。

"学校，"彭布罗克先生说，慢慢地盖上了写字屉的盖子——"学校就是缩小的世界。"然后，他顿住了，如同一个在做这样的讲话的人惯有的做派。但是，他停顿下来却不是有意仿照一个开幕式的讲话。里基不管怎样都不会对此采取批评态度：赫伯特的经历远比他的经历丰富，他必须接受他讲话的调子。没有人能够批评这样的谆谆教导，要爱国，要运动，要博学，要守教规，这些话像四部赋格曲一样，从彭布罗克先生嘴里涓涓流出来。他是一个实践的讲话者——也就是说，他把听众的注意力抓住了。他告诉他们，这个学期是他上任的第二个学期，是邓伍德大厦的学期；为了大厦的荣誉，每一个孩子都有责任刻苦学习。话题范围进一步扩大，他讲到了英格兰，甚至讲到了大英帝国，还讲到了大英帝国的欧洲大陆敌人。帝国建设者的肖像悬挂在墙上，他指向他们。他引用了帝国的诗人的诗句。他阐明爱国主义自从莎士比亚时代以来如何发扬光大，因为莎士比亚尽管才情四溢，也只能把自己的国家写成——

    这个造化女神为她自己造下的堡垒
    为了防御毒害和战争的黑手；
    这个英雄豪杰的诞生地，这个小小的世界；
    这颗镶嵌在银色海水中的宝石。

好像只有一架短短的梯子，架在预备室和盎格鲁-撒克逊全球霸权之间。然后，他又顿下来，在静默中传来一个小男孩儿的"呜咽，呜咽，呜咽"，因他在为吉尔福德的一所别墅以及他母亲的半英亩花园而悔恨。

  这一程序以校歌更广阔的爱国主义结束，校歌是风琴手近期创作的。歌词和曲子仍然是鉴赏力的问题，是彭布罗克先生(也只能是他，因为是他写的乐曲)定下了正确的抑扬顿挫的调子。

    消灭每一个落后者！不能给人话柄，
    说索斯顿围墙里培养了这样的人。

  "来，来，"他们在理查德·施特劳斯的风格中结束了一曲和声合唱时，他喜不自胜地说。"这是从来没有过的。这个学期我们必须紧紧抓住这支校歌。你们唱得很优美——不愧为走读生！"一阵开心的大笑之后，整座大厦的孩子们排队从他们面前走过，一一握手祝贺。

"不过你的印象如何呢?"他们刚刚回到他们自己的住处,赫伯特便问道。阿格尼丝给他们端来了一盘食物:吃的东西仍然马马虎虎,随后阿格尼丝不得不马上跑去照看那些孩子。

"我喜欢他们的样子。"

"我的意思是说,这大厦作为一座房子,你得到了什么印象呢?"

"我没有觉得我想到这点了,"里基说,颇有点紧张。"要抓住一个东西的精神,并不容易。我只看见了屋子里到处是男孩儿。"

"我亲爱的里基,别这么没有自信。你是完全正确的。你只看了一屋子男孩儿。实际上也没有别的什么东西可看嘛。这座大厦,如同那座学校,缺乏传统。瞧一瞧人家温彻斯特。瞧一瞧伊顿和哈罗①之间的传统竞争。传统具有不可估量的重要性,如果一所学校准备争取任何地位的话。为什么索斯顿不应该具备传统呢?"

"是的。传统具有不可估量的价值。我很羡慕那些学校,与过去有一种自然的联系。当然,索斯顿也有过去,只是不是你一心想要的过去。一开始,贫困的手艺人的儿子们来索斯顿上学。因此,索斯顿的传统是否还停留在商业学校的层面上呢?"他神经紧张地结论说。

"你还有很多东西需要学——很多很多。听我说。为什么索斯顿没有传统呢?"他那傻气很足的圆脸做出了一种阴谋家的表情。把头探在羊排上,他小声地说:"我能告诉你为什么。因为那

---

① 温彻斯特、伊顿和哈罗,都是英国著名的公学。

些走读生。传统怎么能在这样的土壤里茁壮成长呢？想象一下走读生的生活——在家里吃饭，在家里准备功课，在家里睡觉，动不动就往家里跑，却把每样想象错了的东西带回家里。你的班级有一些走读生，记住我的话，他们会比寄宿生给你带来十倍的麻烦——晚到啦，拖拉啦，有一点点借口就留宿啦。还有那些家长的来信！'为什么我的孩子本学期没有挪动？''为什么我的孩子本学期挪动了？''我是一个不信奉国教的人，因此不希望我的孩子参加学校的宗教活动。''你能让我的孩子早点下学浇浇花园吗？'请记住，我曾经做过走读生的舍监，试图向他们灌输一些集体精神。实际上这是根本行不通的。他们作为单位来，还保留了单位本色。还要坏。他们影响那些寄宿生。他们那种瘟疫似的、吹毛求疵的、不满足的态度，蔓延于整个学校。如果我按自己的方式——"

他突然莫名其妙地停住了。

"他们唱歌时你笑起来，就是因为这些吗？"

"根本不是。根本不是。让一部分人和另一部分人作对，不是我的习惯。"

过了一会儿，他们出去巡逻。孩子们这时都上床了。"晚安！"赫伯特站在小隔间的过道里吆喝说，每个小隔间的绿色门帘后面传来了回答的声音："晚安，先生！""晚安。"他向每间宿舍打量了一下。然后，他把过道里的灯关上，让整座大厦变得一片黑暗。里基跟在他身后，获得一种古怪的印象。早上的时候，那些孩子还分布在英格兰的各个地方，过着他们自己的日子。现在，三个月内，他们必须改变每一样东西——认识新的面孔，接受新的观念。他们，如同他本人，必须加入一架慈善机器，学习集体精神的价值。好运伴随他们——好运和幸福的解放。因为他的心并不愿意让他们待在这些小隔间和宿舍里，而希望他们每个人都待在自己亲亲热热的家里，生活在自己了解的面孔和东西中间。

第二天早上，在小教堂做过祈祷，他和他的班级见面了。一见面，他感觉完全不一样了。集体精神没有人会期望在班级里开展。不过是十二个男孩儿，集中在一起学习拉丁文而已。他的责任和困难并不在这方面。这项工作的计划已经详细制订出来，他愉快地开始讲授这些熟悉的字眼儿——

潘神，羊群的保护神，你热爱自己的乡村
来吧，啊，泰杰安，妥善照料吧。

"你们认为这话美丽吗？"他问道，随后接收到了老实的回答。"不，先生；我不认为我赞同这样的话。"在课间，他在院子里碰上了兴致勃勃的赫伯特。然而，赫伯特认为他的热情太业余了点儿，并且提醒他要小心才是。

"你一定要小心不让他们摆脱了你的掌控。我赞同一个活生生的老师，但是纪律必须首先建立起来。"

"我觉得我是个学者，不是一个老师。如果我在哪点上弄错了，或者不知道，那我就实话实说，马上告诉他们。"

赫伯特摇了摇头。

"如果我真的是一个学者，情况就不同了。可是，我摆不出一个学者的样子，是吧？我比那些孩子们知道得多，但是我知道得实在有限。在他们面前，自己什么样就什么样，这肯定是老实的做法。他们接受还是拒绝，随他们去。我们任何人到头来有所收获，这是唯一的态度。"

彭布罗克先生沉默无语。然后，他说："正像你说的，有高级的态度，有低级的态度。然而，通常的情况是，我们在这两者之间就找不出一种中庸之道吗？"

"在说什么呢？"一个轻柔的声音说。他们转过身来，看见一个戴眼镜的高个子男人，和蔼地迎接里基这位新来者，并且拉住了里基的胳膊。"中庸之道是怎么回事儿？"

"杰克逊先生——埃里奥特先生；埃里奥特先生——杰克逊先生，"赫伯特引见说，但是表情却似乎不怎么高兴。"里基，你能留给我一点儿空吗？"

然而，这位人道主义者对这个年轻人讲起了中庸之道和中间之道，随后补充说："你知道，古希腊人不是宽宏的教堂牧师。他们真的不是，尽管有许多矛盾的证据。孩子们会把索福克勒斯看作一种开明的主教，一些东西告诉我他们是不对的。"

"杰克逊先生是一个古典文艺的热衷人士。"赫伯特说。"他把历史搞得活生生的。我想和你们谈谈单调乏味的现在。"

"我正在警告他注意单调乏味的过去呢。这是另一个问题，埃里奥特先生。听你讲课的印象，许多古希腊人和多数古罗马人，都非常愚蠢，如果孩子们不相信你，你就和他们一起读一读柴斯丰或者瓦莱里乌斯·弗莱库斯[①]的作品。这是什么声音？"

"是从你的教室里传出来的，我想。"另一位老师赫伯特急

---

① 柴斯丰和弗莱库斯均为古罗马一世纪左右的诗人，并没有什么作品流传下来。

促地说。

"还真是的。啊,是的。我估计他们在把你的小图森放进那个废纸篓里。"

"课间我总是把我的教室锁上——"

"是吗?"

"——而且把钥匙装在我的口袋里。"

"啊。不过,埃里奥特先生,我是威德林顿的表弟。他给我写信谈到了你。我很高兴。下星期日,你能先来共进一次晚餐吗?"

"恐怕,"赫伯特插话说,"我们这些穷舍监在学期之内,必须以身作则,不可吃吃喝喝。"

"不过难道他不能来一次吗?就一次。"

"可以,我亲爱的杰克逊!我的小舅子不是一个三岁小孩儿。他自己决定吧。"

里基自然拒绝了。刚刚等到他们说话别人听不见的时候,赫伯特就说:"这有点儿倒霉啊。威德林顿是谁?"

"我在剑桥认识他的。"

"我来解释一下我们的处境,"他停了一下,接着说。"杰克逊是这里极端保守势力的顽固分子,而我——为什么要藏着掖着呢?——决心和进步党派站在一起。你能看见在老师会议上我们如何因为他吃尽苦头。他没有任何组织才能,可是他总是把自己的见解强加给别人。瞧他说一不二的样子,非要你读什么作者的诗歌,可同时那个六年级教室像一个熊园,一个学校级长被塞进了废纸篓里。我的好里基,这没有什么好笑的。学校里有这样一个人物,怎么搞得好呢?要不是因为他杰出的才能,早该'快快走人'了。我刚才说有点儿倒霉,就是这个意思。你们不会有任何共同的东西,你和他。"

里基没有回答。他非常喜欢威德林顿,他是个古怪的敏感的人。他不由得也被杰克逊先生所吸引,他那种欢迎态度让人愉快,和别的同事那种官腔官调的漠然形成了鲜明的对比。他也说不清楚,他对古人有些不敬态度,能显示多大的反动势力。

"一点没错,我投票赞成保守党,"彭布罗克先生继续说,显然在和一些反对因素较劲。"可为什么呢?因为保守党代表进步,远非自由党能比。你可千万别让时髦话误导了。"

"你就不想问我点什么事儿吗?"

"啊,是的。你在你的班级里发现一个名叫瓦尔登的孩子吗?"

"瓦尔登吗?是的;有一个。"

"狠狠训斥他一顿。他把学校的章程破坏了。他是作为走读生来上学的。学校章程规定,一个孩子必须和家长或者监护人住在一起。他没有和任何一方住在一起。这事儿必须制止。你必须告诉校长。"

"这孩子住在哪里?"

"某个叫奥尔太太的家里,这位太太和学校没有任何联系。这事儿必须制止。这孩子要么寄宿,要么走人。"

"可是为什么我应该处理这件事儿呢?"里基问。他想起了那个男孩儿,两只扇风耳朵,一点也不惹人注意。"这是他的舍监的事儿啊。"

"舍监——一点没有错。我们说来说去把话又说回来了。现在谁是走读生的舍监呢?又是杰克逊吧——仿佛所有的事情都和杰克逊有关系！上个学期，我把那个房子交回去，处于最好的状况。还说瓦尔登吧。我发现了一个阴谋。杰克逊先生和奥尔太太是朋友。你明白了吧？一切都绕着圈儿转呢。"

"我明白了。绕圈儿转——或者也许是这样的。"

"这事儿明明白白摆在校长跟前，他也从来不会支持。"

"可是为什么我应该提出来呢？"里基说，一边把他大学礼服的飘带绕在手指上。

"因为你是那个男孩的班级老师。"

"这也算一个原因吗？"

"当然。"

"我只是不知道是否——"他不愿意说出来，他不知道是不是他上课的第一个早上就非得干这种事情。

"通过这样那样的手段你一定能找到办法——当然你已经知道了，不过你必须从那个孩子那里下手。我知道——我有了！他的健康证书在哪里？"

"他忘记带来了。"

"这就是他们的一贯行为。哦，等他带来时，健康证书上面署了奥尔太太的名字，你一定看一看，说：'奥尔——奥尔——奥尔太太吗？'或者类似的话达到这样的效果，然后整个事情就自然而然地抖搂出来了。"

钟声响了，他们走进学校对付结束上午的最后一个小时。瓦尔登把健康证书带来了——一张豪华的文件，说明他在假期中没有生过玫瑰疹或者类似的疾病——里基把这份文件摆在面前坐了很长时间。他一点也不喜欢干这种事情。这是在搞阴谋诡计，他来索斯顿不是来搞阴谋，而是来教书的。毫无疑问，赫伯特是对

第十七章　219

的，杰克逊先生和奥尔太太是错的。不过，他们为什么不在他们自己之间把事情解决了呢？然后，他想："我是一个懦夫，我之所以提出这些反对意见，就是因为我是懦夫，"接下来他把这个男孩叫到他跟前，事情自然而然地差不多弄清楚了。到目前为止，瓦尔登过去和他母亲住在一起；不过他母亲圣诞节离开了索斯顿，现在他和奥尔太太住在一起。"杰克逊先生说了，先生，这样做完全可以。"

"是的，是的，"里基说；"正是这样的。"他记起了赫伯特的名言："老师们必须筑成一道统一的前线。如果他们做不到——大洪水就会到来。"他把那个男孩打发回座位，上完课便带上那份私下了结的健康证书，找到了校长。事关破坏学校的规矩，校长到了这种时候很容易激动。"家长或者监护人，"他反复说——"家长或者监护人，"嘴上说这些话，他去找杰克逊先生了。

要说里基充当了马前卒，这话说得言重了。赫伯特是体面之人，做事有分寸，从来没有把里基推到一种非法或者真正危险的境地；然而，毫无疑问，在这一场合和许多别的场合，他不得已干些在别的情况下干不出来的事情。世上总是有些耍手段的角落不得不借助一下，一些话总是不得已说出来或者不得已不说出来。随着学期一天天过去，他丧失了他的独立——几乎不知不觉中就丧失了。他要学许多东西来了解孩子们，不仅通过直接观察——这方面他相信自己是弱项——而且还要不耻下问地模仿那些更有经验的老师。原本，他打算和学生们交朋友，彭布罗克先生对这样的意向也大加称赞；然而，在这种过程中你除非把自己放弃，否则很难和孩子或者大人交朋友，而彭布罗克先生又不赞成放弃自己。他呢，便把"个人影响"替换了"个人交往"，在布置善意的陷阱时给他的低年级学生一些提醒，孩子置身陷阱真的放弃自己并且暴露害羞的微妙的思想时，做老师的该赞成便赞成，该纠正便纠正。原本，里基打算帮助孩子们克服那些转变成男人时所经历的焦虑：在剑桥时，他曾经把这点列入生活的责任。但是，有一个主题，我们一谈到它，就不可避免地必须在人与人之间进行，而不是在权威人士或者权威的影子下进行，鉴于此，上年纪的老师也提不出什么高招，只能说一些俗套话应付。俗套话，如同善意的陷阱，不是里基擅长的，于是他把这些科目全放弃了，把自己框起来，在容易的问题上下苦功。用自己这种形式，他成了个严格执行制度的人。严格执行章程更简单。他紧抓学校的规章制度，坚持激励学生顺从规章制度。他采取了集体负责的信条。当一个孩子迟到的时候，他便惩罚整个年级。"我是万不得已呀，"他如是说，仿佛他就是一种自然力量。身为老师，他相当枯燥乏味。他约束自己的一腔热情，发现热情只能分散他的注意力，还发现他在热血沸腾地讲授维吉尔的诗歌韵律时，后排的孩子却乱了套。不过总的说来，他喜欢他的年级工作：他知道他为什么到这里来，赫伯特并没有完全把他笼罩在阴影里。

赫伯特身上有什么错误吗？里基早知道有些事情已经错了，却已经睁着眼睛参与其中，成为伙伴关系。那个人善良，不自私；更重要的是，他是真心实意、仁慈为怀的，给别人快乐对他来说是一种真正的快乐。当然，事后他也许会为此津津乐道；但是，他真正看重的是"做"，而不是"说"，而这样的庇护人却不是太多。还有，他刻苦努力，诚心诚意：他一心扑在工作上，他信奉英国国教,不仅仅是形式。他能够表达爱意:他平常都以礼待人,宽容大度。那么,错误究竟是什么呢?咳,尽管具备这些品质,但是里基仍觉得他有些东西是错误的——不,他整个说来是错误的,而且如果"博爱精神"应该当作一种评判,那么他无疑应该被算作替罪羊吗?这个回答乍看起来好像是一个不雅的回答——赫伯特愚蠢。不是一般意义上的愚蠢——他有一个有条不紊的头脑,而且容易获得知识——而是重要意义上的愚蠢:他整个一生都以蔑视才智为能事。他本人也有几分才智,但是不是因此而蔑视才智:我们大家依靠的检验标准,是我们所看重的东西,而不是我们所拥有的东西。里基的才智不出众。他获得了自己超值的结果,是凭借想象力和本能,而不是逻辑。一场辩论把他搞糊涂了,他还能困难重重地写在纸上辩论下去。然而,他对此没有理由感到满意,于是试图尽可能利用自己的脑子,正如一个体弱的运动员不遗余力地锻炼自己的身体。也像一个体弱的运动员,他喜欢欣赏别人的种种成绩而不是种种努力——他们的努力与其说获得知识,不如说驱散了包围我们以及我们所有获得物的一点点黑暗。剑桥教会了他这点,他知道,如果不为其他原因,他在剑桥的时间就是白白度过了。他看出来,尽管他张口闭口谈论精神生活,但是只有一个检验东西的标准——成功:今生今世中的肉体成功,或者来世生活中的灵魂成功。由于这个原因,博爱,也许还有别的裁判标准,无疑会否决他的。

第十八章

　　同时，他是一个丈夫。也许，他的婚姻结合应该先强调一下。生命的王冠已经获得，那些模糊的渴望，那些误读的冲动，终于修成了正果。他再也不会感觉到孤独了，或者永远站在世界和恐惧的宽阔的公路边上，如同可怜的雪莱，开始了最漫长的旅程。他这样推论，而且最初把修成的正果看作理所当然。但是，随着学期过去，他才知道渴望后边还有渴望，在撩开的面纱后面还有一层面纱他无法撩开。他的婚礼并没有成为一生中巨大的事件：他常常会纳闷儿，这样那样的讲话或者这样那样的事件，是否会在之前或者之后出现。自从在那家索霍餐馆会面，许多事情都已经一一付诸实践——购买衣服、感谢礼物、到训练学院进行短暂拜访——一个短暂的蜜月。在这样一种物质忙碌之中，精神上的结合从何谈起呢？可以肯定，尘埃终究会落定：在意大利，在复活节期间，他可以领悟爱情的种种无限。然而，爱情已经让他看见了种种无穷了。无须通过婚姻，也用不着通过任何别的手段，人们都可以确保自己看见那一幕；里基的那一幕，早在三年前就已经领教过了，因为当时他看见他的妻子和一个死去的男人互相紧紧地搂抱在一起。她从来没有像那样真正地对待过他。

　　她在那座房子里跑来跑去，看上去比以往任何时候都俊俏。她扯起欢快的嗓门儿对仆人们发号施令。他坐在书房修改作文时，她会一个箭步冲进来，给他一个吻。"亲爱的姑娘——"他则会喃喃作答,瞟一眼她手上的戒指。他们婚姻生活很快建立起来了。那会是一种坦诚的融洽,但没有过很久他便发现很难进行更深层次的交谈。

一天晚上,他做了一次努力。索斯顿比平常显得更加美丽。空气既纯洁又宁静。第二天大雾也许会到来,可是今天人们可以说:"这才像乡村的样子。"臂挽了臂,他们在侧厢花园里散步,时不时停下来观察报春花,或者猜测黄水仙什么时候绽放。突然间,他把臂挽得紧一些,说:"亲爱的,为什么你还不戴耳环呢?"

"耳环吗?"她笑起来。"也许我的趣味提升了吧。"

于是,他们就再也不提杰拉尔德的名字了。然而,他希望这个名字对她来说还是很亲切的。他并不想要她把她一生中最重大的时刻忘掉。他的爱情不需要拥有,而需要信心,对一种过分纯粹的爱情来说,信心排在第二位似乎没有那么可怕。

他看重感情——不是为感情本身,而是因为感情是通向亲密无间关系的唯一途径。她一贯健壮而讲究实际,总是让他感到泄气。她并不冰冷;她愿意随时拥抱他。但是,她很不喜欢受到干扰,每当他的声音变得严肃了,她便大笑起来或者一把把他揉开。在这方面,她总让他想起他的母亲。然而,他的母亲——他过去从来没有对自己掩藏过这点——有许多可以夸耀的东西,他的妻子在这方面则望尘莫及;许多东西可以夸耀,却不会展露出来对付一种可怕的生活——一种他很难猜测到多么可怕的生活。与母亲自己的婚姻如此不同,她会祝福他的结合吗?母亲会爱他的妻子吗?他试图向阿格尼丝谈谈母亲,然而她还是别别扭扭的。也许,这是很不喜欢承认死人的表现吧,因为死者的形象自有不朽的一面，倒让她自己的形象有几分虚幻，因此当他离开她时，不会有神秘的影响留下来，而且只有费一些力气，他才能认识到上帝已经把他们永远结合起来了。

他们在别的话题上健康地交谈，各抒己见。一个志愿步枪队组成了：她希望孩子们配备合适的制服，而不是穿了他们自己的衣服进行射击，如同杰克逊先生早已建议过的。比如说图森；对他就没有什么事情可做吗？他总是从别的级长身边悄悄溜走，和自己年龄相当的孩子们在一起。又比如劳埃德：他就是不肯学唱校歌，说唱校歌把他的嗓子唱疼了。更别说瓦尔登了，令里基迷惑不解的是，他现在还是邓伍德大厦的一个成员。

"他本来不得不去别的地方上学，"阿格尼丝说。"可他母亲很走运，我们当时有一个空额。"

"是的——可是当我碰见奥尔太太时——我就不能不感到羞愧。"

"哦，奥尔太太啊！谁还把她当回事儿呢？她的牙齿被拔掉了。如果她愿意一步步潜入那种我们计划好的事情，随她去吧。她的行为只能说成是不诚实。她打算成立一个供膳宿舍。"

奥尔太太很富有，本来没有打算成立什么供膳宿舍。她让那个孩子住宿，是出于好心，没有想到这样做是不符合学校规定的。但是，这种私人"留宿"的事情出现了，校长便感到很恼火，她便受到了指责，瓦尔登太太便受到指责，杰克逊先生便受到指责，那个男孩儿便受到指责，还交给彭布罗克先生处置，而彭布罗克先生是她在这个世界上最看不起的男人。自然而然，她这下考虑进一步挑战这些故意怠慢走读生的供膳宿舍，为他们争取学校已经牢牢控制的有利条件。她和杰克逊太太在她们的茶点聚会

第十八章　225

上讨论这个问题，杰克逊太太肯定说，这样非法抢生意的做法不会从邓伍德大厦得到好处，任何好处都不会得到。

"我们爱说什么'随他们说去'，"里基坚持说。"可是我从来都不喜欢让人们说三道四。我们是正确的，他们是错误的，但是我希望这件事情能够悄悄地处理。校长有点儿过分兴师动众了。他给一帮愚蠢的人可乘之机。我不喜欢被人家说成是'走读生的敌人'，因为我想到我本人对走读生是一视同仁的。我的父亲认定我是一个拖累，把我扔到磨房受罪，我永远不会忘记这事儿——尤其在夜间。"

"这里很少出现以强凌弱的现象，"阿格尼丝说。

"我的学校很少有以强凌弱现象。这里只有不友好的气氛，可是纪律管不了这个。不友好的气氛不是人家对你干了什么，只是人家心里有打算，伤害只是这方面的。"

"我不明白。"

"身体上的疼痛不会发生——至少不是我所说的伤害——也就是有人因为偶然事故或者在娱乐活动中击打了你。不过仅仅是小小的击打，只是在你知道这种击打来自憎恨时，那才可怕之极了。孩子们的确互相憎恨：我记得这种事情，现在又看见了。他们能够建立起强烈的隔离的友谊，但是对一般的亲密关系，他们却没有概念。"

"就我所知，这里几乎没有什么以强凌弱行为。"

"你知道，亲密关系近来有所发展：你在级长们中间将将能看出一些苗头：在剑桥那时候，亲密关系非常普遍，令人称奇。我为那些没有上过剑桥的人感到遗憾，道理也在这里：不仅因为一所大学整洁漂亮，还因为上学的那些岁月变幻莫测，而且——

走运的话——你在那里能见识你过去不曾见识的东西,也许以后再也见不到了。"

"这些年难道不是变幻莫测的岁月吗?"阿格尼丝追问道。

他笑起来,轻轻打了她一下。"我有点把自己绕进去了。不过听我说,哦,阿格尼丝,因为我注重实际。我支持我们的私立学校。但愿它们长盛不衰。但是,我不支持这种寄宿制度。难道这不是一种不可避免的附属品——"

"天哪!"她尖叫起来。"你不是疯了吧?"

"请安静,太太。别把我出卖给赫伯特,要不他会把我们开除了。但是,严肃地说来,把孩子们集中在一起有什么好处呢?难道这不是把他们的生活建立在一种错误的基础上吗?他们彼此不理解。我希望他们理解了,可是他们并不理解。他们认识不到,人是非常了不起的。当他们认识到了,整个生命也改变了,你得到了真正的东西。但是,你还没有得到之前别假装你得到了。爱国主义和集体精神固然是好东西,但是老师们忘记了它们必须在一种感情上才能成长起来。它们不能创造一种感情。不能——不能——不能。除非我将英格兰人挂在心上,我从来对英格兰一丁点儿都不关心,而孩子们互相憎恨之时,是不会热爱学校的。女士们,先生们,我现在要结束我的讲话了。讲话的大部分内容是从安塞尔先生那里拷贝来的。"

实际上,他突然之间感到羞耻了。他被过去的种种感情的热血冲昏了头脑。剑桥以及所有意义非凡的东西,都清清楚楚地出现在他的面前,别有一种激情,旁边站着他的母亲和温馨的家庭生活,栽培出了一个最终能和同龄人交往的男孩儿。他有点害羞,因为他想起来他的新决定——埋头干活儿,不加批评;热烈

第十八章　227

的投身于这架机器,不在乎这架机器的精巧的轮子时不时会把他碾着了。

"安塞尔先生!"他的妻子叫喊道,咯咯笑得有点儿刺耳。"啊哈!现在我明白了。这就是可怜的安塞尔先生会说出来的那种东西啊。哦,我失礼了。我相信瓦尔登时不时被揪一揪耳朵,对他是有好处的,我不管他们揪他的耳朵是不是在玩耍。男孩子们应该粗鲁一点,否则他们永远也长不大,你的母亲要是活着也会同意我的看法的。哦,是的;你关于爱国主义的说法,全是错误的。爱国主义能够——能够——能够创造出一种感情。"

她把话讲得非同寻常地清晰准确,而且用一种非同寻常的注意力跟随他的思想活动。他不知道她是不是错了,但听见她接着说下去的话感到遗憾:"我亲爱的情郎,你千万别在邓伍德大厦里进行异端邪说啊!你的话听起来完全像反动的杰克逊帮的人在大放厥词,他们就想把学校拉回去一百年,无所作为,只是全都让走读生穿起来礼服而已。"

"杰克逊帮自有他们的道理。"

"你加入他们好了。"

"邓伍德大厦帮也有自己的道理。"因为里基受不了这种"原罪"的指责,这不仅是——如同钦定本[1]所指出的——善的知识和恶的知识,而是善与恶混淆的知识。

"那么去和杰克逊帮紧紧地站在一起好了。"

"我现在站在一起,以后还站在一起。"他又一次感到羞愧

---

[1] 指英国国王詹姆斯一世钦定一批知识分子翻译的《圣经》。该版本曾把亚当和夏娃偷吃苹果后的媾和视为原罪,后来这种提法渐渐被弃用。

了。为什么他总是看得见事情的另一面呢？他谴责自己的灵魂，但是并不成功，后来他们又回到了瓦尔登的话题上。

"我敢肯定他在受罪，"里基说，因为她一味地在笑。"每个走过去的男孩儿都揪他的耳朵——非常有趣，毫无疑问；但是，每天他们都坚持得更久，脸变得更红；今天下午，他不知道有人在观察他，他抱住了他的头，不停地呻吟。我不喜欢他眼睛里流露的神色。"

"整个孩子我都不喜欢。又脏又瘦的东西。"

"哦，如果这样讲话，我就是又脏又瘦的东西。"

"不，你不是的，"她叫起来，亲吻了他。但是，他又回到了这个话题。什么建设性意见都没有吗？他起草了几条新的规定——改变上床睡觉的时间，等等——有了这些新规定，也许会减少瓦尔登的耳朵挨揪的机会。这些规定交给了赫伯特，他比他的妹妹对弱者更加同情，便对这些规定进行了细致的考虑。但是很不幸，这些规定和别的规定有冲突，而且进一步审查后，还发现也和邓伍德大厦管理所依据的基本准则相违背。于是乎，一筹莫展。阿格尼丝这下更得意了，常拿瓦尔登的事儿取笑她的丈夫。他终于受不了，请她停止这种取笑。他为这个孩子感到不安——几乎是迷信。他上午的第一件工作已经给学校每年带来六十镑收入。

第十八章 229

第十九章

复活节期间,他们没有去成意大利。赫伯特收到一些私立学生的辅导申请,需要里基的帮助。挣钱的门路就在眼前,离开英格兰去度假似乎不合情理,于是他们去了伊尔弗拉库姆。他们花了三个星期,领略了这个旅游胜地的自然优势和不自然的劣势。旅游旺季过去了,他们按折扣价格住进了一家大旅馆。真是冤家路窄,杰克逊夫妇也来了,两家人交往起来平添了许多克制的礼节。不过杰克逊先生却没有多大节制。在所有的时间里,他都随时准备交谈,只要他们离开学校了,就应该快快活活地打发时光。不过,他也十分谨慎,女性方面的照顾非常周到。"躲开一点吧,亲爱的女士们。"他经常见机行事,提醒说。"你认为你看见了生命,那是因为你看见了裂口。可是,所有的裂口都填满了女性的枯骨。"两位女士听了莞尔一笑,难免几分担惊。他对里基很友好,甚至是亲密。在那块荒凉的海胆化石山[①]上,他们进行了一次长谈,他们的妻子在冬日花园里看书,彭布罗克先生看守着那几位接受辅导的学生。"我辅导过一次学生,"杰克逊说,"但是我让他们和我的外甥女们在一起划船,就把他们忘在脑后了。"掌握分寸实在不是一件容易的事情。越说越投机,他们渐渐把话题引向了他的心中激情——索福克勒斯剧本的片断。有朝一日("永远不会有那一天,"赫伯特讥讽说),他会把它们编辑成册的。目前,它们只是流淌在他的血液里。他要用学者的热情和诗人的想象力,把那些失传的剧本片断重新组合起来——尼俄伯②、菲德拉③、和特洛伊人作对的菲罗克忒忒斯④,这些名字,哪怕只为一次偶然事件,都会使人激动不已。"值得一为吧?"他大声说。"我们耕种土豆更可取吧?"随后找补说:"我们已经耕种了;不过编辑古希腊剧本的片断,堪称第二最佳。"

阿格尼丝不赞同这些争辩。杰克逊先生不是一个言谈诙谐的人,可他偏偏要充当这种人,这就有点要命了;从冬日花园里,她能看见人们在冲他和她丈夫大笑,而她丈夫也兴奋不已。她暗示了一两次,可是对方根本不搭理,最后她有几分刻薄地说:"行了,你们别高谈阔论了,里基。我受不了这个。"

"他正是那种和我谈得来的人。他知道我了解的人,或者我喜欢了解的人。他是托尼·菲林的朋友的朋友。很难想象到,人和人有联系,就会联系到一个了不起的人。托尼姑父好像就是这样的人。他喜欢诗歌、音乐和绘画,每一件东西都引诱他生活在一种文化乐园里,把卑劣的东西关在门外。然而,为了让更多体面的人活在这个世界上——他为此牺牲了一切。他不惜把'整个美容院'砸烂,只要这样做能对他有帮助。我真的做不到这一步。我也不认为一个人需要走极端——绘画也许可以被砸烂,但是音乐和诗歌就不行;它们肯定是有帮助的——杰克逊也不这样

---

① 深入伊尔弗拉库姆中心地区的布里斯托尔海峡的一处石头小山,只有一百五十英尺高,但因周围是海水,地势显得很险峻。
② 希腊神话中人物,生有十四个儿子,因自夸而全部被杀死,悲伤无已,后化为石头。
③ 希腊神话中人物,弥诺斯之女,因与忒修斯前妻之子希波里特斯调情遭拒绝而羞愤自杀。
④ 希腊神话中人物,在特洛伊战争中用其父所留下的大弓和毒箭,射死了特洛伊王子帕里斯的英雄。

第十九章 231

认为。"

"哦,我受不了,你说得够多了。"阿格尼丝大笑起来,因为她的声音一向有那种职业的责备调子。"你知道,我们必须团结一致。他是反动阵营里的人。"

"他并不知道这个。他并不知道他到底在什么阵营里。"

"他的妻子是反动阵营里的,这是一回事儿。"

"再说了,这是在度假——"他和杰克逊先生在学期里疏远了,主要是因为瓦尔登那件事儿。"我们在度假就要好好让自己享受一下,你知道。"按着这种思路,他继续说:"他能让人精神振奋。他对诗歌另眼相看。取巧的、煽情的书,对他来说似乎绝对不能接受,诸神和童话故事倒是更接近现实。他试图用希腊神话表现一切现实生活,因为古希腊人看事情直截了当,得墨忒耳或者阿佛洛狄特①比起《适者生存》、《婚姻是缘分》以及当代报刊文章的那些遮羞布,脸上的面纱要薄得多。"

"你知道那意味着什么吗?"

"意味着诗歌而不是散文,占据核心地位。"

"不对。我能告诉你那意味着什么——梦呓。"

他的嘴一下子闭上了。她用复仇的快意把薄弱的推论一扫而光。"但愿你说错了,"他回答说。"因为那些东西就是我过去两年间一直在写作的东西,不管如何糟糕。"

"可是你写的是故事,不是诗歌。"

她看了看手表。"又该上课了。你永远别想有片刻的安宁。"

"可怜的里基!你到了夏天再休一个真正的假期吧。"她对

---

① 希腊神话中爱与美的女神,相当于罗马神话中的维纳斯。

着他身后大声喊道,"记住,亲爱的,杰克逊先生就是杰克逊先生。别和他交谈过多。"

相当专横。她的口气近来变得有点儿专横了。但是,这有什么关系呢?杰克逊先生又不是朋友,他必须担当冒犯威德林顿的可能性。上过课,他给安塞尔写信,自从六月份以来他们还没有见过面,因此请他到伊尔弗拉库姆来,哪怕相聚一天也好。写好信再读,信文的口气令他不快。信文颇有些伤感:听起来好像是牢笼里发出的呼喊。"不能把这样的废话寄给他。"他心想,又写了一次。但是不管他怎么措辞,写出来的信总是让人看出来他不开心。"怎么回事儿?"他扪心自问。"我过去给他写信,想写什么写什么。"于是,他在一张明信片上草草写下了"来吧!"两个字。然而,即便这样,明信片似乎还是严肃了点。明信片和几封信都扔掉了,阿格尼丝在废纸篓里找到了它们。

然后她说:"我一直在想——难道你不应该请安塞尔先生过来吗?吸一吸海边的空气,对那个可怜的东西有好处。"

这下没有什么困难了。他立即写信:"我亲爱的斯图尔特——我们两个都希望你来这里一趟。"但是这一邀请石沉大海。有几分不安,他又写了一封信,还使用了他们过去亲密无间的那种调侃的口气。这样写出来的信虽然不伤感,但是有几分得意之情,他刚刚把信塞进信箱里便后悔了。没有得到回音,这让他如释重负。

这件事儿令人痛苦却难以琢磨,他因此心思忡忡。这种痛苦是自己招徕的吗?还是外在的什么事情引发的?心思忡忡的结果,他得到了回答——两方面的原因都有。他身心有病,而且自从访问了卡德夫以来,他就这样子了——对不快的情绪远比欢快

第十九章 233

的情绪更容易接受。然而，即便这样，安塞尔还是太无礼了，而阿格尼丝则太爱吃醋了。安塞尔的无礼行为，他理解，尽管对他自己来说不能接受。吃醋呢，同样很难接受，是一种更坚硬的东西。就算把丈夫和妻子比作太阳和月亮，或者比作月亮和太阳。他们因此就不应该对星星表示欢迎吗？他愿意承认，激励她的爱情也许比他自己的更热烈。可是，这种爱情就可以让他们漠视仁厚待人之道吗？那个他在威尔特郡骑马出游时做的梦膨胀起来——一个奇怪的梦：百灵鸟不唱歌儿了，大地溶解了。他从梦中醒来，看见一条峡谷到处是人。

她在许多方面都吃醋——有时候用公开的诙谐风格，有时则用难以捉摸的方式，不达到"我们"已经充分显示出保护人的身份，而且如果可能表示可怜之情的程度，从来不罢休。她开始庇护和可怜安塞尔，而且十分真诚地相信，他会获得他的研究员职位。要不然，那个可怜的家伙去干什么好呢？说来似乎荒唐可笑，她竟然还吃大自然的醋呢。一天，她的丈夫摆脱了伊尔弗拉库姆的事物，到莫特霍去，回来时仍对嵌入油汪汪的大海的石板牙兴奋不已。"听起来像一只海马，"她不耐烦地说。当他们返回索斯顿时，穿过了那些田园风格的郡，她很不喜欢他向窗外张望看看那大千世界，仿佛大自然是一个危险的女人。

他继续履行他的各种责任，感觉他从来没有丢下过它们，他又面对这熙熙攘攘的大厦了。这个学期还是一个学期而已；学校仍然是那个缩小的世界。四部赋格曲的音乐进入他的脑海更深了，他开始哼哼其中的小短调。同样的日程安排，同样的曲折迂回，同样的对孩子或者大人的那种旧感觉——他全都回到了老样子；发生变化的只有那团不现实的云雾，比以前更加浓厚地笼罩在心头。他把这种现象和妻子讲了——他对她无话不谈——她立即警觉起来,想让他去看医生。然而,他解释说,这不算事儿,没有什么特别重要的,既不影响他的工作,也不影响他的胃口,他依然感觉到奶牛真的不在那里。她大笑起来,很快"今天奶牛怎么样了?"便演变成了一个家庭玩笑。

第二十章

安塞尔待在他钟爱有加的常来常往之地——大英博物馆的阅览室里。在这个书卷成林的地方,他总是能找到安宁。他喜欢看见万卷图书一层摞一层,直达那青烟缭绕的圆顶。他喜爱那些无声无息地滑动的椅子,那些亮闪闪的桌子,还有那个中心区域,书目架子围绕在那个监管的宝座周边。在这里,他知道他的生命不是卑贱的。在寻求真理中变老变成一把灰,是值得的,尽管真理不容易找到,重申世界之初已经提出的那些问题,也是有意义的。失败也许在等待他,但是理想并没有破灭。阅读书籍,写一两本很少有人问津、也许无人签名转让的书,都是值得的。他不是英雄,他知道这点。他的父亲和姐妹,由于他们始终如一地成全,让他的这种生活成为可能。但是,尽管如此,这种生活并非一个惯坏了的孩子的生活。

他身边的那把椅子上,坐着威德林顿,他正在埋头历史研究。他的桌子上摆满了大量的书,没过多一会儿一个助手就会给他搬来更多的书。书摞得像一堵墙,把他和安塞尔隔了开来。上午快过去时,这堵墙出现了一个缺口,通过这个缺口,他们进行了如下交谈。

"我刚刚在索斯顿我的表弟家住了几天。"

"嗯。"

"那里令人耳目一新。空气里回响着战斗的气息。大约三分之二的老师都昏了头,在努力营造一个华而不实的伊顿公学的拷贝。上个学期,你知道,累得上气不接下气,他们总算把学校的人数固定下来了。这个学期,他们想创造一个新的供膳宿舍。"

"供膳宿舍受欢迎吧。"

"可是,他们建立的供膳宿舍越多,他们为走读生留下的空间就越少。当地的母亲们都快发疯了,我那古怪的表兄也快发狂了。我一直不知道他对从属古希希腊的东西那么投入。在他的家中,召开了一次愤怒的会议。他应名儿是维护走读生的利益,但是没有人认为他办得到——尤其赋予他这个位置的人。那些讲话都振振有词。他们争辩说,学校本来是为走读生成立的,现在把他们拒之门外是不能容忍的。一个可怜的太太诉苦说:'我家哈罗尔德在学校里,我家托蒂到了上学年龄。人家不可能告诉我供膳宿舍没有空位给她。那么,我怎么办呢?如果我走了,哈罗尔德的情况会怎么样?如果我留下,托蒂又会怎么样?'我必须说,我都感动了。家庭生活要比民族生活更真实——至少我借来这么多书都证明是这样的——而且我相信那尊欧里庇得斯半身像和我的看法一致,而且深为那些脸颊发烫的母亲们难过。杰克逊将会尽力而为。他很不喜欢直接说出那个赤裸裸的真相——那就是,供膳宿舍有利可图。他事后向我解释说:供膳宿舍是一个愚蠢老师的唯一未来。只要你年轻,身体强壮,当一个老师是很容易的事儿,能够提供最新近的大学入门知识。困难在于,当你变得老迈时,还能保住位置,更年轻的浅薄之徒后浪推前浪。而钻进一所供膳宿舍,你就万事大吉了。一个老师的生活是很有悲剧性的。杰克逊的生活相当正确,因为他具备一流的头脑。但是,我碰见了一个可怜的四肢发达的家伙,受雇做一名运动员。他在一所供膳宿舍错失了机会,他在这个世界就没有出路了,只好滚下这座山去。"

安塞尔打了一个哈欠。

"我也看见里基了。我在那里用了一次餐。"

又是一个哈欠。

"我表弟认为埃里奥特太太是他见过的最可怕的一个女人。他称她为'阿卡狄亚的美杜莎①'。她也有和蔼可亲的一面。不过,这种和蔼可亲是一种非常冷酷的食物。"

"什么样的冷酷?"

"没有人会停下来讲话,一会儿都没有。"

"这倒是名副其实的那种,"安塞尔闷闷不乐地说。"唯一名副其实的那种。"

"咳,我呢,"他继续说,"很乐意把她比作电灯。咔哒,她亮起来。咔哒,她黑下来。没有浪费。没有闪烁。"

"但愿她烧断保险。"

"她永远不会烧断保险——除非电源出了问题。"

"你说的电源是什么意思?"安塞尔问道,他总是对比喻说法穷追不舍。

威德林顿不知道安塞尔这样追问什么意思,便建议他去一趟索斯顿,看看能不能弄清楚。

"我去那里没有什么好处。我应该找不到埃里奥特太太:她并不真的存在。"

---

① 阿卡狄亚是古希腊的一个高原地区,以田园生活著称;美杜莎,希腊神话中人物,被她的目光所触及的人,会立即变成石头。

"里基存在呀。"

"我深表怀疑。去年四月份,我收到了两封从伊尔弗拉库姆写来的信,我很怀疑那个写信来的男人还能存在。"低下头,他开始用一个正方形修饰他的论文,正方形里是一个圆圈儿,圆圈儿里是另一个正方形。这是他的第二篇论文:第一篇没有通过。

"我认为他存在:他很不开心。"

安塞尔点了点头。"你怎么知道他不开心?"

"因为他总是不停地说话。"停顿一会儿,他找补说:"我们是多么聪明的年轻人啊!"

"难道我们不聪明了吗?我还指望我们不久就会有人追着结婚呢。我说,威德林顿,我们应该——"

"接受吗?当然。年轻男子汉都不应该说不。"

"我的意思是说,我们应该做一件更加精彩的事情——把埃里奥特太太给融化了。"

"不,"威德林顿赶紧说。"我们千万不能做,一辈子都不能做。"他补充说:"不过,我认为你可以到索斯顿去一趟。"

"我已经对三封邀请信都拒绝或者没有理睬了。"

"我听说是这样的。"

"去一趟有什么好处呢?"安塞尔从牙缝里挤出了这些话。"我不能容忍琐碎小事儿。我宁愿表现得无礼,也不愿意听一个我熟知的人说那些无聊的小事儿。"

"你可以去一趟索斯顿看看他,哪怕只住一个晚上。"

"我上个月看见他了——至少蒂利亚德告诉我了。他说我们三个人一起用午餐,里基买单,餐桌上的谈话有意思之极。"

"哦,我很满意他还存在,如果你去一趟——哦,我就不再要什么聪明了。你真的必须去一趟,伙计。我敢肯定,他很痛苦,很孤独。邓伍德大厦散发着商业和势利的气味,所有的东西他都憎恨之极。他没有进行任何写作。他没有交下任何朋友。他表现得也很反常。在这场刚刚开始的走读生事件中,他抨击了我的表弟。你会相信吗?相当狠毒呢。我想去一起进餐,搞得还相当困难。不像他本来的样子——不像他的情感,也不像他的行为。我保证他不是他自己了。是彭布罗克过去照看走读生的,因此他不能率先带头和他们作对,也许里基在干这件肮脏的工作——而且做得过分了,如同体面的人一般会犯的毛病一样。他甚至在改变说话的口气。可是,他结婚还不到一年呢。彭布罗克和那位妻子完全操纵了他。我看不出来为什么他们应该操纵他,你也看不出来的;这就是为什么我想让你去索斯顿的原因,哪怕只住一晚上也好。"

安塞尔摇了摇头,抬头向那圆顶望去,如同别人仰望天空。在这宏大的拱顶下,灯焰毕剥作响,闪烁不定,因为这个月又是十一月了。然后,他从那冷飕飕的紫色光线中把目光收回来,开始看书。

"不,威德林顿;不。我们不能因为人高兴不高兴而去看望他们。我去看望,是我们能够和他们交谈。我不能和里基交谈了,所以我不会去索斯顿浪费我的时间。"

"我认为你是对的,"威德林顿温和地说。"可是我们是没有血性的冷酷之人。我不知道——如果我们是另一类人的话——是不是可以做点什么拯救他。那是做一个小知识分子的祸根。你我这种人总是把事情看得十分透彻。我们站在一旁——与此同时,他却变成了石头①。两个从事哲学研究的年轻人在大英博物馆里发牢骚!我们干了些什么呢?我今后应该做些什么?随波逐流,横挑鼻子竖挑眼,眼看着那些知道他们想要什么的人从我们这里抢夺东西,笑话我们。"

"也许你是那种人。我不是。时机到了,我会像农家孩子一样大打出手的。别相信那些关于知识人士的谎言。他们只是写出来安慰多数人的。世界就这个样子,你认为保持安静是容易的事情吗?你真以为我不想把他从那个可怕的女人身边拯救出来吗?行动啊!行动易如反掌;傻子都能有所行动。但是,我想名正言顺地行动。"

"那个监管在看我们呢。我必须回到我的工作上。"

"你认为这番话都是胡说八道吧。"安塞尔说,不让他埋头工作。"请记住,如果我要采取行动,你一定要帮助我。"

威德林顿看上去有点儿严肃。他不是无政府主义者。向埃里奥特太太喊上几声,表示哀怨,就是他准备发泄的一切。

"没有什么秘密可言,"安塞尔接着说。"我脑子里一点计划的影子都没有。我不只了解里基,他的全部历史我都知道:你记得在马丁莱附近的那个日子。什么东西都帮不上我的忙:我只能干看。"

"可是为了什么呢?"

"为了生命的精神。"

威德林顿感到惊诧。这样的说法不在他们的哲学范畴。他们

---

① 这里暗指里基的妻子如同古希腊神话里的蛇发女怪,她看见的人都会变成石头。这个典故用了多次,说明作者对希腊罗马古典文学的理解和运用。福斯特的短篇小说,有一部分就是写古希腊、古罗马神话的。

已经涉足诗歌的领域了。

"依靠别的东西,你没法和美杜莎斗争。如果你问我'生命的精神'是什么,或者它依附于什么,我也讲不清楚。我只能告诉你,留心它就行了。我自己在书里发现它的。有些人在户外或者对方身上找到了它。别刨根问底了。它是同样的精神,我相信自己在任何地方都能了解它,并且正确地使用它。"

但是,说到这里,那位监管派人送来一个条子。

威德林顿随后建议在那些走廊里溜达溜达。空气中有雾:他们需要新鲜空气。他喜爱和敬重他的朋友,但是今天他领会不了他说的话。安塞尔眼中的世界,似乎是一个怪异的世界,有崭新的法律管束着。尽可能多地去看望里基,和他多交交心,给一些精神支持,此外还能为他做什么呢?埃里奥特太太——什么样的力量才能把一个受人尊敬的女人"烧断保险"呢?

安塞尔同意出去溜达溜达,但是,像平常一样,只是把郁闷的情绪舒缓一下。书本的舒服把他抛弃在那些大理石的女神和诸神中间。艺术家的眼光在神韵和身姿里找到了乐趣,但他只能在水波不兴的大海旁,想到消失的香气和废弃的庙宇。

"我们走吧,"他说。"我不喜欢雕刻的石头。"

"你这人太特别了,"威德林顿说。"你总是期望碰见活生生的人。一个人不能永远碰到吧。我就很喜欢看一看帕台农神庙柱子上的中楣。"他在这中楣下走了几码,安塞尔跟在后面,仅仅意识到中楣上那些令人哀伤的东西。

"蒂利亚德过来了,"他说。"我们把他弄死吧?"

"请吧,"威德林顿说,他说话的当儿,蒂利亚德早加入了他们中间。他给他们带来了消息。那天上午他听里基说:埃里奥特太太怀上了孩子。

"孩子？"安塞尔说，突然感到迷惑不解。

"呃，我忘记了，"威德林顿插话说。"我的表弟告诉过我了。"

"你忘记了！嗯，我忘记了也就忘记了。我们毕竟都是年轻人。"他依靠在伊利苏斯河岸[①]诸神庙的垫座上，想起了他们谈论过的生命的精神。尽管他没有弄懂"怀上孩子"意味着什么，但他捉摸他寻求的机会是不是就在这方面。

"我很高兴，"蒂利亚德说，并未流露特别高兴的意思。"一个孩子可以把他们联系得更亲近。我喜欢看见年轻人围着他们的孩子团团转。"

"我觉得我必须回去写我的论文了，"安塞尔说。他离开了帕台农神庙，从我们更有节制的信仰的纪念物中间走过——以弗所人的阿耳忒弥斯[②]的神庙、尼多斯的得墨忒耳雕像。老实说，他知道有些力量他对付不了，而且目前也理解不了。

[①] 伊利苏斯河原先是流经希腊雅典的一条河流。
[②] 古希腊神话中的月神和狩猎女神。

第二十一章

聚集在里基周围的迷雾似乎就要冲破了。他在他不适合的工作中找不到光明,在一个不再尊重他的女人身上也找不到光明,而且他也不再爱她了。尽管他称自己是一个三心二意的情人,并且把他们的婚姻所有的责任都揽在了自己的肩上,然而阿格尼丝身上也有一定的心理和头脑缺点,仅仅自责也不能让这些缺点消失。婚姻生活的闪光已经暗淡下来;的确,他现在看出来,婚姻生活开始之前闪光就已经黯淡了,在最后的几个月里,他闭上了眼睛,假装那闪光还存在。然而,现在,迷雾正在消散。

那个十一月,那件大事步步逼近了。他依靠大自然的眼睛看见了它。如同在安塞尔那里,他这里也恍然大悟,个人的爱情和婚姻只是掩盖了这面盾牌的一面,而盾牌的另一面刻上了诞生的史诗。在上课中间,他往往会变得神情恍惚,如同一个人发现了宇宙的新象征,一个崭新的圆圈儿出现在正方形里。在正方形里,又会是一个圆圈儿,在圆圈儿里又是一个正方形,直到视力模糊起来。这里面有一种意义。他的母亲已经在他身上忘我了。他也会在他儿子身上忘我的。

消息传来时,他正在履行职责——备课。孩子们是些了不起的小家伙。也许,他们会堕落得只有兽性,也许,他们会获得一个女人的温情。虽然他们看不起里基,因为阿格尼丝的刻薄而吃苦头,但是他们有一个念头,那就是这个学期将会和风细雨地过去，不制造麻烦了。"

"里基——耽误一会儿——"

他的脸一下子变得灰青。他跟着赫伯特走进了过道，把身后预备室的门关上。"哦，她没事儿吧？"他小声问道。

"没事儿，没事儿，"赫伯特说；可是，他的回答中透出一种阴沉的敌对的口气。

"我们的男孩儿吗？"

"女孩儿——一个姑娘，亲爱的里基；一个小女儿。她——她在许多方面都是一个健康的孩子。她会活下去——啊，是的。"一丝恐惧在他脸上闪过。他急匆匆进了预备室，把读经台上的盖子抬起来，机械地看了一眼那些孩子，又赶了出来。

列文太太从通往大厦他们自己使用的那部分的那道门走了出来。

"大人小孩都很好！"她嚷嚷说；但是，她的声音也严肃起来，带着气恼。

"怎么回事儿？"他喘口气说。"有什么事情你们不敢告诉我吧。"

"只是——"赫伯特吞吞吐吐地说。"你看见了千万别往心里去——她是瘸子。"

列文太太转眼不见了。

"瘸子！不过不会像我一样瘸吧？"

"呃，我亲爱的孩子，更厉害。别——哦，在这点上要像个男人啊。离开预备室去看看吧。记住，她会活下去——在许多方面都很健康——只有这点残疾。"

那个星期的恐惧一直没有从他心头消失。直到他生命的尽头,他都记得那些借口——那些安慰,那就是那个孩子可以活下去;如果不是所有的罪都受,那就受很少的罪;走路会拄上拐棍;当然会活下去。上帝是更有怜悯之心的。在穿堂风的日子里,窗户开得太大了。他的女儿生病了,没生几天,也没有痛苦,就夭折了。然而,他在剑桥非常轻松学到的那一课,现在应该得到重视了;他再也不应该生养什么孩子了。

第二十二章

在这同一个学期,邓伍德大厦还发生了另一件事情。这件事儿好像和他们家庭的悲剧没有联系;但是,到了一定时候,里基还是发现这件事儿是很难评说的。事情的种种发展没有预料到却持续不断。这件事儿也许是他不得不承受的最可怕的东西。

瓦尔登现在成为寄宿生已经十个月了。他的身体上个学期就已经垮掉了——部分原因恐怕是很差的伙食造成的——而且在暑假里,极度痛苦的耳朵疼痛犯了一次又一次,令他不堪承受。他的母亲是一个软弱的女人,本希望他在家里将养,但是赫伯特劝阻了她。那孩子夭折后,邓伍德大厦掀起来一波敌对的情绪,哪个孩子都不知道根源,哪个老师也查不出源头。瓦尔登一向不广受欢迎——没有任何理由他会成为由头——而且目前为止他也从来没有受到严重的欺负。一天晚上,几乎整所大厦都袭击了他。级长们都借故离开了,大一些的孩子站成了圈儿,小一些的孩子受托成为中坚力量,把瓦尔登摔倒在地上,在课桌下面蹂躏他的脸,乱揪他的耳朵。吵闹声穿透了那些台面呢门,赫伯特穿过一道道门赶来,惩罚了整个大厦的学生,包括瓦尔登,因为单单放过他是行不通的。这个可怜的男人吓坏了。他赞成身体别太娇气,但是这次却是不折不扣的野蛮行为。他的孩子们到底怎么啦?他们难道不是绅士们的儿子吗?如果人们还没有相互理解之前,你就把他们圈养在一块儿,那么伟大的潘神就会生气,最终把各种规矩都搅乱,逼疯他们。赫伯特对这种说法并不认可。那天夜里,受害者瓦尔登疼痛难忍,大喊大叫,第二天医生来了,说需要动手术。这一焦虑持续了整整一个星期。当地报纸上都登载了文章,不仅大厦的名声,连学校的名声都岌岌可危了。"我早知道就好了,"赫伯特反复念叨说——"要是我早知道,我会把事情安排得完全另一回事儿。他应该住在一个小单间里。"这孩子没有死掉,但是他离开了索斯顿,再也没有回来。

他离开前的那天,里基和他坐了一会儿,试图用一种没有学究味儿的方式交谈。他自己的痛苦挥之不去,不能与别人分担,尤其不能和妻子全部分担,但是他仍然要对别人的痛苦,痛之所痛,苦之所苦。他在与没有感情的婚姻作斗争,尽管他正在输掉这场战斗。

"别灰心丧气,"他告诉瓦尔登说。"这个世界不总是这个样子。当然,各种引诱和考验是难免的,但是和你在这里所经历的这种情况不是一回事儿。"

"不过,学校是缩小的世界,对不,先生?"那孩子问道,希望把另一个老师告诉的东西说出来,让眼前的老师高兴。他总是在寻求同情:他终归没有躲过劫难,这是一个因素。

"我自己从来没有注意到这点。我上学时也不快活,可是在这个世界里人们却是可以非常幸福的。"

瓦尔登长叹一声,把眼睛转来转去。"同学们对他们所做的事情感到遗憾吗?"他用动情的声音问道。"我敢保证我从心底里原谅他们了。我们应该原谅我们的敌人,不是吗,先生?"

"可是,他们不是你的敌人。如果你在五年以后遇见他们,你可以发现彼此都是很杰出的人才。"

这孩子不会承认这点。他过去读了一些奋兴运动①的文学作品。"我们应该原谅我们的敌人,"他反复说;"不管他们有多么邪恶,我们都不应该希望他们邪恶到底。我生病而且死神好像就在身边的时候,我收到了许多善良的信,谈论这个问题。"

里基知道那"许多善良的信"。瓦尔登劝导那个单纯的护士给人们写信——各种各样的人,他多少认识或者根本不认识的人——把他的不幸详细地告诉他们,请求精神援助和同情。

"我为他们感到遗憾,"他继续说。"我不喜欢成为他们那样的人。"

里基长叹一声。他看出来,邓伍德大厦的一年时间便造就了一个假装圣洁的小道学先生。"别想他们了,瓦尔登。想一想那些美丽的东西——比如说,音乐。你喜欢音乐。高兴起来吧。高兴起来是你的责任。你只有感到一点幸福,你才能好起来。接下来,也许你会少想到原谅他人,多想到热爱他人。"

"我已经爱他们了,先生。"里基感到非常绝望,问他是否可以看看那"许多善良的信"。

瓦尔登慨然答应了。一捆包扎得非常整齐的信拿了出来,在大约二十分钟的时间里,这位老师仔细阅读了一遍,而这位小病人在一旁目不转睛地看着老师的脸。乌鸦在外面的操场上哇哇地欢叫,窗户下面不远的地方,传来欢快的开心的笑声。孩子就是孩子,绝不是一个魔鬼,不管他们可能有什么毛病。这些信是些谁都写得出来的令人寒心的习作,有几分牧师布道的口气。瓦尔登,因为他这时正在病中,把这些信看得过分认真了。那些写信

---

① 对基督狂热的布道活动所产生的文学作品。

的人宣称，他的病是一种修炼，正在达到某个神秘的目的：肉体受难达到精神上的升华：他已经表露了这方面的迹象。他们都很乐意为他祈祷，一些人口气威严，另一些人口气羞涩。但是，他们都乐意为他祈祷，只有一个例外，这个人在信中拒绝为他祈祷，信文如下：

亲爱的瓦尔登，

　　我应该说，我从来不记得看见过你。你病了，我很难过，希望你对病的看法不正确。你过去为什么不写信告诉我，因为我能够帮助你的。他们揪你的耳朵，你应该这样还击(这里画了一个潦草的素描)。我不能承担祈祷，不过我会想到你，如果这样做也可以的话。我到了四月份就二十二岁了，身体相当沉重，一张平常的宽脸，一双眼睛，等等。我写这点，是因为你把我和别的什么人混杂在一起了，因为我还没有结婚，也不打算结婚。我不能总是想到你，不过我保证每天想你一刻钟的时间(比如说，下午七点至七点一刻)，而且等你身体好一些了，我也许会去看望你——也就是说，如果你是个孩子，像一个孩子一样阅读东西。我一直是一个猎捕海獭的人。

　　　　　　　　　　　　　　　　　你忠诚的

　　　　　　　　　　　　　　　　斯蒂芬·旺哈姆

第二十三章

里基从瓦尔登那里出来，直接去看望妻子，见她躺在她的卧室的沙发上。他们之间现在已经有了很大的裂缝。她，如同她为他创造的那个世界，是不真实的。

"阿格尼丝，亲爱的，"他开口说，一边抚摸着她的手。"有一件令人尴尬的小事情发生了。"

"什么事情，亲爱的？稍等一会儿，我把这本书剩下的这点看完。"

她已经熬过了孩子夭折的悲剧：她能熬过去所有的事情。

等她空闲下来，他把令人尴尬的小事情告诉了她。目前为止，他们绝少提及斯蒂芬。斯蒂芬被划入了那种毫无利用价值的死人之列。

她表现得很体谅人，超出了他的期望。"亲爱的里基，"她小声说，眼睛转向他处。"对你来说，真够你烦的。"

"我希望瓦尔登和奥尔太太住在一起。"

"嗯，他明天就永远离开我们了。"

"是啊，是啊。我让他回复那封信，表示歉意。他们从来没有见过面。和一个在教会军①的男子弄混了，那人住在一个名叫科德福德的地方。我请教了那个护士。全都解释清楚了。"

"这件事情总算结束了。"

"我想是的——如果事情总有结束的时候的话。"

"如果,运气不佳,那个人真的来探望,我来见他,告诉他那个孩子已经走了。"

"你,或者我,都行。到了这个时候,我已经把所有的流言蜚语都对付过去了。他现在对我来说,绝对什么都不算了。"他把那本零售商手册拿起来,无所事事地翻来翻去。在手册的封面上,印了一只奇形怪状的羊。他们的生活变得多么憋闷,多么愚蠢!

"不过,不要用那样的口气说话,"她不安地说。"如果你和他说话捅了娄子,想一想那会招来多么大的灾难。"

"会吗?灾难发生一次就足够了。不过,我想,毫无疑问,埃米莉姑妈已经捅了娄子。"

他的妻子不高兴了。"你不要用那种冷嘲热讽的口气说话。我相信,埃米莉姑妈用心是好的。我在那里的时候,她就提起过这件事儿,不过只说过一次。她,和我,以及所有正派的人,都知道别弄出什么娄子来,或者想到了别弄出什么娄子。"

阿格尼丝一直沿用她所谓的"家庭的联系"说话。她曾经单独去过一次卡德夫,也经常和菲林太太通信,她从来没有和里基交待过她那次探望的任何信息,里基也从来没有询问过。但是,在这个时刻,整个话题重新提起。

"可以肯定,他什么事情都不知道。"她接着说。"呃,他甚至没有想到,瓦尔登会住在我们这大厦里!我们绝对是安全的——除非埃米莉姑妈要去世了。也许,到那时——不过我们目前是绝对安全的。"

---

① 英国圣公会于1882年成立的一个组织,以救世军为楷模。

"姑妈当时提到这件事儿,她说了些什么?"

"我们进行了一次长谈,"阿格尼丝平静地说。"她没有告诉我什么新的东西——我是说,关于过去她没有说任何新东西。不过,我们就目前的情况进行了长谈。我认为"——她的声音又变得不愉快了——"你拒绝和埃米莉姑妈据理力争,是不对的,也是愚蠢的。"

"要我说,错是错了,但是很明智。"

"你不能指望,她——年事已高,又那么敏感——能够首先让步。可是,我知道她会很高兴见到你的。"

"就我所能记得的,在花园里最后交谈的场面,我指摘她'忘记了别人是什么样子'。她永远也不会原谅我说出这样的话来。"

阿格尼丝没有说话。在她看来,那句话没有任何意义。然而,里基是对的:菲林太太对那句话耿耿于怀。

"不管怎样,"她建议说,"你可以去一趟,看望看望她。"

"不,亲爱的。谢谢你,不去。"

"她呢,不管怎样——"她是准备说"是你父亲的妹妹",但是,这样的话不是一句让人愉快的话,于是她把话锋一转,变成了:"她呢,不管怎样,越来越老了,越来越孤独了。"

"我们大家都一样啊!"他大声说,口气中流出他身上现在的性格变化。

"她不应该与她名正言顺的亲戚分离开。"

一时间,出现了沉默。里基还在翻动那本手册,说:"你忘了,她得到了她最喜欢的侄儿。"

一片明亮的红晕在阿格尼丝脸颊展开。"今天下午你这是怎么了?"她问道。"我认为你最好出去散个步吧。"

"在我出去之前,先告诉我你这是怎么了。"他的脸也红起来。"你为什么想让我和我的姑妈修复关系呢?"

"因为修复关系是正确的、应该的。"

"真的吗?还是因为她已经没有几天活头了?"

"我不明白你什么意思,"她回嘴说。然而,她的眼睛垂了下来。他突然袭上心头的怀疑是真的:她在图谋遗产。

"阿格尼丝啊,亲爱的阿格尼丝,"他用正在消失的温情说。"你怎么能想到这样的事情呢?你的行为像一个穷人。我们不想要埃米莉姑妈的任何钱财,别人的钱财我们也不稀罕。我说这话不是出于高尚:我们不需要在那方面经受诱惑:我们拥有的钱足够我们花了。"

"目前够花了,"她回答说,仍然看着他处。

"可没有什么未来啊,"他叫起来,感到一阵绝望。

"里基,你这话是什么意思?"

他这话什么意思?他的意思是,他们之间的关系固定下来了——再也不会有利益的注入,甚至激情的注入都没有了。通往生活的尽头,他们继续打发时间好了,这对她来说已经足够了。她满足于日复一日过下去,别人干什么她干什么,不咸不淡地扮演角色。但是,他曾经梦想过贤内助,梦想过别的事情。

"我们不想要钱——哎,甚至不用破费什么旅游的开销。我把工资或更多的钱都投资了。就人类的预见来看,我们永远不需要钱了。"他的思绪飘到了外面那座小小的坟墓上。"你说什么'正确的、应该的',可是对我姑妈来说,正确的、应该的事情是把她所拥有的每一个便士都留给斯蒂芬。"

她的嘴唇颤抖起来，有那么一会儿，他以为她就要哭了。"我和你说什么好呢？"她说。"你说话的样子像一个用诗说话的人。"

"那我来用散文把话说明白吧。斯蒂芬和她生活了二十年，他应该得到这笔钱。"

可怜的阿格尼丝啊！真的，她说什么话好呢？她的脚踏上卡德夫的第一刻，她就想到："嚯，这里有钱。我们一定要想方设法得到它。"作为一个淑女，她从来没有向丈夫坦露她的这一想法，但是她得出结论：丈夫他也会产生这个念头的。而现在，虽然这个念头终于出现在丈夫的脑子里了，他却连给他的姑妈写一个小便条都不肯。

他还在进一步试探她。他们正在就这个话题争论，他却话锋一转，说："他那天来我们屋子里串门，我就应该告诉他的。那是我走错的第一步啊。"

"里基！"

"在那些日子里，我很伤感。我主意已定。我恨不得今天下午就给他写信。为什么他不应该知道他是我弟弟呢？这种可笑的秘密究竟有什么了不起？"

她一下子回答不上来了。

"可是为什么不呢？说个理由，他为什么不应该知道。"

"说个理由，他为什么应该知道，"她回击说。"我从来没有听说过这样的废话！给我个理由，为什么他应该知道。"

"因为我们编造的谎言，毁掉了我们的生活。"

她迷惑不解，环顾这间设备完善的房间。

"这就像一剂我们不了解的毒药。你想到过我的弟弟多少次呢？我每天都想到他——不是出于爱；别误解了；只是当作一剂我逃避的药。喝下去，就是人们所谓的那个潜意识的自我，一直在伤害我的那个自我。"他的声音哽咽了。"啊，我亲爱的，我们当时编造了一个谎言，而这封信让我们想起了那个谎言，因此给了我们又一次机会。我不得不说'我们'撒谎了。如果我悄悄地承担了这个责任，那我应该是再一次撒谎了。我们一起来请求上帝的宽恕吧。然后，我们再来写信，你喜欢多么冷淡就多么冷淡，写给斯蒂芬，告诉他他是我父亲的儿子。"

她的回答无需写出来了。这是里基最后一次试图保持亲昵关系。他们余下的谈话，尽管很长很激烈，不过最好还是忘掉吧。

瓦尔登的信产生的一次作用，就是让他们夫妇吵了一架。他们两个以前还没有公开闹过别扭。到了晚上，他亲吻了她，说："对去年发生的事情我还生气，多么荒唐。我当然不会给那个人写信。"她还了他一个吻。但是，他知道他们已经破坏了相敬如宾的习惯，以后还会吵架的。

巡视的时候，他去看了瓦尔登，不动声色地要到了那封信。他把信带到了他的屋子。这是不明智的一招，因为他的神经已经不结实了，他试图埋葬的那个人很活跃，兆头不妙。安静下来的时候，他审视信上的字体，看着看着，觉得一个活生生的人和他待在一起，而他呢，因为他的小女儿夭折了，他也死了。他更加清晰地觉察出大自然的残忍，对大自然来说，我们的优美和虔诚只不过是气泡，在浑浊的水上急匆匆顺流而下。气泡破了，河流滚滚向前。他的父亲，作为最后的侮辱，给这个世界带来一个与他们所有的人都不同的人——这个人生就了粗糙的仁慈，庄稼人的力气，一种愤世嫉俗的农家孩子，与他比较，他们自己的痛苦和软弱也许更加逼真地经受了缓解。"生出来一个埃里奥特——生出来一个绅士。"于是,这一下流的说法流传开了。但是,这里有一个埃里奥特,他的顽劣根本不是绅士所为。因为那个斯蒂芬遗传顽劣,他从来没有一点怀疑过。他会生养儿女:他,而不是里基,会对那条河流做出贡献;他,通过他久远的子孙,也许会和那无名的大海混合在一起。

如此这般地冥想着,他躺下来睡觉,觉得肉体和灵魂都有病了。毫不奇怪,那个黑夜是他所知道得最可怕的时间。他重返剑桥,他的名字成了那个门上的一个灰暗的幽灵。然后,一个温顺的影子般的女人,阿伯丁太太,她的声音又传来了:"这似乎很难是正确的。"这就是她说的话,她对变化和死亡的种种神秘所说的唯一抱怨。她低头干活儿,任劳任怨,让她的"绅士们"生活得舒服。她依然还在辛勤地劳作。他躺在床上,请求上帝赋予他智慧;他可以把忧愁维持在应有的圈子里;他可以避开极端的憎恨,对斯蒂芬不再嫉妒。他如此确定地祈祷,或者冒险表明自己私下的种种愿望,这种情况是很少有的。宗教对他来说是一种仪式,一种与美好的交流;而不是一种获得他在这个地球上所想要的手段。但是,今天夜里,通过煎熬,他降低了身份,成了阿伯丁太太之类的人。

一个小时又一个小时,他等待睡过去,竭力容忍在幽暗中一张张泡沫般闪现的脸——他的姑妈,他的父亲,还有,再糟糕不过的是,他弟弟那张得意洋洋的脸。每次他挥拳打去,清醒过来,都会在墙上撞伤他的手。然后,他歇斯底里地祈求原谅,祈求入眠。

然而他又醒过来了,从一个更加神秘的梦中醒过来了。他听见他的母亲在哭泣。她在这黑黢黢的房间里哭泣得相当清晰。她小声说:"千万别在意,我亲爱的,千万别在意,"接下来一个声音附和说:"千万别在意——走开吧——让他们安息吧——让他们安息吧。"他点上了一支蜡烛,房间里空荡荡的。然后,急匆匆赶到窗户前,他看见在那些寒碜的房子上方,寒霜映出了俄里翁[①]的辉煌。

此后,他每况愈下。听由那些责备他的人建议他应该干什么吧。他已经失去了他喜爱的工作、他的朋友、他的孩子。他保持了良心和正派,但是他身上的精神部分继续滑向毁灭。

[①] 古希腊、古罗马神话中人物,系巨人杀手;这里也指猎户星座在闪烁。

第二十四章

接下来的几个月里,尽管堕落和焦虑不断,但是没有给他带来发生在那个黑夜那么可怕的事情。他成了谁都不理的人,一个失败的人。不过,他没有再让人逼着反省这些再清楚不过的事实。瓦尔登早上离去,带走了那封要命的信。整所供膳宿舍松了一口气。善良的天使又和孩子们在一起了,要不然(赫伯特宁愿这样想)他们已经领教了一次教训,结果会变得更有人情味儿。无论如何,这个灾难性的学期总算平静地结束了。

圣诞节假期中,两位老师打算去意大利观光而没有去成,在复活节又说到爱琴海转一圈儿。赫伯特实际上去了,享受到了爱琴海和特尔斐①的风光。埃里奥特夫妇一块儿在英格兰访问了几个地方。学校开学还有十多天,他们就返回了索斯顿,却发现威德林顿又在杰克逊家住了下来。交往是很痛苦的,因为两个家庭几乎没有说话的条件;那所供膳宿舍那个得意洋洋的支架都无济于交往顺利。(进步党已经左右了时代。)威德林顿本性敏感,为人小心,但是这次他拒绝听任摆布,经常顺便来看望他们。他的态度很友好,但是很挑剔。他们夫妇一致认为他是个麻烦的人。接下来,阿格尼丝离开了,非常突然,去看望菲林太太,在她离开期间,里基进行了小小的暗中的交往。

她不在家,尽管方便,但是令他迷惑。希尔特太太,半呆半疯的,跟谁在一起都惹麻烦,近来对卡德夫进行短暂拜访,不经邀请，便来到了索斯顿。一般情况下，她不是一个受欢迎的客人。这一次，阿格尼丝却欢迎了她，而且——里基认为——要她保证不把一些她知道的实情告诉里基。两个女人谈话神神秘秘的。"希尔特先生会来和你住一段时间的，"希尔特太太说。这两个人的来访也许有什么联系？

阿格尼丝的来信没有告诉她什么内容；它们从来没有什么内容。她在纸上表达自己过分笨拙，或者说过分谨慎。坐马车去了一趟巨石阵；在大教堂参加了一次唱诗班；埃米莉姑妈的爱。他后来在滑铁卢与她相会，从她脸上没有看出任何东西（如果有什么东西可以看出来的话）。

"你自己过得快活吗？"

"快活极了。"

"你和姑妈在一起不孤独吗？"

"有时会孤独。有时候别人来访。"

"托尼姑父的《随笔》出版了吗？"

这个话题，交谈的内容多一些。那本书终于见校样了。埃米莉姑妈写了一个很有吸引力的前言；可是她闲散惯了，从来不会把事情做得有始有终。

他们坐上了一辆公共汽车，到陆军和海军百货店去：赶回索斯顿之前，她想采购一些东西。

"你读《随笔》里的文章了吗？"

"每篇都读了。赏心悦目。拿起来就放不下。只是这里那里有些统计数字，把文章破坏了——但是你可以看他那些关于自然

---

① 古希腊城市，阿波罗神殿位于此地。

的描写。他和你看法一致：认为群山和树木是活生生的！埃米莉姑妈称你是他精神方面的继承人，我认为她说这话很得体。我们两个都为你停止写作感到惋惜。"他们坐上百货店的电梯时，她背诵了一些《随笔》里的片断。

"你们还谈了些什么？"

"我把我所有的新闻都告诉你了。现在该你说了。我们先去喝点茶吧。"

他们在过道里坐下来，身边是疲乏得各不相同的女士——憔悴的女人、淫荡的女人，还有每根手指头都绕了各色小包包的女人，像提着大块肉。绅士们要少得多，不过在场的便都是比较赶时髦的那类男人，里基本人现在就属于这一类了。

"我什么事情都没有做啊，"他有气无力地说。"吃饭，读书，对买卖人态度粗鲁，与威德林顿谈话。赫伯特今天早上到了。他带回来一幅帕台农神庙最美丽的照片。"

"威德林顿吗？"

"是的。"

"你们都谈了些什么？"

她本可以听到每一个词儿的。只是因为那种愉快的感觉他希望藏起来。即使我们爱他们，可是我们也希望对他们保守一些秘密的角落，不管角落有多么渺小：这就是一种人权：这就是个性。她开始盘问他，但是他们被打断了。邻桌的一个年轻女士突然站起来，大声说："没错，就是你。我从你走路的样子看出来像你。"说话的是莫德·安塞尔。

"哦，快过来和我们一起喝茶吧！"他招呼说。"我来介绍一下我的妻子。"

第二十四章　261

莫德很僵硬地点了一下头,但是阿格尼丝把这看作教养不够,并没有往心里去。

"我这就过去啊!"她继续用尖细的快活的语调说,两只手利落地把茶点端起来,放在了埃里奥特夫妇的桌子上。"嗨,你为什么一直没有来看望我们?"

"我想是因为你没有邀请我吧!"

"你用不着邀请的。"她摇摆着一根指头,身子向前探过来。但是,她的眼睛里具有她哥哥的那种诚实。"你不记得你离开我们的那个日子吗?父亲说:'这下,埃里奥特先生——'要不他直接叫'埃里奥特'了?你怎么都不会忘记的。总之,父亲说你是不用等待邀请的,而你说:'不用;我不请自到。'我们家房子相当大"——她有几分傲慢地向阿格尼丝转过身来——"二楼那间空闲的屋子,我们叫它'竖琴屋',因为一架竖琴挂在那里的墙上,这房间一向是为斯图尔特的朋友们准备的。"

"你哥哥安塞尔先生怎么样?"

莫德的脸一下子阴沉下来。"难道你没有听说吗?"她用充满畏怯的声调说。

"没有。"

"他没有获得他的研究员资格。这是他的第二次失败了。这就是说,他永远得不到这个资格了。他永远当不成导师了,也不能像我们所希望的在剑桥生活了。"

"呃,可怜啊,可怜的人儿!"埃里奥特太太说,带了一种发自内心的惋惜之情,尽管她的各种祝贺都不会发自内心。"我感到很难过。"

然而,莫德转向了里基。"埃里奥特先生,你也许知道怎么回事儿。告诉我吧。斯图尔特的哲学出什么错了?他应该加上什么内容,或者应该怎么改变,才能获得成功呢?"

阿格尼丝对此知道得更清楚,嫣然一笑。

"我不知道,"里基难过地说。他们两个半斤对八两,毕竟都不是绝顶聪明的人。

"黑格尔[①],"她用提供例证的口气继续说。"他们说他阅读了太多的黑格尔。可是他们从来没有说不读黑格尔,应该读什么。我估计,就是要读他们那些沉闷的书吧。看看这个——不,这是《温莎》。"又摸索了一会儿,她找出了一本《心灵》,双手递过来,仿佛那是一个地质标本。"在这本书里,有一段评述斯图尔特过去写的东西,指出他读了过多的黑格尔的东西,现在看起来统统成了麻烦了。"她的声音有些颤抖。"我认为这太不公平了,那个研究员资格送给了一个给银莲花数花瓣儿的人。"

里基没有一点心情笑出来。

"我希望斯图尔特早去牛津试试的。"

"我不希望那样!"

"你说过的,"她热烈地继续说,"可你再也不来看望他,尽管你知道你是用不着等邀请的。"

"话要是这样讲的话,安塞尔小姐,"里基用这种场合惯用的玩笑口吻回答说,"斯图尔特也没有来看望我啊,尽管他已经得到了邀请。"

"是的,"阿格尼丝插话说。"我们一次又一次请安塞尔先

[①] 黑格尔(1770—1831),德国古典唯心主义哲学家,在客观唯心主义的基础上提出系统的辩证法理论,主要作品有《哲学全书》、《逻辑学》等。

第二十四章

生来，可是我们两个他都不理会。"

莫德忽闪着眼睛看了她一眼。"我的哥哥是一个非常特别的人，我们女士们理解不了他。不过，我对一件事情知道得很清楚，那就是他所做的一切都自有道理。车来了，我必须坐上这趟车。侍者！跑——堂——的！付账，劳驾。各付各的，当然。说什么陆军和海军百货店便宜！我这下算领教了。"

"布匹部门比较起来怎么样啊？"阿格尼丝亲切地说。

那姑娘短促地噎气地哼了一声，把她的大包小包拎起来，离开他们走了。里基对妻子讲话的口气非常反感。

"可怕的人儿！"她叹口气说。"我有些淘气，可是我实在忍不住。一个聪明的人，落得一个什么样的命运啊！在生活中完全失败了，紧接着又被扔进了这样一个家庭里！"

"莫德是一个势利之人，平庸之辈。不过，就她的情况看，有些东西始料不及。"

她瞅了他一眼，但是接着用她那劝导口吻说："我们两个来一次大联合，把安塞尔先生请到索斯顿来。"

"不行。"

"你这朋友变化也太大了！我们订婚那阵子，你总是在谈论他。"

"等你把茶喝完，随后我们去把小隔间的亚麻油地毡买了。"

但是，她又说起了这个话题，不止谈论那一天，还谈到了整个学期。不能为可怜的安塞尔先生做点什么吗？看样子，除非他过去认为亲近的人都感到羞愧，她不会停下这个话题。在这点上，她游离了她的本性：她是不求实际的人。那些游离本性的人,往往会招来灾难。在她的煽动下,里基又一次给他的朋友写了信。信写得从哪方面看都不像原来的那个自己了。安塞尔没有回信。但是,安塞尔给杰克逊先生写了信,可他并不认识杰克逊先生。

亲爱的杰克逊先生,

我从威德林顿那里听说,你有一所大房子。我不揣冒昧问一声,我要是去那里小住几日,方便不方便。六月最适合我去。

你忠实的
斯图尔特·安塞尔

杰克逊先生回信说,不仅六月份,就是全年,他的房子都由安塞尔先生以及任何与他身份相当的人随便来住。

然而,阿格尼丝继续过自己的生活,快快活活地打发时光。她,也知道她的婚姻是一次失败,在她空闲的时间里难免伤感。她希望她的丈夫更加英俊,更加成功,更加说一不二。然而,她也会想:"不,不;一个人一定不要怨天尤人。那样没有用。"安塞尔断言她迟早会离开里基,可他说错了。精神上的麻木阻止了她。她也永远不会被一个更加快活的男人所引诱。在这方面,各种批评都只能改变调子。阿格尼丝也有她的悲剧。她属于那种一旦爱上便只爱一次的类型——没有必要升高的一种。她对杰拉尔德的爱情算不上一种高尚的感情: 没有想象力把这种爱情转变得更加崇高。然而,就是这样的爱情,一下子焕发出来拥抱了杰拉尔德，他死了，也就随身把它带走了。其后出现的爱情都没有那么深刻①。通过意志的力量，她为里基让自己变得热烈而已。

她一点也没有意识到自己的悲剧，因此只有诸神为这种悲剧而哭泣了。但是，从此以后，理当记住的是，她是作为一个精神生活已经被抽掉的人在活动。

---

① 原文为法语，出自法国作家拉布吕耶尔的讽刺作品《品格论》。

第二十五章

"恐怕是,"阿格尼丝说,一边打开一封早上收到的来信。"卡德夫的事情发展得非常令人不满意了。"

他们三个人在吃晚餐。时值六月,里基来到索斯顿第二个年头了。

"真的吗?"赫伯特问道,表示出一种友好的兴趣。"哪方面不满意了?"

"你还记得我们谈论过斯蒂芬吗?斯蒂芬·旺哈姆,碰巧——"

"是的。去年他给那个可怜的失败者瓦尔登写过信。我记得。"

"信的内容就是说他的。"

"我不喜欢他信中的那种调子。"

阿格尼丝已经采取了第一次行动了。她等待她的丈夫对此做出回应。然而,尽管他满怀一种痛苦的好奇之心,却没有作答。她再一次行动起来。

"我不认为,赫伯特,埃米莉姑妈是那种可以把年轻人带大的女人,虽然我很喜欢她。不管怎样,这次的结果是灾难性的。"

"发生什么事情了?"

"错综复杂呢。"她放低声音说。"酗酒。"

"天哪!真的嘛!菲林太太过去喜欢他吗?"

"她一直喜欢的。斯蒂芬还是一个小孩子的时候,她就让他住在卡德夫。很自然,这种局面维持不下去了。"

里基始终没有说话。

"现在他开始变得粗暴,无礼。"她继续说。

"一句话,叫花子骑在了马背上①。他是干什么的?他没有亲人吗?"

"菲林太太给他既当爹又当娘。现在,一切都一定结束了。我说她有责任——她自己也责备自己——从一开始就没有严加管教。斯蒂芬从小到大没有受过固定的纪律的约束。他总是想干什么就干什么,谁都知道这样做的结果是什么。"

赫伯特表示赞同。"在我看来,菲林太太的那一套完全不管用。她有一定的责任。她必须为这个青年出一笔路费,打发他到一个殖民地去,花一笔钱让他开始一个营生,然后把所有的交往中断了。"

"多有意思啊!这正是她准备做的。"

"那么我认为,她这么做完全是值得尊敬的举止。"他拿起碟子要醋栗。"他写给瓦尔登的信既没有帮助作用,也没有同情之心,而且,既然要写信,那就要写得又有用又同情人。他到头来没有学好,我一点也不吃惊。你下次写信,你能告诉她我深表遗憾吗?"

"没问题,我会的。两年前,她就已经开始有些焦虑了,她还确实希望你把他管起来呢。"

---

① 英国谚语,全句应为 Set a beggar on horseback and he'll ride to the devil/叫花子发财不知道老几。这里原文用了前半句,故照字面意思译出。

"我也没办法改变一个成年人。"但是,在他心里,他却认为他能行,和蔼可亲地冲妹妹笑起来。"很可怕,不是吗?"他对里基说。里基一直尽量表现得听之任之,表示同意。旁观者会以为,他们三个在进行一次不动感情的三重唱,他们既对菲林太太感到遗憾,也为那个叫花子不再能骑在马背上而遗憾。晚间的邮件来了,新的话题又有了。

一如往常,赫伯特把所有的信件拿了起来。

"杰克逊?"他大声说。"这家伙想干什么?"他读信,语调渐渐平静下来:"'亲爱的彭布罗克先生——你、埃里奥特太太、埃里奥特先生,下个星期六,赏光寒舍共进晚餐好吗?若赏光,我不仅深感荣幸,且感激不尽。我妻子在正式给埃里奥特太太写信(喂,阿格尼丝,你的信)——我冒昧也写一封,另表我粗陋的诚意。'——一根橄榄枝啊。时机不错嘛!不过(可笑之人!)他真以为我们能扔下大厦不管不顾,在开学的时间里,都到外面吃吃喝喝吗?——里基,你的一封信。"

"我的信是一封正式邀请。"阿格尼丝说。"真是咄咄怪事儿!安塞尔先生要去进晚餐。可是我们请他到这里来的呀!你过去知道他认识杰克逊夫妇吗?"

"这样一来,拒绝很困难了,"赫伯特说,一心想接受这次邀请。"无论如何,里基应该去。"

"我不想去,"里基说,慢慢地拆开了自己的信。"正像阿格尼丝说的,安塞尔拒绝到我们这里来。我不能为了他让自己难堪。"

"谁给你写来的信?"阿格尼丝追问道。

"希尔特太太,"赫伯特回答说,从字体上看出来写信的人。"我相信这个学期她不想来拜访我们,各种考试迫在眉睫,整个教学运作一环套一环。不过,里基,你怎么也得接受杰克逊夫妇的邀请啊。"

"我可能去不了。我一贯表现得很不得体;我们总是和威德林顿在这里相聚。我留下来照看那些孩子吧——"他声音突然中断了。他已经拆开了希尔特太太的来信。

"但愿希尔特太太没有生病吧?"

"没有。不过,我说"——他看了看他的妻子——"我认为这样做太过分了吧。真的,阿格尼丝——"

"怎么回事儿?"

"太过分了,"他重复道。他让自己振作起来,进行另一场战斗。"我不能容忍这样的事情。什么事情都得有个分寸。"

他把信扔掉了。赫伯特赶紧把信捡起来,念道:"埃米莉姑妈刚刚给我们写来信。我们很高兴她的麻烦终于结束了,尽管花了不少钱。与自己的亲戚分开生活,从来没有人像她现在做这么多。他下星期六去加拿大①。关于他的情况,你所告诉她的,起到了关键作用。她问我们——"

"不,太过分了,"他打断了赫伯特念下去。"我所告诉她的——告诉她关于他的情况——不,我最终会弄清事实真相的。阿格尼丝!"

"是啦?"他的妻子说,从杰克逊太太的邀请函上抬起了眼睛。

"就是你——就是你啊。我从来没有向她提起过他。哎,我

---

① 加拿大当时是英国的殖民地,荒凉而遥远,等于一种发配。

后来一直没有见过他，也没有写过信。我控诉你。"

接着，赫伯特压在他身上，他瘫坐下来。赫伯特问他说那些话到底什么意思。为什么他那么激动？他凭什么要控诉自己的妻子。每次他都回答得更加软弱无力，没有多一会儿兄妹两个冲他笑起来。他感到迷惑不解，如同一个孩子分明知道自己是对的，可就是不能把正确的一面讲出来。他重复道："我从来没有向她提起过他。那是诽谤。我这辈子从来没有干过。"他们兄妹叫起来："我亲爱的里基，多么可笑的大惊小怪！"然后，他的头脑清醒过来。他的目光落在他妻子收到的姑妈的那封信上，他把这次战斗又挑起来了。

"阿格尼丝，给我那封信，如果你不介意的话。"

"杰克逊太太的吗？"

"我姑妈的。"

她把手放在了那封信上，疑惑地看着他。她看出来她已经镇不住他了。

"我姑妈的信，"他又说一次，站起身子，在餐桌上探出身子冲着她。

"为什么，亲爱的？"

"是啊，究竟为什么呢？"赫伯特附和道。他过去也想把里基镇住，不过动机更加纯粹一些：他一直试图扑灭夫妻之间这场争吵。他插手这样的争吵，不是第一次了。

"那封信。理由很简单：从信中我看得出你到底干了些什么。我相信你把斯蒂芬毁了。你为这事儿苦心经营了两年了。你把话都喂到我嘴里来了，为的就是在斯蒂芬身上发挥'关键作用'。他要去加拿大了——全世界都会认为是我在作祟。如同我刚刚说过的——我劝你别再微笑了——你做得太过分了。"

他们两个这时都站了起来,围在小小的餐桌旁边。阿格尼丝没有说话,不过她那纤弱的手指头紧紧地按住了那封信。当她的丈夫夺信时,她竭力反抗,夺来夺去,结果把所有的东西都碰落在了地上——羊羔肉,薄荷酱,醋栗,柠檬,威士忌。他们马上陷入了一场家务的烂摊子中。阿格尼丝按铃叫女佣,喊了一遍又一遍,打扫用具带来了,打碎的陶器(一件结婚礼物)从地毯上捡起来;而他站在窗户前,看着那浑浊的太阳往下落。

"我一定要看她的来信,"他又说一遍,满腔火气总算过去了。他非常生气偏离了最初的目的。一场争夺闹剧过后,轻微的激动情绪好歹缓和了一下。

"我受够了这场争吵,"她回击说。"你知道希尔特夫妇说得不准确。我认为你把怀疑的根由统统推到了我身上。如果你知道——你还记得你和他那次骑马出游吗?"

"我——"他再次迷惑不解了。"我做梦的那次骑马——?"

"那次骑马出游,半路上你回来了,因为你不愿意听那首难听的诗。"

"我没有听明白。"

"那首关于埃米莉姑妈的诗。他向你和那个迷路的士兵念的诗歌。后来你告诉了我。你说:'真的令人震惊,他忘恩负义。她应该知道这件事儿。'她真的知道了,我为此道歉,却感到高兴。"

他当时感到很气愤,顺便说过这件事情。希尔特太太说得没错——他推波助澜,发挥了关键作用。

"我所说的那些话,你知道我的用意。你知道,我就是宁愿把舌头割掉,也不愿意利用这种话对付他。即使当初也是这种态度。"他长叹一口气。是他毁掉了他的弟弟吗?一股奇怪的柔情袭击了他,而当他想起了他自己夭折的孩子时,这股柔情便过去了。"那么说,是我们两个毁了他。你对'我们两个'的提法还表示反对吗?我们两个剥夺了他的继承权。"

"我坚决表示反对你,"赫伯特插话说。"我现在听明白了双方对这件悲惨事件的陈述。你净说些罪孽的疯话。'剥夺继承权!'感情用事的废话。从一开始我就看得很清楚,菲林太太一直在受那个叫旺哈姆的男人的欺骗,这个人和她没有任何合法的关系,任何揭露他的人,都是在履行一种公共义务——"

"——而且获得金钱。"

"钱?"他听到这个字眼总是感到不安。"谁提及钱了?"

"总算听明白我的意思了,赫伯特,明白我为什么控诉我的妻子了。"眼泪涌进了他的眼睛。"不是我喜欢那个叫旺哈姆的男人,也不是我认为他不是一个醉鬼或者更糟糕。他方方面面都非常可怕。但是,他应该得到我姑妈的钱,因为他从小到大都和姑妈一起生活,而且他和我一样,是姑妈的侄子。你们看,是我父亲造的孽。"他停下来,为自己感到惊讶。原来说出真相这般容易啊!他畏首畏尾起来:保守这个秘密的力量已经消失了。

赫伯特明白过来时,他首先想到的是邓伍德大厦。"为什么一直没有告诉我啊?"他首先问道。

"我们决定不告诉任何人。"阿格尼丝说。"里基,他着急证明我是一个撒谎的人,就把他的保证破坏了。"

"我应该听说这件事儿,"赫伯特说,感到越来越生气了。"如果我早知道了,那我就能让这悲惨的一幕避免了。"

"我来收拾这个残局好了,"里基说,又一次垂头丧气,离开了餐厅。他一时冲动,准备直接到卡德夫,像做生意一样,把斯蒂芬的身份澄清。然后,那个男人便会武装起来,也许会成功地与这两个女人斗争。然而,他顶住了那阵冲动。为什么他要帮助一种邪恶的力量和另一种邪恶的力量斗争呢?让它们互相摩擦,双双毙命吧。让他弟弟富起来,与让他自己富起来一样糟糕。如果他们的姑妈的钱哪天真的归在他名下,那他会拒绝接受的。这是最容易、最有尊严的措施。他不再庸人自扰,主持公道或者怜悯别人了,第二天他便请求自己的妻子,原谅他的行为。

在餐厅里,谈话还在进行。阿格尼丝没有费多大困难,便争取到了他哥哥的同盟。她承认没有告诉哥哥实情,是不对的,而他则声称她在所有别的事情上都很正确。她对自己背着里基向姑妈告状的事儿含糊其词,因为赫伯特往往对细节问题洞察秋毫,不过一般情况下很容易和稀泥。菲林太太早有了许多不满的直接原因,她详尽地诉说过。她用非常大度的口吻倾诉,说这个年轻人在他姑妈屋檐下混口饭,"尽管什么都不知道,却从来没有要求别人告诉他,弄弄清楚。"

"'大度'这词儿用得好,"赫伯特说。"我希望不要纵容。他是不配纵容的。"

她知道,如同她自己,他不能不谈钱的事儿,还知道钱会给她的事业冠以一个不被承认的光环。

"这不是一个让人愉快的话题,"他接着说,突然说话生硬起来。"我理解里基为什么那么歇斯底里了。我一时冲动"——他把手放在她的肩上——"心想马上放弃那笔钱算了。但是,如果我对你有什么用处的话,我必须听听你到底怎么说。有些时候,我们必须面对事实。"

她没有如他所想,尽量回避这个话题,也大大超出了她自己所希望的程度。两年前,那笔钱让她充满了生理上的极度反感。然而,现在她对钱已经习以为常了。

"恐怕,我的伯蒂老哥哥,没有别的什么话好听的。我试了一次又一次,想弄个究竟,但是埃米莉姑妈就是不告诉我。我想这是很自然的。她想保护埃里奥特家的名声。她只是在发脾气时才告诉我们一些事情;然后我们达成一致,只在我们自家人中间说说。后来,里基又一次对她不恭,处置不当,此后她便拒绝让我们知道任何具体情况了。"

"一种最不能令人满意的状况。"

"我觉得也是。"她叹口气,又坐下来。菲林太太对她那有条理的脑子,是一个巨大的考验。"她是一个非常古怪的女人。她总是在取笑人。我知道得不多,她事实上觉得很好玩。"

"那是一个古怪的家庭。"

"一点儿没错。"

赫伯特露出少见的温情,低下头来亲吻了她。

她对他表示感谢。

他们的温情很快便过去了。他们用转移的目光把温情交换了。这让他们兄妹有点窘迫。有些时候,我们大家好像不得已用一种徒劳的新口气讲话。因为嫌弃我们的正常语言,你也许会想象出一个撒拉弗①,由他把虔敬的言辞变成亵渎的言辞,再把亵渎的言辞变成虔敬的言辞。撒拉弗一晃过去了,我们继续讲下去,

---

① 《圣经》中守卫上帝宝座的六翼天使。

没有改变——但是意识到我们不是在扮演我们自己,我们也许在这种功能上又失败了。所以,阿格尼丝和赫伯特继续讨论杰克逊夫妇的晚餐聚会时,产生了一种精神荒漠和精神河流的不安的记忆。

第二十六章

可怜的安塞尔实际上一直坐在邓伍德大厦的花园里。那是星期天早上。空气里弥漫了烤牛排的香味。充满男人气概的圣歌,唱得很快,从学校小教堂传出来,在大路上空飘荡。他皱起眉头,因为他正在读一本书,安东尼·尤斯塔斯·菲林的《随笔》。

他到这里来就是因为这本书——至少他是这样和自己讲的。这本书刚刚出版,杰克逊夫妇相信埃里奥特先生会有一本。为了一本书,一个人可以到处寻找。因为里基昨天没有来用晚餐,与他相见,那么走进邓伍德大厦专门去造访里基,就不合乎逻辑了。他这次来索斯顿,是为了亲眼看看朋友的坟墓。用一双平静的眼睛,他打算好好看一看那些草皮,用不再哆嗦的手指清理一下那篇墓志铭。爱,留在人间。然而,在高尚的事情上,他是讲究实际的。他知道把爱揭示出来没有什么用处。

"早上好!"他身后的声音说。

他找不到理由回答这种多余的问候,便接着读书。

"早上好!"那个声音又说。

至于《随笔》,其中的思想是老派的,他看出了许多漏洞;他什么都不是,只是容忍了人类的兄弟情谊。然而,菲林先生牢牢握住几杆老枪[①],尽管都是过时的玩意儿,却用它们打出了漂亮的靶数。介于粗狂和庸俗之间(粗狂,显露了一些东西;庸俗,隐藏了一些东西),他的特征是非常明显的,而他坦率地承认更喜欢粗狂。对他来说，庸俗一直是主要的祸根，那种做张做致的缄默阻止人与人敞开心扉，这种力量有碍于质量提高。庸俗引发出了所有他憎恨的东西——阶级习俗、太太小姐、斗牛争辩②、游戏规则、保守党——所有这些东西都强调人性的不同之处而非相同之处。而粗狂——但是在这个论点上，赫伯特·彭布罗克用蓝色铅笔草草写下几个字："冒傻气。无需再读下去。"

"早上好！"那个声音重复道。

安塞尔继续读下去，因为这些论说它才算得上一本好书，作者不管多么不成功，都在实践他所主张的东西。菲林太太，在她的前言里，用含蓄的讥讽笔触，交待了菲林先生作为一个地主所面临的种种困难；但是她却没有写出他的英名所包含的爱。她的嘲讽也无损于他的主张，因为他大声疾呼："通过不实际的途径而获得实际的途径。别无捷径可图。"安塞尔则倾向认为：不实际的途径本身就是一种回报，不过他尊敬那些试图在不实际的途径上茕茕旅行的人。我们所有的人必须攀越一座座高山。当然，别无捷径可图。

"美好的早晨！"那个声音说。

分明不是一个美好的早晨，因此安塞尔觉得一定得开口说话了。他回答说："不美好。为什么说美好？"一块泥土立马打在了他的背上。一个脸膛通红的四方形男人在铺石路上遛步，两只手

---

① 原文 to stick to one's guns，等于汉语中的"坚守阵地"，不过因后文还有别的意思，故按字面译出。
② 原文 lidies 是西班牙语单词 lidiar 的第二人称单数的虚拟式变位。lidiar 意为"斗牛、争论、战斗"的意思。此处作者玩了个文字游戏，lidies 与前面 ladies 押韵。

深深地插在口袋里。他非常生气。然后，他看见那块泥土养育着一朵蓝色的半边莲，一个相应尺寸的挖口出现在那个馅饼形状的花坛上。他的气这下消了不少。昨天晚上，在杰克逊夫妇家，阿格尼丝曾表露了一种尖酸的可怜之情，他因此恨不得把她的脖子拧断。莫德没有夸大其词。彭布罗克先生过去就靠他那忧伤的声音和一双大圆眼睛，充当施惠人。在和这兄妹相见之前，他从来没有听人说过他的生涯是一个失败。显而易见，他的生涯失败了。如果他的生涯是一个成功，如果他们或者他们的生涯有什么东西惧怕他，那么他们也就永远不会对他表示怜悯了。

在许多方面，安塞尔都是一个自负的人；但是他从来不会把傲气用在该用的时候。他从一开始就预言了里基的大灾大难，但是却从这种预言里得不到任何安慰。在许多方面，他都很迂腐；但是他的迂腐就位于生命的生活领域旁边——远比无数次亲近茶杯的经历还要近得多。他有许许多多需要了解的事实，而在他去世前，他了解到了不多也不少的数量。但是，他从来不会忘记，心灵的想象力的神圣就完全可以把这些事实分门别类——完全可以决定哪个事实是例外，哪个事实是样品。"看看多么不切实际吧！"这就是他对邓伍德大厦的评价。"看看多么不像干正经事的样子吧！他们在一起生活却没有爱。他们干工作却没有信念。他们寻找金钱却不询问。他们死了，死了就死了，对他们自己还是对别人都只是人死了。"迂腐的头脑第一次面对这个世界的时候，往往就是这样的评论。

然而，他正在向违反逻辑的方向转变。那团泥块干扰了他。清理了一下他背上的泥土，他又开始看书了。《裂缝》这篇随笔是一件多么奇怪的事情！孤独、星星当空、在英格兰的田野上走

第二十六章 279

动,和隐士进行一次对话。他,这个可怜的小个子男人,生活在这最难得的风景里——身置石头、树林、祖母绿草坪、天蓝色湖泊之间。为了把人们隔在外面,他修建了一块高墙的领域,把他的座右铭雕刻了上去——这些凡俗人,离远些[①]。然而,他无法得到乐趣。他唯一的乐趣是模仿那种心不在焉的亵渎之人。他们就赖在他的头脑里,不论白昼和黑夜都挥之不去。他们的缺点和愚蠢来自他那首著名诗歌的题目,《在大自然的心脏》。然后,孤独告诉他,除非他在那面墙上破开裂缝,让他的独处成为命运的消遣,孤独总是孤独,不会改变。他听命了。亵渎之人侵占了他;但是,短暂的停留之后,他们到别的地方徜徉去了,而就在这些短暂的停留期间,大自然的心灵向他敞开了。

这个对话是菲林先生和他的妹夫交谈时受到启发而写出来的。这个对话触动了安塞尔。他打量那个扔泥土块儿的男人,现在正在那片草坪上走动,青春和冒失显而易见。"我可以让他吃些苦头修炼我的灵魂吗?"他想。"我看我试一试为好。"他用友好的语气,问道:"你是在等彭布罗克先生吗?"

"不是,"那个年轻人说。"怎么了?"

安塞尔欣赏了一会儿,把《随笔》向他扔过去。《随笔》打在了他的背上。接下来的瞬间,安塞尔便仰躺在了那个半边莲馅饼状花坛上。

"这下弄疼了!"他喘了粗气说,一种迷惑的文明的口气。"你凭什么伤害我!"因为那个年轻人在用硬书皮的边儿在他的小腿上乱砍。"小鲁汉——哦——啊!"

[①] 原文为拉丁语,系维吉尔《埃涅阿斯纪》卷六女祭司的话。

"那就说声'和平女神'!"

安塞尔内心不甘服输。为什么他应该说和平女神?他挣脱出手来,抓住了那个小鲁汉下巴颏儿下面,嘴上却再次挨了一拳,被死死地摁在那些半边莲中间。

"说和平女神!"他重复道,把那位哲学家的脑壳儿按进了泥土里;他用不那么让人讨厌的急切口气,补充说:"我劝你还是别逞强。你说了真的就好多了。"

安塞尔吞下去一些血。他使劲挣扎,但是白费力气。他仔细向这个年轻人的眼睛看了看,并且打量了一下他右手的手掌,这会儿张开正往下扇来,于是他赶紧说:"和平女神!"

"握握手吧!"另一位说着,帮他站起来。安塞尔对这个开心的不列颠人厌恶透了,但是他还是握了握手,他们你看看我我看看你,很难堪。客客气气,嘟嘟哝哝,他们互相把对方衣服上的蓝色小花瓣儿捡掉。安塞尔竭力回忆他们怎么就打起来了,而那个年轻人则纳闷儿他怎么就没有保护好自己的下巴颏儿。在远处,赞美诗在飘荡——

    为仁善而斗争。用仁善而斗争。你们大家都上阵。勇往直前。

他们差不多就在学校小教堂的对面位置。

"你的书,先生?"

"谢谢你,先生——好的。"

"哎呀!"那个年人叫喊起来——"咳,这就是《我们所想要的》嘛!至少这装订是一模一样的。"

"这本书名字是《随笔》。"安塞尔说。

"当时不是的。菲林太太,你知道,她不愿意叫那个名字,因为那个名字里有三个 W①,你知道,排在一行上,她说了,很俗气,听起来像托尔斯泰,如果你听说过他的话。"

安塞尔承认说听起来耳熟,然后说:"你认为《我们所想要的》这名字俗气吗?"他对这个名字一点兴趣都没有,不过他决心躲开这种拳击运动员的礼仪的气氛,因为这比拳头本身更让人痛苦。

"就是同一本书,"另一位说——"同样的书名,同样的封面。"他把书在满是泥土的手里掂了掂,好像在摆弄一块砖。

"打开看看里面的内容一样不一样,"安塞尔说,一声笑伴随着另一些血,吞咽下了肚子。

泥手印子弄得满书,他把书页打开,念道:"'——乡村的寂静不是诗人的奢侈,而是我们所有人的实际需要。'是的,就是这本书。"对他的发现开心地微笑起来,把书递给了书的拥有者。

"这是真的吗?"

"你什么意思?"

"乡村的寂静是一种实际需要,这话是真的吗?"

"别问我呀!"

"你过去没有感受过么?"

"什么?"

---

① 《我们所想要的》英文是:What We Want;后文提到托尔斯泰,可能也是 Tolstoy 里面有重复的字母,不过也许暗示作者对托尔斯泰写作的一种评价。

"乡村的寂静。"

"田地里没有声音,我想你是问这个吧。我不理解。"

安塞尔笑了,但是这个人眼神里的一丝丝火气让他没敢笑出声来。不管怎样,这家伙一抬手就能把另一个人打趴下。再说了,他受到取笑是没有任何理由的。"不。怎么了?"他能做出这样的回答,从本质上讲并不愚蠢。他很容易激怒——在安塞尔看来,这倒是一种常有的优美的标志。坐在打翻的座位上,他说:"我在许多方面都很喜欢这本书。我不认为《我们所想要的》会是一个俗气的名字。不过,我并不想把自己搭上,借机纠正这个世界,因为纠正这个世界是教义的事情。还有,我对乡村的各种寂静一点也不敏感。"

"该死!"他若有所思地说,不停地吸着那杆没有装烟叶的烟袋。

"烟叶吗?"

"请给一点儿。"

"里基脏透了,不可救药。"

"你怎么知道我认识里基?"

"哎,你认识他的姑妈嘛。这是一种可能的联系。对里基温和一点啊。如果他认为早上天气不好,你可别把他打翻在地。"

另一位没有说话。

"你和他很熟吗?"

"算是认识吧。"他有意思把话说下去。吸烟的渴望在身上表现得很强烈,安塞尔注意到他如何眼巴巴地盯着烟斗和烟杆冒上来的烟圈,又如何将烟杆衔入口中死死地咬住。他给人一只动物的概念,仅仅只有期待自己狂喜的灵魂。结合上一些优美,这种人在古希腊很普遍。当今之日,这样的人不多见了,安塞尔在利己的朋友身上看见了这种东西,感到很惊奇。里基,哪怕"就算认识"这样的人物,那在他的坟墓里也必会苏醒。

"你也认识他的妻子吗?"

"呃,是的。在某种程度上我认识阿格尼丝。不过非常感谢这袋烟。昨天夜里,我差点困死了。我没有钱了。"

"把这袋烟叶全拿走吧——别客气。"

犹豫少许,他把小烟袋子拿上了。"为仁善而斗争"的歌声还没停止,他们很快就亲近了许多。

"我猜你是里基的朋友吧?"

安塞尔忍不住回答说:"我不是十分了解他。"但是这似乎不是特别较真的时候,于是他又说:"我在剑桥很了解他,但是此后我很少见到他。"

"他的腿是瘸的,这是真的吗?"

"我相信是的。"

他的牙齿咬住了他的烟袋。小教堂的仪式结束了。风琴手在仪式终曲中欢快地演奏,第一拨孩子已经来到了邓伍德大厦。过不了多会儿,老师们也会到达这里,而安塞尔这时来了兴趣,急于把对话进行下去。

"你是从很远的地方来的吗?"

"从威尔特郡来的。你知道威尔特郡吗?"他脸上第一次出现了情绪的阴影,这种情感的流露却转眼即逝,变得神秘了。"那是一个好郡。我住在索尔兹伯里平原最好的一个峡谷里。我是说,我过去在那里生活过。"

"你从卡德夫被打发出来,口袋里没有一分钱吗?"

他立即警觉起来。这样的了解好像简直和恶魔差不多。安塞尔解释说：他的靴子是不是沾满了白垩，他的衣服是不是穿在身上就睡下了，他是不是认识菲林太太，他是不是熟悉威尔特郡，以及他是不是买不起烟叶——这番推论令人信服。"你观察得真够细的，"他嘟哝说。

邓伍德大厦到处都是孩子，安塞尔很遗憾地看见，阿格尼丝的头在金钟柏树篱上晃动，这道树篱把那个前面小花园和他所坐的侧旁草坪分隔开了。过了一会儿，里基和彭布罗克的头也跟过来了。所有的头都正好朝着相反的方向。然而，他们在大厅会看见他的名片的，即便那个男仆已经离开过道，他们也不难看见他的名片。"你是干什么的？"他追问道。"你是谁——你的姓名——我虽然不是十分在乎这些。不过我很有兴趣划分人们的身份，可是直到现在，我还没有看出你的身份来。"

"我——"他停住了。安塞尔考虑，其中有些回答必定很难堪。"我真的不知道我是谁。过去以为我与众不同，但是现在我突然明白，我和别的青年没有多大差别。过去看不起那些干活儿的。过去理所当然地认为我是个绅士，但是我真的不知道我属于哪类人。"

"你睡在哪里就属于哪里，你与什么人同桌吃饭，你就属于什么人。"

"由于我经常睡在户外，自己吃自己的，所以这点不能对你有什么帮助。"

一阵沉默，如同诗歌，侵袭了安塞尔。这个男人只是摆出了一个姿势呢，还是他真的不同凡响？他不浪漫，因为浪漫是一个姿态，把手长长地伸出来，渴望那些不可能得到的东西。古希腊的某些人物,我们不断地向他们求助,但是并没有给他什么启示。你从他身上没有指望得到任何东西——没有纯粹的表达和敏捷锋利的思想。然而,他越来越相信,他回到了某个阶段——回到了诸神的餐桌边,就在万籁俱寂的田野上随地用餐,而且他永远属于那些他过去一起用餐的人群。

同时,他简单,坦率,他能告诉人的东西,便会告诉任何人。他没有郊区居民吞吞吐吐的毛病。安塞尔问他:"菲林太太为什么把你赶出了卡德夫?我也很想听听这个。"

"因为她厌烦我了。还因为,我对农场的雇员不能保持不闻不问了。我问你,这对吗?"他开始变得说话不连贯了。不过安塞尔听明白了:"他们都老了——他们不能扮演他们的角色了——一句话,他们干不动了。"随后他举了一个例子:"拿一只小猫打比方——如果你逗它玩耍,它渐渐地就能玩得很好,能把老鼠逮住。"

"可是菲林太太根本不在乎耗子逮住了没有。"

"耗子?"这个年轻人茫然地说。"我想要说的是,有些人对我待在卡德夫妒忌了。我不会指名道姓,可是我想那个人就是希尔特太太。如果情况属实,我感到很遗憾。不管怎样,她挑唆菲林太太和我作对。最后别的事情都到了无法挽回的地步——我只好出来了。"

"希尔特太太都讲了些什么呢?我实在也不想指名道姓。"

他看上去很内疚的样子。"我不知道。说三道四总是很容易的。关键一点是她去说了不该说的话。你知道,先生——我还不知道你的名字呢,我的名字是旺哈姆,不过我能吸上这袋烟,真是感激不尽啊。我是说,你应该知道这种争吵总是有另外一方的。这是不对的,可就是有这种人。"

安塞尔告诉他,不必感到不安:他已经猜测到也许有另外的一方。但是,他还是弄不明白,为什么旺哈姆先生直接从姑妈那里找到姑妈的侄子这里了。他们现在都坐在那个打翻的座位上。《我们所想要的》那本书,摔得快散架了,在他们两个之间摆着。

"因为上面提到的那些原因,终于发生了一次骚动。我不知道——你能猜出发生那种事情的情形。她想把我打发到殖民地去,还让那个牧师来灌迷魂汤,让我明白一个无边无际的大陆才是像我这样的小伙子施展本事的地方。我说:'我不能一口气跑到圆环阵地不觉得累,也不能骑马跑出这地界不把马儿累坏,所以一个无边无际的大陆的意义是什么呢?'随后,我看见她很害怕我,因此威逼得更厉害了,最后我没辙了。她把我治住了——这是她的拿手好戏——这下我除了一身法兰绒衣服什么都没有了,等我打败了卡德教堂队,闯进了那个宅第。她站在门道那些石头壁柱中间,说:'不行!再也不准进去了!'在她身后,站着威尔布拉厄姆,我试图赶走的就是他,还有园丁和可怜的老莱顿,他也很怕受到伤害。她说:'在伦敦的银行为你存了一百镑钱,到了年底还有更多。快走吧!'我说:'攒起你——的钱吧,告诉我我是谁的儿子就行了。'其实我不关心这个。我只是在这孤注一掷的时刻说出来刺痛她。这招很管用,她一下子抓住了门把(因为腿瘸),说:'我不能——我下过保证——我真的不想说,'威尔布拉厄姆把眼瞪得圆溜溜的。接着——她非常反常——她一下子大笑起来,笑够了才去取那个小包,我们通过窗口看见她一边取小包一边还在笑。她把小包从台阶上扔给我,说:'这出不朽的喜剧,有你的一页,斯蒂芬,'诸如此类的话吧。我打开那页纸,走下那条马车道,她却扶着前门的门把,一直在笑。当然,纸上讲的根本不是什么喜剧。不过,下到村子里,两个板球队在打板球,分数已经很接近了,那个发疯的管子工嚷叫道:'人的权利!'他们知道我被赶出家门了。我们一起搞了一场骚动,一直闹下去。他们不敢打碎威尔布拉厄姆家窗户,但是卡德夫宅第的玻璃没有剩下几块。一不做,二不休,但是最后我不得不赶快走人。他们这里捐一个先令,那里捐一个先令,这些是弗里·汤普森的礼拜天。我给莱顿写了一个便条,不让他发送我自己的东西;我不喜欢它们。它们根本不是我的东西。"他没有提到他那了不起的象征性举动,怎么上演的,那是令人害怕的场面,他是酒后滋事,友好的警察几天以前检查过了。他把一身法兰绒衣服统统扔进了那个磨房小水塘里,然后只身从幽暗的冷水游过去,穿上了放在对岸的新衣服。有人把他的烟袋和小包扔到他身后。那个小包没有扔到岸边,掉进了水里。由于这个原因,他把小包递给安塞尔时,小包还是湿的,纸上的墨水二十三年来一直是干的,这下又流淌了。

"我不知道你对待那一百镑钱是不是正确,"安塞尔严肃地说。"摆摆傲气固然很带劲儿,可是没有烟叶吸在黑夜里苦熬却很不爽啊。"

"可是我们没有摆傲气。看看我怎么拿你的小包烟叶吧。那一百镑钱呢——呃,难道你自己看不出来,是另一回事吗?这样说吧,我身上带了一百镑钱是非常不方便的。要不你再看看,我怎么会收下一个男孩儿的一先令,他一个星期才挣九个先令啊。事情明摆着,我骄傲不起来。"

安塞尔看出来争论没有用处。他听出来,尽管话说得拖泥带水的,这个人心里什么都明白,正如同他的身体包藏在这身邋遢的衣服里一样。他因此更加弄不懂的是,这样一个人怎么能认识埃里奥特夫妇。他打量他的脸:坦率,傲气,美丽,如果真即美的话。这样一张脸,对怜悯和圆通知之甚少。他也许显得粗狂,但是粗狂中没有一点庸俗或者恣意的残忍。"我可以看看这些文件吗?"安塞尔说。

"当然可以。呃,快看吧;我不是说过了吗?我是里基的半个兄弟,找到这里来告诉他这个消息。他还不知道呢。这里写着呢,你一看就明白了。不过,我说了,我在黑地里乱闯,在索尔兹伯里那边的来复枪射击场里睡觉——那些留给流浪汉住的卡纸板小屋子,你知道,不应该上锁,也从来不上锁。我把整个地方搅翻了,狠狠教训了他们一顿。"

"还给你的小包,"安塞尔说。"谢谢你。多么有意思啊!"他从座位上站起来,向邓伍德大厦转过身去。他望着那些拱形窗户,那些低俗的如画的山墙,还有那些在脏兮兮的天空下张牙舞爪的陶制雕龙。他听见碟子的丁零的磕碰声,以及彭布罗克先生一次又一次点名的喊声。他打量了一下半边莲的花坛。多有意思啊!还有什么话可说呢?

"一个人一定是某个人的儿子,"斯蒂芬说。他反复念叨的就只有这句话。在他看来,写在那张潮湿的纸上的那些名字,都是古人。他既不为他们感到骄傲,也不为他们感到害羞。一个人一定有父母亲,否则他就不能进入这个花花绿绿的世界。一个人如果有一个兄弟,那他理当看望他,因为他们也许有共同的利益。他继续讲述他的经历——如何在夜间听见钟鸣,如何在天亮时不进城去,而为了省钱直接向东赶路——安塞尔还在张望那座

第二十六章　289

大厦,发觉所有他的想象力和知识,都把他引得更远,而眼前的情况却是:多么有意思啊!

"——你对神圣的恐怖有什么看法?"

"对什么?"

"我要跟你讲的这个人,让我去安多佛的路上搭了一程车,他说我是上帝的土地上的一片污渍。"

一点钟敲响了。很奇怪,他们两个都没有听到那座大厦传来的召唤。

"他说我应该为自己感到羞耻。他说:'我可不是把羞耻带给一个诚实的先生或者太太的工具。'我告诉他别做傻瓜。我说我知道自己在干什么。里基和阿格尼丝是受过良好教育的人,教育能让人看事公正,不会喊叫什么污渍。像我这样的人,只是在零敲碎打的时间里读了点书——我扯远了,里基在剑桥接受的教育。"

"埃里奥特太太呢?"

"哦她不会计较的,我就是这样告诉那个人的;但是他还是不停地说:'我可不是把羞耻带给一个诚实的先生或者太太的工具,'一直啰唆到我下了他那辆破车。"他的眼神还在目送那个赶车人,一个不信奉国教的人,在上帝的土地上驱车而去。"我跑步赶上了火车。我到达滑铁卢时——"

话说到这里,客厅侍女向他们跑了过来。旺哈姆先生请进吧?埃里奥特太太现在很高兴见他。

"埃里奥特太太吗?"安塞尔叫起来。"不是埃里奥特先生吗?"

"都是一回事儿,"斯蒂芬说,向大厦走去。"你看,我只传进去了我的名字。他们不知道我为什么来这里。"

"也许,埃里奥特先生同时要见我吧?"

客厅侍女看上去一脸茫然。埃里奥特先生没有这样说。他和埃里奥特太太、彭布罗克先生都在书房里待着。现在,两位先生都到楼上去了。

"好吧,我等着。"里基对待他这下真的像他过去对待里基一样了,如同一个进了坟墓的人,表示任何爱的举动都是徒劳的。到楼上去了——梳理好头发吃午餐吧!这个局面的嘲讽意味强烈地触动了他。这让他想起来古希腊的戏剧,演员们都知道得很少,观众却知道得很多。

"不过,顺便说声,"他从身后喊住斯蒂芬,"我想我应该告诉你——别——"

"什么?"

"别——"随后他沉默了。他忍不住想把方方面面讲清楚,告诉这个伙计事情是怎么回事儿——告诉他只有失彼才能顾此;他必须温和地把消息告诉里基;他必须至少和阿格尼丝进行一次大战斗。然而教导人却和他自己的精神大相径庭:他认为人的灵魂是一种非常脆弱的东西,得到一点点庇护便会接受永久的伤害。斯蒂芬只能以他自己的身份走进那座大厦,因为这样一来他就留在原地了。

"我应该把烟袋放在外面吧?是那样吗?"

"不用。进去吧,你的烟袋和你都进去。"

他犹豫起来,不知放下烟袋还是带进去。然后,他吸着烟跟着客厅侍女进了大厦。他刚进去,午餐的铃响了,咔嚓咔嚓的脚步声响起来,随后响声远去,嗡嗡的,最后安静下来。从孩子们餐厅的窗户,传来了里基毫无色彩的声音——

愿受福的人赐福。①

安塞尔打起精神,准备见证这场戏剧的第二幕;忘记了这整个世界,而不是世界的一隅,是一个舞台。

---

① 原文为拉丁语,是剑桥大学中一些学院饭前的谢恩祷告。

第二十七章

客厅侍女把旺哈姆先生带进了书房。他刚才就待在这个客厅里,但是待得烦了,才溜达进了花园里。现在,他精神好多了,正像一个男人一伸手就把另一个男人打趴下,就应该好心情那样。他走过大厅时,和那个柚木猴子用拳头比划了几下,然后把帽子挂在了赫耳墨斯的半身雕像上。他开心地大笑了一声和埃里奥特太太打招呼。"哦,我带来了特大新闻!"他大声说。

她点了一下头,但是没有握手,这让他非常吃惊。不过,他从来对"细节"不大纠缠。他很少观察人,也从来没有想到别人在观察他。他没有揣度一下,他叼着烟袋出现在她面前,对她意味着什么。"哦,尽管吸吧;我喜欢烟袋冒出来的味道。"她不是说过这样的话吗?

"你坐下好吗?就坐在那里,请吧。"她让他坐在一张大桌子旁边,对面摆着一个墨水瓶和一摞吸墨纸。"你可以把你的'特大新闻'告诉我吗?我哥哥和我丈夫正在安排那些孩子们吃午餐。"

"啊!"斯蒂芬说,他在伦敦没敢停留,也没有吃早餐。

"我告诉他们不用等我。"

于是,他马上切入正题。他相信这个俊俏的女人。他的力量和青春呼唤她的相应回应,一点没有预料会得到故作正经的回答。"奇怪得很。我竟然是里基的弟弟。我刚刚知道了这个。我赶来告诉你们大家。"

"是吗?"

他从口袋里摸出来那份文件。"我不得不说,半个弟弟。"

"是吗?"

"我是私生的。从法律上讲,是这样的。我被赶出了卡德夫。我不名分文了。我——"

"没必要纠缠细节。"她的脸,一直是均匀的棕色,这时脸颊中间开始慢慢地变红了。红色越来越大,到了最后他都看见她满脸通红,随后她把脸转向一边。他以为他把她吓了一跳,她也确实受了一惊。他们两个都不知道,肉体可以出卖主子,不仅能够表达出种种我们感觉到的情感,而且还能够流露出我们应该可能感觉到的东西。实际上,她相当平静,她很不喜欢他,目前为止还没有流露这种感情。

"你明白——"他开始说。他决心把这个充满细节的故事讲出来,因为故事结束得越快,他越可以更早地吃到东西。他缺乏雅致,而且他的同情也很有限。不过缺乏归缺乏,有限归有限,有多少都算得上响当当的真实: 在他和他的欲望之间,他没有摆出正派得体的幻影。

"我确实明白。我两年前就明白了。"她在这张桌子的首端坐下来,那里放着另一个墨水瓶。她拿起一支笔在墨水瓶里蘸了蘸。"我明白每件事情,旺哈姆先生——你是谁、你在卡德夫的表现如何、你昨天如何对待菲林太太的;现在呢"——她的声音变得非常严肃——"我明白你为什么来这里,你不名分文了。在你开口讲话前,我们就知道你要说什么了。"

他的嘴张大了,他笑得很欢快,这可以算是给她发出了一个警告。然而她却在想如何接着她开始取得的成功往下发展。"我原以为我带来了特大新闻呢!"他叫喊道。"我是昨天晚上才从菲林太太那里好不容易弄到的。里基也知道吗?"

"我们两年前就知道了。"

"不过嗨,随便说说,如果你们两年前就知道了,你们怎么不——"笑意从他的眼中消失了。"你们不觉得羞耻吗?"他问着,从椅子上欠起身子。"你们和那个赶往安多佛的人不是一丘之貉吗?"

"请,请坐下,"阿格尼丝说,口气很平稳,她和仆人讲话就使用这样子的口吻;"我们不讨论不相干的事情。我是一个喜欢直截了当的人,旺哈姆先生。我总是有话直说,切中主题。"她把支票簿打开了。"恐怕我会让你受到震动的。要多少钱?"

他没有集中注意力。

"这里有份文件我们建议你签上你的名字。"她朝他跟前推过去一份冒充合法的文件,实际上是赫伯特起草的一份东西。

鉴于这笔钱……我同意保持永久的沉默——杜绝诽谤……永远不再介入,干扰上述这位弗雷德里克·埃里奥特——

他的脑子反应不快。他把这份文件读了两遍,还是问道:"可是这个支票给谁呢?"

"这是我丈夫的支票。我们一听说你要到这里来,他就给你签了一张支票。我们猜测你来这里是为了让我们把你的嘴堵上。这里是他的签名。不过他留下来空白让我来填写。要多少钱吧?

我来把数字写上,行吗?如果正确理会菲林太太的用意的话,你将会开一个银行账户吧。说你不名分文,这话是不大准确的: 你刚刚打完板球回来,我就从她那里听说情况了。我想她一年供你两百英镑吧。不过这次追加的钱呢——我把支票的日期写成星期六还是明天?"

最后,他找到了要说的话。他在桌子上把烟灰磕出来,慢慢地说:"这是一个非常糟糕的错误。"

"非常可能,"阿格尼丝回答说。她很高兴她已经主动出击了,而没有等他开始他的讹诈,如同里基的那个建议所主张的。埃米莉姑妈今年春天就说过:"和斯蒂芬打交道,唯一的希望是赶在他讹诈之前。"他坐在那里,迷迷瞪瞪的,一个劲儿用大拇指抹烟灰。他要求再把那份文件读一遍。"盖章成交!"他说。

他们事前估计,他的要求会超过两镑。

"我明白了。好啊好啊。一个傻瓜还真得想几分钟才明白。别当回事儿。我犯了一个糟糕的错误。"

"你拒绝吗?"她大声说,因为他已经站到了屋门口了。"那么就要承担最坏的结果了!我们等着你!"

"行了行了,埃里奥特太太,"他不客气地说。"我不想跟你一般见识,也不想跟你的丈夫一般见识。我们不再谈这件事儿了。这就很好。我没有伤害的意思。"

"可是你的签字呢!你必须签下你的名字——你——"

他把她推开,一边取帽子一边说:"咳,这就很好啊。是我犯了错误。我道歉。"他像一个没有卖掉自己的羊的农夫那样讲话。他的举止始终不温不火的,直到最后她还以为他没有理解她的意思。"这可是我们送你的钱呀。"她提醒他说,随后她嗖一下跑进书房,有那么一会儿满以为他把那张空白支票拿走了。她返回大厅时,他已经走了。他快步如飞地顺路走下。到了拐角处,他清了清喉咙,往水沟里吐了一口唾沫,转眼就不见了。

"一个奇怪的结局,"她想。她感到迷惑,等她向里基复述时,决心把这次会面完全说成另一个样子。她没有得逞,因为那份文件还没有签上名字。不过,她已经把斯蒂芬镇住了,他也许对一年得到两百镑钱就很满足了,再也不会来打扰他们了。精明的处理啊,因为人们都知道他是贪得无厌的:她曾听说一些传闻,说他把钱借给穷人,要求还钱紧追不舍,分文不能少。他上学时有过偷窃行为。取得了不大不小的胜利,她急匆匆赶往侧厢花园:她刚刚想起来安塞尔还待在那里呢。是她,而不是里基,接到了安塞尔的名片。

"哦,安塞尔先生!"她大声招呼道,把安塞尔从白日梦里叫醒了。"里基和赫伯特都没有出来见你吗?瞧瞧,快进去吃午餐吧,让大家看看你并没有受到怠慢。你会发现我们所有的人都聚集在孩子们的餐厅里。"

令她恼火的是,安塞尔竟然接受了邀请。

"也就是说,杰克逊夫妇没有等你回去吧?"

杰克逊夫妇等不等没有关系。如果他可以把衣服刷一刷,把嘴唇洗一洗,他何乐不为呢?

"哦,你这是怎么啦?哦,我那些可爱的半边莲!"

安塞尔回答说:"一次和现实的短暂接触。"她来不及琢磨安塞尔话中意思,赶紧去餐厅宣布他的到来。

餐厅和那间预备室大同小异。同样是镶木地板,同样是闪亮的北美油松护墙板。在四壁墙上,也悬挂了一些威严的肖像,他们晚间用来唱赞美诗的簧风琴上方，展放着英国国旗。星期天的午餐，一周中最丰盛的宴席，正在进行中。她的哥哥坐在那张高餐桌的首席，她的丈夫坐在第二张餐桌的首席。她向哥哥和丈夫各点了一下头，让他们放心，然后走向自己位于那些低年级孩子们中间的席位。牛排正在往餐桌上端；她制止了。"安塞尔先生来了，"她喊道。"赫伯特，你身边地方宽裕，坐你旁边吧；坐直身体，孩子们。"孩子们立即挺直身体，一阵令人肃然起敬的安静在餐厅里弥漫开来。

"他来了！"里基接过妻子的话中的提示，高兴地说。"哦，这真是太好了！"安塞尔进来了。"我很高兴看见你在管理学校。昨天夜里我舍不得离开这些倒霉的孩子！"孩子们恰如其分地窃笑了几声。气氛看起来很正常。尽管赫伯特急于了解一下那个土恶霸怎么样了，但是还是礼仪周到地迎接他们的客人："快进来，安塞尔先生；坐这里来。千万别和我们见外啊！"

"我心里有数，"斯图尔特说。"我应该把你们都找到。埃里奥特太太告诉我，我应该找得到你们大家。听了这样放心的话，我就进来了。"

很快，什么事情显然看起来不对劲儿了。

安塞尔仔细把房间打量了一遍。然后，他清了清喉咙，摸了几下头发，开口说——

"我没有看见那个和我在一起说话的人哪，我们很亲密地在你们的花园里交谈了一个小时呢。"

再糟糕不过的是，他们每个人都坐在围桌而坐的好奇的孩子的桌子首席，距离安塞尔很远，彼此之间也很远。两位老师都看着阿格尼丝等待说法，因为她点头让他们放心，并不能说明一切。她毫无希望地向后看了看。

"我看不见这个人呀,"他重复说,稳坐在簧风琴旁边那些惊讶的女佣中间。"他没有被人叫走去吃午餐吗?"

赫伯特重新说了些热情欢迎的话,打破了沉默的局面。里基知道对抗无法进行了,他的朋友站在了敌人的一边。那种事情就他能做得出来。你必须不动声色地面对这场灾难,把威严使出来。也许,安塞尔会扭转脚跟就走,留下身后种种模糊的猜测,如果埃里奥特太太不出面说话把他稳住的话。"人,"她大声说——"什么人?哦,我知道了——可怕的讨厌鬼吧!他还纠缠过你吗?"——这下,他们犯下了第一个大错,迫使安塞尔和里基说话:"你没有见过你的兄弟吗?"

"我没有兄弟。"

"没有人告诉你他在这里吗?"

里基的回答很难听清楚。

"没有人告诉你有个兄弟吗?"

"我们等会儿接着这个话题谈吧。"

"接着谈?我亲爱的伙计,除非你知道我在说什么,我们怎么接着谈呢?你一定认为我疯了;可是我严肃地告诉你,你有一个你从来没有听说过的兄弟,十分钟前他就在这座大厦里等你。"他咄咄逼人地停顿了一下。"你的妻子赶巧首先见了见他。由于既不严肃又不忠诚,她把你支开了,对他说了谎话,对你什么都没有说。"

餐厅里响起一阵惊恐的嗡嗡声。一个级长站了起来,安塞尔把背靠在墙上,随时准备一场战斗。整整两年了,他一直在等待这个机会。如果战斗打起来,他会像一个农家孩子一样痛打埃里奥特太太一顿。里基说："这里发生了一点误会。我喜欢我的妻子，该知道的事情已经知道两年了"——堂而皇之地驳斥，然而他们犯下了第二个大错。

"正是这样，"阿格尼丝说。"现在我想安塞尔先生最好走开吧。"

"走开？"安塞尔一发而不可收拾。"我还没有把话说清楚呢。请原谅，埃里奥特太太，我和你再没有什么话可说了。这个男人"——他一溜脸转过身去——"这个给你们教课的男人有一个兄弟。他两年前就知道这个兄弟，感到羞耻。他——哦——哦——真是配合得天衣无缝啊！里基，是你，而不是希尔特太太，向你的姑妈说了你兄弟的坏话。是你，把他赶出了卡德夫。是你，今天逼他走上了毁灭之路。埃里奥特太太，我请你原谅了。"

这时，赫伯特站了起来。"快从我眼前走开吧，先生！不过，先听我声明：里基和他的姑妈做到了仁至义尽。别，别，阿格尼丝，别把我的话打断。杰拉尔德的下场一定不能重演。如果旺哈姆这个人现在还不知足，那他一定是个贪得无厌的东西。他永远别想敲诈我们。先生，我给你两分钟；然后，你就会被强行赶走了。"

"两分钟！"安塞尔喝道。"两分钟内我能讲好多话呢。"他把脚放在了椅子上，把双臂伸向这间颤抖的餐厅。他好像摇身一变，成了一位希伯来先知，对讽刺和真理激情四溢。"啊，请保持两分钟的安静，"他呼唤道。"我来告诉一些你们喜欢听一听的东西。你们有点担心斯蒂芬也许会回来。别担心。我带来好消息。你们永远看不见他了，也永远看不见像他那样的人了。我必

300　最漫长的旅程

须讲得浅显易懂，因为你们三个全都是傻瓜。我不想让你们事后说：'可怜的安塞尔先生自作聪明。'一般说来，我不在乎，但是今天我却很在乎。请仔细听着。斯蒂芬是一个坏蛋；他酗酒；他把我打倒在地上；然而，他宁愿一死了之，也不愿意拿他不爱的人的钱。也许他会死掉，因为他什么都没有，只有穷人送他的几便士钱，还有一些烟叶，让我无上光荣，那是他接受的我的东西。请仔细听着。他为什么到这里来呢？因为他原以为你会爱他，随时会爱他。然而，我告诉你，别害怕。他宁愿死掉，也不会说你是他的兄长。也许他会死，因为他什么也没有，只有几便士穷人送给他的钱和一些烟叶，让我无上光荣，烟叶是他接受的我的东西。请再仔细听这——"

"喂，斯图尔特，别这样说话，"里基怨恨地说。"当你是个旁观者时，这样讲话是很容易的。如果一件事情摊到你头上，你说话就嘴下留情多了。当你没有遭受痛苦而且不知道事实时，表现得不落俗套是很容易的。你喜欢出轨的事情，喜欢奇怪的事情，喜欢不常发生的事情，因此你见到这事儿兴奋不已。这没有用处，我亲爱的伙计；你伤害了我，但是你永远搅乱不了我的心。一等你停止这场滑稽可笑的戏，我们就完成了我们的晚餐。传播这件丑闻吧；加油添醋地传播吧。我活了这一把年纪了，不会在乎这样的胡说八道了。一方面，我父亲丢人败兴，我没办法；另一方面，他一个儿子成了恶棍，我将背一辈子黑锅。"

就这样，这个秘密公布于世了。阿格尼丝听了他的讲话也许会变色；赫伯特听了他的讲话也许会计算一下对邓伍德大厦账目的影响；但是，他对这些东西根本不关心。谢天谢地！他终于缩回去了。

"请再仔细听着,"安塞尔继续说。"请让我纠正两个小错误:首先,斯蒂芬是一个我所见过的最了不起的人;其次,他不是你父亲的儿子。他是你母亲的儿子。"

是里基,而不是安塞尔,被人抬出了那餐厅,而且是赫伯特念起了那段祈祷词儿——

愿受福的人得到颂扬。①

暴风雨过后,万籁俱寂,那些孩子们悄悄地从餐桌边溜走了,把这桩特大新闻传播到了学校的其他地方,有人在给家里的信里专门写了这事儿。

---

① 原文为拉丁语,系饭后的谢恩祷告。

第二十八章

灵魂有自己的货币。她①铸造她的精神硬币,并且在硬币上打上了一张可爱的脸的形象。她用这枚硬币偿还她的债务,用这枚硬币打如意算盘,说:"这个男人有价值,这个男人无价值。"如意算盘打来打去,她忘记了这枚硬币的原样;在她看来,这枚硬币似乎是一样不可改变的神圣物件。然而,灵魂也有她如意算盘落空的时候。

也许,她最后可以更加富有。在她的煎熬中,她学会了精打细算。这枚硬币也许很漂亮,但是它并不准确;她知道它不准确,有些宝物它并不能买来。那张脸呢,不管多么可爱,却是凡人的,如同灵魂自己一样容易犯错误。我们也犯错误,却通过给死者制定标准而推卸责任。

的确,还有一枚硬币,上面没有人的形象,而是上帝的形象。这枚硬币不容易腐蚀,灵魂可以信任它,万无一失;这枚硬币将为她服务,不受命运的左右。然而,它不能给我们朋友,不能给我们一个情人的拥抱,不能给我们孩子们的触摸,因为它一点也不关心我们的同胞凡人。它甚至不能给我们称为生活琐事的种种乐趣——晴天朗日的天气啦、吃肉喝酒的口福啦、海浴以及浴后热乎乎的沙滩啦、奔跑啦、无梦的酣睡啦,等等。如果我们求助于这样一枚硬币,我们就学到了如意算盘落空的真正戒律了吗?如果我们拯救了我们的灵魂而失去了整个世界,这枚硬币真的会让我们获益多多,得到补偿吗?

① 一般情况下应该用"它"代称，但这里有所暗指：其一是女人，其二是女主人公阿格尼丝，所以用"她"似乎更能传达本文的内涵。本章是全书中最短的一章，没有涉及书中任何人和事儿，但却是福斯特提携全书的内容的关键所在，是一篇非常精彩的杂文。

第三部 威尔特郡

第二十九章

罗伯特——他的姓氏呢,这里就不必啰嗦了:他是一个年轻的农夫,受过一些教育,努力通过科学方法悉心侍弄威尔特郡古老的土地——到卡德夫来办事儿,与埃里奥特太太堕入了情网。埃里奥特太太还是新娘身份,在这里串亲戚,而罗伯特什么身份都没有,平头百姓,菲林太太把他请到家里,并没有把他看作什么名流,社会地位和她半斤对八两而已。罗伯特乡居田园,在农人堆儿里算得上一表人才,人们往往误以为他是个绅士,见识了他那双手后才深感上当。他看出了蹊跷,在与人们交往时见机行事,进行一种斯文的玩笑,把两只手背在身后,谈论某个文化话题,随后突然把两只手暴露出来。"你酷爱划船吧?"女士见了问道;然后他交待说,手上那些特别的大硬茧,是犁耙生生磨出来的。女士听了这样的解释,兴趣陡生,觉得早先和别人交谈,是白白错过了一个大好机会。

罗伯特第一个晚上便对埃里奥特太太使了这一手,却不知道埃里奥特太太从他进屋起就在观察他。他脚步如夯,深一脚浅一脚,好像地毯上开出了一道道犁沟,而且还没有穿晚礼服。大家都尽力吩咐他随便起来,可是埃里奥特太太却怀疑大家多此一举,他早已泰然处之,不禁对他暗自钦佩。经人介绍,他们两个谈起了拜伦这个依然时尚的话题。他那双手不失时机地展现出来——整个客厅里唯一一双粗糙的手,唯一一双干过活儿的手。

埃里奥特太太顿生异趣，一下子喜欢上了他。

晚餐毕，他们两个再次相见，不过不再谈论拜伦，却谈起了肥料。旁人在一旁自作聪明，觉得不可思议，埃里奥特太太竟然心安理得地听从一个农人一而再再而三的告诫，要她千万不要购买现成的人工沤制的肥料，如果她要使用肥料，到时候自己沤制好了。因为，人工肥料的氨水已经蒸发了。两个小粉袋子摆了出来。它们有臭味吗？没有。把它们掺和在一起，倒进一些咖啡——一股强烈的臭味儿顿时散发开，大家纷纷开始咳嗽，惊呼一片。土地感受酸臭，便会获益多多，因为罗伯特知道土地什么时候病魔缠身了。他也知道，土地什么时候饥肠辘辘了；他还谈起土地的种种怪脾气——这是土壤里毫无科学道理可言的成分，始终让科学家摸不着头脑。"钻研一下吧，埃里奥特太太，"他跟她说；"你能弄到什么书就看什么书；一旦碰上了关键问题，不妨嘴里叼上烟斗出去走走，把问题好好琢磨一下。"他说话的当儿，土地变成了一个活生生的东西——或者更恰当地说，一个东西披上了一张活生生的皮——肥料也不再是肮脏之物，成了繁衍生命的生生不息的象征物。"这么说，生生不息，永无止境！"她兴奋不已，叫嚷道。他回答说："不会永无止境的。大地中心的火力冷却的时候，一切都会停止下来的。"

他步步为营，逼近爱情，两只眼睛溜圆，缓慢，沉稳，正像他先前走过客厅的地毯的样子。然而，这一次，那位新娘却没有观察他的步履。她在同自己的丈夫说话，竭力表现得不那么傻愣愣的。他走近她身边，近在咫尺——近在咫尺啊，只要一伸手，就能把她揽进怀抱——他开始与菲林先生讲话，却立即被撵出了卡德夫。

"很遗憾，"菲林先生说，一只手扶在他的客人的肩头，走下马车道。"我不知道你是这种人。不管是谁，只要有这种行为，就在农场待不下去了。"

"不管谁吗？"

"不管谁。"他深深地叹了口气，不是因为什么个人的愁绪，而是因为他看到了人的灵魂竟然如此没有规矩，肆无忌惮。毕竟，这个人与多数人相比，要文明得多。

"你生我的气了，老爷？"他叫菲林先生"老爷"，不是因为菲林先生更富有，更聪明，更洒脱，也不是因为菲林先生曾经帮助他接受教育，借给他过钱，而是因为一个更加深层的理由——那就是苍天有层数，层层不相同。

"我真没有想到，你——你这样一个人，还敢轻举妄动，让大家扫兴。我的大舅子——我不必提及这点，阻止你爱她；别的情况也一定会阻止你的——我大舅子，就我所知，对你根本不屑一顾。如果你说过什么失礼的话，如果她也一时糊涂，与一个邂逅的人陷入了这种可怕的状态，那你只是打开了地狱的大门。像她那种女人，一失足酿成千古恨——"

"我知道会这样的。"

菲林先生把手松开了。他不高兴了。

"可是，这里有些东西啊，"罗伯特语无伦次地说。"这里啊。"他在自己的胸膛重重地捶了一下。"这里啊，有了一些非同寻常的东西，不会让她失脚的，酿不成什么千古恨——我——"短暂的沉默后他问道，"老爷，在人人亲如手足这种事情上，我领会了你的意思了吗？"

"你什么意思？"

第二十九章　309

"我认为爱情就能体现这样的东西。"

"爱上另一个男人的妻子吗？肉欲的爱情吗？你什么都不懂——什么都不懂。"随后他感到羞怒，大声嚷叫道："我自己也什么都不懂，"因为他记起来，这种肉欲和精神的说法，不是拈来就说的词儿；也许不存在两个阿佛洛狄特都有杰纳斯①的面孔，只有一个阿佛洛狄特具有两面神的面孔。"我只明白，你必须努力忘记她。"

"我努不了那个力啊。"

"那么只要答应我这点就行——别干什么偷鸡摸狗的事儿。"

"我会光明正大的。不会说大话，不过我不会做什么偷鸡摸狗的事情——不会，就是我努力也不会的。"

在后来的岁月中，他表现得光明正大，让人刮目相看，菲林先生恨不得他没有做出这种保证，而是另一种保证。

罗伯特只是在等待。他跟自己说，事情是没有希望的，可是他内心深处又有某种东西说，事情是有希望的。他禁酒，滴酒不沾，让自己方方面面都洁身自好，因为他想等到时机一到，能够配得上她。女人似乎都喜欢他，这让他想一想都深感快活。"她们都跟在我身后跑呢。我身上一定有什么不同凡响的东西。好啊。如果我身上没有什么，那我可就完了。"六年里，他走遍了威尔特郡的土地，为了充实头脑一本接一本地读书，为了绅士们的语言他主动和他们攀谈，每年驾车到卡德夫向埃里奥特太太脱帽致敬，而且，也许和她讲些庄稼收成的事情。菲林先生一般都在

---

① 罗马神话中守护门户的神，具有两个面孔。

场,这个男人也没有大惊小怪,以为这些无聊的短暂来访,会说出多少话儿,让一个孤单的女人听了可以连成意蕴深邃的句子。后来,罗伯特到伦敦办事儿。他碰见埃里奥特先生身边有个陌生的女子。时机终于到来了。

他做得很老到,先走访埃里奥特先生的房间,把事情弄弄清楚。因为,如果埃里奥特太太一直很幸福,他不能让她更幸福,那么他就趁早拉倒,暗地里爱恋她算了。然而,如果他能够让她更幸福,那么他就一不做二不休,轰轰烈烈进行到底。埃里奥特先生把他当作大舅子的朋友,接待了他,而且觉得这样做心胸很大度。不过,罗伯特大获成功。那里的年轻人都觉得他很有意思,都喜欢讲些伦敦和巴黎的下流故事让他目瞪口呆,一个比一个不堪入耳。他们讲"经历",讲"销魂",讲"见识生活",等到他的脸上笑意绽放时,他们都结论说,他的拘谨彻底消失了。他看出来,他们远不像人们以为的那么用心邪恶:一个男孩儿显然是在一本书里看到了他的种种销魂感受。不过,他能够原谅邪恶。他所不能够原谅的是鸡毛蒜皮的杂烂,也希望端庄正派的女人都不能原谅鸡毛蒜皮的杂烂。他心里渐渐对这些冒傻气的人儿产生了一种冷淡的、不变的气愤,因为他们以讲述骇人听闻的故事为得意,当作特别挑选的、有教育意义的东西加以渲染,可这些东西他深有体会,多年来一直在与之斗争。他问起埃里奥特太太情况怎样,一个男孩儿听了暗自窃笑。看那样儿好像说,她"什么都不知道",她住在远郊,保养弱不禁风的身子。"我时不时去拜访,"罗伯特说。"去吧,"埃里奥特先生说,微微一笑。下次见到他的妻子,他祝贺她有一个乡巴佬对她顶礼膜拜。

她吃尽苦头,不堪承受。她要求有口面包吃就行,可是连一块石头都尝不到。人们谈论对理想的渴望,但是另有一种渴望,相当神圣,那就是渴望各种事实。她要求各种事实,但是得到的却是"观点"、"情感立场"和"生活态度"。一个女人相信事实是美丽的;相信生活的世界是美丽的,超出了美丽的法则;相信肥料不是不洁的,不是荒谬可笑的;相信在地心燃烧的地火不是永恒的;这样一个女人,是埃里奥特家族所谓的"哲学"无法忍受的,不可容忍的,而且,如果她加以拒绝,那他们就会对她说,她没有幽默感。"嫁进了埃里奥特家门里。"这话听起来曾经那么让人向往,因为她本是一个不名分文的女子,没有任何嫁资,而埃里奥特家族的人昂首高视,不把人放在眼里。凭什么啊?除了说些风凉话儿,生就的瘸子,附庸风雅,他们有过什么了不起的作为吗?菲林先生也有苦难言,但是她苦水更多,因为弗雷德里克比埃米莉更让人受不了。他不喜欢她,他实际上出去住了,他做过了头,到了不忠和失礼的份儿上。这些都是很严重的过错,不过它们都是人之常情:她甚至想象得到,他深爱的人身上也会有这样的毛病。她一辈子爱不起来的,是一个艺术上的半吊子。

罗伯特给她送来一大捧花儿。他把花儿放在了桌子上,把两只手放在了身后,一直等到访问结束都没有露出来。她很清楚他为什么前来拜访,虽然她知道他会失败,但是她心里深爱着他,不忍心厉声制止,凛然正气地怒目而视。"你怎么又来了?"她严肃地问道。"你为什么给我带来这么多的花儿?"

"我的花园里到处都是这玩意儿,"他回答说。"香豌豆需要摘下来。还有,一般说来,七月里的花儿多不胜收。"

她把他的礼物分成几束——客厅里摆一些,育婴室摆一些,厨房摆一些，丈夫的房间也摆一些，因为丈夫晚间要回来。最美丽的花儿她会留给自己享用。过了一会儿，他说："你的丈夫没有什么好的。我跟踪了他一个星期。我三十了，不像你所说的是草率行事，和过去不一样了，也不像法国人一样想事情不知轻重。不是的。我是一个平常的英国人，只是——我——我一开头没有开好，埃里奥特太太；我可以无愧地说，我六年来主要都在想你，尽管我在这里说话相敬如宾，可是如果我一旦露出我的两只手——"

话说到这个份儿上，他打住了。随后，她软言细语地说："谢谢你；你爱我，我高兴，"接着摇响了铃儿。

"你摇铃干什么？"他叫道。

"因为你现在必须离开这所房子，再也不能进来了。"

"我不会一个人离去，"他开始生气了。

她的声音依然轻软，然而她说话的当儿，声音里有不容商量的力量，"你现在要么带着我的谢意和祝福离开，要么你与警察一起离去。我是埃里奥特太太。我们用不着讨论埃里奥特先生。我是埃里奥特太太，要是你再向我走近一步，我就把你送到警察那儿。"

但是，女仆回应的铃声不是客厅的，而是前门的。埃里奥特先生走进来，和他们不期而遇，彬彬有礼地伸出手来握手。可是这只手没有人接住。他迅即向妻子看去，说："我来的不是时候？"随后是一阵长长的沉默。"弗雷德里克，把这个人撵出去。"

"我亲爱的，为什么？"

罗伯特说，他爱她。

第二十九章　313

"那么，我来得不是时候，"埃里奥特先生说，一边把手套捋了捋。他会给这两个迟钝的粗人一顿教训。"我的马车在门口等我。请坐马车走吧。"

"不能啊！"她叫道，几乎在苦苦央求。"亲爱的弗雷德里克，这不是闹着玩的。赶紧告诉他离去，要么你把他交给警察。"

"恰恰相反；这才是一出很好玩的法国喜剧呢。先生，送交警察会是一个很没有艺术性的错误，你认为不是吗？"他异常冷静，泰然自若，而他们两个则处于一种可怜巴巴的境地。

"把他撵出去！"她叫道。"他侮辱了你的妻子。救救我，救救我！"她依偎在自己的丈夫身上，哭泣起来。"他就会走的——我已经把他安排了——他永远都不知道——"埃里奥特先生断然拒绝了她。

"如果你还没有意思马上离去，"他客客气气地说，"那我们一起喝点茶吧。我亲爱的先生，我不开枪打你，你一定要宽恕我。我们都改变了①。快别作出这副紧张兮兮的样子。快把你紧握的手松开吧——"

他孤身一人了。

"这就对了，"他大声说，漫步走到了门口。马车消失在拐角处。"这就对了，"他又说，声音颤抖得更厉害，等他返回客厅时，看见客厅到处散着香豌豆。花儿的颜色触动了他的神经——品红，殷红；品红，殷红。他试图把它们捡起来，但是它们滑了出去。他把它们踩在了脚下，它们一下子变得多不胜数，宛如成千只蝴蝶，在夏天欣欣向荣的气氛里活蹦乱跳。他来到火车站时火

---

① 原文为法语。

车已经离去。他顺着铁路向伦敦走去,到了伦敦他什么轨迹都找不到了。时值午夜,他开始醒过劲儿来,意识到他的妻子再也不属于他了。

菲林先生收到了一封来自斯德哥尔摩的信。谁都不知道,是什么样的冲动把他们两个送到了斯德哥尔摩。"我对这一切感到遗憾,可是这是唯一的出路。"这封信让英格兰的法律成为空文。"因为是唯一的出路,我们便不得不这样行事儿,要不然,我们便永远结不成婚了。我将回去面对各种事情:她要在成为我的妻子时才会回去。他必须马上采取行动,否则我们将会找个人对付他。这事儿好像伤风败俗,可是实际上不是那么回事儿。只不过万事开头难而已。我们不像你,也不像你的妻子:我们只是想做平民百姓,把农场经营得有吃有喝,并不想让人们关注我们的生活。"

他们心想事成,能够谋生。让菲林太太深为迷恋的阶级差异,对他们来说算不上什么。阶级差异本来存在,可是别的事情也存在。他们俩埋头干活儿,在露天谋生,只是在有事请说的时候才讲话。他们对美的爱,如同他们彼此相爱,并不拘泥于细节:这样的爱不是来自神经,而是来自心灵。

> 我相信,草叶不比繁星的漫游渺小,
> 蚂蚁一样完美,一粒沙子一样完美,鹪鹩蛋一样完美,
> 树蛙是跳高能手,
> 攀缘的黑莓可以装饰天堂的客厅。①

---

① 引自沃尔特·惠特曼的《我自己的歌》。

他们一辈子没有读过这样的诗行,而且如果看到了,也会认为它们是些无病呻吟的废话。他们没有细细品评其中的含义——他们也的确不会细细品评。然而,无论如何,她深知,只有完美的健康,完美的天气和个人的爱,才能够把那短短的十七个日子应付裕如,别的都无关紧要。

"平民百姓!"菲林太太听到信的内容,惊呼道。那时候,她很年轻,口无遮拦。"啊,他们成仙了!他们是造化的神力!他们像火山一样平常。我们都知道我们的兄弟非常可恶,恨不得他碎成八瓣儿,可是我们从来没有想到事情会到这一步。这件事儿要看得开,像我一样,认定他们俩在上帝眼里是无罪的。"

"我认为他们俩是无罪的,"她的丈夫回答道。"可是,他们在世人眼里是有罪的呀。"

"你俗不可耐!"她厌恶地嚷嚷道。

"他们的所作所为,不只是让他们自己痛苦,也让别人痛苦。你兄弟也痛苦啊,尽管你想不为他着想。那个小男孩呢——你想到他了吗?也许对另一孩子来说,世人知道事情的来龙去脉,整个世界都将会和他作对呢。他们对社会犯下了罪过,你就是证明社会很坏或者愚蠢,那也不能让痛苦减轻。真相让人心酸透了,我才看出来,可爱的共和国"——这时她拿起一本书——"斯温伯恩①谈到共和国时说"——这时她又把书放下——"可爱的共和国不只是靠爱建立起来的。共和国到来,是没有锣鼓齐鸣的,不是宣布独立就独立的。自我牺牲——更要命的是——自我

---

① 斯温伯恩(1837—1909),英国诗人、文学评论家,代表作是《日出前的歌》。

残废,有时候才最管用,鉴于此,我们今天晚上就起身去斯德哥尔摩。"他等待她的火气下去,然后接着说。"我不知道这件事儿能不能不了了之。不过,我们应该提供这样的机会。目前还没有丑闻传开。如果我们走了,很有可能息事宁人,再也不会有波涛。我们一定把整个事情权衡一下——"

"——还编出一套瞎话!"菲林太太插话说,因为她很不喜欢出门旅行。

"——还要看看如何避免最大的不幸。"

丑闻没有流传起来。他们到达之时,罗伯特已经淹死了。埃里奥特太太交待一番他们如何去游泳,又如何,"因为他一直生活在内地,"巨大的浪头把他折腾累了。他们你追我赶,争先向开阔的海域游去。

"你有什么计划?"他问道。"我给你带来了弗雷德里克的信。"

"我听见他喊叫了,"她继续说,"可是我以为他在搞笑呢。等我返回去,一切都晚了。他把手背到了身后,沉了下去。因为他要是抓住我,那我就和他一起淹死了。我应该和他一起淹死啊。"

菲林太太激动万分,亲吻了她。但是,菲林先生知道,生活不会长久地在英雄色彩里继续下去,把她丈夫的信拿给了她:她愿意回到他身边去吗?

令他惊讶万分的是——一开始他有些遗憾——她回答说:"我会考虑的。如果我爱他一丁点儿,我都应该说不。如果我生命里还有什么事情要做,我也应该说不。可是,现在只是熬日子了,熬到我死了。以后没有什么事情大不了的。我也许会坐在他的客厅里,给他的家具掸一掸灰尘,不枉他有这样一个提议。"

埃里奥特先生，尽管他提出了一些约定，不过表现得很主动，见了她也高兴。人们开始取笑他，说他的妻子离家出走过。她没有离家出走。她一直和她姐姐待在瑞典。说怪也怪，说不怪也不怪，这件事情就这样不了了之了。就是希尔特一家也只是感觉到"事情有几分怪怪的"。斯蒂芬出生后，一直待在国外。等他回到英格兰，他的身份是菲林先生朋友的孩子。埃里奥特太太回到丈夫身边，没有引起人们的怀疑。

然而，尽管事情平息下来，但是熬日子的事情是不存在的；年复一年过去了，她意识到她犯下了可怕的错误。她的情人沉下海去，躲开了她最后的拥抱，她想到，如同阿格尼丝设身处地为她想的一样，她的灵魂已经随他沉下海底了，她再也不能产生世俗间的爱了。一切都无所谓了。她可以走，可以对她的丈夫有点用处，对那个小男孩儿有点用处，小小儿子生得和他一模一样，而且，她认为，和他的脾性也一模一样。然后，斯蒂芬出生了，改变了她的生活。她依然可以一腔热情的热爱人们；她毅然从光辉的过去汲取力量。但是，按她遵守的约定，她必须把这个孩子当作一个陌生人。她受到了世俗约定的保护，那就必须为这些约定交费。一件奇怪的事情发生了。她的第二个孩子把她和第一个孩子的距离拉近了。她也开始爱恋里基了，对里基比过去更有用处了。随着她的爱复活，她感受痛苦的能力也复活了。生活，更加重要了，也更加痛苦了。她对丈夫也更上心了，不那么漠然了；最后丈夫死了，她看见了一个硕果累累的秋天，回响着应该叫她母亲的男孩的声音，美丽极了，然而，她的大限也到了，这时候她才记起来遥远的北方那个墓堆儿，其中那个遗骸再也不能够返回生养它的亲切的故土了。

第三十章

斯蒂芬,这两个有情人的男孩儿,生就一种让他不能安生的本能。在夜里——尤其是在户外——他格外活跃,颇令人费解。干草拂打他的脸颊,田野视而不见,悄无声息,他站在地头,向黑地里扔石头,或者抽烟斗。扔出去的石头不知去向,烟斗熄灭了。然而,他会一直待在田野,等日头升起,沐浴着晨曦,在晨霭里奔跑。他深为自己的良好循环系统骄傲,一大早起来这似乎是自然而然的。可是,到了夜间,为什么他热血循环,而身边的一块块田地凉飕飕的截然不同,要等太阳升起来才暖和呢?什么幸运的命运让他热血沸腾,把温暖而可爱的他派遣到了一个被动的世界?他还有别的本能,但是这些本能都没有给他带来麻烦。每种本能呈现的时候他都感到非常愉悦,只要不会给同伴们造成严重伤害,他都乐此不疲。然而,在夜里作祟的那种本能,则不会像别的本能一样安分下来。

起初,他在菲林先生的关照下生活——因为菲林先生是他母亲唯一可以有什么话都说一说的人,也是唯一既不把她当罪人另眼相看、也不把她当新潮派对待的人。在为数不多却亲密无间的谈话中,她要求他教育她的儿子。"我教他学拉丁文,"他答应道。"别的东西,这样的孩子都记得住。"不管因为什么,拉丁文学习失败了:脱粒机的声音响起来,谁还能专心研读维吉尔的诗歌呢?再说,你知道,柴火垛在减少,老鼠每次遭厄运都跑得碰头撞脑的吗？但是，他喜欢菲林先生，菲林先生去世他哭得很伤心。埃里奥特太太，一个和蔼可亲的女人，不久也去世了。

这两次亡故的次序，有些要命的东西。菲林先生在他的遗嘱里没有为这个孩子写上什么条款；他的妻子答应把这事儿办了。然后，埃里奥特先生死了，而新的家庭还没组成，埃里奥特太太又突然去世了。她也没有给斯蒂芬留下钱财：她没有东西可留。命运把他交到了菲林太太的掌握之中。"事情走到哪步算哪步吧，"她想。"我来照顾这个可爱的小男孩儿，那个丑陋的小男孩子①可以和希尔特家一起生活。我死后——喔，各种材料都会在我死后为人所知的，到时候它们就对上号了。我喜欢它们各自独立的主意。这样很有意思。"

他当时十二岁。上学有过几次短暂的间隔，他一直生活在威尔特郡，直到他被赶出来。生活具有两个泾渭分明的方面——客厅和另一种生活。在客厅里，人们谈天论地，一边聊天一边哈哈大笑。因为头脑聪明，他们便对动物不闻不问：人活一辈子，从来不屑见识一只刺猬。在另一种生活里，人们交谈，却各笑各的，或者连说话也各说各的。总的说来，除了笨蛋和猎场看守人，这种生活更可取。他知道他的处境。他从旁观察孩子，后来观察大人，根据情况采取行动。他的处境没有法律——警察管不着的地带。没有什么束缚他，束缚他的是他自己的话，因此他说话字斟句酌，出语吝啬。

一个人内心充满欲望，是不可能浪漫起来的，这样一个男孩子让菲林太太大失所望。他的父母只有过一次短暂的拥抱，在这

---

① 指里基，因他是瘸子。

个世界的卫道士的权力和死神的权力之间，只找到了短暂的间隔。他是诗歌和反叛的孩子，诗歌应该在他的血管里奔流。然而，他生活得离他喜爱的东西太近，看上去好像没有诗意。远离那些东西，他也许会让菲林太太感到满意，而且把手伸得长长的，一副享乐主义者的渴望神情。事实上，他只能骑在菲林太太的马匹上，在她的田地里走来走去，晒晒阳光，干干活儿，没有显而易见的理由非要怎样不可。菲林太太不相信慈爱，也就没有尝试用慈爱来塑造他；他这方面呢，巴不得摔摔打打，成为一个本色男人。他的父母赐予他杰出的天赋——一副好身架，四肢发达，脸盘儿不难看——他的习惯和这些天赋也相得益彰。他们还赐予他晴朗的精神——一种在那短短十七天里便创造出来的精神。然而，他们没有把他们苦苦等待六年的那种精神赐予他，为了一个人而爱，永远不是他可以理解的最伟大的东西。

"哲学"延缓了他们之间的争吵。出于对他个人的出身的漫不经心，他对我们那些永恒的难题，倒是有一定兴趣。这种兴趣一直没有变成一种激情：兴趣随着他身体成长而产生，却又很快和肉体合二为一了。或者，如他自己讲的："我必须先安顿，再开始。"他很快安顿下来，成了一个唯物主义者。后来，他把那些六便士再版小册子都撕毁了，便再也没有博得菲林太太的喜欢。

就在他把自己安顿下来之际，他开始嗜酒了。他找不到什么理由反对喝酒。那种本能在他骨子里，喝酒又不会伤害谁。这方面，如同别的方面，他的行动一是一二是二，很快便不再吃三喝四闹酒疯，变得默然处之了。有些人喝醉了装疯卖傻，翻过围栏往家里爬，第二天早上说些悔过的话，他对这些人不屑一顾，极尽挖苦讽刺。事实上，可以想见，他一点也不令人讨厌；因此，他

第三十章　321

一直没有收敛他的性格,也没有压抑他的意志。不像阿格尼丝夸大其词的那样,他喝醉的时候并不多。真正的争吵,是从别的方面引发的。

活出模样的人,年轻的时候放荡不羁。然而,到了一定时刻,他们远离他们粗俗不堪的同伴,向往更高雅的事情。这种时刻一直没有在斯蒂芬身上发生。生来就有一种霸气,他听任身上的蛮力指挥自己,一直和儿时结识的人在一起打打闹闹。他们毫无节制地把他们的青年期延长下去。"他们不会安定下来,"威尔布拉厄姆先生对妻子说。"他们贪得无厌,就想要东西。这都是工会惹出的祸根儿。我要把最坏的几个打发走了。"随后,斯蒂芬赶紧来找菲林太太,央她从中帮忙。"这不公道。某某是个好人。他干活儿了。对工作热心吗?不。他为什么应该热心呢?不过把心操到就行了。但是对足球非常热心。"菲林太太笑起来,为某某向威尔布拉厄姆先生说情。威尔布拉厄姆先生听了火气不打一处来。"农场没有规矩怎么经营下去呢?如果斯蒂芬先生乱干涉,规矩还能建立起来吗?斯蒂芬先生就喜欢以势压人。他所交往的人都是一个德性,假装和大家平起平坐,实际上他用尽心思,高高在上。当然,身为绅士,这是自然而然的。但是,作为一个绅士,整天和穷人混在一起,学习他们的活儿,把许多错误的观念灌输进他们的脑子里,又把他们流行的种种不满说给菲林太太听。可那些不满在过去都算是坏毛病啊。"菲林太太于是把斯蒂芬训斥了一顿。斯蒂芬听了大发脾气,对菲林太太老大不敬,还把威尔布拉厄姆先生也侮辱了一番。

菲林先生的规矩形同虚设的日子似乎又要回来了。斯蒂芬具有实践经验,对打架也跃跃欲试,这些可是菲林太太的丈夫从来不具备的。斯蒂芬把种种不满开列了一张清单，有些很荒唐，有些是鸡零狗碎。阅览室里没有报纸啦，你应该在汤普森家门上钉一个门牌啦，没有平整的板球场啦，分配不公、干活过时啦，威尔布拉厄姆太太的磨刀童没有得到工钱啦，等等。"难道你一点脑子都没有吗？"菲林太太冰冷地问。"你想不到我对这农场有多烦恼。"她一门心思修改书的校样，重写前言里的记忆片断。一气之下，她给阿格尼丝写了信。阿格尼丝回信作答，表示体谅，菲林太太一贯精明过人，却落入了那个更年轻的女人的掌控之中。她们开始议论他，把他当作一个不上进的坏孩子；后来他贪恋上了酒，这下看起来就罪加一等了。现在菲林太太所需要的是一种个人的不满，阿格尼丝正好投其所好。尽管耿耿于怀，她还是决心给他个出路，想到了我们那些遥远的殖民地不失为两全其美的去处。然而，他不领情，爆发了一种少见的情绪：他宁愿饿死，也不离开英格兰。"为什么？"她问道。"你在谈恋爱吗？"他抓起来一团白垩——他们这时来到了棚架旁边——没有作答。教区牧师嗫嚅说："这不像出国受洋罪——日不落帝国嘛——血浓于水——"星期六，一团白垩打破了菲林太太客厅的窗户。

这样，斯蒂芬离开了威尔特郡，半是恶棍，半是殉道者。别给他打上社会主义者的绰号。他和社会不会发生争吵，也不是特别相信人民，因为他们穷困潦倒。他只是主张这样的信条："这里是我，那里是你。"因此，阶级区别对他来说是区区小事，生活没有一板一眼的计划，生活只是一场个人的战斗或者个人的休战。出于同样的原因，列祖列宗也是微不足道的，一个人不会因为同一个女人做了两个人的母亲就对另一人更亲切。然而，带着这个消息似乎值得去一趟索斯顿。也许，去一趟什么结果都没有；也许，去一趟会有友好的交往；也许，他找着找着，就能找到一个家。

他们冤枉了他，他便灰溜溜地离开了。他压根儿没有想到推卸责备，也从来没有想到向仍然坐在侧厢花园思考的安塞尔吐吐苦水。他只知道，受过教育的人都很不可一世，一副清洁的肝脏千万不能再走进邓伍德大厦。那里的空气好像污浊不堪。他向水沟里唾了一口。他躺在索尔兹伯里的来复枪射击场里，不就是昨天的事儿吗？几分苦闷泛上心头，他心下琢磨，还不如现在再回到那个射击场呢。"我应该先写信，"他寻思。"这里我的钱用完了。我无法走动。看起来，埃里奥特家实际上掠夺了我。"这是他对埃里奥特一家耿耿于怀的唯一牢骚。他们怀疑他，侮辱他，如同在路旁他碰见的一个流浪汉的咒骂。他们都是些肮脏的人，和他不是一路人。他把这出复杂的悲剧总结为"上当受骗"。

里基正在被人架往楼上去，安塞尔（如果他知道的话）正在大街上碰头撞脑地找他，而他却躺在一个铁路拱桥下，盘算他的各种打算。他一定要报答那些送给他先令和衣服的朋友。他想起了弗里，他搅乱了他的星期天——可怜的弗里，他现在应该在他们中间，在他的姑娘面前显摆呢。"我敢说，他以后会感到羞愧，无颜去见她，然后呢，她会选中另一个男人。"他也饿得够呛了。那个可恶的东西埃里奥特太太这会儿也许早用过午餐了。把裤子背带系紧，撕掉那些弄湿的旧文件，他踏上了挣钱的路途。他看上去好像一个劣迹斑斑的年轻歹徒：他的衣服脏兮兮的，身上失去了早晨的朝气。扶了墙壁，愁眉苦脸，有时自言自语，他拖着步子狼狈不堪地向北走去；难怪有些姑娘看见他惊叫起来，也难怪

324 最漫长的旅程

主妇们下午急匆匆赶往教堂，见了他会转移目光。他从一个近郊住宅区流窜到另一个，终于闯进了比他本人还野蛮的人群中，他们买了他的烟叶，卖给他食物。居住区又"连成了片"，一家人都不坐在自己的家门口，却坐在厚厚的平纹细布帘子后边。也许又"走投无路"，陷入更加公开的绝望之中了。他流浪到了夜间，来到了一条滚滚流动的河边，水势浩大，俨然一股洋洋大水。这条大河汇集了中部英格兰的水域——从辛德海德流过来的，从奇尔顿斯流过来的，还有从大平原威尔特郡北边流过来的。在这里，各路流水蜂拥而至，沟满河平，这才向大海奔泻。但是，他所熟悉的水域不知去向。那些水域一路向南流去，汇入森林和美丽的田野守护的埃文河，永远湍急，永远清澈，把基督教堂的尖顶映照得清清楚楚，与怀特岛的一道道防御城墙相依相随。他想了一会儿这些水域，这才跨过眼前这条幽暗的大河，走进了现代世界的心脏。

这里，他找到了活儿干。他不会绅士的那些派头，却也没有因此受到妨碍，因为赶上季度的第一天，他设法在一家有家具的收容所干上了活儿。他把人们从郊区挪到伦敦，从伦敦挪到郊区，从一个郊区住宅挪到另一个郊区住宅。他的伙伴们火急火燎，牢骚满腹。他特别反感那个工头，一个不折不扣的骗子，不让人赌咒发誓，却对更加掉份儿的事情津津乐道——那就是伦敦佬的耍贫嘴。伦敦的知识界那么轻浮，那么浅薄，好比一条永远流不到海洋里的河流，如同伦敦人的体格一样让他反感，人人矫健灵活却没长性，很少能够传到第三代。如果他对父亲了解的话，他觉得就是这种情况；因为在埃里奥特先生和祖先之间，鸿沟是社会的，不是精神方面的：他们都力图表现得很精明，虚度年华。托尼·菲林有一次把事情说得很明白:"伦敦人这玩意儿是不存在的。所谓伦敦人,不过是走在断子绝孙的道路上的乡下人。"

十天的头上,他几乎没有节省下什么东西。有一次,他路过保存着他一百镑钱的银行,不过取出这笔钱对他来说还是不方便。然后,受本分驱使,他流浪到了离索斯顿不远的一个郊区住宅区。天擦黑时分,一个赶着轻便马车的男人要他牵了一会儿马,错给了他一个沙弗林的小费。斯蒂芬在后边大声呼叫;可是那个男人身边有个女人,心想潇洒一把算了;他本意是给斯蒂芬一个先令,给不起这样一大笔小费,可这时也只好大声回应说:他的沙弗林和别人的一样值钱,如果斯蒂芬认为不值钱,那他爱干什么随便,爱去哪里也随便。多亏了这个男人。斯蒂芬把沙弗林换成邮政汇票,寄给了卡德夫的那些人。这笔钱虽然不能还清他们,但是到底还上一些,他感觉他的灵魂安生多了。

他的口袋里还有几个先令。这些钱够他前往威尔特郡的费用,那是个有吃有喝的郡;但是,到了那里他能干什么呢?谁会雇用他呢?今天的路程看样子不值得。"明天,也许不错,"他寻思,决意把这点钱换一种花法,轻松一把。他花了两便士坐了一回电车。从电车顶层,他看见太阳在下落——一个大圆盘,镶了一圈暗红色的边儿。同一个太阳也在索尔兹伯里下落,却亮堂堂得耀眼。一层金闪闪的薄霭,索尔兹伯里的教堂尖顶随时会刺进去,如同一枚紫色的银针;然后,雾气从埃文河以及别的河流袅袅升起。灯,或明或暗,然而一个个村庄已经沉潜在客观外界的纯度之中。除了这些村庄,索尔兹伯里教堂是唯一一座哥特式新贵。一代又一代,人们来到索尔兹伯里采购东西或者做礼拜,在这里找到了他们生活的危机；但是，在索尔兹伯里教堂修建起来之前，一代又一代，人们都依恋于土地，羊群、狗和人不停地把土地更新，在巨石阵前寻找他们生活的危机。这些人的血脉流淌在斯蒂芬的身上；他们为他赢得的那种活力如今仍然没有受到损害；在那些草原丘陵间，他们和顽强的女人结婚成家，创造出了他称为"他自己"的东西；他们中的最后一位，曾经从像这样的街道和房子里挽救了一个女人。太阳下落之际，他从电车上走下来，微笑中带着期盼。对面有一个酒店，一个男孩儿身穿脏兮兮的制服，已经把酒店前的大灯点燃。他的嘴唇张开了，不由得走了进去。

两个小时后，里基和赫伯特走在环形路上，一块砖头砰一声打在书房的窗户上。赫伯特向花园窥探，一个为非作歹的家伙从他身边溜进了房子，把过厅糟蹋一番，跟跟跄跄向楼上走去，歪倒在扶手上，硬挺着身子挣扎一会儿，从楼梯上翻了下来。赫伯特忙喊警察。里基正走到了楼梯平台上，一把抓住了那个人的膝盖，救了他的性命。

"怎么回事儿？"阿格尼丝赶出门来叫道。

"是斯蒂芬回来了，"里基回答道。"喂，斯蒂芬，醒醒。"

第三十一章

里基搬到这里刚刚十天——从憎恶到悔过,从悔过到渴望,从一种恐惧的生活到一种新的生活,即使过上了新生活,仍会被一些生僻的字眼吓自己一跳。喂,斯蒂芬!因为他母亲的儿子回来了,如同母亲活着会做的,宽恕了他,也如母亲早安排下的,和他一起生活了。

"这次他喝醉了,"阿格尼丝无奈地说。她也改变了:那桩丑闻让她增长阅历,安塞尔每天都来这所房子一趟。

"喂,斯蒂芬!"

然而,斯蒂芬现在沉醉不醒。

"斯蒂芬,你住这里——"

"我的老天爷!"赫伯特惊呼道。"我建议,我们大家都睡觉吧。我们都紧张得要命,处于这种状态,话越少越好。行了,行了,里基。当然,要是你希望,旺哈姆在这里过夜吧。"他们把那个醉醺醺的大块头抬进了那间空闲的屋子。对他们中的一位,这似乎是一桩重大的丑闻,而对另一位来说又似乎是一个赎罪的象征。两个人都承认这是一个男人,休息几个小时之后,会对他们做出反应。

"安塞尔原以为他一辈子都不会原谅我们,"里基说。"他这次想错了。"

"我看,现在快上床睡吧。"看见里基把手放在那个沉醉不醒的人的头上,他补充说:"你不会干什么傻事儿吧,对吗?你还处于一种病态之中。你可怜的母亲——原谅我多嘴,亲爱的孩子;该轮到我把实情讲出来了。你原以为问题在你父亲那边,是他故意造成的。其实是你母亲的事儿。这下你应该把心绪理得更清楚了吧?"

"我一直表现得太过分,"里基不温不火地说。"安塞尔带我走上了对他来说还很新的旅程。我们站在对与错的后边,闯进了一个只有一件事情重要的地方——那就是心爱的人应该从死者中间升起来。"

"不过你不会干出什么莽撞的事情吧?"

"怎么会呢?"

"别忘了可怜的阿格尼丝,"他磕磕绊绊地说。"我——我是第一个认定我们也许可以维系一个截然不同的方针的人。不过,我们现在都认同了这一方针。他是谁的儿子不是谁的儿子,区别不大。我是说,他就是他这个人。你与我和我妹妹要站一起站,要倒一起倒。从一开始,我们就说好了。我希望——这些折磨人的景象别再折磨她,这才是一个知道心疼人的人。我跟你说,这些场景让我看了心里直淌血啊。"

"事情会平静下来的。"

"现在上床睡觉吧;我看还是先睡下再说。"

"好吧,"里基说,等他们走进过道,转身从门外锁上了锁。"我们不想麻烦一个接一个。"

彭布罗克先生留下来检查过厅。赫耳墨斯的半身像摔碎了。棕榈树的盆儿也摔碎了。他不嘱咐里基几句,是无法上床睡觉的。"你可别做任何莽撞的事情啊,"他喊道。"他来这里住下的动机,当然,是发泄一时之快。我们三个已经达成了共同的方针。"

"喂,快去睡你的觉吧!"一个声音喊过来,听来近乎无礼。"那些主张每个人都应该进行选择的大多数,我从来都不属于——至少,我今后不会再上赶着入伙了①。快去睡你的觉吧。"

"好好睡一觉,是你的正事儿,"赫伯特告诫说,随后回屋去,自己却怎么也睡不着。

然而,里基睡着了。几个月来的负罪感以及最近十天的悔过心理,已经同时过去了。他原想他的生活彻底毒化了,可是瞧瞧!生活完全澄清了。他曾经诅咒过自己的母亲,安塞尔听了回答说:"你也许是对的,可是你站得太近,抱怨不解决问题。往后站一站。假设这种事儿发生在我身上。你想看见我诅咒我的母亲吗?这下,你再往前站一站,看看事情是否已经改变了。"事情真的改变了。他已经在旅途上跋涉——如同一个人必要的时候一定会旅行一样——直到站在对与错的后面。在生活混浊的激流的岸边,爱是唯一的花朵儿。里基往河流上游和下游很近的地方瞅了几眼,知道他深爱的她②已经从死者中间升起来了,也许还要往上升呢。"躲开吧——让它们消失——让它们消失。"那场梦一准是幻觉!今天夜里,他还匆匆赶到窗户前——这才想起来,不禁一笑,猎户星不会在六月的星空中出现。

"让我消失吧。她会继续活下去的,"他嘟哝着,为斯蒂芬的幸福盘算着,进入梦乡。

---

① 这话和前面引用的雪莱的那首诗相呼应,暗示主人公里基不能过多数人所过的正常生活。
② 指里基的母亲。

第二天早上吃过早餐,他宣布他的弟弟必须生活在邓伍德大厦。他们都被他不温不火的口气吓了一跳。"别的出路都堵死了。卡德夫那边没有出路,一个男孩有这些毛病,不能到处飘荡。还有他的职业问题和花钱问题。"

"多亏了安塞尔先生,料到了这步,"阿格尼丝只说了这么一句;而"我早看出来这是个祸根"是赫伯特的补充。

"钱足够用的,"里基接着说。"一个人的价值不过如此。我们的荒唐行为很多,这不过一种而已。别做出那种受不了的样子,赫伯特。我为你的家人感到难过,可是他一定会让我们顺利过下去的。"因为,斯蒂芬醉酒的经历和斯蒂芬的经历,都属于小事情。他以为,他来重续十天前的要求,没有什么恶意。

"邓伍德大厦这下到头了。"

里基摇了摇头,希望邓伍德不会到头。阿格尼丝看上去一脸不快,哭了起来。"啊,这下全完了,"她发泄说。"这些年来我不让你和他搅在一起,都白费劲儿了。"然而,他没有为她着想,甚至对她受伤的脆弱感情都没有表示同情。说那些废话的时候过去了。他要担当他应该担当的那份责任:担当一切责任显然言不由衷。

也许,他过于硬心肠了。他还没有意识到,他那份责任有多么大,也没有意识到他那些男人操守如何对她的悲痛哀伤担当责任。"如果我有一个女孩儿,我会管得好好儿的,"这话不是傻子说的,也不是粗人说的。里基没有管好他的妻子。他过去把他灵魂的一切活动都展现给她看,误以为这就是爱情;这样做的结果,结婚两年之后,她却变成了一个更糟糕的女人,而他,在这个自由的早上,本不需要对她痛下狠心,却偏偏狠起心来。

那间空闲屋子的铃响了。赫伯特既想看看会发生什么,又有责职催逼,苦于不能分身,因为小教堂的钟声当当响起来,他只好冒了绵绵细雨到学校去。他已经应承下来,在课间去教堂的。里基那个星期天在餐桌沿儿上碰破了头皮,仍然不允许工作。在他面前,是一个安静的早上。他占了上风,手里拿起他们母亲的照片,不紧不慢地向楼上走去。那空闲屋子的铃还在响。

"照看一下他的早餐,"他招呼阿格尼丝说,阿格尼丝回答说:"早餐早好了。"那间空闲屋子的门把手在慢慢地转动。"我就来,"他大声喊道。门把手不动了。他打开了门锁,走了进去,心里充满慈悲。然而,屋子里站了一个男子,也许拥有了这个世界。

里基对这男人知之甚少;昨天夜里,他那副样子好像毫无色彩,可有可无。仅仅过了几个小时,他就已经重获活力,有了激情,既有阳光,也见风雨。他站着,没有故意摆出不可一世的样子,两条臂膊从宽阔而下溜的肩部悬垂下来,两只脚在地毯上拨弄一个膝垫。不过,他的头发在灰蒙蒙的天空下很美丽,他的眼睛正在回忆无云的天空,目光对闯进门来的人视而不见,仿佛看到了更有价值的景象。他的目光十分专注,连里基自己也忍不住向后瞅了一眼,却只看见那条整洁的过道和楼梯顶上的扶手。随后,他的嘴唇咂了两下,一连串令人惊诧的话儿脱口而出。

"把一切损失都算在一起,告诉我值多少钱。我还不如死掉算了。过去我从来没有干过这样的蠢事儿。我一定糟蹋了很多值钱的东西。要是你不叫警察来过问,我保证你不会遭受损失,埃里奥特先生,我打包票。不过,也许几个月以后我才能把钱送来。每样东西都包赔新的。你不用从口袋里掏一分钱的,你明白吗？务必放我一马，再次高抬贵手吧。"

"这话说哪里去了？"里基问道，仿佛他们是多年的朋友。"我亲爱的兄弟，我们有许多别的事情要说呢。老天爷，干吗大惊小怪的！就是你把这整个家都砸烂了，我都不在乎，只要你肯回来就好。"

"我还不如死掉算了，"斯蒂芬哽塞地说。

"你表现得还说得过去！是我把你抓住的。别把昨天的恶作剧往心里去。你凑合吃点什么早餐呢？"

那张脸越来越生气了，越来越迷惑起来。"昨天不是一场恶作剧，"他说，两眼并没有收回目光。"我喝醉了，而且是故意找碴儿来的。"

"故意找什么碴儿？"

"砸烂你的家啊。埃里奥特太太做不到的，壮人胆儿的酒水做到了。我自作自受。你把我攥到手心儿里了。"

"既然把你攥到手心儿里了，"里基说，努力控制着自己。"那我就想和你谈一谈。这中间的误会太可怕了。"

然而，斯蒂芬来了乡下人的倔脾气，仍然顺着自己的思路说话。他本意是表现得更近情理，可是里基嘴里无情，说话冷淡。因为他本来没有生他们的气。后来他喝醉了，他们就成了肮脏的人——和他不是一路人。再往后，零敲碎打的伤害接二连三，他头晕目眩，一路走一路摔打东西。"我会包赔所有的东西，"他强忍住说，刷刷的雨点声这时掺杂进来。"你不会损失一分钱的，只要你放我走。"

"你要是再这样说话，连我的棺材你都得包赔！首先，你要原谅我这蛮横的态度；其次，你要和我一起生活，行吗？"因为他唯一的希望就是把话说得准确无误。

斯蒂芬愈发恼火了。他认为这是一个圈套。

"我一直在说,我犯了一个说不出口的错误。安塞尔纠正了我,可是为时已晚,我怎么也找不到你。别以为我摆脱困境容易。安塞尔对谁都不客气。你一定要原谅我,分享我的生活,分享我的钱财——我把这张照片给你带来了——我想让这张照片成为你接受的第一样东西——你还有更大的权利——我现在知道来龙去脉了,都知道了。你知道照片上是谁吗?"

"啊,知道;可是我不想完全搅进去。"

"我们要是能生活在一起,那是她的唯一愿望。她去世的时候,就把这事儿计划好了。"

"我听不明白——因为——分享你的生活吗?你知道我上个星期天来过这里吗?"

"知道。不过当时我只是道听途说而已。我原来以为你是我父亲的儿子。"

斯蒂芬又生气又迷惑,在不断升温。他结结巴巴地说:"你就——就那样想了又有什么区别呢?"

"我恨我的父亲,"里基说。"我爱我的母亲。"这话听起来简直毫无意义,跟没有说一样。

"上个星期天,"斯蒂芬不容分说地说,声音一下子提高了。"我只是来看望看望你。和这个人那个人的儿子没有关系。不是来拖累你的。不是来这里生活的。也不是——真该死,你这肮脏的小心眼儿!我的意思是说,我不是冲着钱财来的。遗憾。遗憾。我来只是我来来而已,我这人改变不了了。"

"是啊——可我们的母亲——对我来说她从那时候起已经从

死者中间升起来了——我知道我错了——"

"我是从哪里进来的?"他把那个膝垫踢了一下。"上个星期天以来,我没有改变。我是——"他又结巴起来。他不能三言两语把自己是谁说清楚。"那个去安多佛的人——怎么说,他是有各种原则的。可是你有——"他的声音突然变调了。"我要说明的是——我是——我没有改变——上个星期是个恶棍——下个星期就来这里生活——我是两面人,一会儿一个样儿——你伤着我哪里了,伤得很要命,只是我不知道究竟是哪里。"

"我们别这样谈话了,"里基说。"这样说话每分钟都会让事情更糟。一句话,说你原谅我了;握手言和,来吧。"

"那可不行。我不能够。说白了,我不知道你的用心是什么。"

接着,里基开始了新的乞求——不是出于怜悯,因为现在他陷入了怨天尤人的情绪之中。除了心里的同情,这次见面还显露点儿英雄气概。"我劝你别走了,和我一起生活吧,斯蒂芬。这世上没有人照顾你。就我知道的情况,你从来没有因为你的过错真正吃苦头,也没有为此遭过罪,你应该明白的。我愿意拉你一把,你就别非弄清为什么了。我就是愿意,而且我劝你给我这个机会。原谅不原谅我,随你的便。我还有别的事情要操心呢。"

斯蒂芬最后看了看他,勉强同意了。这份好心有点荒唐可笑,不过是把他当男人对待的。

"我来告诉你我的过错,也告诉你我为此如何受到了惩罚。"里基接着说。"两年前,我对你很糟糕,就是在圆环阵地上那次。不,比那次早几天就对待你不好了。我们骑马出游,我一心想着别的事情,没有用心理解你的话。随后就是圆环阵地的事儿了,到了晚上,你好心好意地招呼我,我连理都不理。可是,骑马出游仅仅是开始。打那以后,我把这个世界都当成二手货看待了。我越来越不屑直面这个世界——不仅仅针对你,所有的人看起来都不真实了。安塞尔从来与众不同:他躲到一边去了,反倒是拯救了他自己。不过大家伙儿都彼此彼此。你还记得托尼·菲林在一本书里说的话吗?'用苦涩的面包打水漂①,几天过去,它就真的让你吃苦头了。'这话应验在了我的生活里;可这话应验在一个喝醉酒的人身上,就不公道了,因此我劝你留下来,和我待在一起吧。"

"有了那张支票之后,我是不能留下来的,"斯蒂芬更加温和地说。"不过,我真的还记得那次骑马出游。我自己也感到无聊了。"

阿格尼丝左等右等不见人来吃早餐,这时候从过道里喊叫起来。"他当然不能留下来,"她大声生说。"不管好坏,事情定下来了。自从上个星期天以来,我们谁都改变不了了。"

"你这话说对了,埃里奥特太太!"斯蒂芬高声应道,一下子摆脱了刚才的节制。"我们都改变不了了。"他好不容易心里一亮,向里基转过身来。"我看透你的把戏了。你并不关心我喝醉了没有,也不在乎和我握手言和。你想拉一把的是另外一个人——好像就是那张老照片。你和我说话,却一直看着那张老照片。"他把那张老照片一把抓过来。"我对彬彬有礼那套有自己的看法,从两只眼中间看朋友就是那一套;这个"——他把那张

---

① Cast one's bread upon the waters,意思是不图报答做好事。作者在"面包"前加了"苦涩(bitter)",是反其道而用,故把译文发挥一下。

老照片撕成两半儿——"这半拉呢,"他又撕成了两半儿——"这些碎片儿呢——"他把碎片儿扔向了里基,而里基早已缩进了椅子里。"我这部分呢,人走,事儿了。"

里基的英雄气概一扫而光。在椅子里转过身去,他把脸遮挡起来。这个男人是对的。他不爱他,即便他从来也没有恨过他。不爱也好,不恨也罢,他已经对他另眼看待,仅仅把他视为消失的过去的一个象征。这个男人是对的,他本来是讨人喜欢的。他渴望回到过去,在那些风飒飒的田野上骑马出游,渴望回到那些神秘的领域,置身纯净的天空下。然后,他们便可以你看我我看你,可以你帮我我帮你,可以你教我我教你,等到说过的话成为现实,过去不再是一张撕碎的老照片,而是在春天里欢庆的得墨忒耳女神。啊,如果他抓住了那些难得的机会多好!因为抓住了那些难得的机会,一切最难的机会才会到来,那象征性的时刻才会到来,如果一个男人接受了这样的时刻,他便接受了生活。

阿格尼丝的声音曾经引诱过他("权当为我吧,"她悄声说过),现在却盛气凌人地在他头上轰隆隆作响。突然间,她的声音变成了啜泣,像下雨的响声。他一下子醒过神儿来。斯蒂芬脸上的怒气已经消失了,不是出于敏感的原因,而是因为这里有一个女人,就在他的身边,痛苦难当的样子。

阿格尼丝试图表示歉意,反而引发了新一轮的泪水洗面。有些东西已经让她不堪忍受。他们听见她锁上了自己房间的门。从那个时刻起,他们的交谈变了调子。

"她今天为什么动不动就哭呢?"里基若有所思地说,仿佛在同一个共同的朋友讲话。

"我猜不出来,"斯蒂芬说,凝重的脸上一下子红了。

"是你让她丢脸了吗?"他说,口气发虚。

"可是,谁是杰拉尔德呢?"

里基把手伸到了他的嘴上。

"她打量着我,仿佛很了解我,然后叫了一声'杰拉尔德',就开始哭起来。"

"杰拉尔德是一个她曾经认识的人的名字。"

"我想也是。"随后是一阵长长的静默,他们在安静中听见一阵令人心疼的剧烈的咳嗽。"他现在在哪里?"斯蒂芬问道。

"死了。"

"后来你就——?"

里基点了点头。

"不好啊,这种事情不好。"

"我对这种特殊的事情不了解。她表现得好像早已经把他忘记了。也许她忘记了,你把他的魂儿招来了。这个世界上怪事多多。她绷得太紧了。你昨天夜里突然闯来,她也许就一直在打小算盘吧。"

"对付我吗?"

"是啊。"

斯蒂芬站着左右为难。"我想你和她还是劲往一块儿使的吧?"他终于问道。

"离开我们吧,伙计!你走了,我心里不落忍。可是,你不留下来,大家也就没事儿了。"

"呃,我走人是不成问题的,"斯蒂芬说,一边擦抹他的帽子。

"如果你猜测到了什么事情,只要你不提及,我会很感激的。我没有权利要求,不过我会心存感激的。"

他点了点头,慢慢走过楼梯平台,走下楼梯。里基陪在他身边,甚至还打开了前门。仿佛阿格尼丝把他们两个的那股热情劲儿吸收了。郊外现在被笼罩在一片云团里,却不是这一带形成的。风呜呜的,一阵接一阵刮过街道,撞在滴滴沥沥的墙壁上。学校,房舍,都隐藏起来,一切文明世界好像都搁置起来了。只有那些最简单的嘈杂,最简单的欲望,呈现出来。他们一致认为,在这样的落日之后,这天气很是异常。

"那是一只大牧羊犬吧,"斯蒂芬说,直耳聆听。

"我觉得你怎么也应该吃些早饭才走啊。"

"不吃了,谢谢。不过你知道——"他欲言又止。"一切都乱套了,我不反对你和我一起走掉。"

云团压得更低了。

"跟我一起走掉,作为一个男人,"斯蒂芬说,已经走出门来,进入雨雾中。"不是作为兄长;谁会在乎人们多年前干过的事情?我们都一起活着,别的人也活得好好的。我就这样子,里基,你却成那副样子,一副弱不禁风糟糕透顶的样子。在这里,他们对你没有用处——从来没有什么用处,如果真相大白的话——他们只会把你搞得人不人鬼不鬼的。这座房子,可以这么说,已经腐败了。明摆着的事情,你应该来。"

"斯蒂芬,等一等。你这话什么意思?"

"等一等我们也不会有什么结果,"斯蒂芬在大门口说。

"我一定要问清——"

他没有等待片刻,抽噎一声接一声传过来,隐隐的,充满绝望,充满怀恨。随后,他步履沉重地离去,里基很快便看不见他

第三十一章　339

的颜色,他的身影。然而,他的声音没有间断,还在说:"来吧,我是当真的。来吧;我会照料你的,我管得了你。"

这些话充满了温情;可是,里基冲进了那团难以触摸的云团里,并不是因为这番话。是在那声音里,他发现了一种更加保险的保证。换了新一代,习惯和性别可以改变,个人激情焕发,相貌也会发生变化,声音截然不同。声音距离种族的源头更近;声音,无论如何,是能够越过坟墓的。

第三十二章

彭布罗克先生课间回来时,对于究竟发生了什么事情,并没有听出个所以然。他的妹妹——他坦率地告诉她——对他闪烁其词,隐藏了一些实情。她无法作出答复。她弄不清楚,她是不是精神失常了。直到现在,她一直假装爱她的丈夫。为什么在这个时候才把真相讲出来?

"不过,我理解里基的处境,"他告诉她说。"这是一种不平衡的处境,不过我理解这种处境:他生病的时候,我才把这种处境看出些门道来。他把自己想象成了他弟弟的守护人。因此,我们必须做出让步。我们必须好好商量。"各种调停一直进行到了十一月,就在这个月内,这个故事终于收场了。

"我理解他的处境,"他后来告诉她。"他处于弱势,却面对挑战。他还和那些安塞尔们有来往。看看这封信吧,为了他那些小故事感谢我的信。上个月,我们把他写的故事寄出去了,你记得——就是我们能够找到的那些故事。看样子,他把时间全都用来写作了:他已经写出来一本书了。"

她只用了自己一半的注意力在听他说话,因为一个美丽的花环刚刚从花商那里送过来。她要把花环送往公墓:今天是她的小女儿夭折一周年。

"另一方面,他把他的遗嘱修改了。幸好,他无法修改很多内容。可是,我担心,在你身上所没有决定的事情,还会发展。关于这点,我所写的东西,念给你听听好吗?我还谈到我和安塞尔先生见面的几分钟,以及我和斯蒂芬·旺哈姆通信的抄本。"

但是仆人说她叫的公共马车已经来了。他把花环给她放进了公共马车里,她趁机赶到楼上去了一会儿。几点泪花儿挂在了她的眼睛上。宁愿丢人离婚,也比这样匆匆逃脱可以忍受。人们会问:"她的丈夫为什么离她而去?"有人会回答说:"呃,也没有什么特别原因,就是她丈夫忍受不了她吧:她撒谎,还教他撒谎;她不让他干适合他的工作,不让他和朋友来往,不让他和弟弟来往——一句话,她就是一心想把他捏在手心,这可是男人最受不了的。"只有几滴泪水;算不上泪水满面。对她来说,生活从来没有表现得像一出古典戏剧,我们在这样的戏剧中总是试图提升我们的命运,结果把命运挤压碎了。她把斯蒂芬赶出了威尔特郡,而他对索斯顿大发雷霆,对她大发雷霆。为了努力把菲林太太的钱弄到手,她也许已经把她自己的钱白搭进去了。然而,嘲弄是一个高明的老师,她不是那种可以接受这样的教训的女人。她遭受苦难更加直接。三个男人先后让她备尝苦头;所以,她恨他们,而且,如果做得到,她还会伤害他们。

"这些调停根本没有用,"她从楼上下来后,和赫伯特说。"我们还是等待时机吧。不过,你把斯蒂芬·旺哈姆的情况跟我说一说。"

他又把她拉进了书房。"旺哈姆现在或者过去待在苏格兰,和安塞尔们保持联系的前提下,学习种地:我相信那笔钱用去支持他了。显然,他是一个苦干的工人。他也爱喝酒!"

她点点头,莞尔一笑。"比他过去喝得还厉害吗?"

"给我提供消息的人,蒂利亚德先生——哎,我不应该提到他的名字。他是里基在剑桥交往的那种比较不错的朋友,对这次家庭解体深感难受,可是他不想搅和进去。今年秋天,他到苏格兰低地一带去,用心良苦,为我做了几个合情合理的查询。那个人正在成为一个嗜酒如命的酒鬼。"

她又微笑了。斯蒂芬已经把她的秘密引发出来,她对此耿耿于怀,比他做过什么事情都怀恨在心。那天早上他肩膀的架式——仅仅是架式——让她想起了杰拉尔德。她当时要是不那么累就好了!他让她想起了她过去所知道的最重大的事情,而对她乌云笼罩的心境来说,这好像是堕落了。她朝他转过身来,好像要扑向他的情人;她的神色,他那样的男人一眼就看透了,她请求他疼爱她;有那么一个可怕的时刻,她渴望他把自己紧紧地揽入他的怀抱。她讲着这些,连赫伯特都大为惊诧:"他也酗酒,我深感高兴。但愿他会把自己喝死。这样的人,根本就不应该来到这个世界。"

"也许父母亲的罪孽传到了孩子们身上,"赫伯特说,把她送上了马车。"不过这可不是由我们决定的。"

"我敢肯定,他会遭到报应的。他有什么权利——"她突然不说了。他对我们共同的人类有什么权利呢?这对谁来说,都是一次刻骨铭心记取的教训。可对阿格尼丝来说,这是很难做到的。斯蒂芬违法乱纪,为非作歹,比一个疾病缠身的人还不如。然而,她却求助了他:他已经使真相大白了。

"我亲爱的妹妹,别哭,"她哥哥说,在窗户前停下来。"我对蒂利亚德满怀希望——希尔特家已经写信了——菲林太太会尽力而为的——"

她坐马车前往公墓的路上,她的怨恨转向了安塞尔,斯蒂芬

第三十二章　343

被赶走后的那些日子，正是他让她的丈夫保持了活力。如果他不存在，那么里基只会放弃他的母亲、弟弟以及整个外部世界，不会侵扰任何人。他身上与生俱来的神秘基因会占据上风。安塞尔亲口告诉她的。还是这个安塞尔，庇护那些逃难的人，给他们钱花，让他们避免了往往让年轻人寸步难行的荒谬可笑的牵制。然而，等她坐车来到公墓，站在那个小小墓堆儿前，她的一腔怨恨，一腔憎恨，又统统转向了里基。

"不过，他终究会回来的，"她想。"一个做妻子的，只能等待。除了我，他的那些朋友都是些什么人？他们也都会结婚的。我只要等待就好了。他的书，如同他所做过的一切，都会失败。他的兄弟一直喝酒，会喝死的。可怜的无头苍蝇里基啊！我只要以礼相待，坚持下去就行了。他终究会回来的。"

她走动起来，定睛一看来到了杰拉尔德的坟墓前。他死后，她在他的墓旁种下的那些花儿，都死了，她并不想更换它们。在那里，躺着那个运动员，他的尘埃如同那个小孩子的，可孩子是她满怀希望，吃尽苦头，带到这个世界来的。

第三十三章

就在同一天,里基既没有觉得可怜,也没有觉得像无头苍蝇,先去看望了安塞尔们,滞留一夜,然后去了卡德夫。他的姑妈邀请他去客住——他想不出拒绝这次邀请的理由,他也不想用什么理由拒绝。她现在对他没有什么怨气,他也不想抱怨任何人。在马丁莱附近的那个小林谷,他曾经喊叫说:"我不怨恨人。"那时候他无知无识,什么都不懂。现在,他满腹经纶,可他还不会怨恨人。天气宜人,乡村令人心旷神怡,他准备好了,改变一点生活。

莫德和斯图尔特送他上路。斯蒂芬赶来度假,还待在午餐桌边喋喋不休。他也想去卡德夫。可是里基指出:你把人家窗户砸烂的地方,你是不能去的。你一句我一句争吵起来——争吵是家常便饭——眼下,那个年轻人还在生闷气。

"他喜欢干什么就干什么,随他的便,"安塞尔说。"他比我们知道得更清楚。他什么都知道。"

"他还会喝醉吗?"里基问。

"十之八九会喝醉。"

"还会干那种不请自到的事情吗?"

莫德虽然喜欢一个人有点精神,却宣称说这是不可能的。

"喂,愿你们过得快活!"火车动了,里基喊道。"他今天晚上一准会胡闹。他跟我交心说,他感觉心烦意乱。再见了!"

"可我们要等你出站才走才离去,"他们大声说。因为索尔兹伯里的火车总是倒退出车站,然后又返回来,而安塞尔这族人,包括斯图尔特,就喜欢看见火车来回折腾,乐此不疲。

车厢空荡荡的。里基为这次短程旅行安置停当。首先,他把那些花花绿绿的照片打量一番。然后,把订购午餐盒的说明逐条看了看,又把座位垫子的软硬感觉一下。透过窗户,一个信号房引起了他的兴趣。随后,他看见了现在成为他的家的丑陋的小镇,主街那边就是安塞尔们那所令人难以忘怀的住房的正面。和睦相处的喜剧精神在那所住房里扎了根。那种精神是那么荒谬,那么温馨。那所住房分裂成派系而自我削弱,却依然挺立。玄学、商业、飞黄腾达——各种观念全都和睦相处。安塞尔先生已经做出了许多,可是一个人难拒诱惑,相信更加变幻莫测的力量——那种从"小口饮酒"中获得的力量。"小口饮酒或者被人小口劝酒,从来不懂得早作打算,"里基背诵着诗句,打开了雪莱的诗集,一个远没有你想象得那么傻的人儿。阅读是多么愉快的事情啊!哪怕事务缠住了他,哪怕斯蒂芬不断生事儿,哪怕安塞尔有悖常理,但这世界上还有这书的乐园。此时此刻,好像他两年多没有阅读了。

然后,火车停止转轨了,他听见在沿线干活儿的下级职员不断抗议。他们抱怨说,有人不管不顾,登上了这节车厢的脚踏板。斯蒂芬的脸出现了,因为哈哈大笑而不停抽搐。像游泳扎猛子,他从敞开的窗户鱼跃进来,舒舒服服地落在里基的行李和里基身上。他大言不惭地说,这是他这辈子最开心的玩笑。里基哭笑不得。"你下次扒车会被火车碾着的,"里基说。"你这样做为了什么?"

"我来和你一起走,"他咯咯笑道,在满是灰尘的地上就地打滚儿。

"哎,斯蒂芬,这样做太不像样子了。快起来吧。我们昨天把人丢尽了。"

"我知道;我敢保证,我们以后就再不会丢人了,把我的假日都赔上了。"

"哎,这是不足挂齿的滋味。"

这时,他正向安塞尔们挥手告别,向他们挥动着一块肥皂:这就是他所有的行李了,就是这点行李他还丢弃了,因为他把肥皂朝斯图尔特高高的脑门儿扔了过去。

"我不能想象,你在那里干了些什么。你知道,我感到有多么别扭。"

斯蒂芬回答说,他应该待在村子里不动;在那些小旅馆门前和里基会面;诸如此类的方式。

"这是不足挂齿的滋味。"他又说了一遍,力图做出一副严肃的样子。

"嗯,你尽你的所能了,"他大声说,突然表示同情。"把我留下和老安塞尔说话,你也许以为你得逞了。我像多数小伙子一样,感受很多,不过,不提它了,你的姑妈不是德国皇帝。她并不拥有威尔特郡。"

"你这傻瓜!"里基因为他这样信口开河又笑了,说话喷出了唾沫星子。

"不是,她不是的,"他重复说,向窗外的姑娘们送去了飞吻。"嗨,我们在这雨天的早晨向威尔特郡出发了!"

"斯图尔特什么时候在索斯顿火车站找到我们的?"他开心

第三十三章　347

地微笑起来。"我一点没有想到我们能够闯过这一关。"

"呃,我们还没有过关呢。我们打算干什么,从来没有做到。说我对付不了你,那是废话。我有打算。今天晚上吃过晚餐,溜出来吧,我们今后要紧紧地联系在一起,谁都别想分开。"

"我也有打算,我不干。"

"待在一起对你有无限的好处。你会渐渐了解一些人——牧羊人,赶车人——"他把胳膊含糊不清地甩了甩,表明与民同乐的民主。"然后,你会唱歌。"

"再然后呢?"

"扑通倒在地上。"

"一点没错。"

"不过我会抓住你,"斯蒂芬保证说。"我们会把你抬到山上,上床睡觉。到第二天早上,你一觉醒来,和老埃米莉吵架,她就把你赶出家门,我们碰面——在圆环阵地碰面!"他在车厢里手舞足蹈。隔壁车厢的人砰砰地敲隔墙,隔墙一敲响,凡是有勇气的小伙子都知道他们也必须把车厢隔墙敲得砰砰响。

"谢谢你。我也有打算,我不干。"里基说,砰砰的响声刚刚停下,但是就间断了一会儿,因为接下来的谈话进行中又伴随了震落的灰尘和砰砰声。"说定了,圆环阵地。我们在那里会面。"

"然后我自己会紧跟你的。"

"不行,你不会的。"

"是的,我会的。我发过誓,今天早上我要干出一些特别的事情。我感觉就像这样。"

"如果这样,那我在下一站就下车。"他笑起来,但是主意已定。斯蒂芬近来已经变得说一不二了。安塞尔们惯坏了他。

348 最漫长的旅程

"带你到那里去，怎么都不合适。让你在那里闹酒疯是不可能的。我能不看望我的姑妈，都不能喝酒，我和她一起说话，你就会溜到村子里把那些劳工带坏，像你一样胡作非为。要去你去。别和我一起去。"

"我年纪轻轻，如果对谁也没有伤害，为什么我不应该痛痛快快生活？"斯蒂芬出言不逊地发问。

"我们还需要讨论这个吗？因为你伤害你自己。"

"啊，只要我愿意，我随时能阻止自己。我只要说'我今后不理你了，或者不理任何人了，我就不理了'。"

里基知道这样的大话出自真心。他接着说："还有一种东西叫做道德。你从《圣经》里可以了解到，从希腊人那里也可以了解到，你的肉体就是一座庙宇。"

"你在你最长的那封信里讲过了。"

"也许我写信像一个道学先生，因为这个原因，我从来没有用这种方式引导过人；但是，你的身体不受你的管束，无论如何是不对的。"

"我听不明白，"他还嘴说，用拳打了一下。

"忘掉你的存在，哪怕是一小会儿，都是不对的。"

"我看你从来没有困得不行，不得不上床睡觉吗？"

正在这时候，火车经过一片矮树林，林下那些灰色的植物活脱像柴火的样子。然而，每一根树枝都在等待春天。里基知道这种类比是虚假的，但是拌嘴把他拌糊涂了，于是他也放弃了这条攻击的路线。

"千万更加细心地对待生命。如果你的肉体在一件事情上摆脱了你，那么为什么不会在更多的事情上得逞呢？一个人还会有别的种种诱惑呢。"

"你是说女人吧，"斯蒂芬平静地说，他的攻击暂停了一会儿。"但是那根本不是一回事儿。那会伤害到另外的人。"

"那是唯一让你走正道的东西吗？"

"还会是别的什么吗？"他没有盯着里基看，而是从他身边走过去，两只眼睛像孩子的一样惊讶。里基点了点头，转向窗户望去。

他看见，乡间更加光滑，更加平整。树林不见了，在浅蓝色的天空下，大地长长的轮廓在流逝，在涌现，升起时带出一片桦树的树冠，间断时露出一条绿色的峡谷，谷底一座座房舍耸立在大榆树下或者依傍在清澈的水域旁边。终于进入威尔特郡了。火车已经开进了白垩地带。在一个路边站台边，火车放慢了速度。他什么话也没有说，打开了车厢门。

"这是要干什么？"

"返回去。"

斯蒂芬早已把威胁忘到了脑后。他说，这不是在闹着玩吧。

"当然不是！"

"我不让你回去。"

"那么下保证，表现得体面一点。"

他被抓住，从门边拉了回来。

"那我们就在索尔兹伯里换车好了，"他说。"在那里要等一个小时。你会发现我这人很遭人嫌的。"

"那不公道，"斯蒂芬争辩说。"这是一种无赖的把戏。我怎么能让你回去呢？"

"那就下保证。"

"呃，好吧，好吧，好吧。基督教青年会。不过，只针对这次拜访。"

"不,不。你假期剩余的日子都得保证。"

"好吧,好吧。很好,我保证。"

"你这辈子以后都得保证。"

他感到了几分欣喜,因为斯蒂芬竟然生气地用胳膊肘打了他一下,说:"不行。去你的吧。你扯得太远了。"火车也开得太远了。路边站台那头的搬运工把门砰然关上了,他们继续穿过缓慢形成的丘陵草原,向索尔兹伯里前行。里基假装在读书。越过书页,他看见他弟弟的脸,纳闷儿坏脾气怎么能与这么绚丽的头脑并行不悖。尽管又执拗又自负,但是斯蒂芬却是一个容易相处的人。他从来不会平生或者酝酿隐蔽的忧郁,也不会沉溺于可鄙的自大。尽管他尽可能慢地花掉里基的钱,但是他要钱不会拐弯抹角,表示歉意。"你一定要管紧我花钱,"他说。时机成熟——尽管这个念头仍然很模糊——他会租下或者购置一个农场。我们没有什么准则,可以用来概括正派的人。安塞尔曾经说过,因此理所当然地提出来一个准则:"他们一定要认真,一定要忠实。"态度认真,并不等于把脸沉起来;但是,人们一定要相信,我们的生命是一种有几分重要性的状态,我们的大地不是消耗时光的地方。斯蒂芬相信到了这样的程度:他在他的工作中,在他的表演中,在他的自尊中,以及他对酒精投入的神圣激情中——尽管这一事实很难面对——都表现出来了。饮酒,当今之日,是一种不美的东西。在我们与西塞隆山①的峰岭之间,作孽的河流现在在流

---

① 位于希腊东南部,狄俄尼索斯(古希腊神话中的酒神)的神秘仪式在这里举行。

第三十三章 351

淌。然而，声声叫喊仍然从山间传出来，让人对喊叫做出回应，他最好还是与希腊人的公正精神遥相呼应吧。

"我就在汤普森家住下吧，"这位深感失望的寻欢作乐者说。"如愿了吧。"

里基没有因为胜利而得意，不过那是一个幸福的时刻，部分因为他的胜利，部分因为他的弟弟在乎他，他放心了。斯蒂芬只管自己，没有重大的理由，是不会放弃任何快活的。他确信，他从索斯顿解脱出来，对那些仍旧诱惑他返回去的种种威胁和眼泪置之不理，是没有错的。这里有他做的真正的工作。再说了，尽管他没有找到回报，可是回报还是有的。他的身体更好了，他的头脑很健全，他的生命清洗得干干净净，不是用感情之水，而是用同胞的种种努力。斯蒂芬首先是个男人，其次才是兄弟。这里既有他的残忍，也有他的德性。"看着我的脸。别把不属于我的衣服披在我身上——如同你给你妻子披衣服，把圣人们的长袍送给她，而实际上她只是一个女人，她自己类型的女人，需要精心呵护照料。把照片撕碎。这半拉是我，那半拉是你。其余的是边边角角。"其余的并非边边角角，也许到时候斯蒂芬会有什么说什么的。然而，里基需要激励，一个男人，而不是兄弟，一定会挂在他的嘴边。

"我看见那个古老的尖塔了，"他喊道，随后又补充说："我不反对再看见它。"

"就我所知道的，谁都不反对。从这个世界另一面来的人，都再次看见了它。"

"虔诚的人。不过我不能容忍主教。"他还是很年轻，不容易随遇而安。这座大教堂，盲目崇拜的源头，在他生命中是找不到地方的。他在二十岁上就把各种事情找到了定位。"我有我自己的哲学,"有一次,他跟安塞尔说,"我对你那一套哲学一点也不在乎。"安塞尔搪塞他的笑容并没有让他感到丝毫不爽。说来奇怪,一个人主意已定后,看见一个古老的尖塔竟会感觉到他的心在向上跳动。"我认为这是一座公共建筑,"他跟里基说,里基表示同意。"作为一个历史建筑物,它还是很有用处的。"他今天的态度是防御性的。里基注意到,他从苏格兰回来后,这是他的细微变化之一。从他的脸上看出来,他又成熟了许多。"从里奇威,你就能看到这个古老的尖塔,"他说着,突然把一只手放在了里基的膝盖上,"在大雨到来之前,它像一根电线杆一样一目了然。"

"里奇威有多远?"

"七英里。"

"在哪个方向?"

"自然是北边了。从北边,你还可以看见德韦泽斯、朴西和别的城镇。还有巴斯的方向。那边看去也有一些景色。你应该去里奇威转转。"

"我没有时间去。"

"去比康山看看也行啊。或者我们干脆去巨石阵看看。"

"如果天气好,我建议去看看圆环阵地。"

"那好吧。"随后他小声说出了一些村子的名字。

"我希望你在这里住下来,"里基和蔼地说。"我相信你热爱这些特殊的田地,超过了全世界。"

斯蒂芬回答说,情况不像他说的那样:他只是习惯了这些乡村田野而已。他希望他们坐马车出去,而不是等待卡德丘奇的

第三十三章

火车。

他们已经进入索尔兹伯里,这座大教堂,一个公共建筑物,在湛蓝的天空下显得灰蒙蒙的。里基建议,在等待火车的功夫,他们不如进去看看。他特别提到了那个无与伦比的北游廊。

"我从来没有进去过,我永远也不会进去了。让你吃惊了,对不起,里基,不过我必须直截了当地告诉你。我是一个无神论者。我什么都不相信。"

"我相信,"里基说。

"一个人死了,那就仿佛他从来没有来过人世,"他声言说。火车在索尔兹伯里火车站停下来。接下来发生了一个小事件,把他们的计划改变了。

他们在火车站外面找到了一辆双轮轻便马车,一个小男孩儿赶车,是从卡德福德来取一些铁丝网的。"这辆车就够我们俩用了,"斯蒂芬说,然后对那个小男孩儿说:"如果我们给你买回去的火车票,再付你六便士,你可以让我们赶着这辆马车回去吗?"小男孩儿说,不行。"不会有什么事的,"里基说。"我是菲林太太的侄子。"男孩摇了摇头。"你知道旺哈姆先生吗?"旺哈姆先生就在眼前,男孩没法说他不认识。"那么你还有什么可不同意的呢?为什么?什么理由?为什么不行?"不过斯蒂芬已经靠在那张时间表上,谈起别的事情。

过了一会儿,那个男孩说:"你是说,你会给我买回去的火车票吗,旺哈姆先生?"

"没错儿,"旁边一个人说。"难道你没有听见他说吗?"

"我听见他说了,听得很清楚。"

这时,斯蒂芬把手放在挡泥板上,说:"不过,我想要的是,你的这辆马车,听着,我要亲自赶回去。"他说话的当儿,一旁站立的人把他的话又讲了一遍。"他想要的是,你的这辆马车,听着,他要亲自赶回去。"

"我不反对,"男孩儿说,仿佛深深地受到了伤害。好一会儿,他坐在那里一动不动,然后他从车上下来,说:"我不想趁机要价,再要你们的六便士了。"

"真是小傻瓜呀,"里基厉声说,这时他们赶着马车穿过索尔兹伯里镇。

斯蒂芬一脸惊讶之色。"那男孩有什么错吗?他得把这事儿想一想呀。过去没有人要他干过这样的事情。下一次,不用多说他也会让我们使用马车的。"

"如果他赶车来取一颗洋白菜,而不是铁丝网,他是不会同意的。"

"他永远不会赶着马车来取一颗洋白菜。"

里基把他的脚挪了挪。不过,他的火气儿过去了。他看出来,这个小小的事件过去就一直是一个相当有分量的挑战。"组织化"、"系统化"、"争分夺秒",以及"诱导团结精神"。他把过去两年来这些格言回顾了一下,发现它们忽略了个人的争夺、个人的休战、个人的爱。索斯顿学校过去奉行这些格言,结果失去了学校的功用,成了一个泡沫飞溅的大海,白搭上了邓伍德大厦这艘多余的船。他感到羞愧,向斯蒂芬转过身来,说:"他永远不会,你说的对啊。那个孩子没有错。他很诚实,把事情想清楚了再做。"然而,斯蒂芬早已经把这件小事忘掉了,要不然就是他不愿意谈起这件小事儿了。他断言的那股劲儿过去了。

索尔兹伯里到卡德夫的一路上极其枯燥无味。这城市——上帝执意把它安置在河流旁边；在威廉·鲁弗斯[①]治下，它渴得要命，不就顺理成章地挪到那里了吗？——这城市偏离了它自己的平原，爬上了一道道山坡，在坡上翻跟斗，建成了一排排循势而上的红砖建筑物。循势而上的排与排之间，间隔很小，它们毫无争议地连接起来，或者创造出某种商业需要。城市没有向那座大教堂展望，却面对了一道不讲宗教信仰的壕沟，这是一个城市不应该的。它们对大地的雄姿视而不见，对大地注定的种种情感毫不在乎。它们是现代精神的体现。

穿过这些建筑物，公路顺势而下，通向一片再平常不过的乡村，然而就在这里，大地的威力变得更加强大。河流奔向四面八方。距离有远有近，各不相同。在峡谷里生活的人，倒比住在你隔壁的人更容易了解，尽管相隔荒野的丘陵草原。而且更容易把人深入了解。这乡村不是天堂，能够展现出种种让所有地方的好人都痛苦的恶习。然而，乡村有空地儿，有闲暇。

黄昏来临了，里基说："我认为，这种事情在全英格兰到处发生。"也许，他的意思是说，城镇归根到底是累赘，灰色的流动之物，人们在其中急不可待地相互寻找，却把自己丢失了。然而，里基没有得到回应，而且没有等到回答。在座位上转过身来，他目送冬日的太阳溜下静静的天空。天际一片淡黄，大地接触的地方一时间紫色点点闪烁。一切暗淡下去：没有华丽的景象来结束这仁慈的一天，而且等他转向东方时，夜幕已经悬挂起来。

"这些沃兰地——"斯蒂芬说，声音几乎和出气声差不多。

[①] 即威廉二世·鲁弗斯(1056—1100)，英格兰国王，1087年到1100年在位。

"什么是沃兰地?"

他指向黄昏,说:"我们给一种田野起的名字。"随后,他把马鞭插进鞭鞘,好像要把什么东西吞咽下去。里基睁大眼睛看那些沃兰地,只看见了一片褐色的苍茫原野。

"有很多方言吗?"

"过去流行不少呢。"

"我看它们都失传了吧。"

这场谈话转变得饶有趣味。他用一种回答人的口吻说:"我期望,时间赶巧了,我可以结婚。"

"我也期望你可以结婚,"里基说,心下纳闷儿怎么一点都没有感觉他回答得令人猝不及防。"我们明天白天从这里去看看圆环阵地怎么样?"

"我们都看过了。不过菲林太太曾说过,没有哪个体面的女人愿意和我结婚。"

"你同意这样的看法吗?"

"你赶一会儿车,好吗?"

马儿慢慢地向苍茫夜色中走去,夜色由深棕色变得黑暗了。后来,一片发亮的光线把他们包围起来,空气变得更加凉爽:公路在低矮的白垩石墙之间向下延伸。

"可是,里基,难道我找不到一个姑娘——本色而不娇柔——按我自己的方式和她幸福地过日子吗?我可以直截了当地告诉她,我没有什么资本——当然是忠诚的,不过她可以永远不接受我的思想。一点没有不尊重她的意思,只是因为一个人所有的思想不能属于任何单一的个人。"

他说话的当儿,甚至公路也消失了,看不见的水涌过来,在

第三十三章 357

车轮的辐条间流动。马儿挑选了浅滩行走。

"你也无法拥有别人。至少一个男人是无法做到的。也许对诗人来说情况不同。（让马儿喝几口水吧。）我想娶个女人，可不知道这个女人是谁，可诗人会告诉你，这是令人厌恶的。这点让你厌恶过吗？因为什么资本也没有，我一定要表现得温柔才好。因为，如果你懂我的意思，是外部一些东西逼迫一个人结婚的，不仅仅是他自己。（别催赶马儿快走。）我想结婚，可是——我一下子说不清楚。我忍不住要蹚水走一会儿：这是我们自己的河流。"

浪漫的爱情要比斯蒂芬说得更伟大。有的男人和女人——我们从历史上了解到——他们来到这个世界上，就是为了对方而生，他们会互相搀扶，走完最漫长的旅程。然而，浪漫的爱情也是现代道德的准则，因为这个原因，也就广为人知了。永恒的结合，永恒的拥有——这些正是普通人的诱饵。把诱饵吞下的普通人不会坦率说出自个儿的错误，而且——也许为了掩盖真相——不会像斯蒂芬这样的人一样，大声喊叫说："肮脏的愤世嫉俗分子。"

里基看见黑黢黢的大地与黑色的天空结合在一起了。但是，头顶上的天空变得更加清澈，大熊星座在闪烁，中央的星星在争辉。他想到了自己兄弟的未来和他自个儿的过去，还想到许多真理也许就在安塞尔的那句对偶中："男人想爱人类，女人只想爱一个男人。"不管如何，他和他的妻子已经把这句话验证了，也许冲突在他们自己的婚姻中很有悲剧性，却是这个世界别的领域屡见不鲜的。正在这个时候，斯蒂芬站在河水里向他要火柴：菲林太太教给他用纸玩花样的法子，现在他要表演给里基看，不再说那些废话了。他弯下腰,划着火柴照亮浅滩水波涟涟的水面。"水流还不小呢,"他说,而他的脸在黑暗中闪现出来。"对了,把那张糙纸给我,快!随手团成一个球。"

里基按照他的吩咐递火柴,却全神贯注地看着那张兴致勃勃的脸。他相信,那张脸上凝聚了一种新的精神,把青春期的种种生涩粗糙都打发掉了。他看见他的两只眼睛更加稳定,男人气十足的胡子,像一根金条一样横亘在他那更加稳重的嘴唇上。有的人的脸是美编织的,有的是才智编织的,有的是热烈的激情编织的:斯蒂芬的脸是在等待岁月的触摸吗?

不过,他们像继续在火车车厢里胡闹的孩子,玩得很起劲。那团纸被火柴点燃,燃起了一团玫瑰般的火苗。"现在轻轻地和我配合,"斯蒂芬说,然后他们把像花儿一样的纸团放在河流上。沙砾和葳蕤的野草一下子展现出来,紧接着那朵火花儿向深水里滑去,冲向一座桥的两道拱。"它要撞上去了!"他们叫喊起来;"不,它不会撞上去的;它选择了左边的拱,"于是一条拱变成了一个美丽的隧道,在滴落一粒粒钻石。然后,它在里基眼前消失了;但是,斯蒂芬跪在水中,嚷嚷说它还在漂流,通过了桥拱,还在燃烧,好像会永远燃烧下去。

第三十四章

菲林太太派去接她的侄儿的马车，从卡德丘奇车站空车回来了。她正在准备一顿独自享用的晚餐，她的侄子却到来了，嘴上一个劲儿道歉，脸上却平静得没事儿人一样，大大出乎她的意料。她打断他的解释，说："别管你怎么来到这里的。反正你在这里了，我很高兴看见了你。"里基把衣服换上，他们接着走进了餐厅。

餐厅的壁炉很旺，可是窗帘没有拉上。菲林先生一直相信，窗户外面有夜色，要比任何图画都更美丽，他的遗孀便保持了这一习惯。她坚持下来，很有勇气，六月里，大团大团的白垩夜里不期而至。出于某种含糊的原因——在里基看来一点也不含糊——她把白垩块保存下来，是为了保留一件轶事的纪念物。看见白垩块摆在壁炉上边一排，里基期望他们说话的话题是斯蒂芬。然而，他们一直没有提到斯蒂芬，尽管他是他们所说话中的潜在因素。

他们在谈菲林先生。《随笔》已经取得了成功。她真的很开心。她让仆人把那本书拿来，在两道菜之间给她的侄子大声朗读，声音柔和而冷漠。然后，她又派人取来出版社的短评——不管怎么说，没有人会不屑一顾这些东西——把别人关于她的前言的评论也读出来。她运笔优雅，简洁，充分，给人启迪，必不可少，不可多得。这样，一餐饭吃得很愉快，因为还没有谁能够把正式场合和不落俗套结合得如此得体,报纸乱扔在她这高贵的餐桌上,看上去只是增添了魅力。

"我的丈夫写得非常令人信服,"她说。"现在,你把你喜欢的他的文章念给我听听。就读一读《真正的爱国者》吧。"

他拿起书来,找到文章念道:"让我们彼此相爱吧。让我们的孩子从肉体到精神彼此相爱吧。我们所能做的只有这点。也许,大地会忽略我们的爱。也许,大地会肯定我们的爱,为让新的一代又一代人爱护下去,忍受山峰、尖塔和土岗的一时之苦。"

"他写那篇东西时还很年轻。后来,他怀疑我们是否彼此更加相爱,或者大地将会肯定什么东西。他至死都是一个最不幸的人。"

里基忍不住说:"至死都不知道大地已经肯定了他。"

"大地肯定了吗?这很可能。在那些日子里,大地和我很少相见。你看见大地的时候很多吗?"

"很少啊。"

"你以为大地会肯定你吗?"

"很有可能。"

"我认为,里基,提防一点为好。"

"我不认为。"

"提防大地吧,没错的。真的回到它那里,是往回走——把人工东西(你们年轻人不会承认的)扔掉,那是扔掉了生命中唯一的好东西。别假装你天真无邪。我也曾经假装过。别假装你对什么东西都不在乎,只对这样机智的谈话在乎,只对书本在乎。"

"那次谈话,"莱顿后来说,"确实很机智。而且谈话还一直有所指。"他没有多听下去,因为他的女主人要他退下去。

"我的侄儿,就这样吧,挽回一下你和妻子吵架的事儿吧。"她向里基伸出手来,感情很真挚。"现在挽回要比以后容易得多。可怜的女人,她傻乎乎地给我写信,不过总的说来,我站在她的一边对付你。她同意支持所有你过去奋斗的东西——所有的人,所有的理论。我在她的来信中看出来,她再也不会干涉你的生活了。"

"她不会不干涉的,"里基说,眼睛看着漆黑的窗户。"她看不起我。再说了,我不爱她。"

"我清楚,亲爱的。她也不爱你。我不是一个多愁善感的人。我还要说一遍,提防大地。我们都是吃五谷杂粮的人,各种常规——如果你认真审视——都有它们庄严的一面,最后都会找我们算账的。我们不是为伟大的激情活着,不是为了伟大的记忆活着,不是为任何伟大的东西活着。"

他把头仰起来,说:"我们是的。"

"现在你听我说。今天晚上我很认真,很友好,你一定早看出来了。我请你来这里,部分是为了我快活——你属于我的分列式[①]——但是也是为了给你好建议的。火山爆发了——这可是我曾经十分着迷的现象。喷岩浆的时期过去了。现在该按照常规来把事情做好了,把垃圾清理掉。我今年五十九岁了,我郑重地告诉你,生活中重要的事情都是小事情。快回到你妻子身边吧。"

里基看着她,心里充满遗憾。他知道他再也不会被吓住了。只是因为她认真、友好,他才不厌其烦地回答道:"有一个小小

---

① 检阅队伍走过主席台时的一种队列。

的事实,我应该告诉你,算是对你的那一套的回应吧。一个故事——一个长故事——的想法在我的脑子里酝酿了一年了。这可是我自娱自乐的一个梦——你将来会推荐给人的那种乐趣。我要抽时间把它写出来,但是我周围的人把我的生活弄得五颜六色,好像这个故事永远不值得写下去似的。因为这个故事不可能挣到钱。后来,火山爆发了。火山爆发几天后,我躺在床上看到外面那个垃圾的世界。我认识两个人——一个是知识分子,另一个正好相反——一下子冲进房间来。他们说:'你的短篇小说怎么回事儿?它们不好看,可是它们哪里去了?为什么你停止写作?你为什么没有去意大利?你必须写作。你必须去。正是你,因为写作,就要去。'哦,我写出来了,昨天我们把这个长故事寄出去转圈儿了。人们不喜欢它,原因因人而异。但是这个故事对人们大有好处,那么我应该写,于是就写出来了。我跟你说过了,这仅仅是一个事实;别的事实呢,我相信,在过去的五个月里发生了。但是我提起这个故事,是要证明人民是重要的,因此,不管我的生活会多么不方便,我都不会回到她身边。"

"那意大利呢?"菲林太太问道。

他回避了这个问题。意大利必须等待。现在他有时间,可他没有钱。

"那个长故事是写什么的?"

"写一个男人和一个女人相遇,过得很幸福。"

"依我看,这就是一个杰作①。"

他皱起了眉头。"在文学里,我们不需要突破我们的各种界

---

① 原文为法语。

线。我傻归傻,可我还不至于认为所有的婚姻到头来都像我的结局一样。我的性格造成了我们两个的灾难,与婚姻没有关系。"

"我亲爱的,我也结过婚;婚姻是应该受到责备的。"

然而在这方面,他好像知道得更清楚。

"哦,"她说,离开餐桌,端了甜食,向壁炉走去。"这么说,你放弃婚姻,选择文学了。而且感觉很幸福。"

"是的。"

"为什么?"

"因为,正如我们过去在剑桥常说的,奶牛就在那里。这世界是真实的。这是一间屋子,那是一扇窗户,外面是黑夜——"

"接着说。"

他指着地上。"正对着这里的那边是白天,日光穿过另外的窗户,照进了另外的屋子。"

"你真是奇怪透了,"她稍停之后说。"我一点都不喜欢你。你坐在那里,吃着我的点心,始终就只知道这地球是圆的。谁教给你的?我现在要上床睡觉了,整整一晚上,你告诉我,你、我和甜点心都在向东方拼命奔跑,一直跑到太阳跟前。早餐像平常一样,九点吃。晚安。"

她按了两遍铃,她的女佣拿来了她的蜡烛和手杖:最近,她习惯了吃过晚餐就回自己的房间,因为她身边没有人陪着坐一坐。里基对她的孤独深有体会,对她的明察和迟钝也深有体会。她反应极快,头脑异常清晰,甚至想象力也非同寻常。但是,她同时已经忘掉人们过去是什么样子了。发觉生活枯燥无味,她已经在生活中加入了种种谎言,如同化学家把新的元素加入到溶液里一样,希望生活会因此闪光或者变幻出一些美丽的颜色。她喜爱误导别人，到头来她个人对虚假和真实的看法混为一团，反而把自个儿误导了。看看她对斯蒂芬身上的毛病感到多么得意吧。然而，她自己身上的毛病早已积习难返，因为那完全是精神方面的。

莱顿端了咖啡进来。觉得为一个小年轻人点上客厅的灯没有必要，他便诱导里基，让里基说自己更愿意到餐厅坐坐。于是，里基坐在了壁炉旁，把玩一块白垩。他的思绪回到了那个浅滩，他们在这里几乎没有徘徊。他仍然听得见那匹马儿在黑暗中饮水，仍然看得见那个神秘主义者站起来，那个桥拱在滴落钻石般的水滴。他已经单独钻出了桥拱，相信大地已经肯定了他。他终于站在了各种事情的后边，看出来种种常规并不庄严，它们到头来不会找我们算账。

他陷入了沉思，那块白垩从他的手指间滑落下来，掉进了咖啡杯里，把杯子砸碎了。莱顿说，这个瓷杯很值钱。他相信这下不可能配成套了。每一个杯子都不一样。这是一套杂色瓷器。那个托盘没有了杯子，这下就毫无用处了。埃里奥特先生可以向菲林太太解释清楚杯子是怎么碎的吧。

里基答应说，他会解释清楚的。

他离开斯蒂芬时，斯蒂芬准备洗澡，还听见他在河流上游像一头猛兽一样折腾，在浅水里玩水，一边游动一边喘着粗气；有时，芦苇咔嚓断掉了，有时泥土块儿被拽进水里。在壁炉边，他记起来又是十一月了。"你喜欢出去走走吗？"他问莱顿，并且告诉他谁在村子留宿。莱顿当然愿意了。九点钟，两个年轻人离开宅第，走进了夜空下，只见苍穹顶部依然亮堂。"明天要下雨，"莱顿说。

第三十四章　365

"我弟弟说,明天是好天啊。"

"好天,好天,"莱顿应声说。

"那么,你到底是说雨天还是好天?"里基问着,大笑起来。

由于冷杉树的枝叶低低地压在马车道上,因此只有很微弱的光亮透下来。房门外面格外清爽,空气气泡浮动,好像行程万里,飘然而至,轻轻地破碎,纷纷落在他的脸上。他们在桥上停下来。他问小鱼儿和翠绿的青草现在这里是不是和夏天一样生长良好。这位男仆未曾注意过。过了桥,他们来到了十字路口,其中一条通向索尔兹伯里,另一条穿过一个又一个村庄,通到了火车站。前面的那条路就是罗马路,一直通向那些丘陵草原。向左边去,他们走进了卡德福德。

"他会住在汤普森家,"里基说,向黑黢黢的屋檐看去。"或许他已经上床睡下了。"

"也许他住在安特罗普小酒店呢。"

"不会。今天晚上,他和汤普森家在一起。"

"和汤普森家在一起。"走了十几步后,他说。"汤普森一家已经走了。"

"去哪里了?为什么走?"

"他们被威尔布拉厄姆先生赶走了,因为我们的窗户弄坏了。"

"你敢肯定吗?"

"五户人家都被赶走了。"

"这下害苦了斯蒂芬,"里基停顿一会儿,说。"他在学好——啊,无论怎样,这都太可怕了!"

"不过,汤普森一家去伦敦了,"莱顿说。"哎,那家人——

人们说他们在那条峡谷生活了几百年了,祖祖辈辈就只是放羊。伦敦城哪里都可能去。"

"那么我们到安特罗普小酒店看看吧。"

"我们到安特罗普小酒店看看吧。"

安特罗普小酒店在村子里。里基加快了步子。这种专制统治很可怕。一些大学生年龄的人破坏过窗户,因此他们和他们的家庭就会遭殃。那些管制我们的傻瓜们发现,严厉处罚易如反掌。他们不必费口舌说:"笨蛋必须遭罪。"他们甚至还因此洋洋得意。反抗这种邪恶的谬论,反抗试图统治我们这个世界的威尔布拉厄姆们和彭布罗克们,斯蒂芬将会战斗到死。斯蒂芬是一个英雄。他就是自己的法律,他正义在手。他很伟大,足以蔑视我们小小不言的种种道德。他在争取爱情。这个夜晚,里基领会了安塞尔的热情,觉得为了这样一个人而牺牲一切,是值得的。

"安特罗普小酒店到了,"莱顿说。"那棵老榆树下面的灯光就是。"

"你去问问他是否在那里好吧,问问他是否专门来和我会面的。我想我还是不进去为好。"

莱顿打开了小酒店的门。他们看见一间小屋子,烟雾缭绕,一片蓝色。壁炉侧面都是高背躺椅,把躺在上面的人的身子藏了起来,只露出两条腿。在躺椅之间,摆放了一张桌子,上面摆满了大杯子和玻璃杯。这个场面很有画意——要比城里那些雕花玻璃的宫殿温馨得多。

"哦,是的,他在那里,"他叫喊道,犹豫一会儿返身走出来。

"他会出来吗?"

"不。我说不应该出来，"莱顿回答说，鬼鬼祟祟地瞅了一眼。他知道里基是一个软柿子。"第一天晚上，你知道，先生，老朋友重聚嘛。"

"是啊，我知道，"里基说。"不过他也许喜欢在村子里来回走一走。那里面看样子空气混浊，看着别人喝酒没有多大意思。"

莱顿把小酒店门关上了。

"他冲你身后喊叫什么？"

"呃，没喊叫什么。喝醉酒的才是个人——他说出了他过去听说过的最坏的话。至少，人家是这样说的。"

"喝醉酒的才是个人？"

"是的，先生。"

"可是斯蒂芬没有在喝酒吗？"

"不，不。"

"他不能够喝酒。如果他违反诺言——我没有假装说他是一个圣人。我不想让他成为一个圣人。可是，他不应该违反诺言。"

"是的，先生；我明白了。"

"在火车上，他答应我不喝酒了——不是来夸张的那一套：只是答应几天之内不喝酒。"

"不，先生。"

"'不，先生，'"里基急得跺脚说。"'是的！不是！是的！'你就不能把话说全了吗？他喝醉了还是没有？"

莱顿就是想夸大其词，叫喊道："他无法站起来了，我告诉过你一次又一次了。"

"斯蒂芬！"里基嚷叫起来，三步并作两步蹿上台阶。热气和啤酒味儿朝他迎面扑来,他讲话怒气冲冲,这倒不是他的本意。"这里还有谁是清醒的吗?"他叫喊道。酒店老板生气地从柜台往外看,问他说这话什么意思。他指向了那些高背躺椅。"他躺在那里喝醉了。告诉他他违反了他的诺言,我不会约他去看圆环阵地了。"

"好啊好啊。你不会约他去看圆环阵地了。"酒店老板说,上前一步,砰一声把门关上了。

在酒店里他只是生气,然而到了外边的冷空气里,他想起来斯蒂芬就是他自己的法律。他已经选择了违背诺言,那么就会再次违背。没有什么东西能束缚他。禁不住诱惑,对我们多数人来说,并不是致命的。然而,对一个英雄来说,一切的一切便都到头了。

"他突然之间就毁掉了!"他叫嚷起来,还没有想到自己在干什么。他在那棵榆树下站了一会儿,一块一块剥老树皮。即使这样,他明天还要搏斗一番,斯蒂芬也许会不动声色地回答:"我的身体是我自己的。"要么更糟糕的是,他也许会和一个随机应变的斯蒂芬搏斗,听他油嘴滑舌地再次立下诺言。他祈祷奇迹来转变他的弟弟的同时,他猛然明白他也必须为自己祈祷。因为,他也毁掉了。

"喂,怎么回事儿?"莱顿问道。"斯蒂芬只是在和老朋友相聚。埃里奥特先生,别那么垂头丧气啊。没有发生什么大不了的事情。眼下还没有人会死掉,连伤害自己的人都没有。"出于一片好意,他扶住了里基的胳膊,心下可怜这样一个紧张兮兮的人,和他一起往家里走。俄里翁的肩膀从他们身后升起来,罩在了那棵大榆树最高的枝头。站在桥上,整个星座看得很清楚,里

第三十四章 369

基说:"但愿上帝接受我,宽恕我相信大地。"

"可是,埃里奥特先生,你这样做有什么不对的吗?"

"莱顿,第二次破产了。再次假称人是真实的。愿上帝垂怜我吧!"

莱顿放开了他的胳膊。尽管他没有听懂,但是一阵厌恶感传遍了全身,他说:"我要回一趟安特罗普小酒店。我要帮助他们把斯蒂芬弄到床上去。"

"去吧。我在这里等你。"然后,他依靠在桥栏上,热烈地祈祷,因为他知道各种常规马上就要来找他了。上帝距离常规很远,但是,啊,那是多么遥远,要等到堕落之后才能到达!这次孩子般的弯路走到了头,他的妻子仍然在等他,因为她只是他名义上的妻子,所以还不大有把握。他太软弱了。书籍和朋友还不足以支撑。她会一点一点地占有他,腐蚀他,他过去什么样子还捏弄成什么样子;他爱过的那个女人会死掉,烂醉如泥,道德败坏,她的力量会被一个男人消磨,她的美丽会被一个男人毁掉。她不会长生不老。那个神秘主义者站了起来,它照亮的那张脸并算不得什么。这条河流——他现在就在它上边——也算不得什么,尽管它从洁净的草皮下流出来,一直奔向大海。那个游泳者,俄里翁的肩膀——他们都算不得什么,没有去向,没有所终。整件事情只是一场滑稽可笑的梦。

莱顿返了回来,说:"你看见斯蒂芬了吗?他们说他跟在我们后面的: 他还能走路;我跟你说过,他没有什么大事儿。"

"我不认为他从我身边过去了。我们应该找一找吗?"他沿着罗马路走了一会儿。没有什么重要的事情发生。在平交道口,他靠在那里的大门上观看一列慢货车开了过去。在火车头的照耀下,他看见了他的弟弟已经向这边走来,也许迷迷糊糊地想起了圆环阵地,这时烂醉如泥地躺在铁轨上。他身心疲乏,却担负起了一个男人的责任。还有时间把斯蒂芬拉起来,把他拖到安全的地方。拯救自己的生命,也是一个男人的责任,因此他尽力而为。火车从他的膝盖上碾了过去。他在卡德夫死去,弱声弱气地对菲林太太说:"你是对的。"

菲林太太事后写信给列文太太,说他是"一个所有应该承担的事情都没有承担起来的人;是成千上万从泥土中来又回到泥土中的一个,一无所成,枉来人世一趟。阿格尼丝和我在我们破裂的教堂钟声中把他埋了,佯称他曾在人世生活过。那另一位,一贯诚实,躲开了"。

第三十五章

他们从窗户向一条清静幽暗的峡谷望去,峡谷的两边不算十分陡峭,还可以耕种,沿了河水流向,有一条长满野草的小路。星期天下午向晚时分,峡谷悄无人迹,只有一个劳工骑着一辆锈迹斑斑的自行车,缓缓顺了谷底行走。天空非常静谧。一只松鸦在树林里鸣叫,不过斑鸠归巢早些,已经安静下来。由于窗户面西而开,房间里洒满了阳光,斯蒂芬觉得天热,便穿上短袖衫干活儿。

"你保证它们卖得出去?"他问道,牙齿之间咬了一支钢笔。他在整理一摞手稿。

"我保证这个世界会成为获得者的。"彭布罗克先生说,他现在是一名教职人员,和斯蒂芬坐在桌子旁边,脸上有一种优雅的不赞同表情。

"我看得出来,那篇长故事有它的一些特点,可是这些短篇东西并不——那个词儿怎么说来着?"

"'令人信服'也许是你想说的词儿吧。不过,那种批评是过去一种不可小瞧的东西。你看见那个插图的美国版本了吗?"

"我不记得看见过。"

"我可以送你一本吗?我想你应该保存一本。"

"谢谢你。"他目光在游移。那辆自行车消失在几棵树木中,那边,一片无云的天空,太阳在沉落。

"这一切你都搞明白了吗?"彭布罗克先生说。"把这十篇短篇小说交给杂志发表,和编辑达成协议。然后——我听你的消息——你再来和我联合;四个短篇小说归我所有,加上你的六篇,可以凑成一本书,我们可以给它取个好名字——《潘神的风笛》。"

"你敢肯定《潘神的风笛》这个书名没有人用过么?"

彭布罗克先生咬了咬牙齿。几乎一个小时过去了,他都在忍受这样的发问。"如果有人用过了,我们能另选一个名字。书名还是很容易找到的嘛。但是,书名必须把书中的中心意思表示出来。这些短篇小说,我已经给你解释过两遍了,全部围绕大自然这一题材写出来的。潘神,毕竟是神灵——"

"我知道这个,"斯蒂芬不耐烦地说。

"——毕竟是神灵——"

"行了行了。我们接着往下说吧。我学过这方面的东西。"

这位校长被人打断已经是多年以前的事儿了,他受不了这个。"好吧好吧,"他说。"对你的古典作品的高见,我甘拜下风。我们接着往下说吧。"

"呃,是的——说说前言。必须有一个前言。正是那篇写了那些颠三倒四的细节的前言,才把另一本书卖出去了。"

"你把我镇住了。我写回忆文章,却从来没有那种意向。"

"如果你不愿意写,那凯恩斯太太①是巴不得写的!"

"我妹妹过着一种忙碌的日子。我不能麻烦她。既然你坚

---

① 指阿格尼丝嫁人了,嫁了一个叫凯恩斯的男人,暗示她是个很入世的女人。

第三十五章

持，那就还由我来写吧。"

"封面设计呢？"

"封面设计啊，"彭布罗克先生冷冷地说，"还真得交给出版社来把握方向。我们担当不起这样的细端末节。我们的任务是纯粹的文学方面的。"他的注意力游移起来。他开始坐立不安了，最后低下头，向桌子下面看去。"我们这是在干什么呢？"他问道。

斯蒂芬也向下看去，一时间，他们打量着一个趴在地上的孩子的身子，相视而笑，因为那孩子在搂抱彭布罗克先生的靴子。"她对黑色鞋油感兴趣，"他解释说。"如果我们放任她在那里，那她会把靴子舔成棕色的。"

"的确。那样舔下去安全吗？"

"这对我不会有任何害处。快起来！你的舌头弄脏了。"

"我能够——"她是在问，她能不能在棒糖上把舌头蹭干净。

"不成，不成！"彭布罗克先生说。"棒糖不能弄干净小女孩子的舌头。"

"可以，棒糖可以弄干净舌头，"斯蒂芬回答说。"只是她得不到一根棒糖呀。"他一把把她揪起来，放在自己的膝盖上，用自己的手绢儿给她擦舌头。

"可爱的小东西，"这位来访者敷衍说。那小女孩儿开始嚎啕起来，踢她父亲的肚子。斯蒂芬静静地看着她。"你想弄疼我吧。"他说。"弄疼我有什么了不起。你能把大人物弄疼才算有本事儿。你自己去把自己的舌头弄干净吧。从我膝盖上下去，"又一轮小泪珠儿涌现在她的小眼中，但是她听从了他的话。"可爱的贝蒂怎么样?"他问道。

"谢谢你。我的小外甥好极了。你怎么听说他出生了?"

"当然是从希尔特家听说的。那里到卡德夫还不到五英里呢。"

彭布罗克先生抬起眉毛,一脸哀伤的样子。"我想象不出穷兮兮的希尔特一家怎么进得去那所大宅第。不管她有怎样的用意,让穷人出来进去总是不好。那房子、那农场、那笔钱——所有属于菲林先生个人名下的东西,都应该返回给他的家人!——"

"这是合法的无遗嘱继承啊。"

"我不是在争论这个问题。不过这是教训,让人知道一个人要立遗嘱才好。凯恩斯太太和我本人都像受了电击一样震惊。"

"他们会立遗嘱的。他们已经告诉我那个代理机构了,可是——"他向下眺望那些耕种过的坡地。他的言谈举止正在变得粗糙,因为他现在看不见几个绅士了,他要么或粗糙或讲究,要么单刀直入吓人一跳。"不管怎样,如果劳里·希尔特是一个像他父亲一样的伦敦佬,如果我下一个孩子是个男孩,像我一样——"一丝羞怯的美丽的目光出现在他的眼睛里并在不经意中消失了。"他们会立遗嘱的,"他重复道。"他们赶走了威尔布拉厄姆,修建了新的别墅,给铁路架起桥梁,还做了别的必要的改建。"接下来是一阵沉默。

彭布罗克先生取出手表看了看。"我不知道我是否可以用一下马车?我一定不能误了火车,是吧?多亏你允许我来见面。一切都很清楚了吧?"

"是的。"

"五五分成——收益各得一半。"

"五五分成？"这位年轻的父亲一字一句地说。"你把我看成什么了？我提供了十个故事，而你却只有四个，五五分成吗？"

"我——我——"彭布罗克吞吞吐吐起来。

"我想到你在那个长篇故事上就欺骗了我，要是你还在这些短篇故事上欺骗我，那我可真他妈的混蛋了！"

"嘘！你行行好吧，嘘！——哪怕只是为了你的小姑娘呢。"他举起了一只牧师的手掌。

"你欺骗了我，"他的声音有增无减，"所有那三十九条都算上也不能阻止我这样说话。那个长篇故事原本就是应该属于我的。我让这个故事写出来的。可它得到的每一分钱都让你从我这里骗走了。它是献给我的——明明白白的——可是你甚至把那句献辞也划掉了，而且在前言里只字不提我。听我说，彭布罗克。你一辈子都在欺骗人——我认为这是明摆着的事情，可是这并不能安慰我们。你学校的一个倒霉的孩子曾经给我写信，说他被欺骗了。劣等食物、虚假宗教、各种虚假的冠冕堂皇的谈话——他垮掉的时候，你说这是缩小的世界。"他粗鲁地把彭布罗克先生一把抓住。"可是我要让你看看这个世界。"他把他像一个婴儿一样扭了一圈儿，透过门他们只能看见那条静静的峡谷，然而峡谷中一条小河最终会把河水带向大海。"就看看那里吧——峡谷那边大平原开始伸展，你接近了那结实的白垩——想想我们某个黑夜在骑马夜行，而你却在订购热酒喝——这就是世界，没有什么缩小的世界。只有一个世界，彭布罗克，你不能把人们统统清除出去。他们会顶撞你——你在听着吗？——你欺骗了他们，他们就要顶撞你。如果你告诉一个人四只羊等于十只羊的算法，那么他会顶撞你：你是一个说谎的人。"

彭布罗克先生讲不出话来,而——这就是人性——他主要对提及喝热酒很生气;那是一种他从来没有沉迷其中的怯懦的奢侈;有一双夜间穿的短袜护套他自己就深感满意了。"够了——没有证据摆出来的——如同你已经明明白白看得见的。"然而,证据是存在的。因为一个稚嫩的声音喊叫起来:"呃,妈咪,他们打起来了——真好玩——"脚步声向楼上走去。"够了。你说到了'欺骗',可是你'欺骗'我妹妹的那笔钱哪里去了?这幅画又怎么说?"——他指向一幅褪色的斯德哥尔摩的照片——"不就是因为你,这幅画儿才从我家被偷走的吗?还有——够了!我们还是赶快结束这个令人沮丧的局面吧。你反对我的条件。那就说说你的条件。我会接受的。和一个喝酒更要命的人理论,不会有什么结果。"

斯蒂芬马上平静下来了。"打住吧!"他心平气和地说。"在这个条件下打住吧。你四篇小说加一个前言,拿三分之一的分成,我自己拿三分之二。"然后,他去备马套车,彭布罗克先生目送他那宽阔的后背,恨不得插进去一把刀子。这种愤愤之情终于过去,部分原因是那样做不像牧师所为,部分原因是他手边没有刀子,还有部分原因是他很快把所发生的事情放过去了。对他来说,所有的批评都是"粗鲁行为":他从来没有当回事儿,因为他从来不需要批评:他从来没有错误的时候。他活了大半辈子,一直都在摆布小学生,现在他同样在对付大学生:斯蒂芬是一个五年级乡巴佬,由于校规有漏洞可钻,他还不能把他送到校长那里去挨鞭子。

这种态度使一切复归平静。没有过多久,他便感觉做了一个受到伤害的殉道者。他的头脑思绪清晰起来。他站在空荡荡的房间那唯一另一幅画儿跟前陷入沉思——尼多斯的得墨忒耳女神。屋外,太阳在沉落,最后几抹阳光降落在她那不朽的面貌和破碎的膝盖上。甜豆飘来清香,伴随着清香还进来更加神秘的芳香,那不只是花儿或者泥土的味道,更是黄昏的整个胸膛散发出来的气味。他竭力避免愤世嫉俗的态度。然而,在他的内心里,他则不能不为这场悲剧感到悲哀,尽管已经忘记了大半,当作世俗的东西看待,模糊不清了。当然,死亡是一件很可怕的事情。然而,当死亡产生了失败,那么死亡就很可怜。如果我们看得深一些,死亡是一了百了的,再好不过了。他凝视着那幅画儿,点了点头。

斯蒂芬是在火车站接客人的,本来打算赶上马车送他回车站。但是,他们发生这场争执后,他让男仆去把他送走了。他留在家门口,很高兴他就要弄到钱了,很高兴他发了一通脾气;清澈的天空的亮色在加深,寂静中没有一丝儿杂音,晚间的芳香越来越浓烈。往日的种种流浪情绪苏醒了,他下定决心,尽管他深爱这座房子,然而在拂晓之前他是不会再进去了。"晚安!"他喊叫道,随后那个孩子跑了过来,他小声说:"快,快去!给我拿一块小地毯来。""晚安,"他又喊道,一个快活的声音从楼上的窗户传下来:"为什么喊晚安啊?"他把孩子紧紧地裹抱在他的怀里,才顾得上做出回答。

"她学着在外面睡觉,是时候了,"他大声说。"如果你想要我,我们父女在那山脚下,我过去常去的地方。"

楼上的声音表示抗议,说说这个,说说那个。

"斯图尔特在家呢,"这个男人说,"不会有什么事儿的,我走了啊。"

"斯蒂芬,我希望你别这么做。我希望你别带她去。向我保证,别净跟她说那些愚蠢的事情。别——我希望你待一会儿就回来——"

那女孩儿,把小脸依偎在他的脸上,感觉到了他的肌肉格外结实。

"别跟她讲你自己那些愚蠢的事情——讲那些一点也不真实的事情。别告诉她过去的死人的可怕事情。就算让我高兴高兴——别说啊。"

"那么,就今天夜里我不说。"

"斯蒂夫①,亲爱的,再让我高兴高兴吧——别带她和你一起去。"

听了这话,斯蒂芬不分场合地哈哈大笑起来。"我觉得我一直在约束自己,"她喊叫说,而且,尽管他看不见她,她还是把胳膊向他伸出来。一时间,他一动不动地站在那里,就在她窗户下边,回味他这幸福的实在的生活。然后,他的呼吸加快了,纳闷儿他为什么还站着不动,为什么怀里抱着一个暖融融的孩子。"是我们出发的时候了,"他小声说,指了指天空,红彤彤的晚霞正在退去,渐渐变成了青色。"愿一切晚安。"

"晚安,亲爱的妈咪,"她睡意蒙眬地说。"晚安,亲爱的家。晚安,画儿们——长长的画儿——石头女士。我从窗户看得见你们——你们的脸蛋儿是粉红的。"

暮色降临了。他把嘴唇依偎在她的头发上,抱起她,不言不语,一直走到了开阔的丘陵草原。他过去经常一个人睡在这里,

---

① 斯蒂芬的昵称。

而且在他的婚礼之夜他也睡在这里,他知道草丛干燥,如果你的脸贴到草丛上,你便能闻到百里香①。有那么瞬间,大地唤醒了她,她开始念叨起来。"我在祈祷——"她很不安地说。他把一只手给了她。父女的手手相触让他陷入沉思,不禁发问:他,一个偶然事件的产物②,为什么会在这里。他活得好好的,已经创造出了生命。到底得到了谁的许可?虽然他不能说清楚,但是他相信他引导了我们人类的未来,相信一个世纪接一个世纪,他的思想和感情会在英格兰占据上风。死者③唤醒了他,他又会唤醒未出生的人——他支配了二者之间的道路。究竟得到了谁的许可?西边的远处,卡德夫和他年轻时候的田野蜿蜒曲折,田野的上空新月当空。他两只眼睛盯着新月缓缓下落,在新月最后的光辉里,他看见或者他以为他看见了圆环阵地的轮廓。他过去总是心存感激,一如那些理解他的人所知道的。但是,这个夜晚,他的感激好像是一种不值钱的礼物。那听觉是聋的,他的感激话语能够听得见吗?那肉体成了泥土,他有什么样的强烈感情才能与之分享?那精神已经飘飞,痛苦而孤独,再也不会知道,正是它,赋予了他灵魂的救赎④。

他把烟斗装满烟叶,然后用大拇指把没有点燃的烟叶按了又按。"我怎么做才好?"他想。"他能注意到他给予我的东西吗?一个牧师也许知道。可是,像我这样一个人,一辈子都在户外干

---

① 一种香草。
② 指他私生子的身份。
③ 死者当指他的哥哥里基,此后写生者与死者的关系。
④ 这里仍写本书主人公里基的死,唤醒了他的弟弟斯蒂芬,让活着的斯蒂芬的灵魂和肉体得到了升华和延续,包括斯蒂芬的小女儿。这段和下一段,都是一种象征的写实手法。

活儿，干什么才好呢？"在他思绪翻腾的时候，夜晚的宁静打破了。彭布罗克先生的火车的鸣叫隐隐传来，一个灰蒙蒙的影子在大地上穿过——穿过去之后，宁静回归。有一件事情，他这样的人是可以做的。他虔敬地低下头，亲吻怀里的孩子；他把他们兄弟两个的母亲的名字，送给了这个孩子。

E·M·福斯特文集

《天使不敢涉足的地方》
马爱农 译

《最漫长的旅程》
苏福忠 译

《看得见风景的房间》
巫漪云 译

《霍华德庄园》
苏福忠 译

《莫瑞斯》
文洁若 译

《印度之行》
冯 涛 译

《福斯特短篇小说集》
谷启楠 译

《小说面面观》
冯 涛 译